Irmtraud Morgner:
Rumba auf einen Herbst

Roman

Herausgegeben und mit einem Nachwort
von Rudolf Bussmann
Mit einem Essay von Doris Janhsen

Deutscher
Taschenbuch
Verlag

dtv

Von Irmtraud Morgner außerdem erschienen:
Gauklerlegende (11838)
Leben und Abenteuer der Trobadora Beatriz (11872)
Hochzeit in Konstantinopel (SL 61267)
Die wundersamen Reisen Gustavs des Weltfahrers (SL 61350)
Amanda (SL 61529)
Texte, Daten, Bilder (SL 61825)

Mai 1995
Deutscher Taschenbuch Verlag GmbH & Co. KG,
München

ISBN 3-630-86792-8
Gestaltungskonzept: Max Bartholl, Christoph Krämer
Umschlagbild: ›Freudentanz‹ von Elvira Bach
(© VG Bild-Kunst, Bonn 1994)
Gesetzt aus der Old Style 10/11
Satz: KCS GmbH, Buchholz/Hamburg
Druck und Bindung: C. H. Beck'sche Buchdruckerei,
Nördlingen
Printed in Germany · ISBN 3-423-12013-4

I

Als ich erwachte, fehlte die Wolke. Der Himmel hatte zwei Sonnen. Und es war still. Und wir lagen auf der nackten Erde. Und er schlief.

Ich ergriff seinen Arm und schüttelte ihn. Ich sagte: »Sie ist da, sie ist wieder da.« Er hörte mich nicht, und ich schüttelte ihn stärker und redete lauter, und schließlich schrie ich: »Liegst du denn auf den Ohren?«

»Wenn ich schlafe, auf den Ohren und sonst am liebsten auf dir«, sagte er.

»Siehst du denn nicht, was passiert ist?«

»Ich bin müde«, sagte er.

»Aber die Erde, die nackte angstgeschundene Erde mußt du doch fühlen.«

»Ich fühle nur dich«, sagte er.

»Dann wird es ein Abschied für immer«, sagte ich. Und riß ein Stück Himmel herunter und verkroch mich in meinen Jammer.

Mein Freund kroch zu mir unter die Himmelsdecke und half mir tragen.

»Bist du denn blind?«

»Mal sehen, was das Radio meldet«, sagte er und griff in die Hosentasche. Dort spielte es Tag und Nacht, was die Batterie hergab, er bemerkte es kaum noch, aber jetzt war die Batterie leer. Er machte es wieder flott mit einer von den Ersatzbatterien, die er in patronengurtartigen Bändern aufbewahrte. Die Bänder hatte er um die Hüften gegürtet.

Während er die beiden Teile des Radiogehäuses zusammensetzte, sagte er: »Hab keine Angst, Persephone, ich wart auf dich.«

»Und wenn du vergebens wartest?«

»Ich hab noch nie vergebens gewartet.«

»Du bist deiner Sache so sicher.«

»Todsicher«, sagte er und schlug mit dem Handrücken an

die Himmelsdecke. Sie beulte sich und fiel zurück wie eine Zeltplane. Wir trugen sie mit dem Kopf, und sie war sehr schwer, und wir saßen nebeneinander mit steifem Hals und durchgedrücktem Rücken, die Beine verschränkt, und an Küsse war nicht zu denken.

»Ich hab Angst«, sagte ich.

»Wovor?«

»Vor dem Tod.«

»Unsinn«, sagte er, »du bist doch unsterblich.«

»Wenn ich für immer zu meinem Mann zurückmuß, bin ich unsterblich tot.«

»Und ich bin unsterblich verliebt, gib mir mal deine Hand rüber.«

Ich gab ihm die Linke, und er wickelte sie in seine Rechte, und wir suchten gemeinsam einen Sender, den er verstand. Wir fanden einen, aber er schien ihn dennoch nicht zu verstehen. Er sagte nur »verdammt«. Dann schnitt er mit dem Taschenmesser ein Loch in die Himmelsdecke, setzte sich das Radio auf die Nase wie eine Brille, sah durch die beiden Lautsprecher und bestätigte, daß die Wolke vor der kleinen Sonne fehlte. Und daß die Erde gelb war vor Angst. Und daß ich ihn mit Recht geweckt hatte.

»Hast denn du gar keine Angst?«

»Doch«, sagte er, »aber man gewöhnt sich daran. Die Kleine ist ja immer da oben, wir nennen sie ›die Kleine‹ oder ›das Baby‹, weil sie Tag und Nacht über uns ist, manchmal von einer Wolke verdeckt, manchmal nackt, und jetzt ist sie also wieder mal nackt, verdammt.«

»Und wenn sie herunterfällt?«

»Persephone, du mußt zurückkehren, du mußt unbedingt zurückkehren, wenn du einmal ausbleibst, ist es vorbei, für immer, endgültig, absolut. Ich warte auf dich, Persephone, ich warte auf dich.«

Die Himmelsdecke wurde immer schwerer. Wir hatten sie auf uns genommen, weil wir uns liebten. Wir trugen sie mit Kopf und Schultern, und wir stöhnten unter ihrer Last. Wir waren allein. Jeder war jetzt allein mit seinem Stück

Das Buch

»Als ich erwachte, fehlte die Wolke. Der Himmel hatte zwei Sonnen. Und es war still. Und wir lagen auf der nackten Erde. Und er schlief.« Am Vorabend der Stationierung sowjetischer Atomraketen auf Kuba steht die Welt am Abgrund. Der Westen pokert hoch, der Osten ist erstarrt, die Wissenschaftler versuchen, die Welt noch besser in den Griff zu bekommen, die Menschen haben keine Zeit zu verlieren. In dieser Stimmung schrieb Irmtraud Morgner den vorliegenden Roman. Er erzählt die Liebesgeschichte von Lutz und Evelyne, erzählt von Oskar Pakulat, der seinen Sohn sucht, von Maud, die ein Kind will, und Karla, die keins mehr will, vom Setzer Kantus, von einer Wissenschaftlertagung und von Orpheus und Persephone ... Der Roman wurde 1966 in der DDR verboten, doch Figuren und Motive fanden Eingang in spätere Werke. Erst im Nachlaß wurde das vollständige Manuskript entdeckt und 1992 erstmals veröffentlicht. Ein kunstvoller, ironischer Roman, der nichts von seiner Frische eingebüßt hat.

Die Autorin

Irmtraud Morgner, geboren am 22. August 1933 in Chemnitz, studierte von 1952 bis 1956 Germanistik und Literaturwissenschaft in Leipzig, war daraufhin zwei Jahre Redaktionsassistentin bei der Zeitschrift ›Neue Deutsche Literatur‹ und lebte seit 1958 als freie Schriftstellerin in Berlin (DDR), wo sie am 6. Mai 1990 starb.

Himmel. Jeder hatte zu tragen, und am schwersten die Liebenden. Und am allerschwersten wir.

»Ich warte auf dich, so laut ich kann«, sagte er.

»Du redest zuviel«, sagte ich.

»Weil ich dich liebe«, sagte er.

Und da nahm ich ihn mit auf meine Reise um die Erde, die ich jedes Jahr mache, bevor ich Abschied nehme für drei Monde und hinabsteige zu meinem Mann in den Tartaros.

»Eine große, aber durchaus überschaubare Konstruktion«, sagte Lutz P. zu den Hotelgästen, die hinausgetreten waren auf die Veranda. Sie standen fröstelnd vor der Fensterfront und starrten in die Dunkelheit. Der Himmel war unbedeckt. Die Sterne leuchteten präzis. Der See lag ausgestreckt unter dem Mond.

»Die Abmessungen könnte man vielleicht als riesig bezeichnen«, sagte Lutz P., »als riesig oder gewaltig, wie Sie wollen. Aber ein Ingenieur beurteilt eine Maschine nicht nach ihren Ausmaßen, sondern nach ihren technischen Daten.«

Die Gäste, drei Frauen und drei Männer, zu denen er sprach oder doch jedenfalls zu sprechen vorgab, indem er den Oberkörper ein wenig drehte, erweckten nicht den Eindruck, als ob sie ihm zuhörten. Ihre ganze Aufmerksamkeit schien vielmehr von einer Erscheinung gefesselt, die man als Staubfleck hätte bezeichnen können, wenn es sich um eine schwarze Wand gehandelt hätte und nicht um den Himmel. Der See lag ausgestreckt unter dem Mond und unter dem Staubfleck.

»Normalerweise beurteilt man eine Maschine wie gesagt danach, ob und wie sie funktioniert«, sagte Lutz P. »Nebenbei bemerkt handelt es sich natürlich hier um zwei, obwohl man nur eine sehen kann. Aber wenn Sie mich fragen, würde ich sagen: Ungeachtet dessen, daß nur Einzelteile experimentell überprüft werden können und ständig überprüft werden, bezweifle ich nicht, daß die Dinger funktionstüchtig sind. Wie – das ist eine andere Frage.« Lutz P. sprach leise, ohne den Blick von der Erscheinung abzuwenden. Die anderen schwiegen, sie standen dicht hinter den Fenstern, beinahe in einer Reihe, und die Atemfeuchtigkeit schlug sich nieder auf den Scheiben. Durch die Hauchflecken besahen sie den Oktoberhimmel. Und sie glaubten undeutlich zu erkennen, was da in einer seltsamen Spiegelung über dem See abgebildet und von Lutz P. mit einer Definition belegt worden war: Ein Rumpf, klotzig, inselhaft, aber bewegt, sowohl im Ganzen als auch an der Oberfläche teilweise bewegt, tote und belebte Materie in Symbiose, vor allem Stahl und Menschen, wie es schien, die Hohlräume waren mit Beton ausgegossen, an den Stellen, wo rohrähnliche Gebilde aus dem Rumpf herausragten, war er, soweit man erkennen konnte, mit Bleiplatten belegt, die rohrähnlichen Gebilde trugen drachenkopfartige Verdickungen an ihren Enden und bewegten sich steif, und wenn man genau hinsah, erkannte man auch die Decke, die das Ungeheuer bis eben noch verhüllt hatte, das bekannt war unter dem Fachausdruck: *doomsday-machine*.

»Ich war schon fünfmal da«, sagte ein junger Mann. »Das letzte Mal vor acht Wochen. In Baracoa hab ich 'ne Freundin.« Er zog ein Foto aus seiner Hosentasche und zeigte es herum.

»Am schlimmsten wäre es für die Tiere«, sagte ein glatzköpfiger Herr, »der Mensch hätte vielleicht noch eine Chance, als Gattung. Aber das Tier. Die ganze Fauna mit einem Schlag, man muß sich das bloß mal vorstellen.«

Ein alter Herr legte Ohrenschützer an. Der Professor und das Fräulein wünschten eine gute Nacht und zogen sich zurück. Eine junge Frau, die sich den Gästen als Evelyne B. vorgestellt hatte, setzte ihre Sonnenbrille auf.

Man kehrte zurück in das warme Zimmer, zurück zum runden Tisch, zu den Flaschen, die sich auf seiner Glasplatte spiegelten, volle und leere, vor allem leere, zu Konfektschachteln, überfüllten Aschenbechern, Salzstangen und bequemen Sesseln. Der Grand mit Dreien wurde zu Ende gespielt, ohne den älteren Herrn allerdings. Er gab sein Blatt der Witwe.

Rauch erfüllte das Zimmer, langsam ersoff der Tisch in dicken, stinkenden Schwaden. Evelyne B. öffnete die Tür zur Veranda und ein Fenster.

Kühle fällt ein in das Zimmer, Feuchtigkeit, Wassergeruch. Der See liegt unter einer Stannioldecke. Der Mond beleuchtet sie. Er schwimmt in unendlicher Finsternis. Und rechts neben sich hat er den sonnengroßen Staubfleck, der nicht schwimmen kann. Der immer an der gleichen Stelle klebt, bestimmt durch die gleichen Koordinaten.

Der See schlägt das Ufer, der See schlägt das Schilf. Die rhythmischen Bewegungen seines Leibes fügen sich dem Metrum der Nacht. Das den Herzschlag ordnet und die Umlaufzeiten der Gestirne. Und die Frequenzen des Lichts, Sonnenlicht, Sternenlicht, Licht der Nova ...

»Ich vertraue auf Gott«, sagte die Witwe, die das Spiel gewonnen hatte. »Wer gibt?«

Der glatzköpfige Tierpfleger steckte die Karten ein. Der Seemann drehte am Radio, das den ganzen Abend ununterbrochen Musik und Nachrichten gesendet hatte. Lutz P. rauchte.

Kühle okkupiert das Zimmer, Feuchtigkeit, Wassergeruch. Der See liegt unter einer riesigen Stannioldecke, die der Mond beleuchtet. Der sich Vollmond nennt. Und rechts neben ihm, jetzt schon etwas weiter entfernt, klebt der sonnengroße Staubfleck. Ein flimmernder Punkt liegt unter ihm, ein Nichts an Größe, eine Kleinigkeit für ihn. Aber die Decke bewegt sich. Fische und Krebse und Muscheln und Algen und Schlamm, die Decke bewegt sich.

Kein Skat mehr, keine Gespräche mehr. Wein blieb stehen in Gläsern und Flaschen, kalter Rauch hing über dem Tisch, Wind fuhr in stinkende Aschenbecher, niemand schloß das Fenster, verfallene Gesichter, Gähnen, null Uhr fünf, Nationalhymne.

Lutz P. stemmte die Absätze in den Teppich, schob den Sessel zurück, stand auf, setzte den Tonabnehmer auf den Plattenrand und hörte einen Augenblick auf das Schleifen des Saphirs. Als die Trompete die Melodie anspielte, forderte er Evelyne B. zum Tanz auf.

Sie öffnete die Augen und blinzelte in den Himmel. Der war tief wie ein umgestürzter Brunnen, schmal und unheimlich tief, und der Schaft war mit buntem Laub ausgemauert. Oben. Das Mauerwerk war natürlich nicht bis zur Sohle niedergebracht, es reichte vielleicht hundert Buchenjahre hinab oder hundertfünfzig. Die Sohle war blau, je länger Evelyne B. hinuntersah, desto blauer wurde die Sohle und desto weiter entfernte sie sich. Sie schien zu fallen. Evelyne B. warf Glückspfennige in den Brunnen und zählte. Aber das Echo blieb aus. Die Sohle fiel und fiel, und Evelyne B. fiel mit ihr.

Sie legt die linke Hand auf seinen Oberarm, er nimmt die rechte, sie spürt seinen Atem auf der Stirn und die gelben Töne der Trompete, dunkelblaue Iris, große Pupillen, Rhythmus, *I hate to see de ev'nin' sun go down,/hate to see de ev'nin' sun go down,/cause my baby, he done lef' dis town.*

Durch grüne Gläser betrachtet, erschien der Himmel so gut wie nackt. Es waren allerdings keine gewöhnlichen Gläser von gewöhnlichem Grün, sondern kostspielige Spezialgläser, die sich Evelyne B. hatte anfertigen lassen. Mit dieser Sonnenbrille konnte sie den Himmel betrachten, ohne ihre Augen nennenswert zu schädigen.

Evelyne B. lag ausgestreckt auf einer Decke, um braun zu werden. Die Sonne war nicht mehr viel wert, schlapp war sie, ausgemergelt von den Ekstasen des Sommers. Aber sie machte es noch, sie tat so, als ob sie im Zenit stünde. Hier, wo sie nie im Zenit stand. Wo sie immer schräg und ein bißchen nebenbei auf das Land herunterblakte. Das kleine Land. Das kleine, ordentliche Land. Auf das ein riesiger, umgestürzter Brunnen gestülpt war mit einer blauen Sohle. Evelyne B. starrte hinunter in den schmalen, unheimlich tiefen Schacht und warf Glückspfennige und wartete und zählte, aber es kam kein Echo, nur Blau kam, Dunkelblau, und sie fiel und fiel und stürzte auf die Sohle zu.

Und plötzlich erinnerte sie sich, daß sie ohne Sonnenbrille getanzt hatte. Trug sie die schon nicht mehr, als sie seiner Aufforderung gefolgt war? Hatte er sie abgenommen?

Evelyne B. hatte ihn vor drei Tagen zum erstenmal gesehen. Als sie das Hotelfoyer betrat und mit dem Absatz in einer Parkettspalte steckenblieb. Lutz P., der in einem Sessel saß oder vielmehr lag, unter einer Zeitung, half ihr aus der Falle. Er sagte auch irgend etwas, aber seine Aufmerksamkeit schien dem demolierten Absatz zu gelten. Jedenfalls griff er sofort nach dem Schuh, drehte ihn hin und her, betastete ihn, roch sogar daran. Dann sagte er: »Wird gemacht«, und verschwand mit ihm. Mittags lag der reparierte Schuh eingewickelt neben ihrem Teller.

Kruke, dachte Evelyne B. Und lachte in den Brunnen hinein. Und holte tief Luft und hielt sich fest an der sonnengewärmten Decke und blies den fast nackten Brustkorb auf, bis er prall war wie ein Fesselballon. Getanzt haben wir also, dachte Evelyne B., ich kann mich nur noch erinnern, daß wir plötzlich getanzt haben. Wir hatten zusammen zwei Flaschen Wein getrunken, leichten Rotwein, Gamza, eine Flasche in fünf Stunden merkt man kaum, und plötzlich war der Blues da. Zuerst der Fleck am Himmel und dann der Blues. Der Professor hatte uns die Nachricht gebracht. Keine außergewöhnliche Nachricht. Aber ich konnte zum erstenmal eine Nachricht sehen. Wer weiß, ob ich das zu Hause gekonnt hätte. Ich glotzte den Himmel an wie die anderen, und ich kriegte Angst wie die anderen, ekelhafte Angst kriegte ich, wer weiß, ob ich die zu Hause gekriegt hätte. Und ich mußte natürlich wieder an den Keller denken. Und dann weiß ich nur noch, daß Lutz definiert hat. Und daß ich getanzt habe. Und an den kleinen Zwischenfall kann ich mich auch noch erinnern. Und an den Blues natürlich. Aber sonst ist alles weg.

Nur was vorher gewesen war, weiß ich noch genau. Von Champignons war die Rede gewesen, von Hummer, Cinzano, Ravel, Prag, von Zeit und Geld und Pässen. Lutz riß das Gespräch an sich wie immer, und ich hörte zu. Und nach dem dritten Glas sah sich der Tierpfleger veranlaßt zu fragen: »Ich möchte mal wissen, warum ich eigentlich verreise? Wald hab ich zu Hause, Wasser, ein schönes Zimmer, nicht so eine Kammer wie hier, Wein hab ich auch, sechs Korbflaschen Bordeaux, eigene Ernte, können Sie mir vielleicht mal sagen, warum ich hierherfahr, wo es nicht mal einen Hund gibt?«

Lutz P. konnte es ihm sagen, er entwickelte sogar eine Theorie, irgendwelche physiologischen und psychologischen Faktoren demonstrierte er mit Pralinenschachteln und Aschenbecher, die Pralinenschachteln repräsentierten die Umwelt, daran konnte sich Evelyne B. noch erinnern, aber die Definition hatte sie vergessen. Alle Definitionen von ihm konnte sie nicht behalten. Nur die Veränderung prägte sich ihr ein, die merkwürdige Veränderung, die sich bisweilen an ihm vollzog, wenn er auf eine Definition zusteuerte. Alles Zufällige fiel ab von ihm, die dunkelblauen Augen, das pelzige Haar, das ihm bis in den Nacken wuchs und an den Ohren und im Genick sehr hell war, fast weiß, sein Gesicht fiel ab wie eine Stuckmaske, nur das Gerüst blieb stehen, eine übersichtliche Konstruktion, deren Bauteile mit Nieten zusammengefügt waren. Evelyne B. sah die Armierung seines Gesichts und die Pfeiler und Verstrebungen der Schultern, denn auch der Pullover fehlte. Und die Jeans fehlten auch. Wenn er definierte, konnte Evelyne B. bisweilen durch ihn hindurchsehen.

Gestern abend hatte sie das wieder mehrmals gekonnt. Und das hatte sie ausgezeichnet unterhalten. Manchmal hatte sie die Veränderung sogar vorausgesehen. Das Phänomen begann sie zu interessieren.

Auf dem Rasenplatz vor der Veranda, der zum Ufer hin abfiel und strünkig war, saisongeschwächt, standen mehrere Liegestühle. Die Schatteninseln unter den gefledderten Laubbäumen waren gemieden. Der Professor lief mit einer Kaffeetasse vor den Liegestühlen auf und ab. Der Tierpfleger bestimmte das Geschlecht der Hotelkatzen, die das Fräulein mit Wurstbrocken angelockt hatte.

Evelyne B. hatte ihre Decke im Windschatten des Hotels

ausgebreitet. Sie hörte das Kichern der Witwe und die hohe Stimme des Professors und den See. Der See schlug das Ufer, rhythmisch, und der Professor klapperte mit seiner Kaffeetasse und redete. Auch rhythmisch. Er redete so laut, daß Evelyne B. jedes Wort verstehen konnte. Er sagte: »Der geometrische Stil, der Hunderte von Jahren jünger ist als der minoische, knüpft nicht an diesen an, geschweige denn, daß er ihn weiterentwickelt. Obwohl sich zwischen der reifen mykenischen Kunst und der geometrischen kontinuierliche Übergänge aufzeigen lassen, die man als submykenisch oder protogeometrisch bezeichnet, je nachdem sie mehr dem mykenischen oder dem geometrischen zuneigen, ist der geometrische Stil ein neuer Anfang, aus dem sich jetzt in ununterbrochener Kontinuität die griechische Klassik entwickelt.«

Kichern, Katzengemaunze, Schilfrascheln. Die Stimme des Professors lag über diesen Geräuschen wie eine Koloratur. Er betonte die Silben beinahe gleichmäßig. Evelyne B. hörte interessiert auf das suggestive Stakkato.

»Der geometrische Stil hat, wie Sie wissen, seinen Namen von der einfachen Ornamentik, mit der die Vasen dieses Stils geschmückt sind«, sagte der Professor. »Das Charakteristische sind die geraden Linien und die geraden Winkel, aus denen sich die Muster dieser Ornamentik zusammensetzen. Alles Figürliche ist diesem Stil zunächst fremd, tritt sehr sparsam auf und breitet sich erst im Laufe der Entwicklung weiter aus. Die scheinbare Dürftigkeit und Unentwickeltheit der geometrischen Kunst hat bewirkt, daß im allgemeinen dem geometrischen Stil innerhalb der Geschichte der griechischen Kunst nur ein bescheidenes Kapitel gewidmet wird, mehr das eines Auftaktes, der den schnellen Aufstieg zur Höhe aus tiefster Niederung verdeutlicht, als einer selbständigen und bedeutenden Leistung. Tatsächlich aber ist diese Kunst des geometrischen Stils nicht nur ein Anfang der griechischen Kunst, sondern ein echt griechischer Anfang, eine ganz bedeutsame und eigene Leistung, mit der die griechische Kunst wirklich als solche eingeleitet und begründet wird.«

Das Stakkato entfernte sich langsam. Evelyne B. hörte nur noch Wortfetzen. Sie dröhnten aus dem Schachtbrunnen zu ihr herauf, den Evelyne B. über diese Wiese gestülpt hatte und über den See. Seiner tollen Tiefe wegen. Die aufregend ungewiß war und wie geschaffen für Stürze. Evelyne B. ließ sich fallen und stürzte ausgezeichnet, wie bei dem kleinen Zwischenfall etwa, aber länger, beliebig lange und auf jeden Fall so, wie sie lange nicht gestürzt war. Und sie spürte den See, den Rhythmus des Sees, Blues-Rhythmus, *Feelin' tomorrow lak' I feel today,/feel tomorrow lak' I feel today,/ I'll pack mah trunk, make mah getaway . . .*

– abfahren, Koffer packen und weg, wer weiß was kommt, allein verreisen ist Quatsch, ich hätte doch kündigen sollen, man hätte das Hotel ganz anders bauen müssen. Ihre Entwürfe sind abgelehnt, mir persönlich gefallen sie, aber nach mir geht es nicht, dekadent habe ich nicht gesagt, Sie dürfen nicht jedes Wort auf die Goldwaage legen, liebe gnädige Frau, Katz, Liebste, ich ärgere mich nicht mehr, kündigen, baden, Ferien für die Gesundheit, in der Sonne faulenzen, dösen, spinnen, der letzte warme Tag vielleicht, Abschiedssonne, Herbst, das Leben ist kurz, grelle Farben sind Anzeichen des Todes, je älter eine Frau wird, desto bunter zieht sie sich an, nächstes Jahr bin ich dreißig, die Frauen sind schön zwischen zwanzig und dreißig, einen Mann beurteilt man zuerst danach, was er kann, eine Frau danach, wie sie aussieht, Ihre Entwürfe sind abgelehnt, als er mit mir getanzt hat, war er undurchsichtig, ich tanze nicht gern so eng, ich habe es natürlich gemerkt, wenn ich jetzt meine Koffer packe –

Sei doch vernünftig, sagte Uwe und nannte sie Ev, wie sie genannt werden wollte und wie auch Lutz P. sie nannte seit gestern, ich schreibe dir bald.

Aber lieber wäre mir gewesen, wenn du mitgefahren wärest. Ja, ich weiß, allein kann man sich auch erholen, ich bin ja total vernünftig, alles nach Wunsch. Aber du hättest den Auftrag nicht annehmen müssen. Wir hatten schon die Fahrkarten, und wenn wir weggewesen wären, hätte die Chefredaktion auch einen anderen Reporter finden müssen, der die ausländische Expertendelegation begleitet. Ich bin ja allerhand gewöhnt – Dienstreisen, Sitzungen, Versammlungen – ich bin schon darauf trainiert, ständig irgendwelche Notwendigkeiten einzusehen. Aber das ... Natürlich ändert man nichts, wenn man Bücher an die Wand schmeißt, aber ich schmeiße eben Bücher an die Wand, wenn mich die Wut packt – meine persönliche Note.

Ev, du mußt doch einsehen ...

Ich sehe gar nichts ein, ich hab mich von dir überreden lassen, und nun sitz ich in meinem Zweibettzimmer drei Wochen Urlaub ab.

Uwe umarmte sie, nannte sie Katz und Liebste, wie sie es von ihm gewohnt war, und versprach, ihr jeden Tag einen Brief zu schreiben, wenn sie sich brav erholen würde.

Und Ev sagte ja. Und entschloß sich, die Brille abzunehmen und die Augen zu schließen. Mit Brille wurde das Gesicht nicht gleichmäßig braun.

Die schrägen Sonnenstrahlen bohrten sich durch die Lider, weißer Schmerz, dann mit Sequenzen nach rot und violett. Sie wartete auf den Kitzel des Schweißes, der sich in der Armbeuge sammelte. Wenn er zum Ellenbogen rann, juckte er, als ob ein Insekt auf der Haut liefe. Ev wischte den Kitzel aus mit der Hand. Mehrmals. Und dann wartete sie wieder. Aber trotzdem spürte sie den Fleck am Himmel, wie man mit geschlossenen Augen eine Wolke spürt, die über die Sonne zieht.

Ev sagte »naja«. Und entschloß sich zu blinzeln. Und blinzelte. Und sah den Himmel. Und sah, daß der Himmel nicht nackt war. Und sah, daß der Himmel ein Parkplatz für Ungeheuer war und ein umgestülpter Brunnen, gleichzeitig, Swing. Und stand auf und stürzte sich kopfüber in den See.

Lutz P. saß in seinem Zimmer. Eingeschlossen von einem warmen Herbsttag, dem letzten vielleicht. Allein mit vier tapezierten Wänden, drei senkrechten und einer schrägen, über die sich Schmutzstreifen hinzogen. Er saß auf dem Bett, breitbeinig, die Ellenbogen auf die Knie gestützt. Das Bett knarrte bei jeder Bewegung. Er rauchte. Wenn das Aschestück lang genug war, fiel es auf die Dielen. Er starrte auf die abgetretenen Dielen. Er war allein mit den Dielen, mit dem Kunstdruck über dem Bett, mit dem Waschbecken, dessen Hahn tropfte, allein mit Fischen und Krebsen und Beinen und Brüsten, die Baupläne waren bei ihm und seine zweiunddreißig Lebensjahre und ein Stuhl, der neben dem Bett stand, und seine beiden Kinder und das Gesicht der Großmutter, die auf dem Treck verreckt war, seine Frau saß im Zimmer und der See und der Fleck und alles, was er vergessen wollte.

Und der Mond. Lutz sah ihn erstaunt an.

Kurschatten. Kurschatten, sagte der Betriebsleiter. Er saß auch mit im Zimmer, auf dem Stuhl neben dem Bett saß er und beugte sich über das Kopfkissen. Als ob da jemand läge. Es wird schon wieder werden, sagte der Betriebsleiter und legte eine Flasche Rotwein auf die Bettdecke, wie immer, wenn er einen Krankenbesuch machte. Leichter Rotwein, Gamza.

Nimm deinen Rotwein wieder mit, ich bin nicht krank.

Im Zweifelsfall zu Gunsten des Angeklagten, aber wenn du durchaus gesund sein willst . . .

Ich bin gesund.

Aber nicht im Kopf, und das ist strafbar.

Was willst du denn bestrafen? Daß ich mit ihr getanzt habe?

Du hast sie geküßt.

Man wird doch wohl noch mal eine junge hübsche Frau küssen dürfen.

Aber nicht unter Zeugen, du Esel.

Haben die Zeugen geplaudert?

Nein.

Ich kann mich übrigens gar nicht erinnern, sie geküßt zu haben.

Doch, hast du, auf den Mund.

Woher weißt du das?

Ein Betriebsleiter weiß alles.

Lutz griff nach dem Stuhl, drückte die lockere Sprosse heraus, bestrich die Enden mit Kaltleim, von dem er immer eine Tube in der Jackentasche hatte, und spundete die Sprosse wieder in die Lehnenhölzer.

Aber dann legte er sich doch aufs Bett. Er verschränkte die Arme unter dem Kopf. Zimmerdecke, Lampe, Fliegen, die Kreise um den Lampenschirm zogen. Die Decke war gerissen. Die Decke war dunkel. Die Decke hatte einen Mond. Mit rotem Haar. Lutz sah ihn erschrocken an. Obgleich er schon viele Monde gesehen hatte. Und obgleich er ein unerschrockener Mensch war.

Das ist doch ganz einfach zu erklären, sagte er zum Mond. Ich bin allein hierhergefahren, weil meiner Schwiegermutter ausgerechnet jetzt der Blinddarm herausoperiert werden muß. Falls du Kinder hast, wirst du verstehen, was das bedeutet, wenn eine Schwiegermutter krank wird. Also wir hatten niemanden, bei dem wir unsere Töchter lassen konnten, und das Hotel hatte keine Vierbettzimmer, es hatte kein einziges Bett mehr frei. Ich wollte natürlich nicht ohne meine Frau verreisen, aber Karla sagte: »Fahr allein. Warum sollen wir uns beide den Urlaub verderben. Du brauchst ihn.«

Und da bin ich eben gefahren. Und nun bin ich hier, und du sagst »Lutz« zu mir. Schön sagst du das: »Lutz.«

Der Mond hatte grüne Augen, nicht immer, aber oft, so ein Kupfergrün. Und in den Wimpern klebten Tuschekörnchen. Lutz sah ihn verwundert an. Obgleich er schon viele grüne Augen gesehen hatte. Und obgleich er sich eigentlich über nichts mehr wunderte.

Du hast schöne Augen, sagte Lutz zum Mond, ich versteh nicht, warum du sie hinter eine Sonnenbrille sperrst, schöne große Augen hast du, alles was recht ist, aber es ist nicht Liebe auf den ersten Blick, auf den ersten grünen Blick. Es ist ein Flirt. Man ist ja schließlich nicht aus Holz. Aber auch nicht aus Eisen, siehst du. Ich muß mich erholen, und ich erhole mich ja auch, das gestern gehört mit zur Erholung, ich meine den Tanz und so, nicht das andere. Das andere hat mit dieser Sache nichts zu tun, gar nichts, überhaupt nichts, verstehst du. Man müßte eigentlich zurückfahren und was arbeiten jetzt, man müßte immer nur arbeiten und arbeiten, was anderes hilft nichts, aber man muß ja auch mal Urlaub machen, weißt du. Und ich werde Urlaub machen, verlaß dich drauf. Das heißt nicht, daß wir nicht mehr zusammen tanzen werden. Tanzen immer, aber nach richtiger Musik. Jazz ist keine. Hört sich nett an, aber ist keine oder jedenfalls keine gute. Lumpenproletarische Musik, sagt mein Vater, und das stimmt genau. Die anarchistischen Elemente sind unverkennbar. Ich bin nicht gegen Enthemmen, versteh mich nicht falsch, aber ich begreif auch, warum mein Vater was hat gegen diese Musik, instinktiv. Er kann nicht erklären, warum, aber ich kann es ihm erklären. Und ich sage dir ganz offen: Ich lehne jeden Blues ab, prinzipiell.

Der Mond hatte Sommersprossen auf der Nase, achtzehn Stück, Lutz hatte sie gezählt. Die Nase war sehr gerade, wie mit dem Lineal gezogen, und ein bißchen lang, und die Lippen waren gut gepolstert und geschminkt.

Wahrscheinlich bist du gar nicht echt, sagte Lutz zum Mond, gib doch zu, daß du gefärbt bist. Das Haar kann nicht echt sein, Zinnoberrot und echt, das machst du mir nicht weis. Na gut, aber die Wimpern und die Brauen und die Lippen und die Fingernägel und die Fußnägel? Meine Frau hat ihre Fußnägel noch nie lackiert.

Der Mond zeigte seine Brüste. Sie waren fest und spitz, und die Spitzen zeigten nach außen, und blaß waren sie, sehr blaß, und sie bewegten sich.

Und da sagte Lutz nach einer Weile zum Mond »He«. He, sagte er, ich bin nicht so einer.

Eben, sagte der Mond, bei den Griechen bin ich zwar

Selene, aber hier herrscht Ordnung, ein deutscher Mond ist männlich. Logischerweise. Weil ein See nicht auf ihm, sondern nur unter ihm liegen kann. Ein deutscher Mond funktioniert nach den Regeln der Logik.

Ja, sagte Lutz. Wenn man aus seinem Leben was machen will, muß man eine Konzeption haben. Meine Konzeption ist die: Ich bin verheiratet, ich liebe meine Frau, man verliebt sich im Leben nur einmal, richtig, meine ich, Karla war meine große Liebe, und ich habe Familie, und mit dreißig kann man sowieso nicht noch mal von vorne anfangen, und mein Beruf nimmt mich total in Anspruch, und wir werden Freunde, in achtzehn Tagen trennen wir uns als Freunde, wir schreiben uns, wir können einander auch mal besuchen, mit Familie oder ohne, je nachdem, das ist meine Konzeption.

Der Mond lächelte. Weiblich. Er lächelte in die Konzeption.

Luft, sagte Lutz. Du bist Luft, für mich bist du Luft.

Und der Mond ward Luft. Und Lutz sah, daß es gut war.

Und erhob sich und baute das Bett. Und klaubte Kippen und Asche von den Dielen, und schraubte den Wasserhahn auseinander, und stellte fest, daß die Dichtung schadhaft war. Und erklärte sich die Schmutzstreifen auf der Tapete mit schlechter Putzqualität.

Und er fühlte sich nicht mehr eingeschlossen. Zwar war er noch immer umstellt von vier Wänden, vom Kunstdruck über dem Bett, von Waschbecken und Wasserhahn und Fischen und Krebsen und Beinen und Brüsten, umringt von Bauplänen und seinen zweiunddreißig Lebensjahren und dem toten Gesicht der Großmutter und den Kindern und Karla und dem See und dem Fleck. Zwar hatte er das Zimmer, in dem das alles existierte, nicht gebaut. Aber er hätte es bauen können.

Und er verließ das Zimmer in geordneten Verhältnissen.

Lutz ging über den dunklen Korridor und die Treppen hinunter, im ersten Stock blieb er stehen und drehte sich um, aber niemand folgte ihm. Er ging weiter über graue Bouclé-läufer, die seinen Schritten kein Geräusch ließen, ging über das Parkett des Speisezimmers zur Veranda, öffnete die Verandatür, trat hinaus in die Sonne.

Der Tag lag faul auf der Wiese, gähnend, nicht mehr ganz jung. Aber trotzdem ausgezogen. Und er hatte noch allerhand Sommer zu bieten, Grillenzirpen beispielsweise, Vogelgezwitscher, Spatzen sind auch Vögel, Gespräche über Bademoden und Kunst, Wipfelrauschen, von Laubbäumen wohlgemerkt, aber es lag auch schon viel Laub unten, und da raschelte es, und das klang nach Schnee und war ein Stilbruch, die verfärbten Blätter waren überhaupt ein Stilbruch, aber den hörte man nicht, und für Lutz war bisweilen entscheidend, was er hörte, ein akustischer Typ sozusagen. Die Mittagsstille zum Beispiel hörte er in a-Moll. Ev dagegen hörte er in verschiedenen Tonarten, vorwiegend in Dur. Aber er hatte Ev ja eben definiert.

Er schlürfte mit den Pantoletten durchs Gras, ein schönes Geräusch, Freibad, Federball, Kinderlärm. Lutz war froh, daß er mal Ruhe hatte vor seinen Töchtern. Die Bücher, die ich mithabe, muß ich durchackern, dachte er, zu Hause komm ich nicht zur Wissenschaft. Bis um sieben wegen der Kinder und dann Abendbrot und die wichtigsten Veröffentlichungen, kaum daß man mal mit seiner Frau fernsehen kann.

Karla, dachte er. Angestrengt. Aber sie kam nicht. Etwas anderes kam. Ein nichtlineares System, wie es schien. Aber das Phänomen, das sich am Himmel als Fleck spiegelte und zweifellos als lineares System definiert werden konnte, schien ja ebenso immun zu sein. Er spürte zum erstenmal, daß es immun war. Das erschien ihm zwar unlogisch, denn eine Sache durchschauen hieß für ihn, sie zu beherrschen, potentiell. Aber er nahm das unlogische Ereignis als gegeben hin. Zum erstenmal nahm er ein unlogisches Ereignis als gegeben hin. Er hatte Angst. Und der Mond war ein Mond. Mit rotem Haar und grünen Augen und riesigen Brüsten.

Und er hatte den Blues.

Und er erstaunte.

Und ehe er noch recht begriff, was vorging, hatte er eine Fotografie vor der Nase.

»Sehen Sie, das ist er«, sagte der Professor, »das ist das wunderbare Stück, von dem ich neulich sprach. Geometrischer Stil, zehntes bis achtes Jahrhundert vor der Zeitrechnung, Sie kennen sich sicher aus in der griechischen Kunst.«

»Ja«, sagte Lutz, »naja.« Er mußte dem Professor direkt in die Arme gelaufen sein. Seit drei Tagen hatte er dessen Vorträge erfolgreich geschwänzt. Nun war er dran.

»Ich bin Archäologe«, sagte der Professor, »Kunstwissenschaftler und Archäologe. Der geometrische Stil ist mein Faible.«

»Aha«, sagte Lutz.

»Diese Bronzestatuette eines sitzenden Mannes aus dem Alpheios-Tal entstand im neunten bis achten Jahrhundert«, sagte der Professor. »Seine Glieder sind so dünn wie aus Draht und symmetrisch in der Vorderansicht, in geometrischen Winkeln in der Seitenansicht ganz konstruktiv zu einer abstrakten Figur vereinigt. Dennoch ist es unmöglich, ihn als eine ornamentale Figur wie ein Schmuckstück zu sehen. Vielmehr kommen auch in dieser Drahtfigur alle Elemente einer organisch die Haltung betonenden griechischen Plastik schon rein und klar zum Ausdruck: die Nacktheit, die die Glieder freigibt, die Gelöstheit jedes Gliedes und – trotz Symmetrie – in der Vorderansicht eine stark ausholende und die Person fest verankernde Bewegung entgegengesetzter Art im Oben und Unten. Als besondere und höchste Folge der Abstraktheit des Geometrismus offenbart sich eine Gleichwertigkeit und damit Bezogenheit aller Glieder aufeinander, die infolge der Physiognomielosigkeit des Kopfes durch keine Frage nach dem Wer, Wann und Wo der Person gestört wird und allein die Dynamik der Figur ganz rein und stark zur Erscheinung bringt. Es ist ein Gerüststil, der in der Figur, die von den

Armen und Unterschenkeln gebildet wird, die Fassade eines architektonischen Gerüstes, eines Holzbaues, ahnen läßt.«

Der Professor bat Lutz, die Fotografie einen Augenblick zu halten. Er klopfte seine Pfeife leer, zuerst am Schuhabsatz, dann, indem er den Pfeifenkopf in die hohle Hand schlug. Bevor er sie einsteckte, zog er noch zwei-, dreimal Luft durch. Dann holte er aus der Hosentasche eine kalte Pfeife und stopfte die. Er holte aus allen Taschen Pfeifen. Seine Anzüge zeigten an den entsprechenden Stellen spitze Vorsprünge und Buckel. Und der Stoff war ständig von einer feinen Staubschicht bedeckt, so daß man vermuten konnte, er hätte soeben eine Ausgrabung gemacht. Wenn er seinen Anzug nach dem Feuerzeug abklopfte, wie eben jetzt, stiebte es ein wenig. Auch wenn er sprach.

Lutz benutzte die günstige Gelegenheit, gab ihm die Fotografie zurück und Feuer und verabschiedete sich.

Dann ging er hinunter zum See und setzte sich auf die Ufermauer. Der Beton war warm, und der See hielt still, und Lutz sah auf seine Füße, die aus den Hosenbeinen heraushingen. Große Füße, sehr große Füße, und blaß waren sie auch noch.

Aber er hatte das Zweibettzimmer gegen die Einbettkammer tauschen können. Er hatte hundertfünfzig Mark gespart. Er hatte Grund zur Freude. Heiterkeit und Sparsamkeit . . .

Der See hielt nicht lange still. Wahrscheinlich war ein Schiff vorbeigefahren. Eine größere Welle schwappte an die Ufermauer, und dann schwappten noch mehrere kleine, der Ausflugskahn, dachte Lutz, »Concordia«, alle Ausflugskähne hießen »Concordia«, alle alten. Die neuen hießen mindestens »Frieden«. Lutz döste in der Sonne, den Oberkörper dem See zugeneigt, die eckigen Schultern angehoben, so daß das Hemd Falten schlug um den Hals, den Rücken gekrümmt.

Der See schlägt das Ufer, der See schlägt das Schilf. Die

rhythmischen Bewegungen seines Leibes skandieren die Ruhe. Der Leib ist grau oder blau oder grün, je nach Laune des Himmels, der Himmel zwingt dem See seine Farbe auf, und der See opponiert nicht, er kräuselt nur seine Haut, er grient mit dem ganzen Körper, oder er lächelt, oder er schüttelt sich vor Lachen, bis über die Ufermauer, sagt man, im Winter manchmal bis hinauf zur Veranda. Aber jetzt grient er nur ein bißchen. Lutz sieht zum erstenmal, daß der See grient. Quatsch, denkt Lutz und kann sich nicht sattsehen.

Und wundert sich. Und das ist das größte Wunder, über das er sich wundert.

Und der See lächelt. Nicht traurig und auch nicht froh. Traurig und froh. Swing.

»Verzeihung, sind Sie der Kollege Mensch, der hier sitzt?«

Lutz sprang auf, raffte seine Jacke von der Wiese, warf sie über die Füße und sagte: »Wo kommen Sie denn her?«

»Aus dem Wasser natürlich.«

»Natürlich. Und ich dachte, Sie sitzen in ihrem Salon und nehmen übel.«

»Ich komme immer aus dem Wasser«, sagte sie und bückte sich nach seiner Jacke.

»Ich friere«, sagte Lutz.

»Ich auch, können Sie mir die vielleicht mal leihen? Nur einen Augenblick? Danke schön.«

Lutz entschuldigte sich und suchte in seinen Hosentaschen nach Socken. Ev stand neben ihm, und man sah nur noch den Kopf und die Beine von ihr. Alles andere verschwand im Sakko.

»Sie haben aber eine schwere Brieftasche. Geld oder Mitgliedsbücher?«

»Mitgliedsbücher natürlich. Ich bin doch ein anständiger Mensch.«

»Ich auch«, sagte Ev. »Da gibt's gar nichts zu lachen. Auch anständige Menschen frieren manchmal.«

»Aber nicht so«, sagte Lutz.

»Weil?«

»Weil anständige Menschen keine Bikinis tragen.«

»Bikinis sind aber sehr gesund«, sagte Ev.

»Sehr gesund«, sagte Lutz.

»Zu gesund, ich weiß schon, Sie können es ruhig sagen. Und ›weil‹ können Sie auch sagen.«

»Wieso weil?«

»Weil Sie immer ›weil‹ sagen.«

Ev sprang ab von der Mauer, hinein in den grünen Schlamm, den der See anschwemmte, wenn der Wind vom jenseitigen Ufer kam. Ihre Füße versanken bis an die Knöchel. Sie wedelte mit den leeren Ärmelenden wie ein chinesischer Schauspieler, klassischer Stil. »Kalt«, sagte sie, »schön kalt.«

Lutz sprang ihr nach. Und gab ihr recht. Und dann panschten sie eine Weile in der Algen-Suppe herum.

»Übrigens«, sagte Lutz nach dieser Weile, »übrigens, hierm . . .«

»›Hierm‹ sagen Sie auch immer, ›weil‹ und ›hierm‹.«

»Und Sie sagen immer ›mit Taschen‹ oder ›mit großen Taschen‹.«

»Immer nicht«, sagte Ev, »nur wenn es einen Sinn hat.«

»Einen Sinn? Neulich haben Sie etwas von Häusern mit Taschen gesagt. Können Sie mir vielleicht mal verraten, wo da der Sinn liegt?«

»Kleinigkeit«, sagte Ev, »ich projektiere sie nämlich selbst.«

»Aha«, sagte Lutz, »soso, aha. Übrigens, hierm . . . Ich weiß ganz genau, naja, vielleicht täusche ich mich auch, man kann sich ja auch mal täuschen, aber wenn mich nicht alles täuscht, haben wir gestern abend gewissermaßen . . .«

»Kannst ruhig wieder du zu mir sagen.«

Lutz sah erschrocken zu ihr hinüber. Die Algensuppe stand bis an die Knie, und dann kam ein kleines Stück braune Haut, und dann kam das Sakko, Homespun, Sommerschlußverkauf. Das Sakko war auf einen Knopf gearbeitet, und der saß genau da. Und dann zeigte das großzügige

Fasson braune Haut, Lutz sah nichts als braune Haut, mit einer Unterbrechung, und dann kam das rote Haar, das glatt war, wie gemangelt, und vom Gesicht war nichts zu sehen.

»Du bist ...«

Ev raffte den Vorhang mit dem Daumen vom Gesicht. »Na?«

»Ja, schön bist du außerdem«, sagte er.

»Und du bist nicht ein bißchen durchsichtig«, sagte sie.

Lutz zog sein Perlonhemd ab von der Brust. Er hatte ein Unterhemd drunter.

Die Sonne warf Reißnägel in den See, mit der Spitze nach oben. Bleßhühner peitschten ihn mit den Flügeln. Möwen rissen ihm Fische aus. Lutz verlor seine Füße an ihn. Als er sie kaum noch spürte, sagte er: »Komm raus, Ev, du erkältest dich sonst.«

Sie wateten zurück zum Ufer, und Lutz erkletterte die Mauer und reichte eine Hand hinunter. Ev griff danach, und er zog sie zu sich herauf, mit einem Ruck und mit einer Hand. Und sie bedankte sich, gab ihm das Sakko zurück und ging über die Wiese hinauf zum Hotel.

Das Hotel stand vor einer hohen Wand. Die Wand war grün bewachsen und überragte das Schindeldach. Zu zwei Dritteln bestand sie aus mit Steinen und Unkraut befestigter Erde, das andere war Mauerwerk. Es war aufgeführt in Höhe der Straße. Von der Straße sah man nichts. Man hörte nur hin und wieder Motorengeräusche. Manchmal, vor allem nachts, hörte man auch das Gerassel schwerer Kettenfahrzeuge. Dann zitterten die Fundamente des Hotels.

Eigentlich war es gar kein Hotel, sondern eine Villa. Ein Filmproduzent hatte sie für seine Frau bauen lassen. Die Leute im Dorf erzählten sich, daß in der Villa die Größen des Reiches ein- und ausgegangen wären, sogar Göbbels persönlich. Nach dem Krieg hatte sich der Filmproduzent nicht mehr sehen lassen. Und so war aus dem aufgedonnerten Sommerhaus ein Hotel geworden. Wobei alles so blieb, wie es stand. Die dorischen Säulen, die das kuppelartige Verandadach trugen, blieben und die Gitter vor einigen Fenstern im Erdgeschoß, die Chippendalemöbel im Eßzimmer blieben und die Flaschenwand im Keller, allerdings nur noch mit leeren Flaschen bestückt. Die vollen hielt der Verwalter unter Verschluß. Auch an der Ausstattung der Zimmer hatte man im wesentlichen nichts geändert. Die im ersten Stock waren der gnädigen Frau und den Gästen vorbehalten gewesen. Im zweiten Stock hatte das Personal seine Kammern gehabt. Lutz wohnte im zweiten Stock. Wenn er sich weit genug aus dem Mansardenfenster lehnte, konnte er über das rote Dach hinweg in Evs Balkon sehen. Er vermutete, daß sie das teuerste Zimmer des Hotels hatte. Und er schloß daraus, daß Geld für sie keine Rolle spielte.

Und er tippte auf Theater. Oder sie hatte einen reichen Mann. Sie trug zwar keinen Ehering – Lutz trug übrigens auch keinen, allerdings aus Prinzip – aber sie ließ sich mit »Frau« anreden. Inkonsequent, dachte Lutz, alle Frauen sind inkonsequent. Und unlogisch. Und deshalb hatte er auch sofort auf Theater getippt. Er kannte viele Architekten, er saß oft mit ihnen hinter statischen Berechnungen, Kalkulationen, Formelkram, »Häuser mit Taschen« hatte ihm noch keiner zugemutet. Er dachte: Hokuspokus, Schnickschnack, Wind. Er dachte: Pappmaché, Leinwand, Holzfassaden. Er definierte: Theaterarchitekt. Das Theater schien ihm die einzige Institution, die heutzutage solche Spinner noch vertrat. Das Theater oder der Film. Er wußte keine andere. Eigentlich hatte ihn erst das Hotel auf diese Definition gebracht. Nicht so sehr dessen Vorgeschichte als vielmehr seine Erscheinung. Wenn man es nämlich vom Ufer aus betrachtete – und Lutz betrachtete es in diesem Augenblick vom Ufer aus, da Ev hinter der Verandatür verschwunden war – wenn man es wie gesagt von einem gewissen Punkt aus lange genug betrachtete, verlor sich der perspektivische Eindruck, das Hotel erschien flächig, wie auf den grünen Hintergrund der Wand gemalt: ein Bühnenprospekt. Die beiden Tannen davor: Versatzstücke. Und der Himmel darüber: Rundhorizont. Lutz hörte, daß man die Wickelmaschine für den Rundhorizont in Gang setzte, und er sah, wie der Prospekt hinaufgezogen wurde in den Schnürboden. Zurück blieben die beiden schwarzen Versatzstücke. Vorhang, dachte Lutz. Aber das war übereilt. Denn es kam noch etwas, von oben kam etwas oder schwebte vielmehr, an schweren Seilen, langsam, was den Schwebeeffekt erhöhte, eine Pappwolke mit Geländer wurde vom Schnürboden aus heruntergelassen, ein Himmelswagen, wie die Fachleute sagen. Ihm entstieg der Seemann.

Der Seemann wünschte einen guten Tag. Er hielt Lutz einen langen, schmalen Karton entgegen. »Ich habe sie doch mit. Zuerst dachte ich, ich hätte sie zu Hause liegengelassen, aber sie waren ganz unten drin im Koffer, in einen Pullover eingewickelt – wenn man den Koffer nicht selber packt. Meine Mutter sagt immer, einen Koffer muß man laden wie ein Schiff – und dann finde ich nichts. Aber nun habe ich sie doch gefunden.«

Er hob vorsichtig den Deckel, zog ein Diapositiv heraus und hielt es gegen die Sonne.

»Die Berge der Escambray, Kaffee-Ernte. Der schwarze Fleck im Vordergrund, das bin ich. Die Sonne bräunt da nämlich unheimlich.«

»Aha«, sagte Lutz.

»Da staunen Sie, was? Oder hier: die Moro-Festung in Santiago de Cuba. Waren Sie überhaupt schon mal im Ausland? Was? Vierzig Jahre und immer zu Hause gesessen, ach, zweiunddreißig sind Sie erst, naja, zweiunddreißig ist auch schon ein ganz schönes Alter. Mit dreißig kenn ich die ganze Welt wie meine Westentasche, tja, wir Seeleute sind eben ein ganz anderer Schlag. Hier sehen Sie den Karneval in Havanna. Wo man hinguckt und hinspuckt Fotomotive. Schwarz-Weiß wäre ein Verbrechen. Manchmal habe ich an einem Tag zehn Buntfilme verschossen. Das ist das neue

Touristenzentrum Pinar del Rio, sehen Sie sich bloß mal das Meer an, rechts unten Commandante Juan, ich schreibe mich mit ihm, wer weiß, ob ich ihn noch mal wiedersehe. Haben Sie schon gehört, daß die Amis ihre Streitkräfte in Kampfbereitschaft versetzt haben, ich denke, ich höre nicht recht, und die Es-U hat den Urlaub für das Militär aufgehoben, und in Kuba ist Mobilmachung. Das haben wir schon gestern abend gehört? Ja, die Lage im allgemeinen, aber die Einzelheiten ... Glaube ich nicht, kann ich nicht glauben. Oder ich muß besoffen gewesen sein. Danke, ich stecke die Dias lieber selber in den Karton, die sind nämlich nach Gesichtspunkten geordnet. Darf ich Sie für heute abend zu einem Farblichtbildvortrag einladen?«

Der Seemann kauerte vor seiner Schachtel, hauchte auf jedes glasgefaßte Diapositiv, das Lutz ihm zurückgab, und putzte mit einem Taschentuch nach, bevor er es wieder einordnete.

»Heute abend«, sagte Lutz, »heute abend also ...«

»Jawohl«, sagte der Seemann, »ich gebe auch ein paar Gesangseinlagen, *La Paloma ohe, einmal muß es vorbei sein*, heute abend singe ich natürlich besser. Hier, damit Sie noch ein bißchen Appetit kriegen, das ist das Hotel ›Habanna Libre‹, vormals Hilton, in dem angekreuzten Zimmer habe ich mal gewohnt. Und das ist die Bucht von Baracoa, wo Columbus gelandet ist, und das ist Playa Girón, und das ist meine Freundin. Sie sind wie gesagt herzlich eingeladen, der Archäologe und das Fräulein haben zugesagt, der Tierpfleger, die Witwe natürlich, ich glaub, sie hat's auf mich abgesehen, ich muß ein Typ für Witwen sein, der alte Herr, die ganze Truppe wird vertreten sein. Ihre charmante Tischnachbarin übrigens auch.«

Ev probierte Kleider an. Vor einem Spiegel. Der Spiegel hatte einen verschnörkelten Goldrahmen und hing über einer Kommode, die selbstverständlich ein Stilmöbel war. In den Zimmern der ehemaligen Besitzerin standen nur Stilmöbel. Ev sah sich zum erstenmal in einem verschnörkelten Goldrahmen. Natürlich sah sie aus wie immer. Die Nase war viel zu lang und mit Sommersprossen verdorben wie immer, der Mund war zu groß, und der Hals hatte zwei Ringfalten. Alles war wie immer. Der Rahmen täuschte. Es lag an diesem albernen verschnörkelten Rahmen. Sie mußte sich den Rahmen wegdenken, dann war alles wie immer.

Ev probierte ein schwarzes Kleid an und ein weißes und ein grünes. Sie entschied sich für das grüne. Es war noch so zerknittert, wie sie es aus dem Koffer genommen hatte. Sie hatte es nicht gebügelt, weil sie überzeugt war, daß sie es nicht brauchen würde. Nun brauchte sie es also doch.

Sie räumte den Dahlienstrauß von der Kommode. Es war schon der zweite Dahlienstrauß, den das Zimmermädchen stillschweigend in die bauchige Vase gestellt hatte. Die dünnen Stiele bogen sich unter der Last der aufgedonnerten Blüten.

Ev zog das Laken aus dem Bett, faltete es zweimal, deckte es auf die Kommode und bearbeitete darauf das Kleid mit feuchtem Tuch und Plätteisen. Dampf stieg auf. Es roch nach Wolle, Appretur und Schweiß. Der Spiegel erblindete ein bißchen. Ev konnte sich nicht mehr genau erkennen. Sie bügelte ein Kleid auf, das sie sich vor sieben Jahren hatte anmessen lassen, ein Etuikleid, wie der Fachausdruck lautete, eine zeitlose Haut, und es paßte und stand ihr auch noch ausgezeichnet. Aber sie mußte es aufbügeln. Dabei beschlug der Spiegel. Sie klatschte das nasse Tuch an das Bügeleisen, damit er noch mehr beschlug, sie machte sich einen Spaß daraus. Dann, als die letzte Feuchtigkeit aus dem Tuch zischend verdampft war, hängte sie das Kleid auf einen Bügel, breitete das Laken über die Matratze und stellte das Plätteisen auf den Balkon.

Es war bereits dunkel geworden. Und kühl war es, feucht und kühl. Feuchtigkeit fällt ein in das Zimmer und Wassergeruch. Der See liegt unter seiner Stannioldecke. Der Mond beleuchtet sie. Er schwimmt in unendlicher Finsternis und sieht noch beinahe aus wie ein Vollmond. Und zu seiner Rechten hat er nach wie vor den Staubfleck, dessen Durchmesser viermal größer ist als der des Mondes. Ein flimmernder Punkt liegt unter ihm, ein Nichts an Größe, eine Kleinigkeit für ihn. Und was neben dem flimmernden Punkt liegt, ist so winzig, daß es über jegliches Maß erhaben ist und getrost als Nichts bezeichnet werden kann. Aber die Decke bewegt sich. Fische und Krebse und Muscheln und Algen und Schlamm, die Decke bewegt sich. Hektisch. Wie von einem Bewegungshunger erfaßt. Mit gesteigerter Intensität, wie unter einer Vorstellung von Stillstand.

Kruke, dachte Ev.

Und wann willst du endlich Kinder, fragte Uwe, obwohl Ev ihn gar nicht gerufen hatte.

Frag nicht so dumm, sieh dir den Himmel an.

Also nie, sagte Uwe.

Willst du denn welche?

Aber du willst keine, sagte Uwe, aus Egoismus.

Ich glaube, unsere Liebe ist in Freundschaft ausgeartet.

Andere Frauen haben auch Kinder und arbeiten, sagte Uwe.

Mit halber Kraft.

Das ist nicht wahr, sagte Uwe.

Weil es nicht auffällt. In den meisten Berufen fällt es kaum auf. Aber in meinem Beruf würde es auffallen. Ich wäre meiner Konkurrenz gegenüber von vornherein im Nachteil.

Du bist zu ehrgeizig, sagte Uwe.

Kannst du mir sagen, weshalb es beispielsweise in wissenschaftlichen Berufen so wenig Frauen gibt, die mehr als guter Durchschnitt sind?

Guter Durchschnitt genügt dir wohl nicht?

Nein.

Du bist wirklich krankhaft ehrgeizig, sagte Uwe. Der Ehrgeiz frißt dich auf.

Ich höre immer von dir, die Zukunft oder so ähnlich gehöre den Unbescheidenen.

Die historische bedingte Benachteiligung der Frau ..., sagte Uwe.

Und die biologisch bedingte? Talent ist vor allem die Fähigkeit, sich konzentrieren zu können, sich lange Zeit absolut und mit ganzer Kraft auf eine Sache konzentrieren zu können. Eine Mutter ist immer wenigstens im Unterbewußtsein bei ihren Kindern.

Du bist frigide, sagte Uwe.

Kruke, dachte Ev. Sie schloß die Balkontür. Das Zimmer war vollgepumpt mit kalter Unruhe. Ev setzte die Vase mit den gefärbten Blütenklumpen wieder auf die Kommode und zog das Kleid an. Es war dunkelgrün und etwas ausgeschnitten. Und sehr eng war es. Und auffällig. War die Farbe vielleicht zu auffällig? Ev musterte ihr Spiegelbild, das altmodisch gerahmt war. Wahrscheinlich lag es an diesem albernen goldbronzierten Rahmen, daß sie heute nach nichts aussah. Sie zog eine Blume aus der Vase. Erst als sie den Stengel abgebissen hatte, bemerkte sie, daß die hinteren Blütenblätter schon verwelkt waren. Sie steckte die Blume an den Ausschnitt.

Und sie richtete es so ein, daß sie etwas zu spät kam.

Aber Lutz war nicht da. Alle waren der Einladung des Seemanns gefolgt, nur Lutz nicht.

Kruke, dachte Ev. Wütend. Wütend vor Enttäuschung.

Als er gegen zehn kam, war die Spannung von ihr abgefallen. Sie konnte ihn beobachten. Sie nahm sich vor herauszukriegen, welchen Gesetzmäßigkeiten das Phänomen unterlag. Daß die merkwürdige Veränderung irgendwie gesetzmäßig, das heißt bei einer ganz bestimmten berechenbaren Konstellation seines programmierten Denkens erfolgte, glaubte sie schon herausgefunden zu haben.

Lutz blieb an der Tür stehen. Alle schienen ihn anzustarren. Er fühlte sich von ihren Blicken an die Tür genagelt.

»Sie haben etwas verpaßt«, sagte die Witwe.

»Verzeihung«, sagte Lutz.

Die Witwe verbarg ein Kichern hinter der Hand. Alle schienen etwas zu verbergen.

»Wollen Sie sich nicht setzen?«

»Danke, ich steh gern.«

»Den ganzen Abend willst du stehen?«

Das »Du« blieb kleben auf seiner Brust. Alle starrten seine Brust an.

»Der Vortrag war hinreißend schön«, sagte die Witwe. »Trinken Sie auch Rum? Wir trinken heute alle Rum. Der Ober muß gleich kommen. Würden Sie mal beiseite treten, damit der Ober die Tür aufkriegt?«

Lutz trat beiseite. Er griff hinter sich. Er klebte eine Hand auf poliertes Holz. Er merkte, daß er vor dem Plattenschrank stand. Skandal, dachte er.

»Musik«, sagte der Seemann.

Lutz sah hinüber zum runden Tisch, sah die Tassen, die sich auf seiner Glasplatte spiegelten, volle und leere, vor allem leere, Konfektschachteln sah er und überfüllte Aschenbecher und Salzstangen und bequeme Sessel.

Er sagte: »Der Plattenspieler ist kaputt.«

Der Seemann wollte es natürlich nicht glauben.

Alle schienen es nicht glauben zu wollen.

Der Seemann sagte: »Wieso?«

»Weil er kaputt ist«, sagte Lutz. »Ich werde versuchen, ihn zu reparieren.«

Das Fräulein schmatzte. »Was, das können Sie auch?«

»Ein Ingenieur muß alles können«, sagte Lutz. Er versuchte, sich die Tischrunde in Nachthemden vorzustellen. Und er sagte: »Wird gemacht.«

Jetzt, dachte Ev. Aber es passierte nichts. Sie sah noch immer seinen gekrümmten sakkobezogenen Rücken und ein wenig vom pelzigen Haar, das im Nacken und an den Ohren sehr schön hell war, fast weiß, und den graugesessenen Jeanshintern sah sie und die zerstauchten, die Waden abzeichnenden Hosenbeine, und die riesigen Schuhe mit den überspannten Spitzen.

Lutz nahm den Netzstecker aus der Dose, drückte die

Nulltaste, zog die Benzing-Sicherheitsscheibe ab, hob den Plattenteller und entfernte die 200-mA-Sicherung.

»Wegen mir brauchen Sie sich nicht zu beeilen, lieber P.«, sagte der Professor. »Wenn ich im Besitz der Macht wäre, würde ich diese Art von Musik verbieten. Ich stehe nicht an zu bekennen, daß ich in diesem Fall für Diktatur bin, jawohl, für die Diktatur des vorbeugenden Gesundheitsschutzes. Lärm deformiert das Gehirn.«

»Es ist allerdings unbestritten, daß Hühner bei heißer Musik mehr Eier legen«, sagte der Tierpfleger.

»Möglich«, sagte der Professor, »Eier werden ja auch nicht mit dem Kopf gelegt.«

Der Professor sah im Nachthemd lächerlich genug aus. Und das Fräulein auch und alle anderen ebenfalls.

Außer Ev. Ev machte den Trick zunichte. Locker, dachte Lutz. Er wechselte mehrmals das Standbein. Dann steckte er die Sicherung in seine Jackentasche und baute den Plattenspieler wieder zusammen.

»Manchmal beneide ich unseren alten Herrn wirklich um seine Ohrenschützer«, sagte der Professor. »Lachen Sie ruhig, gleich werde ich ihn wieder darum beneiden, denn unser Ingenieur scheint den Schaden ja schon behoben zu haben. Sie sind doch ein gebildeter Mensch, mein lieber P., Akademiker, wenn ich richtig informiert bin, in allen Sätteln gerecht, wie man früher zu sagen pflegte, und ich bin von früher, wenn Sie gestatten. Aber ich bin Wissenschaftler, und Wissenschaftler sind von Hause aus neugierig, die von früher jedenfalls, und die von heute hoffentlich auch, und die von morgen auf alle Fälle, und ich wäre sehr interessiert daran, von Ihnen zu erfahren, was Sie sich an dem Lärm erhören.«

»An welchem Lärm?« fragte Lutz.

Der Professor nahm die Pfeife aus dem Mund. Und schob die Unterlippe vor: Tablett, auf dem ein Lächeln lag. Alle schienen zu lächeln. Alle schienen Lutz zu beobachten.

Lutz hängte die Hand an den Gürtel, indem er die Daumen zwischen Hosenbund und Gürtel schob, und stellte den rechten Fuß vor. Alle konnten sehen, daß er bequem stand. Er wartete noch einen Augenblick, bis es alle gesehen hatten. Dann sagte er: »Wir erhören uns auch nicht viel an dem Lärm, Herr Professor. Wir tanzen auch lieber nach richtiger Musik. Jazz ist keine. Hört sich vielleicht ganz nett an, aber ist keine. Außerdem sind die anarchistischen Elemente unverkennbar. Und den Anarchismus lehnen wir ja, wie Sie wissen, ab. Jazz ist lumpenproletarische Musik.«

Ev hob unwillkürlich eine Hand vor die Augen, einen Moment nur. Aber dies mußte der entscheidende Moment gewesen sein. Denn als sie wieder aufsah, war das Gerüst bereits vollständig sichtbar, doppelt sogar, denn es warf einen Schatten an die Wand. Die Gerüstteile bewegten sich vor dem Plattenspieler hin und her, alle untereinander mit Nieten verbunden. Nur ein kleines Teil war nicht befestigt. Es schwebte dicht neben dem Gerüst in Höhe der Jackentasche. Ev betrachtete die Konstruktion mit Abneigung: Sie erkannte Vertrautes. Und sie betrachtete die Konstruktion mit Zuneigung: Sie erkannte Fremdartiges. Sie spürte Abneigung und Zuneigung, gleichzeitig, Swing.

»Sehr vernünftig«, sagte der Professor, »ich hatte auch immer die Vorstellung von Mob, wenn ich diese Musik hörte.«

Lutz suchte die grünen Augen von Ev. Sie saß tief gebeugt, die Beine übereinandergeschlagen, es sah aus, als ob der Kopf auf den Knien säße. Das rote Haar, das seitlich gescheitelt war, fiel schräg über das Gesicht und verdeckte es halb. Lutz konnte nur ein Augenlid erkennen.

»Sehr erfreulich«, sagte der Professor. »Übrigens, um ehrlich zu sein: Ihre Ablehnung hat mich gar nicht besonders überrascht. Sie sind ein Mann der Technik, Sie haben sich ihren Beruf sicherlich aus Passion gewählt, und damit haben Sie ja eigentlich ihre Vorliebe bereits bekannt: Sie sind für das Kalkül. Aber daß Ihre charmante Tischnachbarin auch eine so konsequente Technikerin ist, hat mich einigermaßen erstaunt.«

Scheinheiliger Kerl, dachte Lutz und sagte: »Herr Professor, ich muß Sie darauf aufmerksam machen, daß Sie auf dem Holzweg sind. Außerdem habe ich von Frau B. überhaupt nicht gesprochen.«

»So. Soso. Entschuldigen Sie, lieber Herr P., aber Wissenschaftler sind von Hause aus gründlich, können Sie mir vielleicht noch verraten, von wem Sie gesprochen haben?«

»Unterstellungen entschuldige ich nicht. Prinzipiell. Ich habe gesagt: ›Ich mache mir nicht viel aus dem Lärm ...‹«

»Pardon. Sie haben gesagt ›wir‹. ›Wir machen uns nicht viel aus dem Lärm‹, haben Sie gesagt.« Der Professor unterstützte Kopf und Mundstück seiner Pfeife mit je drei Fingerkuppen, hob sie in Augenhöhe und betrachtete sie, als wäre sie ein kostbares Stück aus dem Alpheios-Tal.

Lutz griff nach der Sicherung in seiner Tasche.

Ev starrte traurig auf die Gerüstreste, die noch unverkleidet waren. Die Entdeckerfreude war verflogen. Sie hatte sich ziemlich satt.

Sie nahm die weiße Blume vom Kleid und legte sie auf den Tisch. Der Professor griff sofort danach. »Früher habe ich auf Bällen immer eine weiße Chrysantheme getragen«, sagte er, wobei er sich schnaufend bemühte, die Blume am Jackettaufschlag zu befestigen. »Ich hatte einen beachtlichen Chrysanthemenverschleiß.«

Der Ober brachte den Rum. Er trug die Flasche, wie ein Fackelträger das Olympische Feuer trägt, und er hatte auch einen ähnlichen Laufstil. Obgleich er um diese Zeit wenig zu tun hatte – das abgelegene Hotel wurde nur nachmittags gelegentlich von Kaffeegästen besucht. Aber er trug ja nicht nur Speisen und Getränke auf, er trug auch an einer glanzvollen Vergangenheit als Zahlkellner im Adlon. Ev nannte ihn Adlonis.

Der Seemann führte seine Nase mehrmals über das gefüllte Glas. Dann sagte er: »Auf Baracoa!«

»Auf den Urlaub«, sagte die Witwe.

Lutz beobachtete, daß Ev zuerst mit dem Professor anstieß. Zufall? Er schüttete die braune Flüssigkeit in sich hinein, er schüttelte sich, aber Schnaps trank man schließlich nicht des Geschmacks, sondern der Wirkung wegen. Und die Wirkung war gut. So, als ob der Magen eine Feuerstelle hätte, als ob Spiritus auf die Feuerstelle gegossen worden wäre.

»Und das Mädchen«, fragte das Fräulein, »wollen Sie das Mädchen heiraten?«

»Liebling, so was fragt man doch nicht.«

»Dich nicht«, sagte das Fräulein, ohne den Professor anzusehen, »aber die junge Generation kann man, wie ich hoffe, nach so was fragen. Nicht wahr?«

»Klar«, sagte der Seemann. »Fragen Sie nur. Immer fragen Sie. Ich hab bestimmt mehr gesehen als Sie alle zusammengenommen.«

»Und das Mädchen?«

»Postenschieben wird sie, MPi unter den Arm undsoweiter.«

»Man hört überhaupt nichts anderes mehr«, klagte die Witwe.

»Natürlich«, sagte das Fräulein, »jetzt können Sie sie nicht heiraten. Aber wenn alles vorbei ist . . .«

»Ich weiß nicht«, sagte der Seemann.

»Sie wissen es nicht? Wenn Sie es nicht wissen, lieben Sie sie auch nicht.«

»Na, erlauben Sie mal. Wenn ich sie nicht sehe, bin ich krank. Nicht mal essen kann ich.«

»Aber Sie wissen nicht, was Sie wollen.«

»Sie will ich und keine andere, begreifen Sie denn das nicht?«

»Doch. Und was werden Sie tun?«

»Ich weiß nicht«, sagte der Seemann.

»Aber Sie müssen doch das Problem irgendwie lösen«, sagte das Fräulein.

»Klar«, sagte der Seemann.

»Die Geschichte muß doch irgendeinen Schluß kriegen.«

»Geschichten mit Schluß wollen eine intakte Welt suggerieren, Liebling«, sagte der Professor, »unsere jedoch befindet sich gegenwärtig, wie mir scheint, in einer orogenen Phase. Haben Sie den Schaden an der Krachmaschine beheben können, lieber P.? Sehen Sie, es ist doch nicht so einfach, wie Sie anfangs annahmen. Nein, das wollte ich damit nicht sagen. Sie mißverstehen mich. Wir scheinen uns heute abend dauernd mißzuverstehen. Ich bewundere im Gegenteil Ihre Fertigkeit, sich in allen Dingen zurechtzufinden und sich nicht verblüffen zu lassen. Ich wundere mich gern, wissen Sie, ich liebe meinen Beruf. Und ich hatte gute Lehrer. Natürlich gehört nicht viel dazu, sich beispielsweise über eine Sonnenfinsternis zu wundern. Über eine Sonnenfinsternis wundert sich auch ein Huhn. Aber um sich über einen fallenden Apfel wundern zu können, muß man schon ein Newton sein. Kennen Sie ›Die Vögel‹ von Aristophanes?«

»Nein«, sagte Lutz, wobei er die Benzing-Sicherungsscheibe abzog, den Plattenteller hob und die 200-mA-Sicherung wieder einsetzte.

»Was, Sie als Akademiker kennen Aristophanes nicht?«

»Nein, kennen Sie das Ohmsche Gesetz?«

»Wenn ich Elektriker wäre, würde ich es kennen«, sagte der Professor mit sehr hoher Stimme und schenkte wieder Rum ein. Diesmal prostete Ev zuerst dem Seemann zu und dann Lutz. Ev sah Lutz auch an dabei, aber nicht lange. Nicht länger als die anderen. Vielleicht sogar ein wenig flüchtiger. Und sie hatte graue Augen, als sie ihn ansah. Er dachte, nicht mal meinen Namen sagt sie. Warum sagt sie meinen Namen nicht? Er belauerte sie.

»Übrigens«, sagte der Professor, wobei er das leere Glas nachdrücklich auf die Tischplatte zurückstellte, »übrigens finde ich mich auf einigen technischen Gebieten durchaus zurecht. Auf dem Gebiet der angewandten Radioaktivität zum Beispiel.«

»Schon wieder«, murmelte die Witwe. »Ich habe nur zwölf Tage Urlaub im Jahr. Und Einkellerkartoffeln habe ich auch nicht bestellt. Meine Mutter tut sich immer ein paar Zentner ein für alle Fälle ...«

»Mit Hilfe der Radioaktivität können wir das Alter organischer und unorganischer Objekte ziemlich genau bestimmen«, sagte der Professor. Er sprach wie gestochen. Er drückte den Rücken gegen das Polster, legte die Ellenbogen auf die wulstigen Armlehnen und streckte die Beine aus. »Die Altersbestimmung der organischen Stoffe stützt sich auf den Kohlenwasserstoff, der, wie Sie wissen, in allen organischen Verbindungen enthalten ist. Von ihm existieren drei Isotope, die zusammen vorkommen: die beiden stabilen Isotope Kohlenstoff 12 und Kohlenstoff 13 und der radioaktive Kohlenstoff 14.

Die Höhenstrahlen zerschlagen bekanntlich Atome der Luftmoleküle, wodurch Protonen und Neutronen frei werden, die ihrerseits wieder andere Kernumwandlungen bewirken. Dabei werden Atome des Luftstickstoffes in radioaktiven Kohlenstoff umgewandelt. Die Kohlenstoffatome der Luft verbinden sich mit je zwei Sauerstoffatomen zu Kohlendioxyd, und mithin muß es auch Kohlendioxydmoleküle geben, die Radiokohlenstoff enthalten. Sie werden ebenso wie das gewöhnliche Kohlendioxyd von den Pflanzen aufgenommen und bei der Photosynthese verarbeitet. Da Tiere und Menschen Pflanzen zu sich nehmen, gelangt der Radiokohlenstoff auch in den tierischen und menschlichen Körper. Nun wird aber in allen organischen Stoffen, solange sie aus lebenden Zellen bestehen, der zerfallende Radiokohlenstoff ergänzt, wodurch das Mengenverhältnis zwischen stabilem und radioaktivem Kohlenstoff erhalten bleibt. Endet das Leben in den Zellen und damit der Stoffwechsel, wird auch kein neuer Radiokohlenstoff mehr aufgenommen. Der Radiokohlenstoff zerfällt, sehr langsam natürlich – Halbwertszeit fünftausendsechshundert Jahre –, und das Verhältnis zwischen den Isotopen ändert sich. Auf der Veränderung dieses Verhältnisses basiert die Methode der Altersbestimmung. Mit Geigerzählern ermitteln wir den radioaktiven Gehalt der zu untersuchenden Objekte. Und danach wird dann das Alter beispielsweise von Knochen oder Mumien errechnet, mit ziemlicher Genauigkeit übrigens.

Die Altersbestimmung der anorganischen Stoffe beruht auf einem ähnlichen Prinzip. Voraussetzung für alle diese Methoden ist natürlich, daß keine außerordentlichen Ereignisse dieses natürliche Verhältnis geändert haben. Meine Damen und Herren, auf den Stern von Baracoa, prost!«

»Auf die Frauen«, sagte der Seemann, der langsam in Schwung kam.

»Ich möchte darauf aufmerksam machen, daß Sie mit einem Mann anstoßen, der in starkem Maße vom Krieg lebt. Wenn es keine Kriege gegeben hätte, hätten wir bedeutend weniger auszugraben.«

Lutz hob den Tonarm von der Stütze ab und schwenkte ihn nach rechts. Der Motor sprang an, das Reibrad drehte den Plattenteller. Als Lutz den Saphir aufsetzte, fielen sechzig bis siebzig Phon aus dem Lautsprecher. *St. Louis woman wid her diamon' rings/Pulls dat man roun' by her apron strings,/'twant for powder an' for store-bought hair —/De man I love would not gone nowhere.*

Heiterkeit, Unwillen, Protest. Ev begann mit der Schuhsohle den Teppich zu schlagen. Ihre Augen konnten Lutz nichts mehr anhaben. Er war in siebzig Phon gewickelt. Idiot, dachte er nachträglich. Er konnte sich nicht entsinnen, je eine so unsichere Figur gemacht zu haben. Er war wütend. Und er dachte nicht daran, auf die Proteste zu reagieren. Er hatte die Klugscheißereien des Professors ja auch ertragen müssen.

Ev schrie: »Gut, aber ein bißchen zu lahaut.«

Lutz schrie: »Warum?«

»Waheil«, schrie Ev, »waheil und hierm.«

»Hierm«, lag schön verquer in ihrem Mund. »Hierm« war ein Argument, dem Lutz sich nicht verschließen konnte. Er schrie: »Eine Tasche leiser oder zwei Taschen?«

»Eine Tasche genühügt.«

Ja, da schaut der Herr Professor dumm aus der Röhre, da

ist er zu Ende mit seinem Latein, das ich natürlich auch nicht beherrsche, als Akademiker wohlgemerkt, als Akademiker, aber nun glotzt er, wie er noch nie geglotzt hat, seit ich das Vergnügen hatte, jetzt ist er baff, der Gute, er versteht Bahnhof, der Ärmste, er kann nicht mitreden, schrecklich. Lutz verringerte die Lautstärke und sagte: »Kennen Sie Evuaheli?«

»Evuaheli? Nicht aktiv.«

»Das wundert mich eigentlich, Herr Professor, Sie als Akademiker . . .«

»Sie wundern sich? Ach . . . Und Sie, liebe Frau B., ich sehe, die Musik fährt Ihnen in Ihre schönen Beine, gestatten Sie mir, an Sie die gleiche Frage zu richten wie an Herrn P.?«

»Ich gestatte«, sagte Ev, »obgleich ich natürlich zu einem Blues lieber tanze als rede.«

»Wie erklären Sie sich das?«

»Och.«

»Ich verstehe, Sie können es nicht erklären.«

»Doch«, sagte Ev. »Augenblick.« Sie streckte Zeige- und Mittelfinger beider Hände aus, als ob sie schwören wolle, aber sie hob die Hände nicht, sondern beschrieb, als sie zu sprechen begann, mit den ausgestreckten, sogar etwas zurückgebogenen Fingern einwärts gerichtete Kreise. Sie sagte: »Meine Schuhe kann ich besohlen lassen. Meinen Mund nicht. Wenn ich die Schuhe kaputtgetanzt habe, schmeiße ich sie weg. Wenn ich meinen Mund wegschmeißen will, muß ich mich selbst wegschmeißen. Und dagegen hab ich was.«

Der Professor schlug sich die hohle Hand an die Stirn und ließ diese theatralische Geste in Kopfkratzen ausklingen. Er durchpflügte den stattlichen weißen Haarschopf von der Stirn bis zum Genick, stöhnend.

»Aber das ist doch kein Gesang.«

»Das ist Satchmo«, sagte Ev. »Die Leute, die solche Platten hören, wollen nicht Gesang, sondern Satchmo. Große Städte wecken ein Bedürfnis nach Individualismus. Große Gefahren übrigens auch.«

»Na schön. Aber diese Musik ist uns doch fremd. Sie muß uns doch fremd sein, schon weil sie in einer uns fremden, um nicht zu sagen uns feindlichen Welt geboren wurde.«

»Ich war mal mit einem Neger befreundet«, sagte Ev. »Als Studentin. Wir wohnten zusammen in einem Heim. Trinken Sie noch einen? Danke, ich nicht. Er war vielleicht der schönste Mann, den ich gehabt habe. Ikbo hieß er.«

»Und warum sind Sie nicht zusammengeblieben?« fragte das Fräulein.

»Zu anstrengend.«

»Wieso?«

»Ich sagte doch: Ikbo war ein schöner Mann.«

Lutz beobachtete, wie Ev ihre Zuhörer führte.

»Und Ihr Gehirn, liebe Frau B., spüren Sie nicht, wie Ihr Gehirn durch den Lärm deformiert wird?«

»Nein.«

»Merkwürdig. Die jungen Leute müssen Gehirne aus Eisen haben. Können Sie mir das Phänomen erklären?«

»Ja«, sagte Ev. »Augenblick.« Sie streckte wieder Zeige- und Mittelfinger beider Hände aus und kniff dabei ein Auge zu, als ob sie einen Punkt anvisieren wollte. Dann sagte sie: »Das Gehirn der jungen Leute ist nicht aus Eisen, sondern aus Stahlbeton.« Sie beschrieb mit den ausgestreckten Fingern einwärts gerichtete Kreise und knurrte jedes Wort an. »Stahlbeton korrodiert weniger, außerdem kann man mit ihm phantasievoller bauen, potentiell. Vielleicht würde Ihnen so ein Stahlbetongehirn auch zusagen. Es käme auf einen Versuch an. Ich würde Ihnen gerne einen Entwurf machen. Stahlbeton hat Zukunft.«

Der Professor schlug sich wieder mit großer theatralischer Geste eine Hand an die Stirn, ob vor Ärger oder vor Freude, war nicht auszumachen.

Auf jede Frage eine Antwort, dachte Lutz. Sie kocht auch nur mit Wasser. Und von so was hab ich mich unsicher machen lassen.

Er schob sich einen Sessel heran und setzte sich neben

Ev. Sie kaute an einer Haarsträhne. Rotes Haar mag ich doch eigentlich auch nicht, dachte er. Rotes Haar hab ich nie gemocht. Und grüne Augen? Ja, wenn sie immer grün wären, aber sie sind ja schon wieder grau. Eben noch waren sie grün, und jetzt sind sie schon wieder grau. Eine sehr unbeständige Dame, wie es scheint. Sprunghafte Frauen hab ich eigentlich auch nie gemocht. Aber unter den Blinden ist der Einäugige König. In diesem Blindenheim bleibt mir ja nichts anderes übrig, als mich an die Einäugige zu halten. Außerdem tut Grün den Augen gut.

»Herr Ober, was bietet die Küche?«

Adlonis sagte: »Toast Hawaii.«

»Und?«

»Es ist schon spät, mein Herr.«

»Verstehe: Nur Toast Hawaii. Dann bringen Sie für alle eine Portion von dem Zeug.«

»Sie glauben also, Stahlbeton hat Zukunft«, fing der Professor wieder an. »So. Soso. Warum glauben Sie das?«

»Ich bin Architekt«, sagte Ev.

»Richtiger«, fragte Lutz.

»Richtige Architekten gibt es gar nicht. Genausowenig wie es richtige und falsche Gedichte gibt. Es gibt nur gute und schlechte Gedichte und gute und schlechte Architekten. Ich hoffe natürlich, daß ich mal ein guter werde – kennen Sie jemanden, der mit Absicht schlechte Gedichte schreibt?«

»Ich wäre jedenfalls nicht interessiert daran, diesen Jemand kennenzulernen«, sagte der Professor.

Architekt, dachte Lutz.

»Architekt also«, sagte der Professor. »Aber Architekten sind doch Rechner, und die modernen erst gar, diese Fanatiker der Klarheit, die das Glas lieben und den Exhibitionismus der Konstruktion.«

»Und Türme«, sagte Ev, »wir lieben die Türme.«

»Ich würde sagen: Nadeln. Sie wollen dem Himmel Nadeln in den Bauch treiben. Verstandeseuphorie – mal was anderes. Wenn Sie mir sagen würden, daß Sie ein

Bachfanatiker wären, das würde ich verstehen. Aber dieser musikalische Animalismus ist doch im Zeitalter der Mikrophysik einfach anachronistisch.«

»Leute, die im Zeitalter der Mikrophysik nicht mal das Ohmsche Gesetz kennen, sind auch anachronistisch und existieren trotzdem, und wie«, sagte Lutz. Strahlend.

»Ich kenne einen theoretischen Physiker, der sich für besonders hochgestochene Berechnungen mit heißer Musik präpariert«, sagte Ev. »Es gibt schließlich nicht nur emotionelle, sondern auch intellektuelle Ekstasen. Außerdem kann der Mensch, glaube ich, nicht ständig in absoluten Landschaften leben, in der Einsamkeit der Wüste beispielsweise oder in der dünnen Luft der absoluten Abstraktion; der heutige Mensch jedenfalls scheint das noch nicht auf Dauer aushalten zu können, ohne Schaden zu nehmen. Zum Glück. Gelegentlich hat er das Bedürfnis, sich von seinem Kopf zu erholen – eine natürliche Gegenreaktion, Ferien vom Kopf sozusagen. Aber der Kopf ist angewachsen. Und ausgekocht ist er auch. Also müssen Sie schon scharfe Sachen auffahren, wenn sie ihn schaffen wollen. Der Jazz ist eine scharfe Sache.«

Richtiger Architekt, dachte Lutz. Er spürte wieder die Augen aller auf sich gerichtet. Und er war froh, daß das Essen nicht kam. Er dachte: Skandal.

Aber nach einer Weile, die vielleicht eine Stunde gedauert haben mochte oder fünf Minuten, brachte Adlonis das Bestellte hereingefahren. Die Portionen waren auf einer großen mit Papierdeckchen belegten Platte arrangiert. Als Adlonis sie von den Papierdeckchen auf die nackten Teller hob, waren sie nicht größer als ein Bierdeckel.

Lutz verspeiste das Gericht in drei großen Happen.

Der Professor stocherte genüßlich in den Zutaten. »Sie essen zu hastig«, sagte er, »bei diesem Tempo können Sie ja unmöglich die raffinierten Dissonanzen dieses köstlichen Gerichts durchgeschmeckt haben.«

»Wenn ich esse, esse ich«, sagte Lutz.

»Ich auch«, sagte Ev. »Ich pflege auch diesen Stil. Eine

Zeiterscheinung sozusagen. Aber hier besonders ausgeprägt entwickelt. Die Deutschen haben einen Hang zum Ausgeprägten. Essen wird bei uns normalerweise nicht als angenehme, sondern als notwendige Seite des Lebens betrachtet. Essen ist ein Akt des Bewußtseins. Je höher das Bewußtsein, desto niedriger die Eßkultur. Der Chefarchitekt unseres Stadtbaubetriebes wirft sein Essen auf Sitzungen in sich hinein, oder er ißt es kalt, wenn er mal Zeit hat. Und wenn er keine hat, lebt er von Bockwürsten. Er erzählt das übrigens nicht ganz ohne Stolz. Genüßliches Essen in ernsten Sitzungen käme ihm vielleicht sogar ein bißchen verdächtig vor. Er kann sicher auch gar nicht mehr genüßlich essen. Er ist auf diesen Stil festgelegt. Gewohnheitssache. Wenn wir essen, ist es ein ähnlicher Vorgang wie das Tanken eines Autos.«

»Sie sagen ja auch ›wir‹ – aber mit Ihnen möchte ich mich nicht streiten. Schon gar nicht beim Essen.« Der Professor schob einen Krebsschwanz, einige Champignons und ein Stückchen Ananas auf die Gabel, die er mit Daumen, Zeige- und Mittelfinger hielt. Die anderen beiden Finger waren abgespreizt. Er führte die Gabel zitternd zum Mund, den er schon geöffnet hatte, bevor er die Gabel vom Teller hob. Er schloß die Augen halb. Die Backenhaut wurde nach innen gesaugt. Dann erst begannen die Kiefer, sich vorsichtig zu bewegen.

»Vergessen Sie die Zitrone nicht«, sagte er wie im Traum. »Und nehmen Sie sich viel Zeit. Sie haben viel Zeit.«

»Hier ja, aber nicht prinzipiell.«

Prinzipiell, dachte Lutz. Zufall?

»Ich kann nicht langsam essen, Professor, ich versuche es manchmal, aber es geht nicht. Es muß am Rhythmus liegen. Wir beide haben wahrscheinlich einen unterschiedlichen Rhythmus. Revolutionen sind immer ein bißchen puritanisch. Weil sie aufs Ganze gehen. Sie möchten gern erst das Ganze, die ganze Arbeit, und dann das Vergnügen. Obgleich sie wissen, daß das Ganze ein endlicher Wert ist, das Ende selbst, nach dem nichts mehr kommt, ganzer

Idealismus sozusagen, möchten sie das Ganze doch gern irgendwie. Jedenfalls jagen wir wie besessen hinterher und nehmen uns nicht mal Zeit zum Essen.«

Nicht mal Zeit zum Essen, dachte Lutz. Und sonst?

Der Seemann schnellte den Mittelfinger an den Handballen. Er hatte schon längere Zeit die Hand gehoben. Er sagte: »Die Insel, Sie vergessen die Insel.«

»Ob man jetzt noch Einkellerkartoffeln bestellen kann«, fragte die Witwe.

»Ich brauch allein für meine Kaninchen jedes Jahr fünfzehn Zentner«, sagte der Tierpfleger.

»Mir ist nicht gut«, sagte das Fräulein.

Der Professor, der noch immer kaute, mit den Schneidezähnen vornehmlich, wodurch er die Illusion eines mümmelnden Hasen beschwor, hob eine Braue.

»Der Kopf«, sagte das Fräulein.

Der Professor hob auch die andere Braue noch.

»Ich glaube, es ist der Kopf.«

»Jeden Tag etwas anderes«, sagte der Professor. »Ich weiß nicht, ich war noch nie krank. Weil ich mir nie eingeredet habe, krank zu sein. Natürlich tut mir hin und wieder auch mal etwas weh, ich habe Schmerzen – aber was ist das schon, ein paar Schmerzen. Ist es nicht geradezu absurd, wenn der Mensch auf die Bedeutung seines ›ich leide‹ oder ›ich liebe‹ besteht, und vor ihm stehen Billionen Lebende, und hinter ihm stehen Billionen Tote. Bei Ausgrabungen gewinnt man wenigstens eine geringe Vorstellung von der Kluft, die zwischen dem winzigen Alltag und den riesigen Zeitabläufen liegt, in die der Mensch eingeordnet ist. Man bekommt gewissermaßen eine emotionelle Vorstellung von Historie. Angesichts der Unendlichkeit der Zeiträume, der furchterregenden Unendlichkeit der Dinge reduziert sich das Leben für mich auf die Lösung eines Problems: Dem Alltag Würde abzugewinnen.«

Gegen Mitternacht erlitt das Fräulein einen Herzanfall. Ein herbeigerufener Arzt verordnete Bettruhe. Ev erbot sich, die Medizin zu besorgen.

Das Dorf hatte keine Apotheke. Am anderen Morgen stand Ev zeitig auf und machte sich, ohne gefrühstückt zu haben, auf den Weg in die Kreisstadt.

Der Himmel war grau und flach, ein umgestürzter Waschzuber, in dem schmutzige Seifenlauge dampfte. Der Dampf war kalt. Er beschwerte Pullover und Rock und machte das gelackte Haar klebrig.

Ev kam nur langsam vorwärts. Die Straße war aufgewühlt von den Raupenketten schwerer Panzerfahrzeuge. Die Ketten hatten den feuchten Sand geprägt und eine Gußform hinterlassen. Sie wand sich in zwei parallellaufenden Streifen über die Straße: doppeltes Negativ eines Reptils. Ev mußte oft stehenbleiben und sich Sand und Steine aus den Sandalen schütteln.

Wenn die Straße anstieg, konnte Ev den See erkennen. Er sah nicht besser aus als der Himmel: grau, seifig. Er sah nie besser aus als der Himmel. Hörig, dachte Ev. Irgendwo hinter dem jenseitigen Ufer des Tümpels lag die Stadt. Überholen, dachte Ev.

Die Straße umging den See. Zuerst durchquerte sie Obstplantagen. Dann näherte sie sich einer Feldscheune, die mit Spankörben vollgestapelt war, und dann führte sie vorbei an einer Hühnerfarm, an den Gewächshäusern der Gemüse-LPG, an Zäunen, Stallungen, Bauernhäusern und Fischerkaten. Ev glaubte den Fußmarsch schon überstanden zu haben. Doch die Häuser verloren sich wieder. Tomatenfelder, frisch gepflügter Acker, nichteingezäunte Obstplantagen.

Überholen lassen mit einem Autobus, dachte Ev, einholen, was abgerissen ist, zurückholen den synthetischen Organismus.

Der Brodem, der aus dem Himmelszuber fiel, blieb hängen im Geäst der Bäume. Auf der müden Haut des Morgens erschienen die Farben der Früchte aufgeschminkt. Ruhe lastete auf dem Dorf. Ev war allein auf der Straße.

Überholen den synthetischen Organismus, den labyrinthischen Bau aus Steinen und Menschen und Hunden, Wabenbau, jede Wabe ein Leben, das sich behaupten muß gegen das unübersehbare Angebot seiner Art, das sich jeden Tag seine Wichtigkeit beweisen muß und die Einmaligkeit seiner Gefühle; und das den Tod mehr fürchtet als anderswo, weil er mit lautlosem Lieferwagen vorfährt. Kein Kunststück, ich zu sagen, wenn man allein ist auf der Straße, in das Mikrophon der Stille ich zu sagen und auf seine Einmaligkeit zu pochen. Aber im Gewühl der Straßenschluchten, im Lärm des Verkehrs ich zu sagen – Kunststück.

Ev hatte sich also herauskatapultiert. Jedes Jahr katapultierte sie sich für drei Wochen heraus aus dem Bau, dem sie anhing.

Diesmal war sie abgerissen. Weit weg war die Erinnerung an das Gewühl in den Straßenschluchten, an den Lärm des Verkehrs. Nur eine Vorstellung von Häßlichkeit und Gestank war geblieben. Und das konstante Traumsujet: Luftschutzkeller.

Fast ausgelöscht war das synthetische Gesicht, dessen Anblick bescheiden macht. Ungeheuer wuchs das Ich, über sich hinaus und immer weiter, als ob es keine Grenzen gäbe, sichtbar, abgesteckt, vier Monddurchmesser lang, ungeheuer wuchs das Ich und wie zum Trotz. Wenn es sagte: ich leide, weinte die Erde. Wenn es sagte: ich liebe, schwiegen ihre Bewohner in Ehrfurcht.

Ich hole über, dachte Ev, wenn ich den Bus nicht kriege, hole ich über und versaufe.

Der Wind hatte den Himmelswasen in Stücke gerissen und zerrte die Fetzen durch die Baumreihen. Ev versuchte schneller zu laufen. Der Wind klebte den Pullover an die Haut. Sand schmirgelte die Fußsohlen. Ev schleppte die Ruhe wie einen Rucksack. Diese Ruhe, nach der sie sich gesehnt hatte und die sie jetzt loswerden mußte, möglichst sofort, die sie unbedingt eintauschen mußte gegen die synthetische Variante: eingekeilt in Straßenschächte, ständig bedroht, immer beleuchtet, Nachtvogel, Nachtschatten, Nachtmahr, Ruhe, an die man sich verliert, die das Ich auflöst, metrisch, dem Beat der Schritte folgend.

Die Straße wandte sich in einer scharfen Kurve jäh ab von den Plantagen. Sie schien wieder auf Häuser zuzusteuern. Endlich. Zu beiden Seiten erhoben sich hohe Ziegelmauern. Die Mauerkronen hatten Zinnen, die mit einzementierten Scherben bewehrt waren. Hinter den gelben Mauern standen auch Obstbäume, auf ehemaligem gutsherrlichen Boden. Aber dann rückten Einfamilienhäuser vor bis zum Straßengraben.

Betrieb, dachte Ev, hektischer Betrieb und hektische Ruhe, Ansturm, der Gedanken und Gefühle und Angst einebnet oder wenigstens relativiert und die Luft abläßt aus diesem lächerlichen Ich-Ballon, damit er wieder auf den Teppich kommt, in die Stadt, zu Uwe, wohin er gehört.

Die Straße erweiterte sich zu einem kleinen Platz, der unter einem Kastaniendach alles versammelte, was wichtig war für das Obstbauerndorf: Konsum, Schule, Post, Kneipe, Kirche und die Bushaltestelle natürlich. Um die Stange mit Fahrplanschaukasten und signalartigem Flügel, aus dessen Scheibenende ein H gestanzt war, standen etliche Frauen, die ungeduldig geräumige Einkaufstaschen schlenkerten und ihre Kinder ermahnten.

Ev lehnte sich an den Kirchzaun, zog ihre Sandalen aus, riß etwas Unkraut ab, wischte damit die eingetretenen Sandkörner von den Fußsohlen und sah sich die aufgeschundene, schmutzige Haut an.

»Willst du nicht lieber umkehren?«

»Wie kommst du denn hierher?«

»Betriebsgeheimnis«, sagte Lutz.

»Was willst du denn hier?«

»Das Rezept.«

»Sonst hast du keine Sorgen?«

»Doch«, sagte Lutz, »Sorgen mit Taschen.«

»So.«

»Mit zwei großen Taschen«, sagte Lutz.

»Ich will mir die Stadt ansehen«, sagte Ev.

»Glaub ich nicht.«

»Weil?«

»Stadt hast du immer. ›Weil‹ hast du nur noch siebzehn Tage.«

»Ich brauch die Stadt«, sagte Ev.

»Du brauchst Pflaster für deine Blasen, gib mir das Rezept.«

»Ich hab dem Fräulein versprochen, die Arznei zu holen, und was ich versprochen habe, halte ich.«

»Dickkopf.«

»Spion.«

Der Himmel war eine umgestürzte Zisterne, in der sich Grün sammelte, dunkles, gelbstichiges Grün. Ev merkte, daß sie Hunger hatte.

Lutz stellte das linke Bein vor, um vier Finger der linken Hand ein Stück in die linke vordere Hosentasche schieben zu können. »Ev, sei doch vernünftig.«

»Uwe!«

»Uwe ist schön, aber Lutz ist präziser.«

»Entschuldige, ich . . . ich dachte . . . Lutz, sieh mal den Baum da drüben, so ein großer Baum und trägt nur einen Apfel. Einen ganz großen, siehst du ihn, oben hängt er, ein Apfelmond. Hab noch nie einen Apfelmondbaum gesehen.«

»Das ist kein Apfelmondbaum, das ist ein schlechter Träger. Gravensteiner, wenn dir der Name was sagt. Bist du schon mal allein verreist?«

»Nein«, sagte Ev, »noch nie. Und du?«

»Auch noch nie.« Lutz sah, daß ein Riemen an Evs Sandale fast abgerissen war. Er klopfte seine Taschen ab, geriet schließlich an eine, in der es klimperte, förderte etliche Nägel zu Tage, Drahtstifte, Krampen, Blauzwecken, klemmte eine Blauzwecke zwischen die Lippen, sah sich um nach Werkzeugen und vollzog die Reparatur auf einer Kirchenstufe mittels Feldsteinhammer.

»Du kannst doch gar nicht verreisen«, sagte Ev.

»Erlaube mal, ich bin zwar nicht reich, aber soviel verdiene ich schon, daß ich jedes Jahr einmal mit meiner Familie ...«

»Das meine ich nicht«, sagte Ev.

»Ach so, du meinst wegen der Kinder. Natürlich ist ein Urlaub mit Kindern anstrengender, aber prinzipiell ...«

Ev unterbrach ihn. Sie konnte es nicht ertragen, wenn er von seinen Kindern sprach. Sie sagte: »Ich glaube, du verreist nicht, wenn du verreist.«

Spitzfindige Frauen habe ich eigentlich auch nie gemocht, dachte Lutz. Er schob ihr die Sandale an den Fuß. »So«, sagte er, »so, hierm. Und jetzt gehst du nach Hause und pflegst deine Blasen.«

»Ich tu dir wohl sehr leid?«

»Sehr«, sagte Lutz. »Überhaupt, wie kommst du denn dazu ... ich mein, es hätte ja auch jemand anders gehen können.«

»Ist aber nicht. Wer opfert schon gern einen Urlaubstag für eine alte Jungfer.«

»Eben.«

»Eben.«

»Wahrscheinlich hatte sie zu viel Rum geschluckt. Oder sie hat Krach gehabt mit ihrem Alten. Ein komisches Pärchen.«

»Zu komisch.«

»Sie ist doch mindestens vierzig.«

»Mindestens. Und er ist fünfundsiebzig.«

»Aber er sieht noch gut aus.«

»Und er ist Professor.«

»Und er hat ein Auto.«

»Und sie ist eine lustige Witwe.«

»Wir reden nicht über die Witwe, wir reden über das Fräulein«, sagte Lutz.

»Über das Fräulein, das eine Witwe ist.« Suffragetten hab ich eigentlich auch nie gemocht, dachte Lutz.

Die Frauen hatten ihre Einkaufstaschen abgesetzt. Die

Kinder hörten nicht mehr auf die Ermahnungen. Sie spielten Haschen und warfen Knüppel in die Bäume. Die Kastanien schlugen dumpf auf den kopfsteingepflasterten Dorfplatz. Die stacheligen Früchte platzten. Kleine, hutzelige Kerne schossen die Kinder mit den Füßen irgendwohin, große hoben sie auf. Lutz steckte sich auch ein paar in seine Taschen.

»Warum steckst du sie ein?«

Lutz machte ein Gesicht, als ob er bei etwas ertappt worden wäre. »Nur so«, sagte er.

»Nur so? Vielleicht kannst du doch verreisen. Warst du schon mal im Ausland?«

»Schon als kleiner Junge hab ich ständig die Welt umsegelt, jedesmal, wenn ich gebadet habe, hat mir meine Mutter das Segelschiff in die Wanne gegeben, das mir Vater im Knast gebaut hat, und dann hab ich *Auf Matrosen ohe* gesungen und die Welt umsegelt. Und später hab ich Flugmodelle gebaut, aus Sperrholz und Zwirn und Butterbrotpapier und viel Leim. Der Leim hat so gestunken, daß meine Mutter Kopfschmerzen davon gekriegt hat. Aber ich konnte fliegen.«

»Und jetzt, kannst du jetzt noch fliegen?«

»Freud hab ich mal als Pennäler gelesen. Unser Klassenlehrer hatte die Aufgabe, die Bibliothek zu katalogisieren, die ein verstorbener Studienrat unserer Schule vermacht hatte, und da hab ich aus dem Makulaturhaufen eine Schwarte geklaut. Ich hab schon immer viel gelesen. Am liebsten Reisebücher. Ich hab einen ganzen Schrank voll Reisebücher zu Hause. Die ganze Welt in einem Schrank.«

»Aber in einem unbescheidenen Schrank.«

»Jugend und Revolutionen sind immer unbescheiden. Die Zukunft der Menschheit liegt auf den Schultern der Unbescheidenen.«

»Auf den Schultern.«

»Ja.«

»Und was will sie da?«

»Die Menschheit, die einer Welt entgegenschreitet . . .«

Lutz sprach leise, den Zeigefinger vor dem Mund, der die Worte abzubremsen und ihre Phonstärke zu verringern hatte, kein Leisesprechen schlechthin: prinzipielles Leisesprechen. Ab und zu kitzelte er die Nase mit dem Zeigefinger. Dann legte er ihn wieder senkrecht auf die Lippen. Er schien überzeugt davon zu sein, daß die Gegenstände, über die er redete, für sich sprachen und des Lärms nicht bedurften. Wer die Strapazen des Zuhörens nicht auf sich nahm, hatte selbst den Schaden. Wen das ständige Nasekitzeln und im Gesicht Herumgreifen störte, dem ging es nicht um die Gegenstände, sondern um Effekte. Und Effekte schien Lutz abzulehnen, prinzipiell. Ev hatte den Eindruck gewonnen, daß Lutz die großen Gegenstände liebte, er sprach eigentlich immer in der Größenordnung Welt und Menschheit. Aber wenn er Welt sagte, mußte Ev unwillkürlich denken: 107 843 qkm; und wenn er Menschheit sagte, dachte sie: 17 Millionen. Unter seinen Definitionen schienen die Gegenstände zu schrumpfen. Riesige Gegenstände wurden handlich. Verglichen mit diesen Erscheinungen war die Veränderung, die sich dabei an ihm vollzog, eine Bagatelle. Ev beobachtete mit Unbehagen, daß er nach Sternen greifen konnte, ohne sich den Arm auszurenken oder sich die Finger zu verbrennen. Ja, er konnte Sterne sogar in die Tasche stecken. Er schien die Kunst der Definition zu einer magischen Disziplin entwickelt zu haben.

Jemand verbreitete das Gerücht, der Bus hätte eine Panne. Wo? Irgendwo auf der Landstraße, erfuhr Lutz. Eine Panne also. Eine Reifenpanne? Eine Motorpanne? Irgendwo? Lutz stieg den kleinen Kirchhügel hinauf, um dieses Irgendwo zu suchen. Er stellte sich auf die Zehenspitzen. Er stellte sich auf einen Stein. Vergebens. Er konnte nur den See sehen.

»Der See ist heute ganz aufgewühlt«, sagte er und zeigte hinüber zu dem schmalen Streifen, der hinter der Schilfmauer lag. Ev sammelte Kastanien.

»Komm doch mal her, Ev, sieh doch mal.«

Ev brachte ihm eine vierkernige Frucht.

»Sieh dir bloß mal den See an«, sagte Lutz.

Ev setzte ihre Sonnenbrille auf und sagte: »Der See ist grau wie immer, grau und ruhig.«

»Aber Ev . . .«

»Der See ist grau und ruhig.«

»Und die Schaumkronen, siehst du denn nicht die Schaumkronen?«

»Ich sehe, daß der See ruhig ist.«

»Es muß an der Brille liegen. Setz das komische Ding doch mal ab.«

»Die Brille ist gut«, sagte Ev.

»Ich sage ja nicht, daß die Brille nicht gut ist. Aber sie scheint optische Täuschungen hervorzurufen. Bei dieser Windstärke muß der See ja bewegt sein, logischerweise. Offensichtlich handelt es sich bei den grünen Gläsern um eine Optik, die den auf der Unvollkommenheit des menschlichen Auges und der unvollkommenen Verarbeitung der Einzeleindrücke zum Gesamtbild beruhenden gesetzmäßig auftretenden Wahrnehmungsstörungen entgegenkommt.«

Ev nahm die Brille ab. Lutz raffte seine Jacke zurück und schob die Hände mit Ausnahme des Daumens flach in die hinteren Hosentaschen, die mit gelbem Zwirn aufgesteppt waren. »Na, was siehst du nun?«

»Ich sehe, daß der See ruhig ist«, sagte Ev. Ihre Augen glitzerten kupfergrün.

Verrückte Frauen hab ich eigentlich auch nie gemocht, dachte Lutz. Ich möchte bloß mal wissen, warum ich auf dieses Weib verfallen bin.

Der Omnibus kam, ein Ungetüm mit Anhänger, sehr alt, sehr laut, sehr voll. Ev und Lutz erzwangen sich einen Stehplatz im Anhänger.

– er ist gar nicht viel größer als ich, als wir getanzt haben, war er größer, die Karre schleicht wie eine Schnecke, Kurve, endlich, nein, immer noch, hört denn der See überhaupt nicht auf, die Kreisstadt soll Backsteingotik haben, er hat schönes braunes Haar, wenn er spricht, spannen sich die Nasenflügel, sprich doch, sprich doch endlich, nicht so, so auch nicht, deine Stimme ist anders, deine Stimme ist jeden Tag anders, man weiß nicht, welche man sich merken soll, ich habe alle vergessen, ich bin abgerissen, ich, in der Kiste wird man seekrank, die Stadt relativiert alles, auch diesen Schürzenjäger, der nicht mal besonders gut aussieht, ich habe was übrig für gutaussehende Männer, ich habe einen gutaussehenden Mann, ich, Achtung, ich sitze, raus aus den Sandalen, die Zehen sind hin, sein Haar riecht bitter, der ganze Bus riecht danach, ich hätte mich nicht küssen lassen sollen, Schlagzeilen wie immer, Uwe versteht alles, auch so ein Typ wie Lutz, synthetischer Organismus, sinnvoller Bau aus Steinen und Menschen und Hunden, Vereinigung, Vereinheitlichung, Verbindung gegensätzlicher Erscheinungsformen zu einer höheren dritten, chemischer Vorgang, erfundene Landschaft, Entäußerung von Gedanken, nützlich, dauerhaft, Menschen und Autos und Straßenbahnen bewegen sich in den Erfindungen meines Kopfes, bewegen sich durch meinen Kopf, Kuppeln, Türme, scharfes Gefühl der Lust, nur dem der Liebe vergleichbar, aber beständiger, höchste denkbare Befriedigung, Orgie der Phantasie, Stadt, ich, ich habe Hunger –

– eine verrückte Intellektuelle, intellektuelle Frauen sind unausstehlich, bei Karla weiß man wenigstens, woran man ist, hier scheint überhaupt niemand auszusteigen, Apfelmond, der fehlt ein Kind, ich möchte noch einen Sohn, Töchter sind nicht schlecht, aber ein Sohn wäre schön, einen Sohn kann man verstehen, eine Frau ist was ganz anderes, keine Ahnung, was eine Frau ist, sie hat schlechte Laune, sie fühlt sich als Gattung beleidigt, sie fürchtet auch mal so ein Neutrum zu werden wie das Fräulein, sie wehrt sich, Widerstand: Abwehr, Entgegenkommen, abwehrendes Entgegenkommen, entgegenkommende Abwehr, Gegenbewegung, Stoß und Gegenstoß, Kampf, achtzig Pfennige eine Fahrt, zweimal, jeden Monat einen Tag abschreiben, bei manchen Frauen muß es verdammt weh tun, komische Gesundheit, die weh tut, alle vier Wochen das Theater, und wenn nicht, Angst, ein merkwürdiges Leben, eine Frau kann einen Mann vielleicht eher verstehen, natürlich weiß nur ein Mann, was das für ein komisches Gefühl ist, wenn der Bart wächst, jetzt wächst er wieder, aber das muß man nicht unbedingt wissen, um einen Menschen zu verstehen, vielleicht hat sie die Tage, vielleicht ist sie so gereizt, weil sie die Tage hat, keine Ahnung, was die Tage sind, und Schwangerschaft und Geburt und Wechseljahre, keine Ahnung, eine Frau kann wahrscheinlich viel weniger von einem Beruf geprägt werden als ein Mann, das Leben einer Frau scheint biologisch viel stärker determiniert zu sein, man müßte diese Biologie durchgemacht haben, um eine Frau zu verstehen, Lieben heißt auch: der andere sein, ich möchte keine Frau sein, ich möchte Widerstand, Gegenbewegung, Kampf, alle Frauen sind gleich, alle Frauen sind, alle Frauen, alle, ich möchte alle, ich möchte, ich, sie hat ja was am Kopf, sie spinnt ja, wenn sie spinnt, hat sie grüne Augen, Abwehr, Angriff, Abwehr und Angriff, Swing, die Unruhe swingt, schöner Schmerz, begraben schon, und plötzlich auferstanden, Pfingsten, Pfingstochse, ich habe nicht mal einen anständigen Anzug an, rothaarige Frauen sollen einen schlechten Charakter haben, ich werde nicht klug aus diesem Weib, ich habe meine Frau bis jetzt immer verstanden, ein gradliniger Mensch, überschaubar, anpassungsfähig, wir haben uns noch nie gestritten, manchmal sagen wir sogar gleichzeitig dasselbe Wort oder denselben Satz, aussteigen –

»Ev, wir müssen aussteigen.«

Als die Schaffnerin bereits geklingelt hatte, zwängte sich Ev noch durch die Tür, barfuß, ihre Sandalen in der Hand.

»Ich glaube, du trägst Ohrenschützer wie unser alter Herr.«

»Du glaubst zu viel«, sagte Ev, zog ihre Sandalen an und humpelte mit Lutz in die nächste Apotheke. Sie humpelte minimal, aber Lutz merkte es natürlich. Und er verlangte vom Apotheker Arznei für das Fräulein und einige Pflasterstücke. Die klebte er auf Evs Blase und sagte »so«. »So«, sagte er, »und nun zeige ich dir die Stadt.«

»Du?«

»Wenn wir rechts abbiegen, kommen wir zum Marktplatz.«

»Ja«, sagte Ev.

»Wir können aber auch geradeaus gehen und uns die kleine spätgotische Kirche ansehen.«

»Ja«, sagte Ev.

»Ja! Willst du nun zum Marktplatz oder zur Kirche?«

»Zum Bus«, sagte Ev.

»Ich denk, du willst dir die Stadt ansehen.«

»Zwecklos.«

»Ich zeig sie dir gern.«

»Eben.«

»Wer weiß, ob du wieder mal hierherkommst. Einmalige Gelegenheit, Ev.«

»Ja.«

»See hast du immer.«

»Siebzehn Tage noch«, sagte Ev.

»Siebzehn Tage noch«, sagte Lutz.

»Und deshalb fahre ich jetzt mit dem Bus zurück, Äpfel stehlen.«

Lutz schob seine linke Hand in die rechte Achselhöhle und die rechte in die linke Achselhöhle und verschnürte seine Brust.

»Mundraub ist erlaubt«, sagte Ev, »unter den Bäumen liegen massenhaft. Da wird man wohl mal einen . . .«

»Diebstahl ist Diebstahl«, sagte Lutz.

Ev nahm ihm die Medizin aus der Hand, stieg in einen Bus und fuhr davon.

Lutz ging in die nächste Kneipe und bestellte Bier. Eine Flasche. Der Ober warf einen Pappdeckel auf den glatten Tisch und hieb ein Glas darauf. Lutz hörte den kleinen explosionsartigen Knall, das Quietschen und Klicken des Verschlusses. Und er schob das Glas beiseite und nahm dem Kellner die Flasche weg und wischte mit der flachen Hand über die Mündung, an der noch der Rauchzipfel hing, und drückte die schrundige Mündung gegen die Oberlippe. Bier, kalt, bitter, stachlig, trinken und Luft holen und trinken, der Flaschenhals wächst, der Bauch steigt, der grüne Bauch mit dem Etikett, auf dem der Mönch kopfsteht, Kälte fällt, und Wärme steigt, und Kohlensäure stachelt den Gaumen, und die Porzellankappe mit dem Gummiring schlägt auf die Backe: ex.

Lutz sitzt bei seinen Leuten, in der Baubude sitzt er, vor dem blanken Tisch der Baubude, auf dem keine Bierdeckel liegen, weg mit den Bierdeckeln. Es riecht nach Kalk und frischem Holz und nach Tabak. Ja, nach Tabak auch, aber nur nebenbei, und nach Bier riecht es überhaupt nicht, weil aus Flaschen getrunken wird, und die verschließt man, wenn man nicht alles austrinkt auf einen Zug. Lutz hört den kleinen explosionsartigen Knall, das Quietschen und Klicken des Verschlusses, aber nicht einmal, sechzehnmal hört er das, eine Brigade hat sechzehn Mann, jede Schicht acht Mann, einen Kranführer, zwei Schweißer, zwei Versetzer, einen Einschaler, einen Verfuger, einen Anschläger. Und Lutz? Lutz gehört nicht zur Brigade, als Bauingenieur gehört er nicht dazu. Und als Zimmermann können sie ihn auch nicht gebrauchen. Er sitzt in einer Kneipe, er gehört nicht mehr dazu. Noch ein Bier, verlangt er. Noch eine Flasche. Prost, Lutz, sollst leben, Lutz. Aber du lebst ja nicht. Du trinkst bloß Bier. Zimmermannsbier.

Ich lebe.

Noch.

Solange das Bier schmeckt, lebe ich.

Aber sie kann jeden Augenblick abfahren.

Sie fährt ja erst in siebzehn Tagen ab.

Du denkst überhaupt nicht an deine Kinder.

Ich denke an sie.

Du denkst überhaupt nicht an Karla.

Ich denke an sie.

Wann?

Ich denke an sie, indem ich nicht an sie denke.

Lutz steht auf dem Gerüst, der Wind biegt herum an der großen schwarzen Hutkrempe, aber der Nimbus sitzt fest. Breitbeinig steht Lutz auf dem Pfosten, die Pfosten sind schmal, keine Angst. Er schaut hinunter und sieht sich das bißchen Welt an, ein paar Häuser in einem Ruinenfeld, Straßen, Plätze, ein Stadion, keine Angst. Das Gerüst ist sehr hoch. Die Häuser sind kaum zu erkennen. Lutz hat schon viel größere Objekte gebaut. Holz komm und rein mit der Axt. Holz ist knapp. Macht nichts, wächst nach. Wann? Keine Angst, wird gemacht. Der Hammer drückt beruhigend den Hintern. Der Wind bläht den Zimmermannssamt. Lutz läuft schwindelfrei auf den Pfosten. Den Himmel stützt er mit der linken Hand.

Was weg ist, brummt nicht mehr.

Es brummt, schön brummt es.

Dein Kopf brummt.

Ich möchte brummen.

Wer nachsitzen will, muß was ausgefressen haben.

Ich bin besoffen.

Gemach. Wieviel willst du abbrummen?

Sechs Jahre.

Du bist wirklich besoffen.

Ich würde sie wieder jagen, ich würde wieder krank sein vor Liebe und gesund wie nie, oh ich hätte immer Lust nach ihr, zu jeder Stunde, und ich säße wieder müde im Audimax, erschöpft, und träumte von ihren spitzen Brüsten. Ich würde sie wieder heiraten, aber es gibt kein Zurück, sechs Jahre sind eine lange Zeit, und ich habe mich an ihre Zärtlichkeiten gewöhnt und sie sich an meine. Manchmal schlafe ich sogar mit ihr, weil ich denke, es ist wieder mal Zeit, und manchmal spüre ich, daß sie es nur erduldet. Wahrscheinlich hänge ich nur deshalb noch an Karla, weil sie meine Kinder geboren hat.

Nicht zurückschauen, vorwärts, vorwärts, Eros ist tot, es lebe Agape.

Gesundbeterei hilft nicht auf die Dauer. Der Appetit nach Vollkommenheit läßt sich nicht totbeten.

Abenteurer.

Abenteuerlust ist Sehnsucht nach dem Unbekannten, Sehnsucht, die Welt kennenzulernen. Die Welt lernt man kennen durch Menschen: Frauen zeigen sie den Männern, und Männer zeigen sie den Frauen. Ich kannte nur Karla.

Schuft.

Bald werde ich reden wie alle Ehemänner oder wie fast alle, denn manche reden darüber nur, wenn sie getrunken haben, und manche trinken erst gar nicht. Ich werde über die Liebe reden wie über Jugendideale: schön, aber nicht von Dauer. Ich werde die Sehnsucht hinter Zynismus verstecken, und als alter Mann werde ich vielleicht sogar bezweifeln, daß es Liebe gibt. Und Karla, für die ich gebrannt habe, und die mich erweckt hat, werde ich »Alte« nennen.

Na also. Und nun noch die Konzeption.

Meine Konzeption ist die: Ich bin verheiratet, ich liebe meine Frau, und Ev gefällt mir auch, man verliebt sich im Leben schließlich nur einmal, und man kann auch zwei Frauen gleichzeitig lieben, prinzipiell, aber ich habe Familie, und mit zweiunddreißig kann man kaum noch mal von vorn anfangen, und mein Beruf entschädigt mich für alles. Ich wollte nur mal ausprobieren, ob ich noch Chancen habe, ob ich noch Eindruck machen kann auf Frauen wie Ev, die wählerisch sind, weil sie es sich leisten können.

Die Baubude schwimmt weg. Sie wird immer kleiner, und zuletzt ist sie so winzig wie eine Schaumblase. Sie schwimmt auf Bier, sie schaukelt ein bißchen. Und dann stößt sie an die kegelförmige Glasmauer und zerplatzt.

Noch ein Bier, verlangt Lutz, noch eine Flasche. Prost, Lutz, sollst leben, Lutz. Aber du kannst nicht mehr wie vor sechs Jahren. Du kannst bloß Bier trinken. Zimmermannsbier.

Weil du eingeschlossen bist. Seit sechs Jahren bist du zum erstenmal allein mit dir. Du bist allein mit dem Bier und mit dem Tisch, auf dem zweiunddreißig Lebensjahre liegen. Und auf den Stühlen, die um den Tisch herumstehen, sitzen der Betriebsleiter, die Kinder, die Großmutter – mit der gleichen Decke eingemummt, in der sie unweit einer Chaussee begraben wurde –, Karla ist da und die Baupläne und der See und der Fleck und alles, was du nicht vergessen kannst.

Und der Mond natürlich. Der Mond badet im Bierglas.

Einbildung, sagt der Betriebsleiter. Er nimmt seine Mütze ab, mit beiden Händen, und legt sie vor sich auf den Tisch. Eigentlich stellt er sie, denn sie ist steif und metallbeschlagen. Und hoch ist sie, Lutz wundert sich, daß sie so hoch ist, in Etagen gebaut, in drei Etagen, ähnlich einer Tiara.

Hör mal, du liebst sie ja gar nicht.

Ich liebe sie, das kann ich schwören.

Und warum, wenn's erlaubt ist zu fragen?

Warum?

Also Einbildung, wie ich schon sagte.

Nein.

Eitelkeit.

Nein.

Ehrgeiz.

Nein.

Jagdfieber.

Nein.

Unglücklicher, ich warte auf eine Erklärung.

Ich weiß aber keine.

Dann ist es Agnostizismus. Mit Unmoral fängt es an und endet zumeist mit Verrat. Renegaten haben so etwa begonnen.

Vaterunser, der du bist im Himmel, geheiliget werde dein Name ...

Tischgäste erheben sich. Setzen dem Betriebsleiter die Tiara auf. Er verschwindet unter der Tiara. Tischgäste singend exeunt.

Stimme aus der Tiara: Erst beichten, dann beten, mein Freund. Zwei Antworten hast du zur Wahl: Ja und Nein.

Sagst du mir nein, ist es gut. Sagst ja du, bleibt dir die Wahl: Ja mit und Ja ohne Begründung. Vernehme ich Ja mit Begründung: Gut. Denn ist erst ein Fehler erkannt, ist er schon halb überwunden. Sagst ja du ohne Begründung, bleibt dir wieder die Wahl. Entweder weißt du den Grund nicht, oder du willst ihn nicht wissen. Weißt du den Grund nicht, ist es gut. Denn was man nicht weiß, kann man doch lernen. Willst aber du die Begründung nicht wissen, hast du wieder die Wahl . . .

Ich liebe sie, weil sie schön ist.

Schön ist keine Begründung.

Ist klug eine Begründung?

Gemach.

Dann liebe ich sie, weil sie klug ist.

Karla ist ebenfalls klug.

Doch ich kann mich nicht mit ihr streiten.

Dann ist sie ein Ausbund der Klugheit.

Ja, ihre Klugheit macht dumm.

Kellner hebt die Tiara. Betriebsleiter leckt die Kuppe des rechten Zeigefingers an und tippt damit an seine Stirn. Kellner läßt die Tiara fallen.

Stimme aus der Tiara: Saufsack.

Im Bier liegt Wahrheit. Siehst du den Mond? Siehst du, wie er mich auslacht? Meine Frau hat mich nie ausgelacht.

Kaum zu glauben.

Sie hat mich immer verstanden. Wir waren uns immer einig.

Sprechgesang aus der Tiara: Lobet die Eintracht, das Unterpfand glücklicher Ehen.

Und ihr Ende, Amen.

Dummkopf.

Eintracht macht faul, und Faulheit macht dumm.

Faul bist du nicht, junger Freund, schmähe nicht deine Verdienste. Wir zeichnen nur Tüchtige aus. Dein Vater ist stolz auf dich. Willst du ihn grausam enttäuschen? Was hast du vor?

Nichts.

Umso besser.

Umso schlimmer. Ich bin nicht nur faul und zufrieden. Ich bin auch feige geworden.

Verblendeter! Anstand beschimpfst du als Feigheit?

Mir fehlte der Mut, der Wahrheit ins Auge zu sehen.

Würd sie sich schminken und färben, wenn sie die Wahrheit wäre?

Nein, sie ist baden gegangen.

Schau nicht so tief ins Glas. In kriegsumwitterten Tagen denkt man an seine Familie.

Ach, wie sie crawlt im Bier.

Hohe Stimme aus der Tiara: Er richtet sich selbst zugrunde. Etwas tiefer: Deine Gleichgültigkeit empört uns.

Nachträglich, danke. Spät ist besser als nie.

Zum Spott noch den Hohn? Ich rede von jetzt.

Jetzt liebe ich, jetzt habe ich Angst.

Angst, wie? Angst ist Schwäche.

Eine Schwäche, die Berge versetzt.

Venusberge, du Strolch.

Je größer die Liebe, desto größer die Angst.

Donnerstimme aus der Tiara: Seht her, sie hat ihn behext und aus der Ruhe gebracht.

Ja.

Posaunen. Chor und Solistenvereinigung der geräucherten Engel. Wolken von oben. Ministranten entsteigen ihnen und errichten einen Scheiterhaufen aus zusammengerollten Bauplänen. Geräucherte Engel tragen eine Trompete herein und werfen sie auf den Scheiterhaufen. Rotes Licht. Posaunen.

Vaterunser . . .

Lutz ließ sich das Abendessen auf sein Zimmer bringen. Und das Frühstück auch.

»Man hat uns verlassen«, sagte der Professor, »die Verlassenen müssen zusammenhalten, wie wäre es . . .«

Ev nahm die Einladung an. Wenig später ging sie mit Mantel und Kopftuch ausgerüstet hinunter zum Angelsteg.

Der Professor machte sich noch eine Weile auf dem Misthaufen zu schaffen.

Dann lieh er ihr eine Glasfiberrute mit regenbogenfarbener Perlenschnur auf der Rolle und zeigte ihr, wie man die Angel wirft und wie man den Köder ansteckt.

»Bei lebendigem Leibe?«

»Mit Narkose schmecken sie den Fischen nicht.«

Ev sah dem Professor mit gekrauster Nase zu, wie er in der Büchse herumfaßte, sich aus dem braunen Knäuel einen Wurm herauszog, auf den Handteller legte, ihn fachmännisch betrachtete wie die Fotografie der Bronzestatuette aus dem Alpheios-Tal etwa, schließlich ein Stück vom Wurm abriß und das Stück auf den Haken zog, mittendurch wie aufgefädelt. Nur das Ende, das vielleicht auch der Kopf war, hing frei und ringelte sich.

»Er lebt immer noch«, sagte Ev.

»Die Fische lieben es, wenn er fidel ist.«

»Fidel! Er krümmt sich vor Schmerzen.«

»Reden Sie ihm doch nichts ein. Er kann doch keine Schmerzen empfinden.«

»Das sagen Sie ja nur, um diese Tierquälerei zu bagatellisieren. Ich möchte nicht wissen, was Sie sagen würden, wenn man Sie auf einen Haken spießt.«

»An unserer altehrwürdigen Alma mater dürfen Spektabilitäten nur auf Speere gespießt werden – eine akademische Tradition, gnädige Frau.«

»Verzeihung«, sagte Ev, »Verzeihung, aber ich sehe doch lieber zu.«

Der Professor klemmte die Schnur fest um den Zeigefinger, klappte den Bügel herum, nahm die Rute ein wenig zurück und schnellte sie dann nach vorn. Solange Schnur von der Rolle lief und durch die Luft surrte, hielt er den linken Arm angewinkelt nach hinten, die Finger gespreizt. Als der Köder eintauchte, zehn bis zwölf Meter entfernt etwa, fiel die Spannung von ihm. Er klappte den Bügel wieder über die Rolle und legte die Rute vorsichtig neben sich auf die Planken. Dann warf er noch die andere Angel, ein etwas älteres Exemplar, Bambus, legte sie ebenfalls auf den Steg, setzte sich auf einen Holzklotz und stopfte sich eine Pfeife.

Der See lag platt unter dem Morgendunst. Still, nur hier und da von Papillarlinien des Windes gezeichnet. Das jenseitige Ufer mit dem kuppeligen Waldstreifen war nur undeutlich zu sehen. In der Nähe der Boje ankerte ein Kahn mit zwei Anglern bestückt wie mit Masten. Von den Reusenstangen aus starteten Möwen zu ihren Raubzügen. Kreischend durchschnitten sie die Luft mit ihren Flügelmessern, fingen die Beute im Sturzflug und kehrten wieder zu den Reusenstangen zurück. Enten und Bleßhühner rumorten im Schilf, das Rohr rieb sich zischelnd aneinander. Manchmal sprang ein Fisch. Aber die beiden Posen bewegten sich nicht.

Der Professor schickte stinkende Tabakswolken über den See. Ev faltete aus einem Straßenfahrschein, den sie in ihrer Manteltasche gefunden hatte, einen Hut.

»Verzeihen Sie, aber das Wetter ist heute dergestalt, daß nichts beißt«, sagte der Professor. Er klopfte seine Pfeife aus und bearbeitete sie mit dem Pfeifenbesteck, kratzte, schabte, schraubte sie auseinander, zog Chenilledraht durch den Hals, schraubte sie wieder zusammen, klemmte sie zwischen die Zähne, zog zwei-, dreimal Luft durch und legte sie neben die Angel zum Abkühlen.

»Es freut mich, daß Sie eine Antenne haben für den geometrischen Stil«, sagte der Professor. »Ich habe mich viele Jahre mit dieser Periode der griechischen Kunst beschäftigt. Von der hohen Warte einer Menschheitsgeschichte gesehen ist das Merkwürdige, daß der geometrische Stil mit Mitteln, die so unplastisch sind wie nur möglich, geometrisch spannungslos, linear und Fläche verlangend und Fläche deutend, es fertigbrachte, plastische, körperhafte Kräfte zum Ausdruck zu bringen, die den Weg zur griechischen Plastik der klassischen Zeit weisen«, sagte der Professor, »daß die Menschen also, die ihn vertreten, eine Menschheitsstufe einleiten, die über die archaische der Ägypter und Assyrer hinausgeht und die Keime der griechischen

Kunst in sich birgt, aber in einer Sprache, die in die Anfänge der Kunst, auch der ägyptischen und assyrischen, zurückführt und als kindlich empfunden werden kann. Es ist so, als ob ein Knabe, der die Sprache seiner Väter noch nicht beherrscht und erst stammelt, doch eine Lebenshaltung vertritt und ihr Ausdruck gibt, die über die seiner Väter und Ahnen hinausführt und den Beginn einer neuen Lebensform bedeutet. Kulturen wie die ägyptische und die vorderasiatische entfalten und entwickeln sich in ihrem eigenen Bereich, aber diese Entwicklung ist Bereicherung, Verfeinerung, Komplizierung, ist ein Reifer- und Weiserwerden, ist aber auch ein Altern, dem der Schritt zu dem wirklich Neuen, ganz Anderen versagt ist. Dazu bedarf es einer neuen Jugend, einer neuen Kindlichkeit. Diese Jugend und Kindlichkeit sind es, die sich in der Primitivität des geometrischen Stils aussprechen – kein Mangel, kein Unvermögen, sondern der Vorzug der Frische und Zeugungskraft, die Bereitschaft zum Neuen, zu dem der Zugang den alten, vergreisten Kulturen versagt blieb. Ebenso merkwürdig freilich ist es nun, daß, was sich so im großen gesehen als Menschheitsschicksal erfüllt, auch im kleinen dem geometrischen Stil selbst widerfährt. Auch er entwickelt sich in sich selbst, vervielfältigt, verfeinert sich, auch er vergreist. Um zu einer neuen Stufe, dem plastisch greifbaren, unlinearen, unsilhouettierten, mit Fleisch und Blut erfüllten natürlichen Menschheitsbilde zu gelangen, bedarf auch er eines Anstoßes von außen und neuer Impulse.«

»Ich glaube, da beißt was«, sagte Ev.

»Ich muß Sie enttäuschen«, sagte der Professor. »Der Wind bewegt die Posen. Ich muß Sie leider sehr enttäuschen. Aber Sie dürfen nicht glauben, daß ich dem Angelsport huldigen würde, wenn er mich, wie heute, nur in den Genuß des Wartens brächte. Warten ist köstlich, aber Fangen ist köstlicher.«

»Ja«, sagte Ev und faltete aus dem Hut ein Schiff.

»Von sich aus wäre der geometrische Stil in dekorativer

Verflachung und vervielfältigter, kunstvollerer Bewegungsdarstellung verebbt«, sagte der Professor. »Es gibt spätgeometrische Gefäße, in denen trotz geometrischer, substanzloser Zeichnung die Bewegung der Pferde, die Haltung der die Zügel fassenden Lenker so voller Beobachtung und so spannungsreich sind, daß von einem Nichtkönnen im geometrischen Stil nicht die Rede sein kann, daß sich vielmehr in dem Festhalten an der geometrischen Ausdrucks- und Darstellungsweise ihre Präzision, Logik und Geformtheit, ein besonderes Bedürfnis geltend macht, eben jenes Bedürfnis, das wir beim Übergang von der Naturwiedergabe des Paläolithikums zur abstrakten, zeichenhaften Darstellung des Neolithikums als ›Fortschritt‹ zu würdigen gezwungen sind.« Der Professor hatte sich wieder eine Pfeife gestopft und klopfte seinen Anzug ab nach dem Feuerzeug. Staub stiebte auf. »Denken wir daran, daß Worte in der Abstraktheit der Laute und der Schriftzeichen eine viel feierlichere, viel erhabenere Bedeutung besitzen können als das der Natur entsprechende Bild, daß z. B. Worte auf einer Grabtafel eine ganz andere feierliche Wirkung ausüben, als die Fotografie des Verstorbenen sie haben würde. Nichts hindert uns anzunehmen, daß auch diese geometrischen Darstellungen und die abstrakten Füllmotive ebenfalls eine Bedeutung gehabt haben, die, ohne daß wir sie als Schriftzeichen auffassen müssen, doch die Weihe der Formel, die Würde der Altertümlichkeit, die Magie des Fremden und Fernen und die Erhabenheit der auf Gemeinsinn beruhenden Übereinkunft besaßen, die aufzugeben und durch die Nähe und Banalität des Bekannten und Alltäglichen zu ersetzen denselben Widerstand finden mußte wie das Aufgeben eines Glaubens. So wird die Frage für die nächste Phase der bildenden Kunst der Griechen die: Welche Kräfte und Triebfedern sind es gewesen, die dem plastischen, lebendig körperhaften Empfinden dieser Geometriker die Substanz, die Materie zugeführt haben und die Silhouette und linienmäßige geometrische Figur überwinden halfen?« Der Professor zündete ein Streichholz an, legte es quer auf den Pfeifenkopf und sog die Flamme in den erloschenen Tabak. Die Posen standen noch immer zehn bis zwölf Meter entfernt fast ruhig im Wasser. Ev dockte ihr Schiff aus und machte sich mit ihm davon.

Im Nu hat sie den See überquert. Denn das Schiff ist leicht. Dann fährt sie durch einen Kanal, rechts und links Bäume, Wochenendhäuser, dann kommt die Schleuse, und dann ist Ev schon auf dem Fluß. Sie kann nicht im Schiff herumlaufen, sondern muß sitzenbleiben wo sie sitzt, weil es leicht kentert, es hat keinen Kiel. Und sie darf auch nicht die Arme auf die Bordwände legen, weil die sonst zusammenknittern und das Wasser überkommt. Der Wind weht steif von Nordwest, und das Papier knistert backbords. Ev steuert mit der Angelrute des Professors. Ein Schleppkahn kommt ihr entgegen. Dumpfes, drohendes Tuten. Ev setzt ihr Kopftuch als Buchstabenflagge: U. Der Schleppkahn stößt fettigen Qualm aus seinem Schornstein. Dann kommt die Bugwelle und wirft das Fahrscheinschiff ans Ufer. Schlagseite. Ev hat es vorausgesehen. Ev hat gewußt, daß sie nicht seetüchtig ist. Aber sie bereut nicht. Sie hat was gegen Reue. Sie richtet das zerweichte Schiff wieder auf, rudert es mit den Händen in die Mitte des Flusses, genau in die Mitte, und läßt sich weitertreiben vom Wind. Und nach einer Weile sieht sie weiße Häuser am Flußufer, hohe und niedrige, Stahlbetonskelettbau, eine Seilkonstruktion, auf dem ansteigenden Ufer ein Ensemble Einfamilienhäuser mit Hausgärten, Hochstraße, Kino, Tanzlokal, Spielplatz, Punkthäuser auf Stelzen, Durchgänge, verbindende Loggien, Straßencafé, Hochhausgarage, Rummelplatz mit Riesenrad und Buden, in denen man Zuckerwatte kaufen kann. Ev legt an, verläßt das Schiff und kauft sich einen großen Bausch Zuckerwatte. Und dann besteigt sie eine Riesenradgondel. Der Chef greift nach dem Lederriemen, der am Glockenschwengel befestigt ist, und läutet die nächste Tour ein. Und im nächsten Augenblick wird Ev hinaufgehoben, hoch und immer höher, und als sie hinunterschaut, sind die Menschen schon ganz klein, Tausende winzige Menschen sieht sie, und die winken ihr zu, und sie winkt zurück, und ein bekanntes Gefühl stellt sich ein, das sie kennt von anderer Gelegenheit, und die Euphorie dauert eine Weile und verbessert sich sogar noch, als die Gondel langsam sinkt. Aber als Ev wieder unten ist, sieht sie die Holzgerüste. Und niemand winkt ihr mehr zu. Die Menschen sind weg. Ev springt ab und rennt hinunter zur Uferstraße. Aber auch hier ist sie allein. Kopfsteinpflaster, alte Laternen, ein paar Bäume, die den Krieg überlebt haben. Und die großen weißen Fassaden, Zeichenkarton auf Holz genagelt. Ev tritt eine gezeichnete Tür ein, zwängt sich durch das aufgerissene Papier und steht unter einem Gerüst. Und so weit sie sehen kann Holzgerüste, Papierfassaden und Holzgerüste. Sie nimmt das Feuerzeug aus ihrer Manteltasche und hält die Flamme an das Straßencafé. Aber das Papier brennt nicht.

Imprägniert, sagte Hädrich, meine Erfindung. Machen Sie keine Dummheiten.

Mit meinen Entwürfen kann ich machen, was ich will.

Keineswegs, sagte Hädrich, Fehler verbrennt man nicht, aus Fehlern muß man lernen.

Meine Entwürfe sind gut, sagte Ev. Wissen Sie, wie das ist, wenn man zum erstenmal spürt: Das hat noch keiner gemacht, das bin ich, jetzt bin ich da, wenn man zum erstenmal weiß, ganz sicher: Es ist gut. Jahrelang nur Zweifel, Fragmente, zermürbende Arbeit, und man hört den und jenen und jeden und frißt Ratschläge in sich hinein und Kritiken und frißt und frißt. Aber irgendwann kommt die ausgleichende Gerechtigkeit: Es ist gut. Wenn diese Überzeugung bestätigt wird von anderen – sehr schön. Aber wichtiger ist, daß man sie selbst hat. Und ich hatte sie und habe sie, unerschütterlich. Zum erstenmal. Sie können natürlich sagen, überheblich. Und mich würde das nicht wundern. Ich bin was gewöhnt. Aber dann muß ich Ihnen auch sagen, daß jeder überheblich ist, der was Neues schafft: Er hebt sich über das Bekannte, Gewohnte, Erwartete, Vertraute. Und deshalb . . .

Sie ereifern sich grundlos, sagte Hädrich, ich habe Ihnen doch gesagt, daß mir Ihre Seilkonstruktion gefallen hat, das andere weniger, aber die Seilkonstruktion hat mir persönlich gefallen.

Persönlich? Ach, persönlich sagen Sie »ja« und amtlich sagen Sie »nein«.

Sie simplifizieren, sagte Hädrich, das ist doch alles viel komplizierter.

Ich mag keine Amphibien, sagte Ev, Dummköpfe sind schlimm, aber feige Fachleute sind schlimmer.

Ich bin nicht feige, ich wußte, daß wir damit nicht durchkommen.

Na und? Man muß auch boxen können, wenn eine Niederlage sicher ist. Solche Niederlagen rechnen zu den Siegen, mein Herr.

Ich verstehe Sie ja, sagte Hädrich, ich verstehe Sie vollkommen. Aber wenn Sie mal so alt sind wie ich, werden Sie begreifen, daß es auch so etwas gibt wie Verhaltensökonomie.

Ich hoffe, daß ich das nie begreife, sagte Ev. Sonst hätte ich nämlich mit fünfundvierzig einen Buckel wie Sie. Ich hoffe, daß ich durchhalte, aber ich möchte nicht wissen, wie vielen Sie zu einem krummen Rücken verhelfen mit Ihren fachmännischen Urteilen.

Ev schleppte Hädrich durch das ganze Viertel, das sie projektiert hat. Zwischen den gerüstgestützten Papierfassaden Grünflächen, ein teurer Ausstellungspavillon, übriggebliebene Hinterhäuser, auch ein paar Ruinen noch neben gut erhaltenem Gründerstil, und ein Bauhaus, und eine Barockfassade. Wo die grünen Flächen von Baggern aufgebrochen sind, zeigen sich Ruinenfundamente und Keller. Auch der Keller, von dem Ev seit ihrem zehnten Lebensjahr träumt, ist natürlich wieder da. Aber ohne Leiche.

Waren Sie im Krieg?

Klar, sagte Hädrich, von Anfang bis Ende. Ich war alt, bevor ich überhaupt dazu kam, jung zu sein. Aber Ihr Appartementhaus ist wirklich ein bißchen zu teuer.

Zu dekadent. Sie haben gesagt »dekadent«.

Naja, Sie dürfen nicht jedes Wort auf die Goldwaage legen.

Nicht jedes, aber dieses. Komfort kann man nur danach beurteilen, ob er praktisch ist. Ich bin für sparen, aber das Zentrum können Sie nicht nächstes Jahr wieder abreißen wie diesen teuren Pavillon. Und ein paar Maßstäbe sind immerhin stehengeblieben, das Bauhaus und die Barockfassade zum Beispiel. Wenn wir jetzt billig sind, wird uns das noch mal teuer zu stehen kommen.

Weiß ich, sagte Hädrich, weiß ich besser als Sie.

Ev wirft ihm die Zuckerwatte ins Gesicht und geht zurück zum Fluß.

Das Schiff ist noch da, aber es sieht schlecht aus. Ev reißt die Kündigung in kleine Stücke und befestigt damit das aufgeweichte Heck. Dann steigt sie ein und spannt das Kopftuch als Segel. Und dann wünscht sie sich einen Außenbordmotor. Und dann wünscht sie sich einen Heckmotor. Und dann setzt sie die Sonnenbrille ab und wünscht sich nur noch den See und nichts als den See.

»Ein Blei«, sagte der Professor. Ev war angekommen. Der Professor schob seine Pfeife in den linken Mundwinkel und griff vorsichtig nach der Angel. »Ein Blei«, flüsterte er, »wenn die Pose liegt, ist es meistens ein Blei. Sehen Sie, wie die Pose wandert?«

»Ich sehe«, sagte Ev.

»Er will sich davonmachen mit dem Köder, sehen Sie, wie er zieht?«

»Ja«, sagte Ev.

»Ich gebe ihm noch ein bißchen Schnur, damit er fester beißt. So, jetzt, Achtung . . .« Der Professor stand vorsichtig auf und riß die Rute hoch. »Anhieb, haben Sie gesehen, Anhieb nennt man das. Der darf nicht zu früh kommen und auch nicht zu spät. Gefühlssache, beim Anhieb treibt man dem Fisch den Haken ins Maul, verstehen Sie.«

»Ich verstehe«, sagte Ev. »Und jetzt?«

»Jetzt holen wir ihn ein. Ein schwerer Kerl, wie es

scheint, sehen Sie, wie sich die Rute biegt? Ein kapitales Stück, zwei Pfund, schätze ich, ein zweipfündiger Blei, wie er sich wehrt . . .«

»Er will sich losreißen«, sagte Ev.

»Er will sich losreißen«, sagte der Professor, »Sie müssen mir assistieren. Reichen Sie mir bitte mal den Handkäscher. Danke, wir holen ihn raus mit dem Handkäscher, damit die Schnur nicht reißt. Verzeihung, der Blei ist eine Plötze, ein Pfund ist geschmeichelt, ich bin untröstlich, aber Sie müssen doch zugeben, daß eine Plötze auch ein schöner Fisch ist.«

»Ein sehr schöner Fisch«, sagte Ev.

Der Professor nahm seine Plötze vom Haken und warf sie in den Handkäscher. Ev hob ihr zerweichtes Fahrscheinschiff aus dem Wasser und rieb und zerkrümelte es zwischen den Fingern.

»Ich möchte auch angeln«, sagte Ev.

»Sofort?«

»Sofort.«

— Ameisen, an den Waden, am Hals, auf dem Rücken laufen sie auch schon, ausziehen, ausschütteln, ausmerzen, ausruhen, immer nur ausruhen, aus, au, sie beißen, nicht mal im Wald hat man Ruhe, *Got de St. Louis Blues, jes as blue as can be./Dat man got a dart lak' a rock cast in de Sea,/Ore else he wouldn't have so far from me,* ich will sie nicht mehr sehen, ich will sie nicht mehr, ich will sie nicht, ich will sie, ich will, ich weiß nicht, was ich will, ich weiß nicht was, ich weiß nicht, ich weiß, ich: ein Mann, zweiunddreißig, schon zweiunddreißig, und immer treu gewesen, manche heiraten erst mit zweiunddreißig —

Lutz stand auf, faßte mit beiden Händen nach dem Rücken und riß das Hemd über den Kopf herunter. Er zerdrückte die Ameisen zwischen den Fingerkuppen und kratzte sich. Auf dem Rücken und an den Armen liefen Quaddeln auf. Er kühlte sie mit Spucke. Und er spielte immer wieder den Satz ab, wie man eine Schallplatte abspielt oder ein Tonband, den einen Satz: »Kannst ruhig wieder du zu mir sagen, kannst ruhig wieder du zu mir sagen, kannst ruhig . . .« Eine hohe, flache Stimme. Kühle, Widerspruch, Widerstand, Widerhaken. Die Stimme hatte Widerhaken. Lutz zwickte einer Ameise mit den Fingern den Kopf ab und rieb den Körper zwischen Daumen und Zeigefinger weg. Wie man eine Prise Salz wegreibt. Dann zog er das Hemd wieder über, stopfte es jetzt in die Hose und zog den Gürtel fest. Er fror ein bißchen. Er hatte das Sakko zu Hause gelassen. Seit Ev es angehabt hatte, spukte darin irgendein Parfüm.

Er ging ein paar Schritte, scharrte einen neuen Flecken von Kiefernzapfen sauber und legte sich wieder auf den dürren Waldboden. Nadelgeknister, Zirpen, Summen, und hoch oben ein bißchen Knarren und Rauschen. Denn der Himmel war vergittert. Lutz konnte nur Stücke sehen von ihm. Kleine, von Kiefernästen portionierte Stücke. Nahe an den Stämmen, die das Netz stützten wie Masten, war das Gitter feinmaschig. Dann wurde es gröber. Lutz suchte nach der Stelle, wo das Gitter am gröbsten war. Er suchte, und er dachte, warum kommt sie immer aus dem Wasser?

— sie hat sich nicht gewehrt, ich habe beide Arme um sie gelegt, und sie hat sich nicht gewehrt, hat nur getanzt und getanzt, und ihr Haar kitzelte mein Gesicht, und ihre Hände lagen auf meinen Schultern und sie hat mich auch nicht angesehen, hat nur getanzt, *Been to de gypsy to get mah fortune tol',/To de gypsy, done got mah fortune tol',/Cause I'm most wild 'bout mah jelly roll,* und ich habe nur ihren Mund gesehen, ich habe nur ihren Mund, ich habe nur ihren, ich habe nur, ich habe, ich, als ich sie geküßt habe, hat sie die Augen zugemacht, und sie hat sich nicht gewehrt, als ich sie geküßt habe, mit der Zunge —

Lutz stemmte den rechten Ellenbogen in den Waldboden und warf sich herum. Er lag eine Weile still, das Gesicht in den verschränkten Armen vergraben. Der Schatten des Himmelsgitters spielte auf seinem Rücken. Fliegen sonnten sich auf seinem Haar. Ameisen überquerten ihn.

— sie hat nicht gehört, was ich über den Fleck gesagt habe, ich habe nicht gehört, was ich gesagt habe, vielleicht habe ich mich auch gehört, aber es hat nicht geholfen, sie war nicht passiv, ich habe den Widerstand deutlich gespürt, sie hat mich wieder geküßt, sie hat mich, sie hat, sie, *Gypsy done tol' me: »Don't you wear no black« — / Yes, she done tol' me: »Don't you wear no black, / Go to St. Louis, you can win him back —«*

Lutz ist auf dem Bootssteg, auf dem Ev jetzt angelt, aber das weiß er nicht, und sie weiß auch nicht, daß er da liegt, auf den verwitterten Pfosten, nackt, und sich die Maserung des Holzes in den Rücken prägen läßt. Und der See liegt unter ihm. Er reibt sich an den Bohlen, saugt, schlürft. Der strenge Geruch des Wassers ist da. Und der Rhythmus. Und da macht Lutz einen Kahn flott, springt hinein, stößt sich ab vom Steg und rudert hinaus. Er reißt die grüne Wasserhaut auf mit den Riemen, stemmt sich gegen den Wind, der kalt auf seinem Rücken liegt, und beobachtet die Winkelspur des Kielwassers. Das Ufer fällt zurück, schrumpft zu einem schmalen Streifen, zu einem Grenzdamm zwischen Wasser und Himmel. Und das Boot ist allein mit den beiden und ein Kasten. Lutz legt die Ruder ein und flüchtet vor dem Wind auf die sonnenwarmen Planken. Er streckt sich aus, einen Meter zweiundachtzig, der Kasten erlaubt das. Und das blaue Auge des Himmels über ihm. Er sieht nur noch diesen strengen Blick. Aber das Wasser ist näher als der Himmel, er hört, wie es sich reibt an der Bordwand, wie es leckt, saugt, schlürft, er riecht es. Er treibt auf ihm, und wenn er sich bewegt, spürt er den nachgiebigen willigen Leib des Sees unter sich und die Lustgeräusche und die strengen Gerüche der Zeugung und des Todes. Und das erlaubt das Himmelsauge nicht. Lutz berücksichtigt das noch eine Weile. Dann schließt er die Lider. Und ist allein mit dem See. Und es gibt keine Tafeln mehr. Es gibt nur noch Durst: Gier, den See an sich zu reißen, mit Fischen und Krebsen und Muscheln und Algen und

Schlamm, das Chaos des Sees durch sich hindurchzuleiten, auszusaufen den See.

»Ich habe dir einen Fisch mitgebracht. Ißt du Fisch?«

»Alle Fische«, sagte Lutz.

»Ich hab ihn gebraten.«

»Tot oder lebendig, das ist egal.«

»Er ist noch warm.«

»Er wird mich wärmen: Aphrodisiakum.«

»Ich habe ihn selbst geangelt.«

»Geangelt, ja.«

»Ich habe sogar den Wurm selbst auf den Haken gespießt, hörst du, ganz selbst den ekligen Wurm angefaßt und aufgespießt.«

»Laß dich anfassen.«

»Aber ansehen mußt du ihn auch, du, hörst du denn nicht. Es ist eine Plötze. Der Professor hat sie gleich auf der Ufermauer gebraten, angespießt und über offenem Feuer gebraten, er hat sie auch totgemacht, mit dem Taschenmesser, glaub ich, ich hab nicht hingesehen, aber jetzt ist sie doch gebraten, jetzt kannst du sie doch ansehen, du, mach doch mal die Augen auf.«

»Warum?«

»Lutz, ich glaube, du träumst.«

»Man wird ja schließlich noch mal träumen dürfen«, sagte Lutz und öffnete die Augen. Und rieb sich mit den Händen im Gesicht herum und kratzte sich und blinzelte und rieb wieder und kratzte wieder. »Mensch, ist das ein dauerhafter Traum. Bist du mir nachgeschwommen?«

»Ich glaube, du bist besoffen.«

»Besoffen«, sagte Lutz und starrte auf ein Paar bepflasterte Füße, die von je drei weißen Riemen unterhalb des Rists quer überspannt wurden. Die großen Zehen waren außerdem mit schmalen Lederschlaufen an der Sohle befestigt, die absatzlos zu sein schien. Die Nägel, klein und rechteckig bis quadratisch, waren lackiert, irgendein Lila, und die Füße erschienen sehr kurz, weil die Hosenbeine bis zu den Knöcheln herunterreichten und vorn auf dem Spann auflagen, und sehr braun erschienen sie neben dem weißen Stoff, aber vielleicht waren sie auch nur schmutzig.

»Ev?«

»Ja.«

»Sind das deine Füße, Ev?«

»Meine Füße. Gefallen sie dir nicht?«

Lutz tippte mit der Zeigefingerkuppe auf das Pflaster des rechten großen Zehes. Dann auf den ganzen Zeh, dann auf die anderen Zehen. Und dann nahm er die Hand, beide Hände und klammerte sie um die Fußgelenke.

»Au, du tust mir weh.«

Lutz ließ sofort los, klopfte sich die Kiefernnadeln von der Hose, strich sich das Haar aus der Stirn und wischte sich die Handteller ab am Hemd. Und sagte: »Ev.« Und hielt ihr beide Hände hin.

Ev nahm die rechte und legte den warmen Fisch hinein. »Hast du denn gar keinen Hunger mehr?«

»Doch«, sagte Lutz.

»Aber heute hast du wieder nicht Mittag gegessen«, sagte Ev.

»Hast du auf mich gewartet?«

»Ja«, sagte Ev.

»Du hast auf mich gewartet?«

»Ja«, sagte Ev.

»Ich glaub, ich bin wirklich besoffen«, sagte Lutz.

»Sag ich ja. Ich denk, du freust dich, daß ich dich vor dem Hungertod bewahre, dabei dauert es einen halben Tag, bis mich der gnädige Herr überhaupt erst mal anzusehen geruhen.«

»Ich seh dich immer an«, sagte Lutz. »Ich hab dich schon so lange angesehen und mit dir gesprochen, daß ich nicht mal mehr richtig weiß, was wahr ist und was gesponnen.«

»Und weißt du es jetzt?«

»Ein bißchen.«

»Und jetzt?«

»Du zwickst nicht schlecht.«

»Und jetzt?«

»Schon besser, schon viel besser, schon gut, ausgezeichnet, wunderbar, du küßt wunderbar, Ev.«

Als der Mond blaß und fett durch das Astgitter grinste, erinnerte der Hunger sie an das kleine Paket. Sie wickelten den Fisch aus dem Papier, teilten ihn und schlugen die Zähne in das kalte, grätige Fleisch.

Blues. Altes Thema, einfaches altes Thema, dreiphrasig, zwölftaktig, Ausnahmen bestätigen die Regel. Dies ist eine Ausnahme. Jede Liebe ist eine Ausnahme. Die Trompete spielt das Thema vor, bitte, das sind die Fakten. Dutzendware. Wer kann, macht was draus.

»Ev, darf ich bitten.«

Blues, Thema von der Stange, Herztamtam: Rohstoff für die Trompete. Nieder mit dem Thema, es lebe das Thema. Auferstehung, Orgie der Phantasie. Die Trompete jubelt und klagt. Nieder mit dem Vorbild, es lebe die Variante. Die Variante ist die Summe aller möglichen Variationen, eine unendliche Summe. Das Thema kann man aufschreiben, der Chorus läßt sich definieren, die Definition ist potentiell unsterblich, das heißt tot. Die Variationen sind Kinder des Augenblicks, Musik in statu nascendi, nicht reproduzierbar, im Moment der Geburt dem Tode verfallen, das heißt lebendig. Die Variation, das ist der Trompeter: ich.

Evs linke Hand lag auf seinem Oberarm, und die Rechte lag in seiner großen, schweißigen Linken und wurde von der hin und her bewegt und auf und nieder, und manchmal wurde sie auch gedrückt und spürte den Ring. Das glatte Haar bewegte sich auf den Schultern wie eine Flachbürste, die Haut, über den Schlüsselbeinen ungepolstert und mit einem Schmuck beschwert, war gerötet vom Widerschein des Haars oder des Blues. Und die Augen waren grün. Und Lutz zählte die Sommersprossen auf der Nase und systematisierte sie und gab ihnen Namen von Sternbildern: Wega, Löwe, Arktur, Zwillinge, Kapella, Großer Bär, Walfisch.

»Du grinst mit dem Walfisch«, sagte er.
»Man sieht uns zu«, sagte sie.
»Wenn den Leuten etwas fehlt, werden sie moralisch«, sagte er, »wenn sie sich was verkneifen müssen, verlangen sie von anderen das gleiche: Gerechtigkeit. Fehlt dir was?«
»Nein.«
»Also warum wehrst du dich? Blind sollen sie werden. Das Gesetz bin ich.«
»Servus Gesetz.«
Blues. Der Blues bin ich.
Ich: Satchmo, Duke, Django, Benny, Bessie, Billie, Lennie, Miles. Ich: meine Stimme. Die Welt ist die Summe aller Stimmen, nie mehr, meist weniger; denn etliche sind stumm. Sind nicht. Ich bin. Ich bin ungeheuer.
»Eine große, aber überschaubare Konstruktion«, sagte das Fräulein, das hinausgetreten war auf die Veranda. Sie stand fröstelnd vor der Fensterfront und starrte in die Dunkelheit. Der Himmel war unbedeckt. Die Sterne leuchteten präzis. Der See lag ausgestreckt unter dem Mond.
Auch der Professor erhob sich aus seinem Sessel und trat hinaus. Und die anderen folgten ihm. Nur Ev und Lutz blieben zurück. Ev und Lutz tanzten.
Die Atemfeuchtigkeit schlug sich nieder auf den Verandascheiben. Durch die Hauchflecken konnte man die Spiegelung über dem See deutlich erkennen: Ein Rumpf, klotzig, inselhaft, aber bewegt, sowohl im Ganzen als auch an der Oberfläche teilweise bewegt, tote und belebte Materie in Symbiose, vor allem Stahl und Menschen, wie es schien, die Hohlräume waren mit Beton ausgegossen, an den Stellen, wo rohrähnliche Gebilde aus dem Rumpf herausragten, war er, soweit man erkennen konnte, mit Bleiplatten belegt, die rohrähnlichen Gebilde trugen drachenkopfartige Verdickungen an ihren Enden und bewegten sich steif, und wenn man genau hinsah, erkannte man auch die Decke, die das Ungeheuer vorige Woche noch verhüllt hatte, das bekannt war unter dem Fachausdruck: *doomsday-machine.*

»Eine große, aber durchaus überschaubare Konstruktion, nicht wahr, Herr P.?«

»Ja«, sagte Lutz und drückte seinen rechten Arm gegen Evs Rücken.

»Im wesentlichen eine Sonnenkonstruktion«, sagte der Professor, »ein Fusionsapparat, denn im Prinzip geschieht in ihm, wenn er in Gang gebracht wird, das gleiche wie in der selbst leuchtenden Sonne. Die Sonne und die anderen Fixsterne könnte man als riesige Atomlaboratorien bezeichnen. Aus den unvorstellbaren Wasserstoffvorräten der Sonne beispielsweise wird seit Jahrmilliarden Helium aufgebaut, wobei pro Sekunde eine Energie von zehntausend Quintillionen Kilowattstunden ausgestrahlt wird, die zu einem winzigen Bruchteil als Licht und Wärme auf unsere Erde gelangt. Die Leistungen dieser Apparate allerdings berechnet man nicht nach Kilowattstunden, sondern nach Megatonnen Trotyl. Beide Sonnenperversionen verfügen augenblicklich etwa über ein Potential von zweihundertfünfzigtausend Megatonnen Trotyl. Für jeden Erdbewohner werden also bereits mehr als achtzig Tonnen Sprengstoff gelagert. Für Sie, Herr P., und Ihre reizende Tänzerin stehen hundertsechzig Tonnen zur Verfügung.«

»Hast du auch Hunger, großen, gewaltigen, so einen wie ich? Hast du auch Lust, ganz viel und ganz lange ganz verteufelte Sachen zu essen? Los, wir stürmen die Küche.«

»Die Küche ist zu«, sagte Ev.

»Barbarei«, sagte Lutz.

»Damals sind unsere Großkatzen ausgebrochen«, sagte der glatzköpfige Tierpfleger. »Die Löwen sind den Menschen nachgelaufen, die dem Feuersturm zu entkommen suchten. Und obwohl die Tiere wegen Futtermangel schon ganz abgemagert waren, haben sie niemanden angefallen.«

»Rührend«, sagte die Witwe. »Sie jammern um ein paar krepierte Viecher, und wir haben unsere Männer verloren. Wissen Sie, wie ich das finde?«

»Meine Mutter erzählt mir auch dauernd, was ihr verbrannt ist«, sagte der Seemann. »Wenn sie einen Löffel aus dem Kasten nimmt, sagt sie, weißt du noch, was wir für schöne Bestecks hatten, und wenn sie den Teppich saugt, sagt sie, weißt du noch, wie dick unser Perser war. Weißt du noch? – Menschenskind, woher denn?«

»Eine riesige Konstruktion«, sagte das Fräulein, »aber man beurteilt eine Maschine ja gottseidank nicht nach ihren Ausmaßen, sondern nach ihren technischen Daten, nicht wahr?«

»Zweifellos«, sagte der Professor. »Übrigens kostet jede experimentelle Überprüfung infolge ihrer Nachwirkungen einer bestimmten Anzahl von Menschen das Leben und einem bestimmten Prozentsatz des Nachwuchses Gesundheit und Lebensfähigkeit. Ein Nobelpreisträger hat geschätzt, daß die radioaktive Verseuchung der Erdatmosphäre bereits vor dem Ablauf der umfangreichen amerikanischen Versuche des Sommers achtundfünfzig einen solchen Grad erreicht hat, daß rund eine Million Menschen mit einem verfrühten Tod auf Grund von Strahlungsschäden zu rechnen haben. Untersuchungen und Berechnungen ergaben, daß genetische Strahlenschäden erst nach fünfhundert bis neunhundert Jahren überwunden sein können. Kennen Sie die Halbwertszeit von Strontium 90, Herr P.?«

»Sei froh, daß du keine Kinder hast.«

»Ich wünsch mir welche«, sagte Ev.

»Ausgerechnet jetzt?«

»Erst jetzt.«

»Wenn ein Stern explodiert und seine Helligkeit plötzlich um Millionen Male zunimmt, pflegt man zu sagen, daß ein ›neuer‹ Stern, eine Nova, aufgeflammt sei«, sagte der Professor. »Ist die Helligkeit um Milliarden Male gestiegen, so heißt es, es sei ein ›ultraneuer‹ Stern, eine Supernova, entbrannt. Ein solcher Stern kann sogar heller leuchten als die Galaxis, in der er aufgeflammt ist. In unserem galaktischen System, das etwa hundert Milliarden Sterne zählt, flammt eine Supernova ungefähr einmal in fünfzig bis hundert Jahren auf.«

»Sag, daß du mich liebst.«

»Ich liebe dich«, sagte Ev.
»Warum?«
»Keine Ahnung, warum.«
»Ev!«
»Keine Ahnung. Und du?«
»Ich bin verrückt nach dir, und ich weiß genau warum.«
»Weil?«
»Weil ich immer ›weil‹ sage. ›Weil‹ und ›hierm‹.«

Blues. Der Blues hat Gesichter. Lustige und traurige, feine und grobe, schöne und häßliche, zärtliche und brutale, leise und grelle, erhabene und lächerliche, viele Gesichter hat der Blues, und immer mehrere auf einmal. Auch für Lutz hat er mehrere. Alle heißen Ev. Auch für Ev hat er einige. Alle heißen Lutz.

Help me to Cairo, make St. Louis by mahself,
Git to Cairo, find mah ol' frien' Jeff,
Gwin to pin mahself close to his side,
If ah flag his train, I sho' can ride.

Blues. Alter Rhythmus, einfacher alter Rhythmus: Naturereignis. Metrum der bewegten Materie, das den Herzschlag ordnet und die Umlaufzeiten der Gestirne. Und den Wechsel von Tag und Nacht und den Hammerschlag des Zimmermanns und die Frequenzen der Liebe und des Lichts, Sonnenlicht, Sternenlicht, Licht der Nova... Rhythmus, auf dem die fallenden Melodiebögen des Blues schwingen, aufeinander zufallen, einander verfallen: simples Thema. Mach es groß. Du kriegst es nicht größer, als du selbst bist. Aber wie groß bist du? Gib dich aus. Ergib dich dem Blues, den elementaren, ekstatischen, orgiastischen Variationen über ein bekanntes Thema, ergib dich der Gier, den See an dich zu reißen, mit Fischen und Krebsen und Muscheln und Algen und Schlamm, alle Variationen durch dich hindurchzuleiten, den See auszusaufen und auszuschwemmen den Stall.

I love dat man lak a schoolboy loves his pie,
Lak a Kentucky Colonel loves his mint an rye,
I'll love mah baby till de day I die.

Blues. Doppeldeutig, doppelbödig, Balance zwischen großer und kleiner Terz, Dur und Moll, gleichzeitig, Blue-note-Akrobatik, je ris en pleurs, Begräbnismusik, Tanzmusik: universelle Melodie. Blues, lapidare Stimme dieses ungeheuren Jahrhunderts, in dem die Geschichte die Chance hat zu beginnen oder zu enden, Menschenstimme, erstmalig dem absoluten Tod nahe und dem absoluten Leben, gleichzeitig: Swing.

Oh ashes to ashes and dust to dust,
I said ashes to ashes an dust to dust,
If my blues don't get you, my jazzing must.

Fahles, kurzes Gestrüpp wuchs aus dem baumwollenen Firnfeld hinauf bis zu einer Hochebene, die mehrfach quer gerissen war. Im Vordergrund endete sie an einem bewachsenen Gesims, unter dessen Überhang ein Augenkogel undeutlich sichtbar wurde. Im Hintergrund erhob sich am Fuße der Brauen der Nasenberg, großporig, fettglänzend, steil ansteigend bis zum Gipfel. Dann: Abhang, Stoppelhochalp, Lippenspalte, Mittelalp, auch bewachsen, Absturz, Voralp und wieder Stangleinenfirn. Der ewige Schnee schien sich entgegen allen Erfahrungen unten zu befinden. Jedenfalls merkte Ev, daß ihr Arm langsam kalt wurde. Kalt und fremd. Sie spürte den Druck kaum noch. Nur der Wunsch blieb. Der ununterdrückbare Wunsch, die Finger zu bewegen. Aber auch die Finger lagen unter seinem Rücken. Ev wartete.

Das Licht, das durch Gardinenspalten fiel, schlug weiße Schneisen in die Decke. Die Dunkelheit versackte. Langsam wuchs das Zimmer. Zuerst erhob sich das Fußbrett mit den beiden Bettpfosten, dann der Schrank, der Tisch, die beiden Sessel und die Kommode mit dem Spiegel. Und dann das andere Bett. Das andere Bett war zerwühlt, Kleidungsstücke lagen darauf, überall lagen Kleidungsstücke, über dem Fußbrett, auf den Sesseln und sogar auf dem Teppich. Die Tischdecke war heruntergerissen, eine Schranktür stand halb offen. Der Spiegel war verstellt von den Farbklumpen des Dahliensträußes.

Ev sah, wie sich der rechte Nasenflügel spannte, dehnte und wieder erschlaffte. Die dicken Lider, die an den Rändern mit hellen, gekrümmten Wimpern besetzt waren, zuckten ab und zu. Ev beobachtete die gleichförmige Bewegung unter der Hautdecke des Halses, die vereinzelt mit rötlich schimmernden kielartigen Haarstiften besteckt war, und das Stoßen im Zentrum dieser Bewegung. Sie zählte. Sie konnte den Wunsch, die Finger der gefühllos gewordenen Hand zu bewegen, nicht länger unterdrücken. Sie wartete bis fünfzig. Dann drückte sie den kalten, fremd gewordenen Ausleger gegen das Kopfkissen und hob ruckartig die Schulter.

Der Augenkogel bewegte sich. Der Atemrhythmus war für einen Augenblick unterbrochen. Dann schloß sich die Lippenspalte wieder.

Der Körper lag starr wie zuvor. Er hatte Ev gegen die Wand gepreßt. Er schien aufzuquellen im Schlaf. Wenn er so weiterschlief, schien der Augenblick absehbar, da er sie erdrücken würde.

II

Wir luden das Bett auf den vierspännigen Wagen, den Helios täglich über den Himmel treibt. Mein Freund legte sich zu mir. Die Erde wälzte sich unter unseren Leibern dahin.

»Was siehst du?«

»Haar«, sagte er, »schwarzes Haar, unter dem ein Auge glimmt, ein schmaler weißer Streifen Auge.«

»Und?«

»Und Haut sehe ich, braune, glänzende, und rötlich aufgefaltete mit einigen Farbresten, guter Lippenstift, aber ich kriege ihn runter.«

»Und?«

»Und das Zucken des Kehlkopfs seh ich und die Wölbungen der Brüste und Schenkel und den heiligen Jordan.«

»Und weiter nichts?«

»Weiter nichts.«

Ich zog mir die Himmelsdecke über den Kopf und weinte. Mein Freund drehte sein Radio ganz und gar auf, weil er Weinen nicht hören kann.

Später schob er mir das Radio unter die Decke und sagte: »Es wird schon klappen. Bis jetzt hat es doch immer irgendwie geklappt.«

»Irgendwie, ja.«

»Ich liebe dich doch«, sagte er.

»Blind«, sagte ich.

»Ja«, sagte er. »Ich möchte, daß du immer hierbleibst.«

Ich stieß die Himmelsdecke ab mit den Beinen. Zwei, drei Meter. Sie schwebte zwei, drei Meter über uns wie ein fliegender Teppich.

»Warum hast du mich eigentlich diesmal mitgenommen?«

»Weil ich mich nicht so von dir trennen kann«, sagte ich.

»Aha«, sagte er. »Diesmal, aha. Und voriges Jahr, als ich

nach dem Abschied halb verrückt geworden bin vor Sehnsucht nach dir, voriges Jahr hast du dich die letzten Tage allein auf der Erde herumgetrieben.«

»Ja«, sagte ich.

Er entzog sich mir. Er errichtete mit seinem Rücken eine Mauer, die mir die Sicht nahm. Links. Also total. Ich lag total im Finstern.

Ich sagte: »Jeder Abschied ist ein kleiner Tod.«

Er lachte.

»Und mit dem Tod muß man allein fertig werden. Da kann einem niemand helfen.«

»Red nicht von Dingen, von denen du nichts verstehst.«

»Ich versteh dich«, sagte ich.

Er ließ sich auf den Rücken fallen, hob das rechte Bein um etwa fünfundsechzig Grad an, gestreckt, spreizte die Zehen, ließ ein paar Sterne zwischen ihnen hindurchsausen und sagte: »Ich versteh deine Augen, deine Arme und Beine und Brüste, und deine Münder versteh ich immer, aber selten was du sagst.«

»Dann ist Hoffnung«, sagte ich. »Was siehst du?«

»Warum nimmst du mich diesmal mit?«

»Weil die Erde zwei Sonnen hat. Was siehst du?«

»Die Erde hat seit siebzehn Jahren zwei Sonnen.«

»Ja«, sagte ich.

»Die Kleine ist ja immer da oben, wir nennen sie ›die Kleine‹ oder ›das Baby‹, weil sie Tag und Nacht über uns ist, manchmal von einer Wolke verdeckt, manchmal nackt, und jetzt ist sie also wieder mal nackt, verdammt.«

»Siehst du sie?«

»Red mit Zeus, und laß dich scheiden«, sagte er.

Ich versuchte ihm begreiflich zu machen, daß der Kompromiß, den Zeus mit meiner Mutter ausgehandelt hatte, vorteilhaft wäre für alle Beteiligten. Aber mein Freund bezweifelte das natürlich. Er glaubt nur, was er sieht. Zeus hat er noch nicht gesehen.

»Persephone, du bleibst einfach hier«, sagte er.

Ich versuchte ihm zu erklären, warum ich zu meinem

Mann zurückmußte. Ich erzählte ihm, daß sich Pluto eines Tages in mich verliebte und Zeus bat, mich heiraten zu dürfen. Zeus fürchtete, seinen älteren Bruder zu kränken, wenn er sich weigerte, wußte aber auch, daß Demeter ihm nie verzeihen würde, wenn ihre Tochter für immer hinab müßte in den Tartaros. Zeus antwortete also diplomatisch. Und das ermunterte Pluto, mich zu entführen. Meine Mutter suchte mich neun Tage und neun Nächte, rastlos, ohne zu essen und zu trinken. Von einem gewissen Triptolemos schließlich erfuhr sie, daß sich vor den Augen seiner Brüder, einem Schaf- und einem Schweinehirten, die mit ihren Tieren auf den Feldern waren, plötzlich die Erde geöffnet hatte. Die Schweine versanken. Ein Wagen erschien, von schwarzen Pferden gezogen. Das Gesicht des Wagentreibers war unsichtbar. Sein rechter Arm umklammerte ein schreiendes Mädchen – mich. Mit der Nachricht des Augenzeugen Triptolemos machte sich Demeter auf den Weg zu Hekate. Und dann gingen die beiden zu unserem Kutscher Helios, dem Allessehenden, und zwangen ihn zuzugeben, daß Pluto mich entführt hatte – zweifellos mit Zustimmung seines Bruders Zeus. Meine Mutter war darüber so empört, daß sie nicht zum Olymp zurückkehrte. Sie wanderte weiter über die Erde und verbot den Bäumen, Früchte zu tragen, und den Pflanzen zu wachsen, so lange, bis das Geschlecht der Menschen auszusterben drohte. Zeus, der fürchten mußte, seine Anbeter und also seine göttliche Existenz zu verlieren, versuchte es mit versöhnenden Gaben. Aber Demeter schwur, daß die Erde unfruchtbar bleiben würde, bis ich zurückgekehrt sei. Da sah sich Zeus gezwungen, Hermes mit einer Botschaft zu Pluto zu schicken, in der stand: »Wenn du Persephone nicht zurückgibst, sind wir alle dem Untergang geweiht.« Dummerweise hatte ich im Garten Plutos einen Granatapfel gepflückt und sieben Kerne von der Totenspeise gekostet. Als meine Mutter davon erfuhr, wurde sie noch trauriger und sagte: »Nie werde ich zum Olymp zurückkehren, nie meinen Fluch von der Erde nehmen.« Aber nach langen

Verhandlungen wurde schließlich doch eine Lösung gefunden: Ich sollte drei Monate im Jahr bei Pluto sein, als Königin des Tartaros, und die übrigen neun Monate mit Demeter verbringen.

»Aber du bist doch gar nicht bei Demeter.«

»Doch«, sagte ich, »wenn ich bei dir bin, immer. Aber wo bist du?«

»Hier«, sagte er.

Ich verschränkte die Hände in seinem Nacken und zog seinen Kopf so dicht zu mir heran, bis seine Augen erstarrten.

»Was siehst du?«

»Die Erde«, sagte er.

»Erzähl mir genau, was du siehst.«

»Ich sehe eine dunkle bewegte Fläche, grau, graublau, blau, blaugrün, grün, graugrüne Wellen sehe ich, die ein Boot hin- und herwerfen, die Küste seh ich, das Boot strandet, ich steige aus und laufe durch den glühenden Sand und erklimme die Dünen und gehe durch einen Pinienwald, in dem es wimmelt von Schlangen.«

»Ja«, sagte ich.

»Und dann sehe ich Olivenbäume und Feigenbäume, soweit das Auge reicht.«

»Du hast schöne Augen«, sagte ich.

»Unersättliche Augen«, sagte er.

»Sie sind meine Hoffnung«, sagte ich.

Schalmeientwist

1

»Er aber sprach zu ihm: Mein Sohn, du bist allezeit bei mir, und alles, was mein ist, das ist dein.«
Lukas 15,31

Das Haus schwamm langsam in die Nacht hinaus. Pakulat kontrollierte den Kasten, damit er gut und sicher schwamm. Er schlurfte durch den Kellergang, der noch abgestützt war mit Holzbalken, vergewisserte sich, daß hinter den Lattentüren kein Licht brannte. Dann verschloß er Haus- und Hoftür und sah nach, ob die Flurfenster alle verriegelt waren. Er schleppte sich von Etage zu Etage, an den Wohnungstüren vorbei, von denen einige statt verzierter Rahmen und Glasfüllungen rauhe Sperrholzflächen zeigten. Schließlich erklomm Pakulat noch die Bodenstiege. Er leuchtete mit einer Stablampe durch die Verschläge, an denen noch grauer Feuerschutzanstrich klebte, schloß die Dachluken des Trockenbodens und hob die Leiter vom Ausstieg, die der Schornsteinfeger stehengelassen hatte. Dann kehrte er in seine Wohnung zurück in der Gewißheit, daß der Kasten gefeit war gegen Wasser und Feuer und also gerüstet für die Nacht.

Die Wohnung war leer. Pakulat merkte gleich, als er die Tür aufschloß, daß sie noch immer leer war. Er mußte zweimal schließen, und er unterließ es, im Korridor Licht zu machen. Er mochte die Leere nicht sehen.

»Raude«, sagte er und flüchtete sich in die Küche. Er stellte die Suppe zurück in die Ofenröhre und sah hinüber zum Tisch.

»Der soll bloß kommen«, sagte Pakulat. Ohne den Tisch wäre die Küche auch leer gewesen. Der Tisch war das einzige, an das er sich halten konnte. Der Tisch und die

Schlösser, die nebeneinander in einer Reihe an der Wand hingen, acht Vorhängeschlösser. Und daneben hingen an einem Ring die dazugehörigen Schlüssel. Pakulat nahm den Ring vom Nagel und zählte die Schlüssel. Er zählte sieben. Seit Wochen zählte er sieben. Seit Wochen fehlte einer.

»Der soll bloß kommen«, sagte Pakulat und schlurfte hin und her, von der Tür zum Fenster, vom Fenster zur Tür, vier Schritte hin, vier Schritte zurück. Eigentlich hätte es ihm unmöglich sein müssen, am Tisch vorbeizukommen. Denn der war breiter als die Küche. Eigentlich hätte es seiner Frau damals überhaupt nicht gelingen dürfen, diesen riesigen Tisch in dieser winzigen Küche aufzustellen. Aber es war ihr gelungen.

»Um zehn, und noch nicht zu Hause, unser Vater hätte uns rausgeschmissen, wenn wir uns das einmal erlaubt hätten«, sagte Pakulat zum Tisch, »einmal, so – und ich laß mir das wochenlang bieten, dem Kerl geht's zu gut, der Jugend geht's zu gut . . .« Er stützte sich auf die rechteckige Platte, die auf dicken, gedrechselten Beinen stand. Er sah das Blumenmuster auf der Wachstuchbespannung. Er sah die große helle Fläche, die der Tisch aus der Dunkelheit herausschnitt. Er dachte: Entwarnung. Und er sagte: »Der soll bloß kommen . . .«

Die Küche, das war für Pakulat die große helle Fläche des Tisches, der sich mit seinen Breitseiten Platz geschafft hatte zwischen den Wänden. Und dahinter, schwer zu schätzen für Pakulat wie weit dahinter, denn eine Dimension war ihm verlorengegangen, irgendwo dahinter begann die Stadt, auch eine Fläche.

»Wahrscheinlich ist er wieder bei diesen Krawallwurzeln«, sagte Pakulat. Er schleifte die Pantoffeln noch einmal durch die Küche, ehe er in das Zimmer des Sohnes ging, um nachzusehen, ob sich seine Vermutung durch Indizien bestätigen ließ.

Auf dem Schrank fehlte die Trompete. Pakulat stöhnte vor Zorn. Aber er spürte auch eine gewisse Genugtuung darüber, daß er richtig vermutet hatte. Und er sah sich nicht weiter im Zimmer um. Er wußte, daß die Trompete fehlte, er wußte, daß über dem Bett Aktfotos aus dem Magazin an die Wand gezweckt waren: Er wußte Bescheid.

Und er schlurfte zurück in die Küche und sagte, wobei er jedes Wort mit einem Faustschlag auf den Tisch begleitete: »Dem gehört der Hintern versohlt.« Dann schob er sich einen Stuhl an den Tisch heran, zog seine Geldbörse aus der Gesäßtasche, warf sie auf die wachstuchbezogene Platte und setzte sich. Er schüttete die große, krummgesessene Geldbörse aus, wie er es immer getan hatte am Lohntag, wenn seine Frau ihn aus der Kneipe erwartete. Er kam nie spät, er trank vier Bier und vier Harte, und dann kam er. Aber trotzdem hatte er das Bedürfnis, die Scheine und Münzen auf den Tisch zu werfen, so nebenbei. Und eigentlich war dieser Augenblick das Schönste am Lohntag. Natürlich sah er Anna dabei nicht an. Er sah überhaupt niemanden an dabei. Aber er war sicher, daß sie ihn ansah, wie nach einem Schultersieg etwa. Auch heute hatte er vier Bier und vier Harte getrunken, auch heute hatte er das Bedürfnis, den Lohn so nebenbei abzuwerfen. Aber es war niemand da, der ihn ansah. Anna war vor sechs Jahren gestorben, und Benno trieb sich herum.

Pakulat nahm den Schlüsselbund von der Wand, griff einen Schlüssel mit wallförmiger Besatzung heraus, steckte ihn in eines der sieben Vorhängeschlösser und öffnete es.

Der Nachbar saß wie immer am Fenster. In einem Ohrensessel saß er, die Beine und den halben Oberkörper von einer Decke umwickelt. Die gelben Hände lagen auf den Lehnen. Der Kopf hing ein wenig nach vorn. Aus dem verdorrten Gesicht starrten große, trübe Augen.

»Wie geht's«, sagte Pakulat.

»Du liebe Zeit«, sagte der alte Mann. Seine dunklen Augen, die in den Höhlen lagen wie kalte Feuerstellen, starrten unverwandt auf das Fenster. Sooft Pakulat aufschloß, starrten sie auf das Fenster.

»Du siehst doch gar nichts mehr.«

»Die Straße«, sagte der alte Mann.

»Die Straße kannst du doch nur sehen, wenn es hell ist.«

»Meine Straße«, sagte der alte Mann.

»Weißt du, was da auf dem Tisch liegt?«

»Ich seh die Straße.«

»Mein letzter Lohn liegt da. Noch eine Woche, und dann ist Schluß.«

»Ich seh meine Straße.«

»Noch eine Woche und keinen Tag länger. Ich brauch das Geld nicht. Was ich brauch, ist Ruhe. Ich hab mir die Ruhe verdient, was?«

»Ich will meine Straße sehen.«

»Morgen, Opa, morgen, wenn es hell ist, kannst du sie wieder sehen. Jetzt gehen wir erst mal ins Bett.«

»Ich bin nicht müde«, sagte der alte Mann.

»Die Rente und das bißchen Miete langen natürlich nicht weit. Macht nichts, ich hab einen Sohn, der gut verdient, mein ältester, weißt du, Diplomingenieur klingt nicht schlecht, Lutz war schon immer tüchtig. Aber der Kleine. Halb elf, und noch nicht zu Hause. Was sagst du dazu? Ich sage: eine Schande.«

»Ich muß meine Straße sehen.«

»Man klotzt Jahr und Tag auf dem Bau herum, aber denkst du vielleicht, die Raude hält es für nötig, sich dafür zu interessieren, wo das Geld herkommt? Ich hätte auch das Zeug für eine Oberschule gehabt, sonst hätte ich ja nicht zwei Söhne mit Köpfchen. Mein Vater konnte mir keine Bücher kaufen, aber ich hab gewußt, wohin ich gehöre, ich war ein anderer Kerl, als ich so alt war wie Benno. Wenn der Krieg nicht dazwischengekommen wäre, hätte ich schon mit siebzehn Jahren eine Schalmeienkapelle dirigieren können. Ich war ganz schön begabt, zweifellos. Auf Kundgebungen und Versammlungen haben wir gespielt, *Wann wir schreiten Seit an Seit,* die schönen Lieder, jawohl, und mein Sohn, was macht mein Sohn mit dem Talent, das ich ihm vererbt habe?«

Pakulat strich mit der Handkante über den Tisch und schob die Scheine und Münzen zu sich heran. Er klaubte das Geld langsam zusammen, wog es in seinen Händen und betrachtete es, indem er den Kopf ein wenig nach rechts drehte. Die harten, krummgetrockneten Handflächen hielt er dicht vor das linke Auge. Es war groß, so groß, daß es die Lider kaum fassen konnten. Und blau war es und sehr beweglich. Es zwang dem müden Gesicht eine neugierige Spannung ab. Eigentlich nur der linken Gesichtshälfte. Die rechte hatte der stechende Blick eines Glaskörpers, der in der Augenhöhle schwärte, erstarren lassen.

»Ich geh ins Bett«, sagte Pakulat, »jetzt geht's zu Bett.« Er setzte sich aufs Fensterbrett und verschränkte die tätowierten Arme über der Bauchhose. Sein kurzer Hals versank in den Schultern.

»Die Straße«, sagte der alte Mann. Vielleicht bildete sich Pakulat auch nur ein, daß er es sagte. Denn was da im Lehnstuhl saß, seit Jahren immer und immer im Lehnstuhl saß, war eine Hülle. Das Leben war nach und nach aus ihr herausgeflossen und im Gemäuer der Straße versickert. Und nun war die Hülle leer. Pakulat bemerkte zum erstenmal, daß die Hülle leer war. Und er griff nach dem Schloß und drehte den Schlüssel nach rechts. Und er hätte den Schlüssel am liebsten weggeworfen.

Pakulat hängte das Schloß wieder an seinen Haken. Es war klein und rostig und sah ärmlich aus neben dem blanken Stahlmantel des Schlosses von Marquardt, Teilhaber der Firma Marquardt und Marquardt, Kunstschlosserei. Marquardt hatte mit seiner Frau die Wohnung von Pakulats Vater bezogen, nicht so, wie sie war, sondern nachdem zwei Monate Maler, Maurer und Tischler darin gewirtschaftet hatten. Jeden Sonnabendmittag lud Marquardt aus dem Kofferraum seines Wagens zwei Kästen Bier. Abends dann stellte er sich auf den Balkon und sang: *Stern von Rio, du könntest mein Schicksal sein . . .*

Als Pakulat den Nachbarn weggeschlossen hatte, war er wieder allein mit den beiden Kanarienvögeln, die in einem verhängten Käfig schliefen. Der Käfig hing in Höhe des Oberlichts neben dem Fenster.

Pakulat lehnte sich an die tüllbespannte Fensterscheibe. Er spürte, wie die Kälte des Glases durch das Hemd schlug, er spürte die dunkle Fläche der Stadt auf seinem Rücken. Eine belebte Fläche. Eine riesige, von Leibern wimmelnde Fläche, die das Haus umbrandete. Tag und Nacht. Auch wenn die Studenten schliefen, ließen sie nicht ab von dieser Stadt.

Pakulat rutschte vom Fensterbrett und zog das Verdunkelungsrollo herunter. Obwohl er wußte, daß alles sinnlos war. Seit gestern war alles sinnlos.

Pakulat spielte wieder mit dem Gedanken, das Haus zu verkaufen. Er hatte es vor drei Jahren von seinem Vater geerbt. Eigentlich hatte es Pakulat gleich seinem ältesten Sohn vermachen wollen. Aber Lutz, der damals in Untermiete hauste, ließ sich nicht mal dazu bewegen, in die Wohnung des verstorbenen Großvaters zu ziehen. Und Benno wollte das Haus auch nicht. Niemand wollte das Haus, das Pakulats Vater einst von der überraschenden Erbschaft seiner Frau gebaut hatte, zum Teil eigenhändig, denn er war auch Zimmermann, und von dem er geglaubt hatte, es würde seine Nachfahren ernähren. Jetzt ernährte es sich gerade so selbst, grob gesagt. Denn die Mieteinnahmen hatten sich im Gegensatz zu den Ausgaben seit 1912 nicht geändert. Deshalb konnte Pakulat für das Haus keinen Käufer finden. Niemand konnte für solche Mietshäuser mehr Käufer finden. Solche Häuser konnte man nur noch verschenken. Und Pakulat war auch das mißlungen. Bei den Söhnen jedenfalls. Der Fassadenputz war zwar von Granatsplittern hier und da gelöchert, aber wegschenken an irgendeine Verwaltung kam nicht in Frage. Weil es unmöglich war. Weil man ein Haus nicht zu einem seiner Fenster hinauswerfen konnte.

Pakulat setzte sich wieder an den Tisch. »Wegen mir kann er kommen, wann er will«, sagte er zum Tisch. Der Tisch war das einzige, das ihm geblieben war in dem Haus.

Denn der Sohn, auf den er wartete, war verloren. Gestern hatte er ihn verloren.

Pakulat erinnerte sich, daß er gestern früh aufgewacht war, früher als sonst. Mit einer Vorstellung von Kaffee vor der Nase. Immer wenn er sich fühlte, als ob er Häuser wegtragen könnte, roch er Kaffee. Er war leise aufgestanden, um Benno nicht zu wecken, hatte zwei Eier gegessen und einen halben Königskuchen, hatte ein weißes Hemd und einen Schlips in die Tasche gepackt, die Säge unter den Arm geklemmt und war pfeifend zur Arbeit gegangen. Er hatte nicht viel fertiggebracht an diesem Tag, weil er dauernd den Kaffeegeruch vor der Nase hatte und viel pfeifen mußte und immer an das *Programm der kulturellen Umrahmung* dachte, das ihm Benno am Abend zuvor überreicht hatte – nicht gegeben: überreicht. Das Programm kündigte als letzte Nummer an: »Kapelle der 17. Erweiterten Oberschule, Leitung Benno Pakulat, *Wann wir schreiten Seit an Seit.*« Pakulat klimperte mit dem Hammer, schwappte den Mörtel über die Armierung, schwenkte den Aufzug ein, daß das Gerüst zitterte. »Wird gemacht«, sagte er. Und langsam reifte in ihm ein Entschluß. Zum Mittagessen gab er einen Kasten Bier aus, sagte seinen Leuten, daß er heute eine Stunde eher gehen müsse, und lieh die Brigadiervollmachten für diese Stunde aus an den Ältesten. Und als es drei Viertel drei war, riß Pakulat den Zimmermannssamt herunter, zog das weiße Hemd an, band den Schlips um und ließ sich von einem Omnibus ins Geschäftsviertel fahren.

Die Straßen waren voll um diese Zeit. Die Fabriken und Verwaltungen schütteten aus, was der Arbeitstag übriggelassen hatte von den Menschen. Ein heterogener Fluß zwängte sich durch das eng gemauerte Bett, Müdigkeit und Hast zusammengeschüttelt ergaben als Mittelwert jene zähe Bewegung, die das Straßendelta der Innenstadt am frühen Abend okkupierte. Die Dächer der Autos schwammen auf dem trägen Strom wie Abwasserschaum. Vor den erleuchteten Schaufenstern entstanden Wirbel. Pakulat wurde mehrmals von diesen Wirbeln erfaßt. Er besuchte alle Musikgeschäfte am Platze. Schließlich kaufte er preiswert und gut.

Natürlich waren die Straßen nach wie vor menschenvoll. Natürlich trieb Pakulat, sobald er mit dem Gekauften aus dem Laden heraustrat, wieder im trägen Strom der Leiber, die ihn stießen, drückten, schoben, hemmten und mit ihren Gerüchen bedrängten. Natürlich dachte Pakulat wieder: Entwarnung. Aber er steuerte, so. Pakulat hatte in Wirklichkeit immer gesteuert. Er kannte sich aus in den Straßen. Er war zu Hause in dieser Stadt, die alt war und verhältnismäßig gut erhalten. Und die viele verhältnismäßig gut erhaltene Bewohner in Pakulats Alter hatte, wie er an diesem Abend feststellte. Studenten sah er natürlich auch, aber sie waren nicht in der Überzahl. Pakulat hob das verschnürte Etui, wie man einen Zeigefinger hebt, Achtung, und trieb sicher bis zur Schule. Das war ein roter Backsteinbau, dessen Fassade, sechzigjährig, drohend, geizig, mit Eisenhaken gespickt war. An einigen hing beschriftetes Fahnentuch, über Lattenrahmen gespannt.

Pakulat blieb nicht schüchtern am Eingang stehen wie die anderen. Die Elternversammlung mit *kultureller Umrahmung* sollte in der Turnhalle stattfinden, und also ging Pakulat auf schnellstem Wege in die Turnhalle. Wehrunwürdig, dachte Pakulat und lief durch abgewetzte Korridore. Durch ein von Lehrern und Lorbeerbäumen flankiertes Hallenportal. Durch alle Bankreihen. Er nahm Platz in der ersten Reihe. »So«, sagte er. Er konnte nur das kleine windige Wort herausbringen. Zu dem er immer flüchtete, wenn er Ordnung brauchte, Halt, Disziplin. Aber das kleine windige Wort war ohnmächtig gegen die Unordnung, die die Aufregung in seinem Kopf angerichtet hatte.

Und er mußte noch lange warten. Zuerst auf den Beginn des Programms und dann auf das Ende. Hätte Benno das Programm nicht auch eröffnen können? Die besten Nummern standen immer entweder am Anfang oder am Ende. Pakulat saß breitbeinig auf der niedrigen Turnbank, das Geschenk auf dem Schoß. Der Schulleiter las eine Rede vor, eine Entschließung, über die mit erhobener Hand abgestimmt wurde, protestierte gegen die Seeblockade der Vereinigten Staaten gegen die Republik Kuba sowie gegen die Anzettelung von Weltkriegen, der Schulchor sang, Gedichte wurden rezitiert, endlos. Pakulat klatschte, um die Schüler anzuspornen, das Tempo zu steigern. Er trommelte mit den Fingerkuppen auf dem verschnürten Instrumentenkasten. Gedichte vorlesen konnte schließlich jeder, lesen konnte jeder. Aber blasen, eine Kapelle leiten, dazu gehörte Talent . . .

Pakulats Instrument lag im Schutt begraben, ausgeglüht, verbogen – wer weiß. Er hatte lange dafür sparen müssen, weil er oft arbeitslos gewesen war. Wenn er als Zimmermann keine Arbeit finden konnte, arbeitete er als Hucker. Und schleppte sich die Beine krumm. Aber einen krummen Rücken hatte er nicht.

Nach dem Krieg hatte er sich keine Schalmei wieder gekauft. Zuerst gab es keine, und dann hatte er keine Zeit. Aber war es nicht schade um sein Talent?

– noch einmal dirigieren, noch einmal eine Kapelle anführen, tam-tatam-ta darira *und die alten Lieder singen,* Gartenfest, Sportfest, Agitprop, Saalschlacht, Pakulat kommt, Pakulat haut euch raus, Ringer und nichts im Bauch, Schultersieg, Anna, einen Mann, der zur freien Körperkultur geht, heirate ich nicht, Anna kannte mindestens fünfhundert Lieder, wenn sie anfing zu singen, hörte sie nicht wieder auf, der Schulchor singt vom Blatt, Affentänze aus dem Kopf und Volkslieder vom Blatt, vierzehn Tage mit dem Chor in ein Landheim, und ich hab die Jugend so weit, daß sie Volkslieder aus dem Kopf singt und Affentänze vom Blatt, wird gemacht, orientieren, lenken, führen, noch einmal eine Demonstration anführen und hinter sich einen Panzerzug Musik, metallische Schalmeienakkorde, Klingeln des Schellenbaums, Schläge von Trommeln und Pauke und Becken, noch einmal mit dem Taktstock den Gleichschritt bestimmen, linkszwodreivier *mit uns zieht die neue Zeit,* und am Straßenrand verschleierte

Damen, Monokelfressen, Spießer, das waren noch Demonstrationen, nicht so ein lahmes Gelatsche wie heute, da gehörte noch Mut dazu, hinter einer roten Fahne herzumarschieren *wann wir schreiten Seit an Seit* –

Pakulat trommelte mit den Fingerkuppen auf der verpackten Schalmei. Er war sicher, daß er den Chor hinkriegen würde. Wie er seinen Sohn hingekriegt hatte. Plötzlich. Aber gesetzmäßig. Es gab nichts, was nicht gesetzmäßig verlief. Früher oder später. Dies hier verlief ziemlich spät. Dicknischel. Geschafft. Sonst würde er nicht mein Lieblingslied spielen, dachte Pakulat, wahrscheinlich ist das der Durchbruch, wahrscheinlich wird er eines Tages auch eine Schalmeienkapelle dirigieren, ich habe einen Durchbruch erzielt...

»Und nun auf besonderen Wunsch...« Die orgelnde Stimme des Sohnes riß Pakulat aus seinen Träumen. Er wischte mit der Hand übers Gesicht und kratzte das Lächeln aus den Mundwinkeln. Zeige- und Mittelfinger der rechten Hand legten sich auf den Daumen. Pakulat sah gespannt zur Bühne. Der junge Mann, knitterfreier Anzug Maßkonfektion zweihundertdreißig Mark, neue Schuhe zweiundfünfzig Mark, Dederonhemd fünfundsiebzig Mark, was Pakulat für die Lincoln-Krawatte bezahlt hatte, wußte er nicht mehr, der junge Mann Benno räumte das Mikrophon beiseite, in das er eben noch gesprochen hatte, wechselte noch einige Worte mit seinen Musikern, die hinter Pappschildern saßen, nahm die Trompete vom Klavier und stellte sich mit dem Rücken zum Publikum. Was wollte er denn mit der Trompete, dirigieren mit einer Trompete? Ich muß ihm einen Taktstock kaufen, dachte Pakulat.

Das Gemurmel der Eltern verstummte. Der Vater hob ein wenig die rechte Hand, deren Zeige- und Mittelfinger auf dem Daumen lagen. Der Sohn stampfte sechsmal mit dem Fuß.

Sportfest, Agitprop, Saalschlacht, Demonstration, ein Panzerzug Musik, linkszwodreivier, Pakulat marschierte in knitterfreiem Anzug, mit geraden Beinen, Puls ausgezeichnet, Luft kein Problem, wie ein Unsterblicher eben so marschiert.

Er marschierte eine ganze Weile, denn er konnte nur noch mit dem linken Ohr hören. Dann stutzte er. Da er wußte, daß die Hauptprobe in Anwesenheit des Direktors stattgefunden hatte, dachte er: Öffentliche Konversion. Er war mal bei den Freidenkern gewesen, und er wußte, daß öffentliche Konversionen gut wirkten. Er dachte: Zuerst das negative Beispiel, das die Vergangenheit der Krawallwurzeln symbolisieren soll, und dann kommt's. Er konzentrierte sich auf das, was kommt, um den Lärm und die merkwürdigen Verrenkungen der Musiker leichter zu überstehen. Der Klavierspieler trat statt des Pedals den Fußboden. Der Pauker verplemperte die Kräfte an verschiedene topfgroße Trommeln und benahm sich auch sonst wie ein Verkäufer auf dem Topfmarkt. Der Bassist hatte keinen Bogen. Die Bläser spielten mit hohlem Kreuz, je höher der Ton, desto hohler das Kreuz, mit geschlossenen Augen spielten sie, ohne auf den Dirigenten zu achten, kein Wunder, daß Benno die Lust verlor und auch was blies, jeder blies etwas anderes, auf den Instrumenten fehlten die Notenklemmen, mit roten Gesichtern bliesen die Kerle, breitbeinig, unanständig den Bauch vorgestreckt, quetschten und quetschten, und was kam raus aus diesen Instrumenten? Ein Ton. Eine Schalmei brachte das Vierfache.

Während Pakulat so über die sinnlose Vergeudung von Kraft und Talent nachdachte und das Geschenk auf den Knien schaukelte, traf ihn plötzlich etwas Bekanntes. Wie ein Hieb mit dem Schlagring. Wenn du nicht singst, schlag ich dich blind. Abführen. Er erkannte sein Lieblingslied, zerhämmert, synkopisiert, vertwistet. Benno nannte das: vertwistet. Der Sohn des Zimmermanns Pakulat hatte ein altes Arbeiterlied vertwistet!

Pakulat starrte die große helle Fläche an, die die Dunkelheit übriggelassen hatte vom Tisch. Und griff nach dem Geld. Und stopfte es wieder in die Geldbörse. Und starrte dabei unverwandt auf die wachstuchbespannte Platte, den

Kopf ein wenig nach links gedreht. Und sah, daß das Blumenmuster nicht mehr da war. Vorhin hatte er es noch gesehen, wie neu war es gewesen, und jetzt war es fast weg. Nur Farbreste waren zu erkennen. Und dünne, dunkle Striche kreuz und quer von Messerschnitten. Und Druckerschwärze in Form von spiegelverkehrten Buchstaben. Und ein großes braunes Loch, das Anna gebrannt hatte, als ihr das Bunkerlicht aus der Hand gefallen war. Und Druckringe von heißen Tellern und Töpfen. Und ein paar Suppenkleckse, die noch frisch waren. Pakulat schmierte sie breit mit der Hand. Er wußte, daß sich das nicht gehörte. Aber er war zu müde, um einen Lappen zu holen. Er fürchtete sich davor, aufzustehen und sich umzusehen.

Er sagte: »Das Haus ist wie neu.«

Niemand antwortete. Seit gestern war er allein. Verlassen. Sterblich.

Er nahm den Suppentopf aus der Ofenröhre, wickelte ihn in Zeitungspapier und dann in eine Decke und stellte ihn auf den Tisch. Er sah nur auf den Topf und auf das Papier und auf die Decke. Aber dennoch bemerkte er Sprünge in den Ofenkacheln. Und ihm schien, als sei Putz an der Türbekleidung abgebröckelt. Er dachte: Druckwelle. Obgleich er wußte, daß das Quatsch war. Aber er konnte sich seine Gedanken nicht aussuchen. Sieben Parteien wohnten in seinem Haus. An keine hätte er vermietet, wenn es nach ihm gegangen wäre. Niemand konnte sich seine Gedanken aussuchen.

Pakulat setzte sich wieder, griff dann hinter sich, fingerte, bis er Kühle spürte, Metall, halbrund, und den Bügel, er hob ihn vom Haken und den Schlüsselbundring, steckte einen Flachschlüssel in den gekrümmten Schlitz, drehte den Schlüssel nach links, bis er den Widerstand spürte, und drückte den Riegel zurück. Der Bügel schnappte auf.

»Wo ist Ihre Wirtin?«

»Im Bett.«

»Und warum sind Sie nicht im Bett?«

»Weil ich noch zu tun habe, wie Sie sehen.«

»Ich sehe nur, daß Sie lesen.«

»Sehr richtig.«

»Lesen ist doch keine Arbeit.«

Der junge Mann, von dem die Tischlampe Gesicht, etwas Brustfläche, spitzgewinkelte Armstreifen, die Handoberflächen und die aufgeschlagenen Buchseiten aus der Dunkelheit herausschnitt, griff sich an den Mund, zog einen weißlichen Faden zwischen den Zähnen hervor, der immer länger wurde und immer dünner, stopfte ihn wieder zurück in den Mund und kaute weiter.

»Sie brennen bis in die Nacht hinein Licht, und Ihre Wirtin kann sich kaum einen Kaffee leisten.«

»Das Licht bezahle ich.«

»Ach.«

»Das Licht und die ganze Wohnung. Die Zweizimmerwohnung kostet siebenunddreißig Mark, und ich bezahle fünfzig für ein Zimmer.«

»Wovon?«

»Von meinem Stipendium.«

»Also von meinem Geld. Ich verlange, daß Sie mein Geld nicht sinnlos zum Fenster hinausschmeißen.«

Der junge Mann drückte die Radiotaste und zog die Antenne aus dem Gehäuse. Geschrei. Fremde Worte.

»Rücksichtslosigkeit!«

»Die Alte schläft sowieso nicht.«

»Ihre Wirtin ist nicht alt.«

»Sechzig nennen Sie nicht alt?«

»Wenn Sie solchen Lärm machen, kann sie ja nicht schlafen.«

»Sie kann nicht schlafen, weil sie denkt, ich könnte mal mit meiner Freundin schlafen.«

Pakulat schloß den Studenten weg. Er wußte Bescheid. Er hatte Schlüssel für alle Parteien. Nur für Benno nicht.

Pakulat hängte das Schloß wieder an den leeren Haken, rechts neben das Schloß der Familie Oberinspektor a. D., die aus Herrn Oberinspektor a. D., Frau Oberinspektor a. D. und dem Fräulein Tochter bestand. Es – denn »sie«

hätte nicht zu ihrer Erscheinung gepaßt – es spielte an Sonn- und Feiertagen auf einem Klavier, von dem der Herr Oberinspektor a. D. behauptete, das ersetze ihm voll und ganz den Flügel. Den Flügel der Sängerin Herzfeld hatte damals der Blockwart selbst genommen.

Das Haus schwamm auf den Fluten der Nacht. Der Kasten war gefeit gegen Wasser und Feuer. Denn er war gemacht für den Mann und für sein Weib und seine drei Söhne. Der gerecht ersehen war zu dieser Zeit. Der zu sich genommen hatte allerlei reinen und unreinen Viehs, Männlein und Weiblein. Desgleichen von den Vögeln unter dem Himmel. Und allerlei Speise auch. *Und die Wasser wuchsen und hoben den Kasten auf und trugen ihn empor über die Erde.* Und der Mann, der in dem Kasten saß, allein, denn sein Weib war gestorben, und Edgar war gefallen, und Lutz war verheiratet, und Benno trieb sich herum, der Mann, der für alle, die mit ihm waren, einen Schlüssel hatte, obgleich er die meisten nicht einmal für wert hielt, in den Kammern zu sitzen, für alle, nur für Benno nicht, dieser Mann fragte sich, weshalb er nicht die Fenster und Türen auftat und das Dach hob von dem Kasten.

»Raude«, sagte Pakulat.

Die Küche schrumpfte ein. Runzlige Wände umstanden ihn. Aus abgetretenen Dielen standen Nägel heraus, warzenartig. Die Leimfarbe löste sich blasig von der Decke. Plötzlich. Das Haus war plötzlich gealtert. Vorgestern noch war es gewesen wie 1912, und auf einen Schlag war es gealtert. Um Jahrzehnte, um Jahrhunderte, wie Pakulat schien. Er hätte sich sechshundert Jahre alt gefühlt, wenn er nicht früher bei den Freidenkern gewesen wäre.

Nur der Tisch war geblieben, wie er war. So groß. So hell. So jung. Die Wachstuchbespannung war heruntergekommen, und das Blumenmuster war hin, aber der Tisch war unverwüstlich. Die Toten waren unverwüstlich.

Anna hatte den Tisch in die Küche gestellt, als sie mit Benno ging, die Leute hatten gesagt, daß der Tisch viel zu groß wäre für die winzige Küche und nicht einmal hineinging, wenn alles herausgeräumt würde. Aber Anna hatte ihn gekauft. Vierundvierzig. Als fast jede Nacht die Sirenen heulten und niemand im Haus so dumm war, sich Möbel oder Kinder anzuschaffen. Anna hatte Geld zusammengekratzt für einen unpassenden Tisch. Und ihn untergebracht. Schwer zu sagen, wie sie das gemacht hatte. Pakulat war im Strafbataillon. Der Oberinspektor grüßte Anna nicht mehr. Die Frau Feldwebel ließ ihre Kinder nicht mehr mit Lutz spielen. Edgar war vermißt. Der Schwiegervater setzte ihr zu, weil sie ihren Mann nicht abgebracht hatte von seinen gefährlichen Unternehmungen. Ihre Mutter verreckte auf dem Treck. In den letzten Wochen schwollen ihre Beine so an, daß sie nur noch in Pantoffeln gehen konnte. Sie stand in Pantoffeln in der Küche des Parkrestaurants und spülte Geschirr. Und in Pantoffeln kaufte sie den Tisch.

Sie gebar im Luftschutzkeller, und es ging ihr schlecht danach. Benno lebte so schwächlich, daß die Ärzte kaum Hoffnung zeigten. Aber Anna brachte ihn durch. Sie wickelte ihn auf dem großen Tisch. Später hungerte sie, um das Kind nicht hungern zu lassen. Aber Benno blieb schwächlich, auch als sein Vater, wieder heimgekehrt, hamstern fuhr, um ihn satt zu machen. Benno durchlitt alle Kinderkrankheiten. Mit fünf Jahren wurden ihm die Mandeln gekappt, und ein Jahr später brach er sich beim Rodeln das Wadenbein. Als er in die Schule kam, war er der Kleinste in der Klasse. Sportzensur: vier. Pakulat drückten die Leiden seines Sohnes, als wären es seine eigenen. Er liebte ihn anders als den fünfzehn Jahre älteren Lutz, der alle Raufereien gewann und mit vierzehn Jahren politische Reden hielt, öffentlich; er liebte ihn vielleicht ein bißchen, wie ein Großvater seinen Enkel liebt.

Benno kränkelte bis zum sechzehnten Lebensjahr. Dann schüttelte er die Leiden ab und wuchs und wurde kräftig. Pakulat freute sich, daß plötzlich aus dem kleinen Benno ein junger Mann geworden war, der ihn um Kopfeslänge überragte. Und er bedauerte es. Und er ließ es nicht zu.

Manchmal. Gestern abend zum Beispiel. Der da gestern abend dirigiert hatte, das war der kleine Benno gewesen, für den der Vater ein Geschenk mitgebracht hatte. Aber er hatte sich benommen, wie sich der kleine Benno nie benommen hätte: ungezogen, undankbar, gemein.

»Er hat mich angespuckt«, sagte er zum Tisch. »Es war so, als ob er mich angespuckt hätte. Und dich auch, Anna, und alle, die verreckt sind, damit er leben kann, und alle, die sich abrackern, damit er lernen kann: mein Sohn. Mit so einem Sohn bin ich geschlagen.«

Pakulat war nach Hause gerannt, halb krank vor Enttäuschung und Scham und Wut und hatte auf Benno gewartet, wie er jetzt auf ihn wartete. Er war durch die Küche geschlurft, vier Schritte zum Fenster, vier Schritte zur Tür, vorbei am Küchenschrank, auf dem das verschnürte Etui mit der Schalmei lag, und hatte gewartet auf den verlorenen Sohn. Der gestern noch nicht ganz verloren war. Der noch gerettet werden konnte über die Brücke der Reue.

»Salud«, hatte der Sohn gesagt, als er gestern nach Hause gekommen war. Und blieb in der Tür stehen. Und grinste. Und das war keine Reue. Das war keine Brücke. Empörung schlug den Vater stumm.

Benno schien das mit Genugtuung zu beobachten. Jedenfalls stemmte er einen Ellenbogen gegen das Türfutter und schlenkerte das Spielbein. Und zog laut Rotz hoch in der Nase. Und kaute.

»Na, hat dir der Schalmeientwist gefallen?«

»Hör auf zu kauen«, schrie Pakulat.

»Warum?«

»Hör auf zu kauen, sag ich dir.«

»Ich sehe, unsere Menschen sind begeistert.«

Pakulat riß seinen Schlips herunter.

Benno fuhr zusammen. Er hielt einen Augenblick den rechten Unterarm vor das Gesicht. Dann stemmte er den Ellenbogen wieder gegen das Türfutter und schlenkerte das Spielbein. Und zog laut Rotz hoch in der Nase.

»Hast du kein Taschentuch?«

»Doch.«

»Kannst du nicht still stehen?«

»Ich laß mich nicht abrichten.«

»Und ich laß mich nicht anspucken von dir, verstanden?«

»Nein«, sagte Benno. Er griff nach der Türklinke, unterbrach die Wendung, zögerte einen Augenblick, schien aber dann doch nicht widerstehen zu können und murmelte, daß er hoffe, einen Durchbruch erzielt zu haben.

Und da verlor Pakulat die Übersicht. Seine Erinnerung verdächtigte ihn sogar, getobt zu haben. »Ich hab ein schlechtes Gedächtnis«, sagte er zum Tisch. Aber daß er Ohrfeigen und Flüche ausgeteilt hatte, gab er zu.

Benno hatte sie scheinbar unbewegt entgegengenommen. Er hatte die Klinke wieder losgelassen und stand breitbeinig in der Tür, mit herunterhängenden, ein wenig abgespreizten Armen. Dadurch erschienen die Schultern breiter als sonst und der Kopf unverhältnismäßig klein. Vielleicht lag es auch daran, daß das falbe Haar kurzgeschoren war. Das Gesicht war so klein, daß nur Augen und Schnurrbart darin Platz hatten. Die wimpernlosen Lider waren weit zurückgerissen.

»Lackaffe, mit siebzehn einen Schnurrbart, auffallen um jeden Preis, den Vater lächerlich machen . . .«

»Dich braucht niemand lächerlich zu machen, du machst dich selbst . . .«

»Daß du dich nicht schämst.«

»Du schämst dich doch auch nicht.«

»Mach, daß du rauskommst«, hatte Pakulat geschrien.

»Ich geh sowieso«, hatte Benno gesagt. »Salud.«

Dann war er hinter der weißgestrichenen Tür verschwunden und hatte sich nicht mehr sehen lassen. Bis jetzt. Jetzt war es halb zwölf. Pakulat starrte auf die Tür. Er sah, daß links von der Klinke die Farbe abgewetzt war. Ihm fiel zum erstenmal auf, daß die Tür abgewetzt war.

»Flegel«, sagte Pakulat.

Er sagte es mehrmals. Bis die Wut wiederkehrte. Und er hielt sie eine Weile, indem er sich entlastende Vorwürfe machte. Die wichtigsten teilte er dem Tisch mit. Er sagte: »Ich hätte ihn straffer rannehmen sollen, überzeugen ist gut, aber einen Ochsen kann man nicht überzeugen, da hilft nur ein Knüppel zwischen die Hörner, manchen muß man zu seinem Glück zwingen . . .«

Es trieb ihn wieder um in der Küche. Er redete an gegen die Stille, die immer dichter wurde. »Mach dir nichts draus, Pakulat«, sagte er, »ihr könnt mich mal, alle könnt ihr mich, alle . . .« Aber er machte sich trotzdem was draus. Er konnte nicht an gegen die Leere, die plötzlich alles wegfraß, was gesichert schien. Nichts war sicher vor ihr. Am allerwenigsten er selbst. Er spürte, wie sich die Leere in ihn hineinfraß. Alle Häuser, die er gebaut hatte, waren untergegangen in der Dunkelheit, auf der er schwamm mit seinem Kasten, die ganze Stadt war abgesoffen, und er hatte Lust, die Fenster und Türen des Kastens zu öffnen. Denn er war sterblich. Und also war es egal, ob er im Kasten starb oder ersoff. Seit gestern war er ohnehin so gut wie tot.

Worauf wartete er eigentlich noch? Daß ihn vielleicht doch noch mal jemand brauchte? Lutz brauchte ihn nicht. Der Betrieb brauchte ihn auch nicht mehr. Heute hatte man ihm seinen vorletzten Lohn ausgezahlt wie gewöhnlich, wie man jedem seinen Lohn auszahlte, der nächste bitte. Und in einer Woche, wenn er den letzten bekam, würde man wahrscheinlich auch sagen: Der nächste bitte. Niemand hatte ihn gefragt, ob er weiterarbeiten wollte. Natürlich hätte er nein sagen müssen, wenn ihn jemand gefragt hätte. Wahrscheinlich wußten alle, daß er nicht mehr konnte. Aber man hätte ihn doch wenigstens einmal fragen können. Einmal. Nein. Sie hatten ihn abgeschrieben. Wahrscheinlich hatten sie ihn schon vergessen. Er würde jedes Jahr eine Einladung zum Betriebsvergnügen kriegen, aus Mitleid, mit den Alten hatte man höchstens Mitleid, und damit war der Fall erledigt. Er war nicht mehr Pakulat, Zimmermann, Ringer, Dirigent, Arbeitsloser, Häftling, Strafsoldat, Betriebsleiter, Instrukteur, Brigadier. Er war irgendein »Alter«. Wahrscheinlich nannte man ihn schon lange

»Alter«, er hatte es nur überhört. Weil er nur noch auf einem Ohr hörte. Das andere hatte man ihm taub geschlagen beim Verhör.

Pakulat griff wieder nach einem Schloß. Aber dann ließ er es doch hängen. Es gehörte der Familie, die über ihm wohnte und keine Zeit zum Schlafen hatte. Bis nach Mitternacht trampelten Vater, Mutter und Tochter über die Dielen und früh halb fünf schon wieder. Der Vater bearbeitete täglich mit dem Staubsauger das Linoleum, die Mutter putzte täglich die Aluminiumfensterbretter, die Tochter klopfte täglich die Bettvorleger. Der Konfession nach war die Familie vegetarisch und arbeitete im VEB Schlachthof. Pakulat hatte seit neunundzwanzig Jahren einen Schlüssel zu dieser Familie. Seitdem war jedes Fenster ihrer Wohnung, sobald sich dafür Gelegenheit bot, beflaggt. Nachts wurden die Flaggen eingeholt und wenn nötig auf dem Boden getrocknet. Sobald der Morgen graute, hingen sie wieder, gebügelt. Pakulat brauchte das Schloß nicht zu öffnen. Er hatte den Schlüssel. Das genügte.

Er legte noch ein Brikett auf und wischte mit der kohlenstaubigen Hand über das linke Auge. »Dreck, verfluchter«, schrie er, »Scheißdreck.« Dann pellte er den Topf aus Decke und Papier und aß die Suppe, die er für Benno gekocht hatte. Er schöpfte sie mechanisch in sich hinein, den Kopf ein wenig nach rechts gedreht. Als die Suppe alle war, schabte er noch zwei-, dreimal mit dem Löffel über den Topfboden, ehe er es bemerkte. »Undankbares Volk«, murmelte Pakulat. Müdigkeit brannte ihm in den Lidern. Die Augenprothese drückte. Aber er nahm das Glasauge nicht aus der entzündeten Höhle. Er wollte nicht einäugig sein, wenn Benno kam. Und der kam, er konnte jeden Augenblick kommen, es war schon halb eins.

Eine Sekunde lang oder zwei hatte er sogar geglaubt, Benno sei schon gekommen. Wahrscheinlich als er eingenickt war. Jedenfalls sah er Benno in der Tür stehen und mit dem Spielbein schlenkern. Die Tür war wie neu, und Benno durchkämmte sein blasses Igelhaar mit gekrümmten

Fingern. Und zog Rotz hoch in der Nase und zwirbelte seinen Schnurrbart, der blond und ärmlich war und überhaupt. Aber dann hörte er auch Bennos Stimme, und die Tür war wieder hin. Benno hatte eine braune, orgelnde Stimme, die gar nicht zu dem blassen Gesicht paßte, und was er sagte, paßte erst recht nicht zu ihm. Er hieß Pakulat, alle Leute wußten, daß er der Sohn des Kommunisten Pakulat war, und er sagte: »Die Invalidentute kannst du dir an den Hut stecken.« »Invalidentute«, hatte er gesagt. Eine Schalmei nannte er »Invalidentute«. Der Feldwebel hatte gesagt »Krüppeltute«. Als er noch nicht Feldwebel war, hatte er das mal gesagt. Und seitdem hatte Pakulat den Schlüssel zu dem verschnörkelten Schloß, das neben dem der Vegetarier hing. Der Feldwebel, der natürlich längst kein Feldwebel mehr war, sondern Buchhalter, sammelte nämlich, was Schnörkel hatte: alte Uhren, Porzellan, Türklinken. Er hatte Pakulat die Klinke von der Laubentür abkaufen wollen. Aber Pakulat war nicht eingegangen auf das Geschäft, er wußte heute auch nicht mehr warum, jedenfalls hatte ein Wort das andere gegeben, und schließlich hatte der Feldwebel, der damals noch gar kein Feldwebel war, aber schon den Ton hatte, gesagt: »Sie werden noch mal so klein werden Sie, verlassen Sie sich drauf, so klein, sage ich Ihnen, so klein mit Krüppeltute.« Er hatte fasziniert auf den winzigen Spalt gestarrt, den er zwischen seinem Daumen und dem Zeigefinger gelassen hatte. Und dann hatte er den Zeigefinger auf den Daumen gedrückt. Aber es war ihm nicht nachzuweisen, daß er es gewesen war, der die Polizei auf die Spur gebracht hatte. Einer der Gruppe war hingerichtet worden. Wenn Pakulats Vermutung richtig war, wohnte unter ihm ein Mörder. Aber es konnte auch sein, daß ein anderer ihn verpfiffen hatte. Ein anderer aus diesem Haus . . .

»Raude«, murmelte Pakulat schlaftrunken. Aber er konnte sich nicht entschließen, ins Bett zu gehen. Er gähnte und klammerte sich an den Tisch. Die Arme, von denen die Ärmel weggekrempelt waren bis zu den Ellenbogen, lagen klafterweit ausgestreckt auf der Platte, die Finger bogen sich um die Kanten und berührten mit den Kuppen die Zarge.

Dann begann der Tisch zu schrumpfen, langsam, er konnte sich nicht mehr behaupten gegen die Wände, er hatte keine Kraft mehr. Die Wände rückten zusammen, immer enger, Gefängnis, Zuchthaus, Einzelhaft. Vier winzige Schritte zum Fenster, vier winzige Schritte zur Tür, dreizehn Monate lang. Und hinter dem Fenster hoch oben, unsichtbar, irgendwo, vergittert: der Luftraum. Und in der Tür ein Loch auf der Lauer. Und die Wände zerkratzt, zerritzt, Buchstaben, Zahlen, Rhomben mit einem Längsstrich.

– und der Kübel in der Ecke, und die Schüssel, die Schüssel ist leer, der Kalfaktor hat die Schüssel leer gebracht, Nummer 7311 zur Vernehmung, Licht, Schlagring, Wasser, *Stern von Rio,* wenn du nicht singst, hau ich dir das andere Auge auch noch klar, Licht, *du könntest mein Schicksal sein,* wer schwul ist, hat mehr vom Knast, Schlagring, aus Taubstummen machen wir Seife, Wasser –

»Benno«, murmelte Pakulat. Er fühlte einen Druck auf der Stirn. Und konnte nichts sehen. Und spürte einen strengen, chemischen Geruch. Und einen immer heftiger werdenden dumpfen Wirbel.

Es dauerte eine Weile, ehe er merkte, daß er mit dem Gesicht auf der Tischplatte lag. Die Stirnhaut klebte an der Wachstuchbespannung. Die Herzschläge trommelten auf ihn ein. Er schwitzte. Aber er verbot sich, das zu bemerken. Und er wollte sich auch nicht daran erinnern, daß Anna in ähnlicher Haltung gestorben war. Vor sechs Jahren. Aber Anna ließ sich nichts verbieten. Sie kam und ging, wann sie wollte. Und sie war zweiundfünfzig. Vor sechs Jahren und heute und immer. Nur Pakulat war älter und älter geworden, ohne es zu merken. Und plötzlich war er so alt, daß er seinen vorletzten Lohn in der Geldbörse hatte. Und in sieben Tagen kriegte er den letzten, und dann war Feierabend. Dann saß er am Fenster und glotzte wie der Nachbar hinunter auf die Straße.

In der Unordnung herrschte. Die Müllkästen standen oft tagelang an der Bordkante, ehe sie geleert wurden. Kinder spielten Kaiser-König-Edelmann. Hunde kackten sich aus in den Vorgärten. Die Straßenränder waren von Autos verstellt. Kofferradios lärmten bis in die Nacht hinein. Früh zerrten Frauen kleine unausgeschlafene Kinder hinter sich her. Die Litfaßsäule war mit Modeplakaten beklebt. Hier und da wurden Mops zum Fenster hinausgeschüttelt. Im Schaufenster des Gemüsegeschäfts fehlte die Losung. Jeden Abend torkelten Besoffene über das Kopfsteinpflaster, als ob ununterbrochen Lohntag wäre. Halbwüchsige knutschten sich in den Haustürnischen. Unordnung, überall Unordnung. Nicht anders als im Betrieb, den Pakulat in einer Woche verlassen würde. Er hatte ihn mal länger als ein Jahr geleitet, vor siebzehn Jahren war das, der Besitzer hatte sich aus dem Staube gemacht, und irgend jemand mußte die Leitung ja in die Hand nehmen, irgendein Zuverlässiger mußte den Mut aufbringen. Pakulat war zuverlässig und erhielt den Auftrag, den Mut aufzubringen. »Wird gemacht«, sagte er und dachte, es ist ja gar kein Baubetrieb mehr, es ist ein Abbruchbetrieb, ein paar Ruinen einreißen kann jeder, abreißen kann jeder, kann jeder, kann jeder. Aber womit, fragte er sich, als er den Betrieb übernommen hatte. Keine Geräte, kein Geld, keine Bauarbeiter. Nazis, die man anderswo rausgeschmissen hatte, wurden ihm als Arbeitskräfte zugewiesen. Er, der als Delegierter keinen auf den Bau gelassen hatte, dessen Flebben nicht in Ordnung waren, sollte als Betriebsleiter Nazis einstellen. Das ging über seine Kräfte. Nach einem Jahr wurde er abgelöst und konnte endlich tun, was er sich zwölf Jahre lang vorgenommen hatte: wieder Ordnung bringen auf den Bau, dafür sorgen, daß jeder Bauarbeiter ordentliche Flebben hatte. Neun Jahre arbeitete er als Gewerkschaftsinstrukteur hier und da, meist getrennt von der Familie. Als die Frau starb, war Benno elf Jahre alt. Pakulat konnte ihn nicht sich selbst überlassen. Er war auch müde geworden vom ewigen Herumziehen. Und er hatte es satt, sich mit Köpfen herumzuplagen, die Arbeit fraßen, von der man nichts sah. Oder kaum etwas. Oder jedenfalls nicht viel. Nicht genug. Zum Teufel mit den Querköpfen. Pakulat wollte endlich wieder mal was schaffen, was man anfassen konnte. Was blieb. Was ihn überdauerte. Mit neunundfünfzig Jahren wollte er noch mal so arbeiten, wie er in seiner Jugend gearbeitet hatte. Hoch oben auf dem Gerüst.

In einer Woche mußte er runter vom Gerüst. Für immer. Und was würde geschehen, sobald er den Rücken kehrte? Ein anderer würde in die Brigade kommen, einer, den er früher nicht auf den Bau gelassen hätte. Und gestern hatte er sich schon vorgestellt. Pakulat hatte die Flebben verlangt, und der junge Kerl hatte gesagt, er sei nicht in der Gewerkschaft. Ohne mit der Wimper zu zucken, hatte er das gesagt, als ob er vom Wetter gesprochen hätte. Pakulat war jahrelang Delegierter und Funktionär der RGO gewesen, hatte deshalb Zuchthaus durchzustehen und Strafkompanie, hatte sich dann wieder neun Jahre für die Gewerkschaft abgerackert und mußte am Ende seiner Arbeitstage erleben, daß sein Nachfolger ein Halbseidener war. Natürlich würde der Kerl nicht sofort Brigadier werden. Benno mußte ja auch erst studieren, ehe er Geologe werden konnte. Aber es war nicht ausgeschlossen, daß der Kerl nächstens ohne Flebben auf einer Baustelle schalten und walten konnte. Es war abzusehen, daß Benno bald bestimmte, was mit der Erde gemacht wurde. Konnte Pakulat in Ruhe abtreten, wenn es so um die Ablösung stand?

Die Wände ruckten wieder zusammen, die Decke drückte, der Himmel, der ein Luftraum war . . .

Pakulat riß ein Schloß vom Haken und öffnete es mit einem Hohlschlüssel.

»Sie sitzen ja im Finstern.«

»Ja«, sagte das Fräulein.

»Sind Sie aus der Spätschicht gekommen?«

»Ja«, sagte das Fräulein.

»Warum machen Sie kein Licht?«

»Brauch kein Licht.«

»Aber Sie sehen doch gar nicht, was Sie essen.«

»Ich will nichts mehr sehen«, sagte das Fräulein und gab der Lampe Strom. Die hing an einem kordelumwickelten Stab von der Decke, ein seidenbespannter Schirm mit geraffter Blende und fünf Deckenstrahlern. Von denen strahlte allerdings nur einer, mit fünfzehn Watt etwa. Und der Schirm blieb ganz dunkel. Die Wände waren nicht zu sehen. Nur Bilder umgaben das Fräulein, Möbel und Bilder.

»Müssen Sie denn immer Spätschicht machen?«

»Ja«, sagte das Fräulein.

»Warum?«

»Weil es mir egal ist.«

»Versteh ich nicht.«

»Auch egal.«

»In Ihrem Alter muß man an seine Gesundheit denken.«

»Niemand denkt daran, warum sollte ausgerechnet ich daran denken.«

»Sie sind doch mindestens so alt wie ich.«

»Ja«, sagte das Fräulein.

»Und warum arbeiten Sie noch?«

»Weil ich nicht den ganzen Tag die Bilder sehen kann.«

Die Bilder, in schwarze Rahmen gefaßt, von unterschiedlicher Größe, füllten die Zwischenräume zwischen den verschnörkelten Möbeln. Hinter Glas lächelten Säuglinge, Kinder und junge Männer. Die Säuglingsfotos hingen oben. Wenn man genau hinsah, konnte man zwei Gesichter unterscheiden, die immer wiederkehrten. Das eine war braun-weiß fotografiert, das andere schwarz-weiß. Die braun-weißen Fotos hingen hauptsächlich über dem Sofa und zeigten den Verlobten des Fräuleins unter anderem strampelnd auf einem Eisbärenfell, sitzend in einem Kleid, neben einem Palmentischchen stehend mit Matrosenanzug, Zuckertüte und Schulranzen. Brustbilder zeigten ihn mit Schülermütze, Hartmann und zuletzt mit einer Pickelhaube. Die Bilder des Sohnes hingen gegenüber rund um die Kredenz. Auch er war unter anderem strampelnd, mit Zuckertüte und mit verschiedenen Kopfbedeckungen zu sehen. Auf dem letzten Bild hatte er einen Stahlhelm auf. Es war ebenso wie das letzte Bild seines Vaters an der rechten unteren Ecke mit Strohblumen und einem Flor versehen.

»Sie schlafen zuwenig.«

»Ja«, sagte das Fräulein.

»Schlaf erhält gesund.«

»Noch einmal mach ich das nicht mit.«

»Sie sollten sich mehr schonen.«

»Das nächste Mal bleibt sowieso niemand übrig.«

»Sie haben in Ihrem Leben genug gearbeitet.«

»Vielleicht ist es schon losgegangen. Ich habe heute noch kein Radio gehört.«

»Sie sollten schlafen gehen.«

»Vielleicht ist das die zweite Sintflut, die die Bibelforscher prophezeit haben. Kuba soll doch so paradiesisch sein.«

Pakulat schloß das Fräulein sofort weg. Aber die Fluten der Nacht hatten ihn schon gepackt. Sie warfen ihn hin und her, und die Wellen kamen über. Denn der Kasten war nur gefeit gegen Wasser und Feuer. Er war gemacht für den Mann und sein Weib und seine drei Söhne. Aber es nützte dem Mann nichts, daß er sich gerecht ersehen glaubte zu dieser Zeit. Er hatte allerlei reinen und unreinen Viehs zu sich genommen, Männlein und Weiblein. Desgleichen von den Vögeln unter dem Himmel. Und allerlei Speise auch. Aber wenn die Wasser wuchsen, hoben sie den Kasten nicht auf und trugen ihn nicht empor über die Erde. Wenn kam, was man der Einfachheit halber als Flut bezeichnete, blieben die Wunder aus. Wenn die große Flut kam, verschlang sie Gerechte und Ungerechte. Und die Schöpfer der Flut.

Und die Erde würde wieder wüst und leer sein. Und es würde finster sein auf der Tiefe . . .

»Benno«, schrie Pakulat. Er erschrak vor seiner eigenen Stimme. Das Licht der Küchenlampe schnitt in die Augen.

Die Erde, dachte er. Er wußte natürlich, daß die Erde eine Kugel war. Jeder wußte das heutzutage. Und Pakulat glaubte sie auch so zu sehen. Aber in Wirklichkeit sah er nur eine Fläche. Und alles, was darauf stand und wuchs, sah er auch nur in zwei Dimensionen, die Stadt zum Beispiel und das Haus und den Nachbarn und den Vegetarier und den Oberinspektor a. D. und den Studenten und Benno, alle sah er nur in zwei Dimensionen. Denn eine war ihm genommen worden. Und seitdem erschien ihm das Leben nur als eine Funktion von gesellschaftlichen Größen. Und auch jetzt, da es in Gefahr war, erschien es ihm so. Und er hätte darum gebangt, obgleich er sich irgendwie sicher fühlte in seinem Kasten, schwer zu sagen warum, vielleicht weil er den großen Tisch bei sich hatte, aber er hätte darum gebangt, wenn der verlorene Sohn heimgekehrt wäre. Doch es war um eins, und Benno war noch immer nicht zurück. Benno war in Gefahr. Die Erde war in Gefahr. Die Erde war unvorstellbar groß. Benno war unvorstellbar klein. Und Blut von seinem Blut. Und Fleisch von seinem Fleisch. Pakulat bangte um Benno.

»Gestern haben sie erst wieder einen angefahren«, sagte Pakulat zum Tisch, »schwer verletzt, ich sage immer, dös nicht so draußen rum, paß auf, wo du hinrennst, aber die Jugend hört ja nicht, vielleicht ist er inzwischen gekommen, und ich habe es nur nicht gemerkt . . .« Pakulat zog sich hoch am Tisch, stieß die abgewetzte Tür auf, tappte durch den finsteren Korridor, tastete nach der Klinke und öffnete. Im Türrahmen stand die Nacht. Pakulat schaltete Licht an. Das Bett war leer.

Er setzte sich auf die Bettkante. Die Kühle des ungeheizten Zimmers drang auf ihn ein. Ach Benno, du Raude . . .

Pakulat fiel ein eselohriges Buch auf, das auf dem Nachttisch lag. »Wie das aussieht«, murmelte er und langte danach. Er las: ›Spanische Konversationsgrammatik‹.

Pakulat brachte sich wieder in Gang, vier Schritte hin, vier Schritte zurück. Spanisch! Sein Sohn hielt es nicht einmal für nötig, dem Vater zu erzählen, womit er sich beschäftigte. Hatte ein Vater nicht ein Recht darauf, zu erfahren, was sein Sohn trieb? Wozu hatte man Kinder, wenn man an ihrem Leben nicht teilhaben konnte? Spanisch. Wozu hatte man Nachkommen, wenn sie sich nicht vor den Fehlern bewahren ließen, die der Vater einst gemacht hatte. Pakulat hatte sich auch in Bennos Alter mit allem Möglichen beschäftigt, mit Angeln, Schlossern, Schustern, Tischlern und mit allerlei Viehzeug. Aber dann hatte der Vater gesagt, Schluß, und er hatte auf den Vater gehört und sich konzentriert auf eine Sache und war Zimmermann geworden. Nach dem ersten Krieg. Wenn man etwas Anständiges werden wollte, mußte man sich auf eine Sache konzentrieren. Aber Benno hörte ja nicht auf seinen Vater. Benno trieb ein bißchen dies und ein bißchen das und nun auch noch Spanisch. In Russisch hatte er eine Vier, aber für solche Mätzchen fand er Zeit. Spanisch! Pakulat hatte ein gutes Gedächtnis, er konnte sich noch genau erinnern, wie er sich gefühlt hatte als Siebzehnjähriger, jawohl. Er hatte Erfahrungen. Die er weitergeben mußte. Die er jeden Tag weitergab, auf der Baustelle, in der Straßenbahn, im Laden, sooft sich Gelegenheit bot. Nur Benno nahm ihm nichts ab. Wahrscheinlich war sein Sohn ein Querkopf. Querköpfe gab es immer.

Als Pakulat sich wieder wandte, um vier Schritte zum Fenster zu gehen, fing das linke Auge einen merkwürdigen Fleck. Pakulat zögerte zuerst, näher hinzusehen. Er wußte, daß über dem Bett Aktfotos hingen.

Er wußte Bescheid.

Aber dann sah er doch hin. Und entdeckte inmitten der Aktfotos das Bild eines jungen Mannes mit schwarzer, gekräuselter Fräse und Baskenmütze. Pakulat blinzelte, verstärkte das Auge mit einem Brillenglas, blinzelte wieder . . .

Er konnte sich nicht sogleich zurechtfinden nach dieser Entdeckung, die das Zimmer veränderte. Hatte er den Bärtigen bisher übersehen? Konnte man so etwas übersehen?

Der Schlaf fiel ab von ihm. Pakulat steckte den elektrischen Ofen an und schüttelte das Kopfkissen auf. »Ich muß ihn suchen«, sagte er, obgleich der Küchentisch weit weg war, zog den Mantel an und verließ die Wohnung.

Er tappte die Treppen hinunter, die noch sehr gut erhalten waren, wie ihm schien, neu, dachte er, vorhin war das Holz noch abgetreten, aber jetzt war es wieder ziemlich glatt gebohnert, er passierte vier Wohnungstüren, von denen zwei statt verzierter Rahmen und Glasfüllungen rauhe Sperrholzflächen zeigten, drückte sich durch die Windfangtür und schloß die Haustür auf.

Und stieg aus dem Kasten, der plötzlich wieder gefeit schien gegen Wasser und Feuer. Und ließ ihn allein schwimmen in die Nacht hinaus.

2

»Du solltest aber fröhlich und guten Mutes sein; denn dieser dein Bruder war tot und ist wieder lebendig geworden, er war verloren und ist wiedergefunden.«

Lukas 15,32

Die Stadt trug Nebel. Er hatte seinen amorphen Rumpf über die Dächer gewälzt, die ihn stützten mit Firsten und Giebelspitzen. In den Straßen hing er durch. Bis zu den Fensterreihen der ersten Etage, manchmal sogar bis zum Erdgeschoß. Pakulat passierte nur Fassadenstümpfe. Aber er wußte Bescheid. Sparkasse. Kristall, Porzellan. Grünwaren, Ein- und Verkauf. Kolonnaden.

Zu den Kreuzgewölben war der Nebel noch nicht durchgedrungen. Rippen und Gurtbögen wurden deutlich herausgehoben vom Licht der Schaufenster. Die Kappen blieben im Halbdunkel. Wo sie hingehörten, denn sie hatten Wasserflecken. Pakulat brauchte den Kopf nicht nach rechts zu drehen, um zu sehen, daß sie Wasserflecken hatten. Seit eh und je hatten sie welche, seit Pakulat zum erstenmal die Kolonnaden betreten hatte. Damals war er noch ein Kind gewesen. Und das Antiquariat war ein Spielzeugladen gewesen. Und statt alter Bücher hatten Bleifiguren im Fenster gestanden, Hunderte, Tausende, ach Abertausende gewiß, die die Schlacht bei Fehrbellin darstellten. Und Pakulat hatte mit den Füßen gestampft und geschrien: »Ich will die Schlacht bei Fehrbellin ich will die Schlacht bei Fehrbellin ich will . . .« Und der Vater hatte geschrien: »Eine Kopfnuß kannst du kriegen . . .«, und die Mutter hatte gesagt: »Was sollen denn die Leute denken, der kleine Ulan ganz rechts kann nicht viel kosten.« Und Pakulat hatte den kleinen Ulanen ganz rechts gekriegt, und jetzt ging er durch diesen Augenblick, da er die Bleifigur in den Händen hielt. Und er fühlte die Kühle des Metalls auf dem Handteller.

Aber die Kolonnaden dauerten eben nur einen Augenblick, und dann war der Nebel wieder da. Er hatte die Stadt nahezu begraben unter seinem amorphen Rumpf. Wahrscheinlich verfügte er über unzählige Köpfe, die sich immer tiefer in die Häuser hineinfraßen. Aber sein Atem war weder glühend noch giftig, höchstens ein bißchen gesundheitsschädigend für Leute mit schwachen Bronchien wie Pakulat, die Rauch nicht vertragen konnten. Der Rauch schmeckte nach Ruß. Pakulat hielt sich ein zusammengefaltetes Taschentuch vor den Mund. Es war allerdings nicht angefeuchtet, und es hatte auch keine Gummischlaufen wie eine Schießbrille. Aber der Rauch war ja auch kalt und überhaupt nicht zu vergleichen. Und der Nebel sah nur aus wie Qualm. Vielleicht sah er sogar nicht mal so aus. Vielleicht war es ganz gewöhnlicher dicker Herbstnebel. Pakulat hatte ja nur noch ein Auge. Und dessen Sehschärfe schwankte. Manchmal sah er überscharf. Manchmal konnte er die Umrisse genau erkennen. Wahrscheinlich sah er im Augenblick überscharf. Die Insel war ja weit. Und irgendwie hatte es immer geklappt bisher. Wie oft schon hatte es brenzlich ausgesehen, und dann hatte es doch wieder geklappt. Pakulat wäre gar nicht auf den Gedanken gekommen, daran zu zweifeln, daß es auch diesmal irgendwie gutging, wenn er nicht diesen Bärtigen über Bennos Bett entdeckt hätte. Natürlich hatte er nichts gegen diesen Mann, der aussah wie ein Schwerathlet. Für Sportler hatte er von je etwas übrig, und Basketball mochte ja ein ernst zu nehmender Sport sein. Aber besonders vertrauenerweckend erschien ihm dieser zwei Meter lange Kerl, der ohne Konzept vierstündige Reden hielt und dabei wild mit den Armen gestikulierte, auch nicht. So ein hitziges Temperament war vielleicht gut für einen Liebhaber, von einem Staatsmann jedoch hatte Pakulat andere Vorstellungen. Auf jeden Fall war der Mann zu jung. Und deshalb hing er wahrscheinlich über Bennos Bett. Und das war trotz allem gut, daß er dort hing. Das hatte Pakulat wieder Hoffnung gemacht. Der Sohn war vielleicht doch nicht verloren. Pakulat mußte ihn finden.

Er nahm die Hände aus den Taschen, um schneller vorwärts zu kommen. Es war, als liefe ihm die Straße unter den Füßen entgegen wie ein Förderband, unendlich, und er träte tatsächlich auf der Stelle. Aus den Nebelschwaden, die ihn umhingen, tauchte für Augenblicke ein Betrunkener, rülpste, rempelte ihn an. Die Silhouette eines Autos schwamm vorbei.

Pakulat hetzte durch das wattige Nichts, das die Stadt aufgesogen hatte, seine Stadt. Irgend etwas trieb ihn an, das nicht auf Puls und Bronchien Rücksicht nahm, irgend etwas trieb ihn vorwärts. Aber langsam wurde ihm doch klar, daß es unsinnig war, ziellos in den Straßen herumzulaufen. Er kehrte um und schlug den Weg zur Schule ein. Systematisch, dachte er, ich muß systematisch suchen. Er klingelte beim Schulhausmeister. Im Erdgeschoß wurde ein Fenster hell, nach einer Weile wurde es geöffnet, und ein verwilderter Frauenkopf fuhr heraus.

»Haben Sie meinen Sohn gesehen?«

»Ein Besoffener«, sagte die Frau. Das Fenster schlug zu, das Licht erlosch.

Pakulat stand allein in einer Stadt, deren Einwohner nach Hunderttausenden zählten. In der er Bescheid wußte. An der er gebaut hatte. Wo er geboren wurde und begraben sein wollte. Natürlich hatte er als Toter nichts davon, wenn er in dieser Stadt verfaulte und nicht irgendwo anders. Natürlich war es überhaupt unsinnig, an den Tod zu denken. Die mittlere Lebenserwartung billigte Pakulat noch dreizehn Jahre zu. Aber diese Zahl war ja nur eine durchschnittliche Größe. Pakulat dagegen hatte kein durchschnittliches Leben hinter sich. Also war es ohne weiteres möglich, daß er noch älter wurde. Merkwürdig, daß er jetzt dauernd ans Altwerden dachte. Seit einiger Zeit ging ihm das dauernd im Kopf herum. Genaugenommen seitdem der Polier zu ihm gesagt hatte: »Na, Alter, noch einen Monat, und dann ist Schluß.« Es war allerdings möglich, daß er »Alter« gar nicht gesagt hatte, daß er irgend etwas anderes gesagt hatte, und Pakulat hatte erst später etwas

Derartiges hineingehört. Aber »Schluß« hatte der Polier gesagt, daran konnte sich Pakulat genau erinnern. Schluß also. In einer Woche war Schluß, und Pakulat rannte durch den Nebel, der dabei war, die Stadt zu schlucken. Der riesige amorphe Rumpf, der in den Straßen so durchhing, daß er hier und da fast den Asphalt berührte, ließ kein Gebäude verschont. Die unzähligen Köpfe fraßen sich immer tiefer in die Stadt hinein, an der Pakulat jahrzehntelang gebaut hatte. Ein Jahrzehnt ganz sicher umsonst, und Pakulat konnte noch von Glück reden, daß die Stadt relativ verschont geblieben war im Vergleich zu anderen Städten. Aber diesmal war auf Glück nicht zu rechnen. Diesmal stand sein ganzes Lebenswerk auf dem Spiel, sozusagen. »Lebenswerk« zählte Pakulat zu den überspannten Redensarten der Intellektuellen, für die er elementares Mißtrauen und Antipathie empfand. »Lebenswerk« kam für ihn überhaupt nicht in Frage. Aber es stand sozusagen auf dem Spiel. Das Spiel fand natürlich ganz woanders statt, auf einer Insel, wo Ananas und Pampelmusen wuchsen, die um die Weihnachtszeit in den Gemüsegeschäften teuer verkauft wurden. Genaugenommen auch nicht auf der Insel, sondern in der höchsten Instanz. Pakulat kannte sich aus auf diesem Gebiet. Er sah genau. Er sah nur noch mit dem linken Auge. Er konnte nichts anderes mehr sehen als dieses Gebiet. Bis zu dem Augenblick, da sein Sohn verloren schien. Auch auf diesem Gebiet. Da schrumpfte es. Da schien es zusammenzuschnurren zu einem Flecken, mit einem Durchmesser nicht größer als die Länge eines Burschenschuhes. Der riesige amorphe Rumpf drohte die Stadt aufzufressen mit allen Häusern, die Pakulat gebaut hatte, mit allen Bewohnern, die Pakulat nicht kannte, zu denen er aber eine Art brüderliches Gefühl empfand, wenn er sie irgendwo nördlich oder südlich, wo man anders sprach, am vertrauten Dialekt erkannte. Er liebte seine Stadt und ihre Bewohner. Aber er konnte nur an einen denken, einen von Hunderttausenden, der es wahrscheinlich gar nicht verdient hatte, der seltsamerweise auch nicht von den unzähligen Köpfen aufgefressen zu werden drohte, der mit seinem Vater allein war auf der Welt; die Welt: Das war die Stadt. Er war weggelaufen von seinem Vater, und nun suchte der Vater ihn. Und er würde ihn finden, denn die Weltstadt war endlich.

Der Vater, der sich eine Weile verloren hatte und gebangt um die Stadt und ihre Bewohner und sogar um das Lebenswerk sozusagen, bangte wieder und ausschließlich um den Sohn. Sein Vorrat an Liebe, von dem er ein ganzes Leben lang weggeschenkt hatte, mit vollen Händen und vorwiegend ohne Hoffnung auf Gegenleistung, war beinahe erschöpft. Den Rest brauchte er für Benno. Pakulat merkte, daß er den Kasten, aus dem er vor einer Weile gestiegen war, auf dem Rücken trug.

Die Grundmauern der Schule standen direkt vor ihm und Teile des ersten Stockwerks. Er konnte sogar Mauerfugen erkennen. Denn Laternenmonde hingen reichlich in den Nebelzotten. Und er roch auch die Stadt, deren Ausdünstungen der amorphe Rumpf in die Straßen gedrückt hatte. Aber fühlen konnte Pakulat nur, was er auf seinen Schultern trug: den Kasten und das ungewisse Schicksal des Sohnes.

Sein Verstand allerdings, der wacher war und immer wacher, je kälter es wurde, sagte ihm natürlich, daß er keineswegs allein war in dieser Stadt und daß es vernünftig wäre, sich helfen zu lassen. Von wem? Lutz war verreist. Die Schwiegertochter durfte von alledem nichts erfahren, weil sie Benno nicht leiden konnte. Wenn Pakulat zu einem alten Freund ging, hatte er Vorwürfe zu erwarten. Und auf die Spur bringen konnte der ihn auch nicht. Benno verkehrte nicht in diesen Kreisen. Außerdem war es möglich, daß die Sache dadurch irgendwie offiziell wurde und vor die Partei kam. Und wenn Pakulat zur Polizei ging, wurde die Sache auch offiziell. Polizei war verfrüht, Polizei war der letzte Weg. Pakulat durfte den letzten nicht vor dem ersten tun. Die Schule war der erste gewesen. Aber nur der erste beste. Kein Wunder, daß ihn die Hausmeisterin für besoffen hielt. Wer annahm, daß zwei Stunden nach Mitternacht noch Schüler in der Schule waren, mußte ja besoffen sein. Oder verzweifelt. Aber verzweifelt war Pakulat nicht. Er hatte sich nie so etwas erlaubt, und er würde sich nie so etwas erlauben. Besoffen, dachte Pakulat. Er hatte einen starken Willen. Der war so stark, daß er Pakulat besoffen machen konnte ohne Schnaps. Einen Augenblick. Dann fühlte sich Pakulat wieder nüchtern und dachte, daß es vernünftig wäre, erst einmal zu Bennos Freund Nero zu gehen, der, wie sein Name sagte, das Schlagzeug der Kapelle bediente. Pakulat wußte, daß Nero eigentlich Matzke hieß, Danie oder Manie oder Stanie Matzke, und daß er der Sohn eines Budikers war. Und daß er dumm war natürlich, wahrscheinlich war er gleich dumm auf die Welt gekommen, denn im Suff gezeugte Kinder waren entweder blöd oder dumm. Und Budiker waren immer im Suff. Auf Kosten der Bauarbeiter soffen sie sich voll, und wenn es gut ging, fuhren sie noch einen Wartburg. Die Kneipe vom alten Matzke ging bestimmt gut. Kneipen an Straßenbahnendstellen gingen immer gut. Also fuhr er auch einen Wartburg. Auf Kosten der Bauarbeiter. Oder wollte er etwa Pakulat einreden, daß er mehr arbeitete als beispielsweise ein Zimmermann? Aber ein Zimmermann konnte sich von seinem Lohn keinen Wartburg leisten. Pakulat haßte die Budiker, die ihm früher und heute am Lohntag das Geld aus den Taschen zogen. Vor dreißig Jahren hatte ihn mal einer wegen Hausfriedensbruch verklagt, und seitdem haßte er sie.

Pakulat ging durch die braungeräucherte Spelunke, die nicht größer war als ein gewöhnliches Zimmer, er stieß mit den Schuhen gegen Stuhlbeine und den Fuß eines winzigen Tisches. Er setzte sich auf einen wackligen Stuhl und bestellte ein Helles wie immer. Er bestellte es nicht immer hier. Seit einiger Zeit hielten sie ihre Versammlungen im Hinterzimmer einer anderen Kneipe ab. Diese hatte kein Hinterzimmer. Der Wirt setzte ihm das Glas hin und sagte: »Sie haben meine Kunden rausgeekelt.«

»Wieso«, fragte Pakulat.

»Stellen Sie sich nicht dumm. Sie wissen genau, was ich meine.«

»Nein, tut mir leid«, sagte Pakulat.

»Mir auch«, sagte der Wirt und wollte das Glas wieder wegnehmen. Aber Pakulat ließ das nicht zu. Beide hielten das Glas umklammert. Das Bier schwappte. Pakulat spürte Nässe im Gesicht. Und im Nu war eine Rauferei im Gange. Pakulat war nicht faul, aber er hatte plötzlich gegen mehrere Uniformierte zu kämpfen, SA, wie er zu seinem Erstaunen feststellte.

Vor Gericht behauptete der Budiker, den Pakulat für zuverlässig gehalten hatte, Pakulat hätte ihm Bier ins Gesicht geschüttet und die SA-Leute seien zufällig vorbeigegangen. Pakulat dagegen hatte deutlich gesehen, daß wenigstens einer von ihnen aus der Küche gekommen war. Aber Pakulat hatte keine Zeugen. Er wurde des Hausfriedensbruchs in Tateinheit mit Sachbeschädigung schuldig gesprochen, und er mußte zahlen, sechshundert Mark. Das war viel Geld für einen jungen Zimmermann, der zwei Jahre arbeitslos gewesen war und Frau und Kind hatte und eine leere Wohnung. Sechshundert Mark mußte er dem Budiker in seinen schnapsstinkenden Rachen schmeißen. Und der Budiker, der, wie Pakulat während der Verhandlung klar wurde, die ganze Sache inszeniert hatte, um sich bei der SA anzuschmeißen, weil er einen politischen Riecher hatte, vielleicht auch, weil er auf diese Weise sein Gerümpel loswurde und billig zu neuen Stühlen kam, dieser elende Budiker renovierte und richtete auf Pakulats Kosten ein Sturmlokal ein.

Und seitdem mußte Pakulat, wenn er zu einem Budiker ging, immer erst durch das Sturmlokal gehen. Und eins von den vier Bieren war immer für die Katz. Eins brauchte er, um diese Erinnerung wegzuspülen. Aber jetzt hatte er kein Bier zur Verfügung. Jetzt blieb ihm keine andere Möglichkeit als zu rennen. Und die Stunde, in der er zur Finanzierung eines Sturmlokals verurteilt wurde, dehnte sich. Mindestens einen Kilometer lang.

Als er durch die Stunde hindurchgerannt war und außer Atem zu dem Wohnblock kam, in dem der Sohn des Budikers Matzke wohnen mußte, suchte er mit der Feuerzeugflamme den Namen auf einigen Klingelbrettern.

– Seifert, Hannemann, Merkel, zu einem Mitglied des Elternbeirats hat er Topfgucker gesagt, Ledermantel, Motorrad, Mutschler, Neukirch, auf jedem Rummel, keine Erziehung, Staatsbürgerkunde Vier, gefärbte Haare, Fischer, sich selbst überlassen, Thieme, Angeber, Kuddelka, der Apfel fällt nicht weit vom Birnbaum, Matzke –

Pakulat drückte den kleinen weißen Knopf bis unter das Niveau des Klingelbretts. Dann machte er zwei große Schritte weg von der Haustür, stampfte, schlug die Füße aneinander und sagte »Schweinewetter«. Und legte den Kopf in den Nacken. Nach einer Weile, die wahrscheinlich so lang war wie die Zeit, die man in Matzkes Kneipe verwarten mußte, ehe ein bestelltes Bier kam, fiel ein »Hallo« herunter.

»Herr Matzke, ist Ihr Sohn zu Hause.«

»Mein Mann ist verreist.«

Aha, verheiratet war der Junge auch schon, kaum volljährig und schon verheiratet. Mit einem Kind wahrscheinlich.

»Hör mal, Kind, ich muß mal einen Augenblick mit deinem Mann reden, es ist dringend.«

»He, erlauben Sie mal, was fällt Ihnen ein, wer sind Sie überhaupt.«

Als Pakulat einige Angaben zu seiner Person und zur Sache hinauf in den Dunst geschrien hatte, wurde ihm mitgeteilt: »Mein Sohn schläft.«

Die Alte also. Pakulat rannte seit über einer Stunde in der Stadt rum, und die Alte wollte ihren Sohn nicht mal wecken.

»Kriminalpolizei«, sagte Pakulat.

»Sofort« fiel sofort herunter. Und es wurde auch gleich Licht im Treppenhaus. Und Nero, eins neunzig, öffnete die Haustür.

»Naamd, wie geht's, lange nicht gesehen . . .«

»Weißt du, wo mein Sohn ist.«

»Mein Sohn?« Nero gähnte. Sein männliches Gesicht warf Säuglingsfalten.

»He, junger Mann, ich red mit dir.«

»Jaja, natürlich, selbstverständlich, das heißt, Moment bitte: Ausweis bitte.«

»Ausweis?«

»Propusk, verstehn?«

»Unverschämtheit.«

»Wachsamkeit. Sonst könnte doch jeder kommen und sagen Kripo . . .«

»Ach so, nein, das war nur ein Witz, mein Name ist Pakulat, und ich dachte, du könntest mir sagen . . .«

»Na das sind ja Witze, Mensch, hab ich einen Schreck gekriegt.«

»So.«

»Na klar. Mann, hab ich gebibbert, als ich die Haustür aufgeschlossen habe.«

»Ich hatte nicht den Eindruck.«

»Wenn man sich vor der Kripo anmerken läßt, daß man Angst hat, ist man ja gleich hin.«

»Hin? Wer ein ruhiges Gewissen hat, braucht auch keine Angst zu haben.«

»Ja«, sagte Nero und gähnte und sah auf seine knittrigen Schlafanzughosen, die aus dem Bademantel heraushingen. »Ja, du hast recht.«

»Wieso ›du‹?«

»Bist du etwa kein Genosse?«

»Natürlich, aber deshalb kannst du doch ›Sie‹ zu mir sagen.«

»Ich sag zu allen Genossen ›du‹, weißt du warum? Weil die dann denken, ich bin auch einer, und lassen das Aufklären. Willst du nicht mit hochkommen?«

Pakulat lehnte die Einladung ab und brachte sein Anliegen abermals vor. Aber Nero konnte ihm auch nicht sagen, wo Benno war. Benno wäre nach dem Unterricht sofort nach Hause gegangen. Er hätte es eilig gehabt.

»Vielleicht ist er bei seiner Frau«, sagte Nero.

»Bei meiner Frau? Meine Frau ist tot.«

»Ich meine bei seiner, nicht bei deiner...«

Pakulat stützte die Hände auf die mantelgepolsterten Hüften. »Was denn, was denn...«

»Naja, du verstehst schon. Unter Männern: ein scharfes Weib.« Nero bedauerte, daß ihm die Adresse des scharfen Weibes leider unbekannt wäre, und Pakulat verabschiedete sich.

Nero sah freundlich auf ihn herunter, klopfte ihm die Schulter und sagte: »Mach dir keine Sorgen, Opa, der kommt schon wieder. Wenn er bei Mieze ist, ist er gut aufgehoben.«

Die Tür fiel zu, der Schlüssel rasselte. Pakulat war wieder allein in der Stadt. Er trug wieder den Kasten auf dem Rücken. Das Haus stand in der Martinstraße, und trotzdem trug er es irgendwie auf dem Rücken. In der Martinstraße war es ein Haus und ein Kasten. Wenn er es auf dem Rücken trug, war es eigentlich nur ein Kasten. Merkwürdig. Der Kasten drückte schwer, denn er war immerhin zweistöckig, und 1912 baute man noch nicht mit Hohlziegeln. Aber Pakulat konnte ihn nicht absetzen. Er war auf wunderbare Weise mit ihm verwachsen, etwa wie eine Schnecke mit ihrem Haus verwachsen ist. Er konnte zwar mal nicht an ihn denken, aber auch wenn er müde war, wurde er die Last nicht los, er konnte sich höchstens in sie verkriechen.

Er ging also hinüber zur Endstelle der Straßenbahn, die natürlich längst nicht mehr fuhr, setzte sich auf die Bank des Wartehäuschens und verkroch sich in seinen Kasten.

Und natürlich waren sofort alle da: der Nachbar, der Student, der Oberinspektor a. D. mit dem Klavier der Sängerin Herzfeld, die Schlacht bei Fehrbellin, der Kunstschlosser Marquardt, Teilhaber der Firma Marquardt und Marquardt, der Stern von Rio, das Sturmlokal, die beiden Kanarienvögel in ihren Käfigen, die vegetarische Familie, das Fräulein mit den Bildern, die Schwiegermutter, die auf dem Treck verreckt war und in einer Decke irgendwo am Straßenrand begraben lag, und der Feldwebel. Und Anna.

Anna lag in einer Zinkbadewanne, angezogen, in Decken gewickelt, und schlief. Auf der Stirn trug sie eine Motorradbrille. Die anderen saßen in der Nähe des Ausstiegs, mit Beuteln behängt, manche mit Gasmasken. Pakulat und Lutz saßen in der Nähe des Mauerdurchbruchs. Aber Anna schlief, wenn die Flak nicht schoß. Sie hatte einen kerngesunden Schlaf. Pakulat sah sie fast immer so in der Zinkbadewanne schlafen, wenn er an sie dachte.

– das war noch eine Frau, solide, schön ohne Kunst, ein Wunder, daß sie mich genommen hat, klein und remsig wie ich war, früher sahen die Frauen aufs Wesentliche, bescheiden, sparsam, ordentlich, keine ordentliche Frau mehr zu kriegen, schon die dritte Annonce und nichts, blondiert, Zigaretten, keine Flebben, so, Altersheim, wenn ich keine Frau wieder kriege, muß ich ins Altersheim, Niederlassung des Jenseits, in dem einer den anderen durch Art und Zahl der Krankheiten zu übertrumpfen sucht und von Gesunden mit Verachtung gesprochen wird, ich will nicht lebendig begraben sein, ich will leben, leben, aber die Weiber sind rücksichtslos, mit Schülern treiben sie es, Moral ist Charaktersache, mich hat keine Mieze einwickeln können, mit siebzehn hatte ich ganz andere Interessen, aber Benno, die Raude, man denkt, man hat einen anständigen Sohn, die Weiber nehmen einem noch das Letzte –

Pakulat verkroch sich bis unter das Dach. Der Wind pfiff durch die Luken. Die Schiefer klapperten. Zusammenhalten, dachte Pakulat. Ein elementares Solidaritätsgefühl überschwemmte ihn. Starker Seegang. Steife Brise von Nordost. Wellenüber. Die Männer mußten zusammenhalten. Natürlich war Benno noch kein Mann, sonst hätte er sich ja nicht von irgendeiner Mieze einwickeln lassen, grün war er noch und naiv und überhaupt. Aber dumm war er nicht. Er hatte zwar die Heiratsannoncen seines Vaters an den Rahmen des Leninbildes gesteckt, das in der guten Stube hing, und sich seine Backpfeifen verdient, aber war sein Mißtrauen gegen die väterlichen Heiratspläne nicht durchaus berechtigt? Zuerst hatte Pakulat gedacht: kindliche Eifersucht. Aber jetzt schien ihm Bennos Ablehnung doch beinahe gerechtfertigt. Jawohl, die Männer mußten zusammenhalten. Pakulat war sogar bereit, Nero mit in den Kreis derselben aufzunehmen. Weil Nero ganz anders war. In dieser Nacht war überhaupt alles ganz anders. Das Haus war alt und rissig und die Küchentür abgewetzt und das Muster auf der Wachstuchbespannung des Tisches beinahe hin, die Stadt konnte man nicht erkennen, aber sonst sah alles anders aus. Auch dieser Nero. Bisher hatte er nur gefärbtes Haar und keine Erziehung und eine große Fresse und in Staatsbürgerkunde eine Vier. Und heute sagte er, daß Pakulat recht hätte und duzte fortschrittlich mit reaktionärem Akzent. Pakulat fuhr seinen Kasten mit vierzig Knoten durch die Nacht in der Gewißheit, Nero innerhalb von vierzehn Tagen eines Landheimaufenthalts so weit haben zu können, daß der Volkslieder aus dem Kopf und Affentänze vom Blatt sang. Aus Nero ließ sich auf jeden Fall noch etwas machen. Und seitdem Pakulat wußte, daß über Bennos Bett ein Bärtiger hing, hoffte er, daß auch aus seinem Sohn noch etwas zu machen war. Er mußte den Sohn nur erst mal finden. Ach, Benno, du Raude . . . Der Kasten schaukelte kaum noch. Kein Wind pfiff durch die Luken. Pakulat lag in einer Flaute. Und lag. Und lag.

Als er erwachte, war es schon hell. Und der Nebel war gestiegen. Und die Stadt sah natürlich prompt auch anders aus als sonst. Vorläufig sah Pakulat zwar nur einige Häuser, aber die reichten ihm schon. Als er noch ein Kind war, hatten sich die Häuser an der Endstelle der Straßenbahn ständig verändert. Sooft er hier vorbeikam, entdeckte er etwas Neues an den Häusern, einen komisch geformten Balkon beispielsweise oder ein Fenster, das gar kein Fenster, sondern zugemauert war. Dann wurde er erwachsen und hörte auf, sich zu wundern. Denn ein Erwachsener wundert sich nicht. Ein Erwachsener weiß Bescheid. Und seitdem standen die Häuser zeitlos steif und stur. Auch die neuen, die anstelle der zerbombten hinzugekommen waren, änderten nichts am Wesen des Bildes der Endstelle, das Pakulat seit beinahe fünfzig Jahren mit sich herumschleppte. Bis zu dem Augenblick, da er erwachte. Und einen Augenblick den Kasten vergaß. Weil er an den Bärtigen über Bennos Bett dachte und vielleicht auch an das, was die überspannten Intellektuellen »Lebenswerk« nannten undsoweiter. Aber er mußte wie gesagt mit seiner Liebe haushalten; wenn Benno gefunden war, konnte er wieder freigebig sein, aber jetzt mußte er erst einmal seinen Sohn finden, die Welt hatte zu warten. Und dann war er ja wie gesagt mit dem Kasten verwachsen wie eine Schnecke mit ihrem Haus. Als er erwachte, kroch er heraus. Aber er trug den Kasten natürlich weiter auf dem Rücken. Und als die Grundmauern sich wieder tief genug in den Rückenspeck eingedrückt hatten und die Schulterblätter zu schmerzen begannen, war auch das Bild der Endstelle wieder da, das Pakulat beinahe fünfzig Jahre mit sich herumgeschleppt hatte. Und er erhob sich, trat heraus aus dem Wartehäuschen und machte sich auf den Heimweg.

Als er in die Martinstraße kam, wo der Kasten ein richtiges Haus war und da stand, auch wenn er ihn auf dem Rücken trug, sah Pakulat, daß die Gardinen hinter Bennos Zimmerfenster aufgezogen waren. Pakulat hastete die Stufen hinauf. Er ist gekommen, er ist da, Benno, das Räudel . . .

Die Wohnung war leer. In Bennos Zimmer summte noch der elektrische Ofen. Trockene Wärme drang auf Pakulat ein. Er wehrte sich nicht.

Er schleppte sie mit in die Küche, schleppte sie hin und her, vier Schritte zum Fenster, vier Schritte zur Tür, vorbei am Küchenschrank, auf dem das verschnürte Etui mit der Schalmei lag, »Invalidentute«, hatte Benno gesagt, ach Benno, du Raude. Pakulat kochte sich einen Kaffee, setzte sich an den großen Tisch, aber das half in diesem Fall natürlich nicht, frühstückte, schmierte sich Brote, steckte den Fuchsschwanz in die Ranzentasche und setzte seine Mütze auf. Er setzte sie jedoch noch einmal ab, weil ihm einfiel, daß es gut wäre, etwas Schriftliches zu hinterlassen, etwa: Komm sofort auf die Baustelle, dein Vater. Oder: Sofort meinen Polier anrufen 57 68 3, Vater. Pakulat ging noch mal in Bennos Zimmer, weil er die Nachricht dort hinterlassen wollte. Außerdem brauchte er zu ihrer Anfertigung Papier und Bleistift. Als er den Schreibtischkasten aufschließen wollte, merkte er, daß der Schlüssel fehlte. Benno hatte etwas zu verstecken! Vielleicht Briefe von dieser Mieze?

Die Neugier zwang Pakulat, das Schloß mit dem Dietrich zu öffnen. Der Kasten war durchwühlt. Hefte, Briefpapier, Zeitungen, Bleistifte lagen durcheinander, Ordnung, segensreiche Himmelstochter.

Beim Aufräumen fand Pakulat ein blaues Buch. Die kunststoffbezogenen Deckel waren zusammengeschlossen. Geheimnisse hinter Schloß und Riegel also. Pakulat respektierte sie und legte das Buch zurück in den Kasten. Aber dann dachte er daran, daß Kinder ihren Eltern eigentlich nichts verheimlichen sollten. Heimlichkeiten – Schlechtigkeiten. Pakulat steckte das Buch in die Ranzentasche und ging zur Arbeit.

Unterwegs war er mehrmals versucht, in die Ranzentasche zu greifen. Aber er beherrschte sich. Auch in der Straßenbahn, wo er einen Sitzplatz hatte. Er legte beide Hände auf das kalkbespritzte, brüchige Leder und sah aus dem Fenster. Die Scheibe zitterte und klirrte und war fehlerhaft und modelte die Leute dahinter wie ein Vexierspiegel. Viele Leute waren um diese Zeit auf den Beinen. Pakulat sah überwiegend junge Leute. Merkwürdig. Die Universitäten begannen doch erst frühestens Viertel neun mit den Vorlesungen. Aber Pakulat sah Studenten. Vielleicht hatten sie Produktionstag. Aber alle Studenten konnten doch nicht auf einmal Produktionstag haben. Jedenfalls sah Pakulat lauter Vexierbilder von Studenten. Kurzgeschorene Köpfe, Burschenstirnen mit Ponyfransen, hochgeschlagene Mützendächer, meterlange Schals, schwarzumrandete Augen, hautenge Hosen, Stöckelschuhe, Haartürme. Jetzt beherrschten sie also schon um sechs die Straße. Jetzt rissen sie also schon um diese Zeit die Stadt an sich. Seine Stadt. Die er mitgebaut hatte. Sein Lebenswerk sozusagen. Was würden sie damit machen?

Pakulat sah durch die bucklige Scheibe, indem er den Kopf ein wenig nach rechts drehte. Das blaue Auge, groß, daß es die Lider kaum fassen konnten, bewegte sich sehr schnell hin und her, nystagmusartig. Die linke Gesichtshälfte hatte sich verfaltet. Die rechte war wie immer glatt und starr. Der stechende Blick des Glaskörpers verlor sich hinter den aneinandergedrückten Leibern der Fahrgäste. Pakulat griff in die Ranzentasche und erbrach das Schloß des blauen Buches. Es sah aus wie das Schloß in der Küche, zu dem ihm der Schlüssel fehlte. Das in der Küche hatte er nicht aufzubrechen gewagt. Jetzt mußte er alles wagen. Es ging sozusagen um sein Lebenswerk und um seinen Sohn. In diesem Augenblick erschien ihm beides sogar beinahe wesensgleich.

Eine eigentümliche Erregung befiel ihn, als er den wachstuchbezogenen Deckel aufklappte. Kein Motto. Kein Zitat. Die erste Seite war leer. Pakulat begann zu blättern. Eckige Buchstaben, schief und gerade zusammengehängt, musterten in buckligen Zeilenketten das Papier. Pakulat ließ seine struppigen Augenbrauen spielen. Normalerweise hätte er es abgelehnt, etwas so unordentlich Geschriebenes zu entziffern. Mühsam begann er zu lesen.

Hölderlin schwört auf Schnaps. Besoffen machen und ran. Kat trinkt nur Brause. Kat sagt, Schnaps macht impotent. Kat hat Augen wie ein Mensch. Ich niet den Langen um, wenn er noch mal Kat zu ihr sagt.

Heute Lehrerpult zerhackt. Sauber. Riesenkrach. Lehrerkonferenz, Schülervollversammlung, Elternbeirat und ähnliche Scherze in Aussicht. Erste Vernehmung nach der Tat: Warum zerhackt, unter welchem Boß zerhackt, mit Hilfe welcher Weltliteratur zerhackt. Pause. Direktor brüllt, alle werden relegiert. Direktor brüllt sauber. Es wird ernst. Also warum? Wenn wir das wüßten, brauchten wir unseren Arsch nicht auf Schulbän-

ken plattzusitzen, sondern könnten ihn ausstellen für Geld. Mit anderen Worten: Wir hatten sieben Stunden runtergerissen und wollten mit Hilfe eines Handballs Physkultur sanimatsen. Aber der Schulhof war nicht up to date, und in der Turnhalle probten die Volkstanzwachteln. Wir zurück in die Klassenkammer mit Ball und dergleichen. Ist natürlich genau so verboten wie zu spät kommen, spicken, in Musik Skat spielen, vorpfeifen, Demonstrationen schwänzen, Lehrer duzen, Stuhlbeine ansägen, in Stabü langweilen, mit Lehrerinnen flirten, Zensuren fälschen, Jugendgesänge vertwisten und ähnlicher Klimbim. Aber die Volksmassen sind unbesiegbar. Wir also, zweiunddreißig Volksmassen, rein in die Klassenkammer und den Ball gewuchtet. Plötzlich schießt jemand den Schiller von der Wand. Sauber. Haben schon zirka sechzehn Bilder abgeschossen. Aber diesmal wurde uns up to date komisch. Mir auch. Genau so wie mir manchmal bei Mieze wird. Aber ganz anders. Commandante schmeißt den Schiller in den Papierkorb. Armstrong zieht den Nagel aus der Wand. Kat nagelt damit den Papierkorb zu. Kat nagelt wie ein Mensch. Im nächsten Augenblick ist das Pult klar. Ganz einfach. Aber der Direktor fragt.

Die Bahn rumpelte durch eine Kurve. Pakulat verlor die Zeile. Das Neonlicht flackerte. An der nächsten Haltestelle stiegen wieder Studenten zu.

Old Pap ist ein Babelautomat. Groschen rein, Referat raus. Fünfer langt auch schon. Heute wieder für 'n Fünfer Krieg und dergleichen. Langweilig. Tolle Narben hat er. Splitter, sagt er. Zur Achsel rein, zum Rücken raus. Ein richtiges Loch. Sauber. Aber bloß ein Splitter. Ich dachte, ein Geschoß und dergleichen.

Mit Mieze im Kino. Anschließend körpern. Ihr tut es ja nicht weh. Kat würde es bestimmt weh tun. Mit Kat würde ich so was nie machen. Ich liebe die kleinen Dicken. Kat ist überhaupt nicht dick. Vielleicht kann man es auch nur schlecht sehen. Sie hat immer solche fetten Strickjacken an. Vielleicht wächst es auch erst bei ihr. Mieze ist ausgewachsen. Duftes Gefühl. Sie will immer nicht. Sie sagt, ich könnte deine Mutter sein. Schön wär's. Aber ich krieg sie rum. Sauber. Weil ich sie heirate. Dann muß ich mich nicht mehr vorsehen. Wenn die

Klassenhengste von mir nicht wüßten, wie man sich vorsieht und solchen Klimbim, könnten wir einen Kindergarten aufmachen. Alle sind verrückt nach Mieze. An den Teenagern ist doch nichts dran. Die kichern doch bloß. Außer Kat sind alle doof. Kat ist ja auch kein Teenager. Kat spielt Fußball. Ich im Tor. Sie eine Flanke up to date von rechts. Gehalten. Knie aufgehauen. Kat spielt wie ein Mensch. Der Lange spielt wie eine gesengte Sau. Wenn er Kat einmal foult, hau ich ihn in Stücke.

Pakulat wischte sich den Schweiß von der Stirn. Im Wagen drängten sich die Studenten.

Castro im Fernsehen. Unsere Knitten finden ihn sexy. Er redet wie ein Mensch. Bloß zu schnell. Ich versteh Bahnhof. Der Zirkelmacker sagt, bis zum Abi sind wir fit in Spanisch. Fidel soll vier Stunden gequatscht haben. Vor zirka X Millionen Menschen. Kondition. Zigarre. Er antwortet auf Zurufe. Die Massen unterhalten sich mit ihm. Wenn er schwitzt, krempelt er die Ärmel hoch. Wenn er heiser ist, brüllen die Massen, mach mal Pause, und schaffen sich. Nach dem kubanischen Revolutionsmarsch kann man marschieren und tanzen. Man kann alles mögliche draus machen. Ich werde mit meinen Barbudo-Stompers eine Rumba draus machen. Damit treten wir im Club auf, wenn mein Bart fertig ist. Old Pap verlangt, ich soll ihn abrasieren. Der Bart kommt runter, wenn die kubanische Revolution gesiegt hat. Kat sagt, mit Bart seh ich zehn Jahre älter aus. Kat redet wie ein Mensch. Der Revolutionsmarsch ist ein Ohrwurm.

Old Pap in der Zeitung. Bild mit Schreibe. Aus der Jugend will er was machen. Jugend ist für ihn ein Batzen Lehm zum Kneten. Der Lange sagt: Zuchthäusler. Ich hau ihn k. o.

Ampère ist ein toller Junge. Hält eine rollende Kutsche für eine Tafel und kreidet darauf in einem Anfall von mathematischer Ekstase elegante Kalkulationen. Sauber. Immer unter Dampf. Elektrodynamik. Elektromagnetismus. Verse für seine Frau. Eine Art Esperanto und dergleichen. Ampère ist begeisterungsfähig wie ein Mensch. Ich möchte sein wie Ampère. 17 Uhr Rugby-Training.

Produktionstag. Der Meister sagt mir, daß die Ingenieure

zur Verwaltung und die Scheuerfrauen zu den Produktionsarbeitern gezählt werden. Kaviar für Old Pap. Ein schlechter Arbeiter ist ihm lieber als ein guter Oberschüler. Jeden Tag die Platte mit den Arbeitergroschen und daß ich das musikalische Talent, was er mir vererbt hat, zweckentfremdet verbrate und daß es der Jugend zu gut geht und daß wir alles geschenkt kriegen und dergleichen — Mensch, behaltet euren Krempel. Und wir kriegen auch nichts geschenkt. Aber das begreift Old Pap nicht, weil er nur in Kampagnen denkt. Voriges Jahr, als ich noch Mathe studieren wollte, sagte er: Zahlenformalismus. Seitdem die Kampagne in Gang ist und ich nicht mehr will, heißt es: Wissenschaft der Zukunft. Wenn die Zukunft so aussieht, scheiß ich drauf und mach mir eine up to date. In der Mathe Mathe ist und Schwarz Schwarz und Weiß Weiß, nicht heute dies und morgen das und übermorgen wieder was anderes, je nachdem, ich hab einen Nischel zum Denken und keinen Automaten, der nach Lochkarten arbeitet. Alle die gleichen Gehirnautomaten, für alle gleichgestanzte Lochkarten, das wär was für Old Pap. Das wär einfach. Das wär ein Leben. Aber nicht für mich. Muchas gracias. Backpfeifen. Old Pap weiß Bescheid. Er weiß immer Bescheid. Aber er kocht auch nur mit Wasser: predigt von der Zukunft und mißt sie mit Maßstäben aus dem Zeitalter des Handwagens. Ich sage: Alle klotzen ran, weil die Produktion unseres Betriebes im Vergleich zum Vormonat um 1,7 Prozent gesunken ist. Old Pap sagt: Aber gegenüber 1936 ist sie um 320 Prozent gestiegen. Sauber. Ich sag es. Old Pap trägt seine Vergangenheit im Bauchladen vor sich her. Ich sag es und dergleichen. Riesenkrach. Ich bin undankbar und politisch im Eimer. Studieren war seine Sehnsucht und dergleichen. Von Mutter bin ich anders informiert. Weil Old Pap vergessen hat, daß er in Kopfrechnen schwach war, ist Lernen für ihn eine Vergünstigung, keine Arbeit, und ein Student ist einer, der sich aushalten läßt auf Kosten anderer und ständig Dankgebete an seine Wohltäter murmeln muß. Wenn ich den Krempel hinschmeiße und in einem Betrieb anfange, bin ich etwas: Arbeiter. Ich kann konkurrieren mit Old Pap, der in meinem Alter schon Zimmermann war und dergleichen. Wenn ich das Abi mache und fünf Jahre studiere, sinke ich herab zum Intelligenzler. Mieze versteht alles.

Die Bahn fuhr immer schneller. Die Straßen waren schwarz von Studenten.

Blockade. Paredón para los terroristas. Rat der Barbudo-Stompers. Wenn die Raketen nicht wirken, müssen wir ran. Alle sind für Interbrigaden. Wenn es soweit ist, melden wir uns freiwillig. Das Horn nehme ich mit. Venceremos.

Pakulat erhob sich, zwängte sich durch den überfüllten Wagen bis zum Ausgang und sprang ab. Dann rannte er ein Stück zurück zu einer Taxi-Haltestelle. Kein Taxi zu sehen. Nur Interessenten. Pakulat stellte sich zu ihnen. Neben ihm stand ein Mann. An einen Laternenpfahl gelehnt. In drei Meter Entfernung etwa. Ein junger Mann. In gleicher Höhe. An einen Pfahl gefesselt. Augenbinde. Zehn Mann angetreten. Zehn Gewehrmündungen. Feuer. Drei Meter neben Pakulat fliegt einem jungen Mann der Rücken raus. Pakulats Uniform ist über und über mit Blut bespritzt. Er macht ein paar Schritte weg von dem jungen Mann. Damals hätte ihm das den Kopf gekostet. Heute konnte er sich das leisten. Heute sah er nur ab und zu mal einen Rücken rausfliegen, wenn jemand etwa in drei Meter Entfernung neben ihm stand. Vor zwanzig Jahren hatte er das oft gesehen. In drei Meter Entfernung allerdings nur einmal. Sein Freund wurde exekutiert, und Pakulat mußte zusehen, weil man vermutete, daß er auch mit griechischen Partisanen Verbindung hatte. Unzählige Male schon mußte er zusehen. Unzählige Male ging er durch diese Minute.

»Langweiliger Laden«, sagte Pakulat zu dem jungen Mann. »Sonst stehen massenhaft solche Karren rum, aber wenn man mal eine braucht . . .«

Pakulat rannte auf die andere Straßenseite und winkte allen Taxen, die vorbeikamen. Als er eine erwinkt hatte, wußte er plötzlich Bescheid. Und ärgerte sich, daß er nicht schon längst darauf gekommen war. Ganz klar: Benno hauste in der Laube. Wahrscheinlich weil er sich bei Pakulat nicht entschuldigen wollte. Er war ein Dicknischel wie sein

Vater. Und kein schlechter Hahn, wie sich herausgestellt hatte. Vielleicht hauste er mit dieser Mieze in der Laube. Pakulat trieb den Fahrer an. Die Zahlen am Taxameter wechselten so schnell, daß Pakulat unwillkürlich nach der Gesäßtasche griff, wo das Portemonnaie mit dem Lohn steckte. Geld spielte natürlich keine Rolle in diesem Fall. Aber man mußte es ja auch nicht diesen verhungerten Taxifahrern in den Rachen werfen. Man hätte ja auch laufen können. Wenn man früher daran gedacht hätte. Früher war vor einer halben Stunde. Lange her. Eine Ewigkeit. Früher hatte Pakulat für seinen Sohn keinen Schlüssel. Aber jetzt, Herrgottnochmal, ein ganzes Bund hatte er. Und keiner paßte richtig. So ein kompliziertes Schloß hatte er in seinem ganzen Leben noch nicht gesehen. Keine Ahnung, wie dieser verzwickte Mechanismus funktionierte. Die jungen Kerle waren unberechenbar. Und ganz anders. Pakulat hätte nie geglaubt, daß ein Mensch so anders sein kann. Irgendwie hatte er doch gehofft, daß Benno so würde wie er. Das hieß: besser. Denn er war ja sein Sohn.

Die Häuserfronten blieben zurück. Der Fahrtwind wehte scharfen Geruch nach chemischen Abwässern in den Wagen. Steine schlugen gegen das Chassis. Das Auto schaukelte über eine kleine Brücke, rechts und links die Schaumhauben des Flusses, dann Holzzäune, Drahtzäune, Gerümpelzäune und schließlich das Gerippe einer Ligusterhecke. Pakulat war am Ziel. Er überwand das Gartentor, den glitschigen Weg, die Laubentür – »Benno«.

Kein Benno antwortete, keine Mieze. Und auch die Flamme des Feuerzeugs holte die Gesuchten nicht aus der von Fensterläden behüteten Laubendunkelheit. Außerdem roch es auch so wunderbar abgestanden wie immer. Wenn Benno mit einer Mieze hier gehaust hätte, würde es bestimmt anders riechen. Sicher nach Parfüm oder ähnlichem Stinkadorius. Wer dazu fähig war, einen Minderjährigen zu verführen, gebrauchte auch Parfüm.

Bevor Pakulat ging, leuchtete er noch in seinen Werkzeugschuppen hinein. Er konnte nicht vorbeigehen, ohne sich seiner Schätze zu vergewissern. Hier war gesammelt, was früher mittel- und unmittelbar zum Bundgeschirr eines Zimmermanns gehörte: Winkeleisen, Klopfholz, Stichaxt, Queraxt, Zimmermannsaxt, Breitbeil, Spitzhammer, verschiedene Handsägen, Fuchsschwanz, Nutsäge, Rücksäge, verschiedene Beitel und Bohrer, Zangen, Stemmeisen.

Pakulat hatte das Werkzeug mal seinem Ältesten vererben wollen. Aber der lag irgendwo in den Pripjatsümpfen. Als Lutz seine Lehre begann, brauchte ein Zimmermann nur noch einen Hammer, eine Säge und eine Axt. Und Benno brauchte für seine sogenannte Lehre nicht einmal mehr das. Der brauchte nur noch eine Sitzgelegenheit und Papier und Bleistift und Bücher. Zimmermann war ein Beruf. Aber Geologie? Mit Papier und Bleistift wollte Benno die Erde ankratzen. Vielleicht noch mit irgendwelchen Bohrern und Hacken. Aber das Werkzeug, das Pakulat von seinem Vater geerbt und mühsam über den Krieg gerettet hatte, konnte er nicht gebrauchen. Er sah es nicht einmal an. Er hatte überhaupt keinen Blick für so was. Natürlich war heute der Beruf des Zimmermanns beinahe überholt. Der Montagebau brauchte Kranfahrer, Schweißer, Versetzer, Einschaler, Verfuger, Anbinder. Pakulat arbeitete als Einschaler. Aber das konnte ihn doch nicht daran hindern, schön zu finden, was schön war. Und das Werkzeug war schön, ein Staat war es, ein Staat.

»Quatsch, hier rumstehen«, sagte Pakulat. Sein Sohn war eine ganze Nacht weggeblieben, und er vertrödelte Zeit mit dem Museum. Statt systematisch vorzugehen. Zum Beispiel gegen den Lehrer. Elternhaus und Schule. Aber was für eine Schule! In der Pulte zerhackt und Arbeiterlieder vertwistet wurden. Und Jungen nichts als Weiber im Kopf hatten. Und wie sie sie im Kopf hatten. Pakulat konnte sich nicht erinnern, jemals Weiber so im Kopf gehabt zu haben. Und wenn, hätte er sich geschämt, das zu Papier zu bringen. Über sozusagen Sakramente redeten diese Kerle wie von Schrippen. Aber nicht in deutsch. Was da im Tagebuch stand, war ein Skandal, aber kein Deutsch. Und »Old

Pap« war einfach eine Unverschämtheit. Pakulat war nicht alt. Er kriegte zwar in einer Woche seinen letzten Lohn, aber er ließ sich nicht abschieben. Am allerwenigsten von seinem Sohn. Für den eine Fahne wahrscheinlich nur ein rotes Stück Stoff war. Der Flausen im Kopf hatte. Heiraten waren doch Flausen. Und Interbrigaden auch. Keine schlechten zwar. Aber besonders gute auch nicht. War Fernweh etwa gut? Politisch betrachtet? Pakulat betrachtete alles politisch. Denn ein Auge hatte man ihm ausgeschlagen. Was suchte Benno in diesem Land, dessen Temperament etwas Beängstigendes hatte für Pakulat? Und ein Staatsmann mit so einem Temperament? Und eine Bevölkerung, die sogar die Internationale vertanzte? Revolutionsromantik, dachte Pakulat. Konnte sich ein Pathosfresser nach Revolutionsromantik sehnen, konnte sich so ein abgebrühter Kerl wie Benno überhaupt sehnen? War ein Junge, der mit siebzehn Jahren irgendeine Mieze heiraten wollte, überhaupt ernst zu nehmen? Fragen über Fragen. Dennoch: wer *Venceremos* schrieb, konnte nicht verloren sein. Pakulat verschloß seinen Garten, stieg wieder in die Taxe und gab die Adresse von Bennos Klassenlehrer an. Ein Lehrer wußte alles. Von Berufs wegen. Ein Lehrer war beinahe so unfehlbar wie ein Vater. Auch ein Lehrer dieser Schule? War der Direktor bei der Hauptprobe des Kulturprogramms zugegen gewesen? Wenn ja, war das Lied mit Wissen des Direktors vertwistet worden. Wenn ja, konnte auch der Klassenlehrer nichts taugen. Wie der Herr, so's Gescherr. Außerdem war der Lehrer viel zu jung für eine Vertrauenssache. Sollte sich Pakulat etwa von einem Dreißigjährigen abkanzeln lassen? Als die Taxe vor dem Haus, in dem der Lehrer wohnte, hielt, kam Pakulat ein besserer Gedanke: Katerbaum.

Auf zu Gustav Katerbaum! Pakulat kannte ihn von Jugend an. Sie hatten zusammen in Untersuchungshaft gesessen und nach fünfundvierzig kurze Zeit gemeinsam im Antifa-Ausschuß gearbeitet. Seit zwölf Jahren leitete Katerbaum den Betrieb, in dem sich Benno bis zum Abitur den

Facharbeiterbrief erschlossern sollte. Erschlossern! Andere aus seiner Klasse arbeiteten auf dem Bau, zwar nur als Maurer, aber immerhin, Benno schlosserte. Vielleicht schlosserte er eine Sonderschicht zu Ehren von irgend etwas?

Katerbaum bewohnte ein kleines Häuschen am Stadtrand. Der Fahrer schimpfte über die schlechte Straße. Aber Pakulat hörte es nicht. Pakulat dachte: Budjonny. Budjonny schaffte alles.

Als der Wagen hielt, wälzte sich Pakulat aus der Tür, drückte den Daumen auf die Klingel, drückte und rüttelte am Gartentor, bis ein Fenster aufgeriegelt wurde. Pakulat brachte sein Anliegen vor. Laut. So laut er konnte. Frau Katerbaum hielt eine Hand hinters Ohr und sagte: »Was, wie bitte.« Dann verschwand sie. Die Hand hinterm Ohr.

Wenig später stampften Stiefel über den Kies. Aus dem Zierstrauchdickicht tauchte uniformiert Kämpfer Katerbaum.

»Rot Front«, sagte Pakulat erschrocken.

»Was ist los? Probe oder Ernst?«

»Mein Sohn ist weg.«

Katerbaum senkte den Kopf, als ob er Pakulat auf die Spitzen seines Knebelbartes spießen wollte. »Und deshalb gibst du Alarm?«

Budjonny, dachte Pakulat. Froh. Erlöst beinahe. Das vertraute Gefühl von Ordnung und Disziplin war wieder da, mit dem er überstanden hatte, was schwer gewesen war in seinem Leben, und der Tisch, der riesige spartanische Tisch, den Anna in die winzige Küche gezwungen hatte, damals. Der Einzelne war ohnmächtig. Disziplin summierte die Einzelnen zu einer Macht. Benno hatte keine Disziplin. Benno zerhackte Pulte und wollte Geologie, wenn Mathematik verlangt war, und nannte seinen Vater Old Pap und zog Rotz hoch in der Nase und betete irgendwelche verrückten Einzelgänger an wie diesen Ampère. Alles sah anders aus an diesem Tag, aber Budjonny war geblieben, was er war. Budjonny und Pakulat. Eisern.

Als Pakulat sich erklärt und das Mißtrauen weggeräumt

hatte, nahm ihn Katerbaum mit hinauf in sein Arbeitszimmer. Aber wo Benno war, wußte er auch nicht.

Er holte eine Schnapsflasche und Gläser aus dem Bücherschrank und sagte: »Er wird schon wiederkommen.«

Pakulat hörte den Worten nach, der vertrauten Stimme. Die Unruhe ließ ab von ihm. Er fühlte sich nicht mehr allein. Er dachte: eine Million sechshunderttausend . . . »Lange nicht gesehen«, sagte er.

»Mein Großer trifft neuerdings auch manchmal erst spät ein.«

»Nachtschicht?«

Katerbaum zwirbelte den Schnurrbart. »Nachtschicht – sozusagen . . .«

»Ich habe meinem Vater immer Bescheid gesagt, wenn ich mal was vorhatte, Training zum Beispiel, weißt du noch, wie wir zusammen trainiert haben, Arbeitslosenunterstützung, nichts zu fressen und trainiert.«

»Jaja, ich weiß, dein Junge macht sich gut, hat mir der Lehrausbilder gesagt . . .«

»So.« Pakulat räusperte sich. »Kunststück. Wenn wir in unserer Jugend an weiter nichts zu denken gehabt hätten als an Lernen, was, Gustav . . .« Pakulat holte aus und schlug Katerbaum auf den Rücken. Ob er noch manchmal daran denke, wie sie zusammen Musik gemacht hätten? Ob er sich noch an den Generalstreik erinnere. Oder 1925: Die Rechten hatten Pakulat aus der Gewerkschaft ausgeschlossen, und die Bauarbeiter wählten ihn mit hundertdreiundzwanzig gegen siebzehn Stimmen zum Delegierten der Generalversammlung. Oder 1927: Katerbaum zog als einziger Kommunist ins Stadtparlament von M. ein und verdiente sich bei der Aufdeckung einer Korruption den Spitznamen Budjonny. »Das waren noch Kämpfe, das waren noch Siege!«

»Ja«, sagte Katerbaum und hieb Schnaps und Gläser auf den Schreibtisch.

»Weißt du noch . . .«

»Ja, ich weiß, vielleicht hat er sich besoffen und findet nicht nach Hause?«

»Ich hab mich immer gefunden«, sagte Pakulat. »Aber wenn du mal deinen Dienstwagen für einen guten Zweck zur Verfügung stellen willst, deine Arbeit beginnt ja erst um acht.«

»Ich hab keinen Dienstwagen mehr.«

Pakulat sprang auf. »Wollen sie dich etwa auch . . .«

»Ich bin abgelöst«, sagte Katerbaum und knöpfte seine Uniformjacke auf. »Wachablösung, Gottverdammich.«

»So.« Pakulat klammerte sich an die windige Silbe. So. Die Alten zogen die Karre aus dem Dreck, und die Jungen . . . Pakulat umkreiste den Sessel, in dem Katerbaum saß. Er wußte nicht, was er von den Worten seines alten Freundes halten sollte. Wachablösung? Wollte er seinen Kummer hinter Opern verbergen? Mußte er Theater spielen vor einem, dem man nächste Woche den letzten Lohn auszahlte und Schluß. Gottverdammich, war denn Altwerden so schwer? Gottverdammich, ja, das hatte Katerbaum auch gesagt. »Wachablösung« und »Gottverdammich«. Pakulat fühlte, wie sein Dickkopf wuchs und immer dicker wurde. Als er so dick war wie ein Kürbis, sagte er: »Ich denk nicht daran, mich zur Ruhe zu setzen.«

»Ich auch nicht«, sagte Katerbaum. »Als Planungsleiter mach ich noch eine Weile mit.«

Pakulat stutzte. Was denn, Katerbaum resignierte. Budjonny gab sich geschlagen . . . »Moment! Willst du etwa damit sagen, daß es gerecht ist, uns . . .«

»Gerecht! So ein Quatsch, so ein Unsinn, so ein Mist. Man denkt, man hat es mit einem vernünftigen Menschen zu tun, und plötzlich kommt er mit so einem Mist daher. Gerecht! Natürlich ist es nicht gerecht. Das weiß doch schon mein Enkel, der noch in die Windeln kackt, daß das nicht gerecht ist. Es ist richtig, und damit basta. Jede Generation hat ihre Aufgabe, alles andere ist Mumpitz. Jawohl. Mumpitz, sage ich, Mumpitz. Natürlich bin ich Ingenieur. Das Diplom hab ich damals neben meiner Arbeit erackert, kein Zuckerlecken, wenn man bald fünfzig ist. Aber ich kann zum Beispiel keine Sprachen. Mit fünfzig kriegst du keine Sprache mehr rein in deinen Schädel. Mein Nachfolger liest Russisch und Englisch ohne Kaffee. Unsereiner kann ohne Kaffee keinen vernünftigen Gedanken mehr fassen, aber der . . .«

»Und Erfahrung«, sagte Pakulat und bohrte seine Hände in die Hosentasche.

»Bernd war ein Jahr mein Assistent. Eine hochqualifizierte Fachkraft, Gottverdammich, die Betriebe müßten sich um solche Kerle reißen, aber nein . . . Erfahrung! Erfahrung kann man sammeln. Wer sich viel vorgenommen hat, braucht verwegene junge Leute, Feuerköpfe . . .«

Katerbaum klemmte den Fuß eines Schnapsglases zwischen Zeige- und Mittelfinger und schob es über die Schreibtischplatte zu Pakulat hinüber. Dann goß er ein. Pakulat hob das Glas, sagte auch etwas, aber trank nicht. Er behielt es noch eine Weile in der Hand, dann stellte er es zurück auf die zerkratzte Schreibtischplatte. Die Hand ließ er auf der Platte liegen. Und betrachtete sie, indem er den Kopf ein wenig nach rechts drehte. Er senkte den Kopf, bis sich das linke Auge, das so groß war, daß es die Lider kaum fassen konnten, dicht über der schrundigen Hand befand. Der stechende Blick des Glaskörpers war auf den Bücherschrank gerichtet. Dann hob Pakulat den Kopf wieder ein wenig. Und richtete das große blaue Auge auf Katerbaum.

Der ihm gegenübersaß. Hinter dem Schreibtisch. Zurückgelehnt. Die Arme auf die Sessellehnen gestützt. Flächig. Pakulat saß auf einem Stuhl, und Katerbaum saß im Schreibtischsessel. Herr Katerbaum. Von Budjonny war nur der Schnurrbart geblieben. Und der war auch nicht mehr viel wert.

»Menschenskind«, sagte Pakulat leise zu dem fremden Mann, der ihm da gegenübersaß, »Menschenskind, man kann doch nicht den Ast absägen, auf dem man sitzt. Wir Alten müssen doch zusammenhalten.«

»Gegen wen?« Katerbaum zog die buschigen Brauen über die Augen wie eine Markise, hob den Telefonhörer ab und wählte.

»Was willst du machen? Die Polizei alarmieren?«

»Polizei! Das Konsum-Wunder ruf ich an.«

»Konsum-Wunder, so ein Unsinn.«

»Natürlich ist es Unsinn. Aber in dem Alter haben wir ja auch allerhand Unsinn gemacht. Hallo. Katerbaum. Guten Morgen. Verzeihung. Wie? Da hätte ich Sie ja beinahe nicht mehr ... Herr Pakulat ist nämlich gerade ... nein, der Vater. Ist der Sohn zufällig ... na, mir können Sie es ruhig ... wirklich nicht? Und auch keine Ahnung, wo er eventuell ... aha, vielen Dank, guten Morgen, Verzeihung.«

»Mit wem redest du überhaupt?«

»Na mit der Flamme von deinem Sohn, guck nicht so, als ob du mich fressen wolltest.«

»Mit der Flamme von meinem ... etwa mit dieser Mieze ...«

»Mieze ist gut. Mieze paßt zu ihr. Ich nenne sie ›Konsum-Wunder‹. Unsere Verkaufsstellenleiterin, verstehst du, ein schönes Kind, höchstens fünfunddreißig ...«

»So«, sagte Pakulat, »so.« Er hatte nicht mehr als das kleine windige Wort. Er stieß es noch mehrmals hervor. Dann schrieb er sich die Adresse der Verkaufsstellenleiterin auf und ging.

Und ging zurück in die Stadt. Frierend. Übernächtigt. Es war noch immer nicht richtig hell. Solange sich der Nebel nicht auflöste, konnte es ja nicht richtig hell werden. Aber der Nebel war nur ein bißchen gestiegen, er hatte sich abgestoßen von den Firsten und Giebelspitzen und hing jetzt wie eine riesige Wolke über der Stadt. Kein Fliegerwetter, dachte Pakulat. Wenn er den Himmel betrachtete, dachte er: Fliegerwetter – oder: kein Fliegerwetter. Er hatte nur noch ein Auge. Und wenn er baden ging, konnte auch jeder die Narbe auf seinem Rücken sehen. Aber daß sein Himmel zerschlagen, zerschossen, verstümmelt war, daß nur noch ein Luftraum geblieben war über ihm, das konnte niemand sehen. Und niemand hatte je gemerkt, daß er in den Keller mußte, in die Nähe des Mauerdurchbruchs, wenn er sich an seine Frau erinnern wollte. Und daß er ihre Stirn nie richtig erkennen konnte, weil eine Schutzbrille sie verdeckte.

Kein Fliegerwetter, dachte Pakulat und lief schneller. Und stöhnte. Weil der Kasten ihn drückte. Weil er zitterte unter seiner Last. Aber er konnte sie nicht loswerden. Er mußte sie zeit seines Lebens mit sich herumschleppen. Er haßte sie. Weil er die Schlacht bei Fehrbellin haßte. Weil er immer eins von den vier Bieren, die er zum Lohntag trank, brauchte, um durch das Sturmlokal zu kommen. Weil er, wenn jemand in drei Meter Entfernung neben ihm stand, unwillkürlich darauf wartete, daß dem im nächsten Augenblick der Rücken rausflog. Oh, er haßte diesen verdammten Kasten. Und er liebte ihn. Fünfundsechzig Jahre steckten in ihm. Was war ein Verbesserungsvorschlag gegen eine Saalschlacht. Was war ein geglückter Partisanenüberfall gegen ein Prozent gesteigerte Arbeitsproduktivität. Wem war sein Leben nicht lieb. Und wer mochte nicht neunhundertfünfzig Jahre alt werden. Deshalb war der Kasten nicht gefeit, solange der Sohn verloren war. Pakulat wollte weiterleben in seinem Sohn, er mußte weiterleben in ihm, er mußte ihn finden, damit der Kasten die virtuelle Flut überstand, die seit Jahren die Erde überschwemmte. Pakulat bekam in einer Woche seinen letzten Lohn und Schluß, aber sein Sohn konnte den Kasten so rüsten, daß die Flut virtuell blieb und die Erfinder der Flut abließen von der Erprobung ihrer Erfindung. Wenn der Sohn den Kasten bestieg, konnte der Vater sagen: *Das ist das Zeichen des Bundes, den ich gemacht habe zwischen mir und euch und allen lebendigen Seelen bei euch hinfort ewiglich:/Meinen Bogen habe ich gesetzt in die Wolken, der soll das Zeichen sein des Bundes zwischen mir und der Erde. Und wenn es kommt, daß ich Wolken über die Erde führe, so soll man meinen Bogen sehen in den Wolken./Alsdann will ich gedenken an meinen Bund zwischen mir und euch und allen lebendigen Seelen in allerlei Fleisch, daß nicht mehr hinfort eine Sintflut komme, die alles Fleisch verderbe.* So etwa würde der Vater sprechen können, wenn er von biblischer Wortgewalt wäre und den Wert von Abermillionen Vätern aufwöge und wenn er seinen Sohn gefunden hätte, der allerdings auch den Wert von Abermillionen Söhnen erbringen mußte. Aber Pakulat wußte ja nicht mal, ob Benno überhaupt etwas wert war. Solange er ihn nicht gefunden hatte, konnte er gar nichts sagen. Und er konnte nur hoffen.

Und ein bißchen schneller laufen. Und den Zettel lesen, auf dem die Adresse der Verkaufsstellenleiterin geschrieben stand. *Motteler Str.* stand darauf. Motteler Straße war weit. Irgendwo im Norden mußte sie liegen. Pakulat mußte die Stadt durchqueren von Süden nach Norden. Er mußte die Baustelle anrufen, sagen, daß er heute später kam oder überhaupt nicht, und dann mußte er die Stadt durchqueren. Die er mitgebaut hatte, und die jetzt die Studenten an sich gerissen hatten. Jedes Jahr wurden es mehr Studenten. Und bald gehörte auch Benno zu ihnen. Waren die Studenten auch solche verlorenen Söhne? Pakulat ging in ein Telefonhäuschen und rief die Baustelle an und sagte dem Polier irgendeine Notlüge. Dann lief er weiter. Mal durch Straßen, die in dieser Nacht gealtert waren. Mal durch Straßen, die seiner Vorstellung entsprachen, weil sie seine Vorstellung waren. Je nachdem, ob er zweifelte oder hoffte, ging er durch eine gealterte oder durch eine zeitlose Stadt. Wenn er hoffte, brauchte er den Kopf nicht zu heben, um nachzusehen, daß die Kappen der Kreuzgewölbe Wasserflecken hatten. Sie hatten seit eh und je welche. Seit Pakulat zum erstenmal die Kolonnaden betreten hatte und die Schlacht bei Fehrbellin im Schaufenster sah, seit er die Bleifigur des kleinen Ulanen in den Händen hielt. Wenn er zweifelte, fühlte er sogar, daß der Kasten, den er auf dem Rücken trug, abgeschabt war. Und er ahnte, weshalb den seine Söhne nicht haben wollten. Niemand, der jung war, wollte etwas Fertiges haben. Eine fertige Welt war für Leute, die das Leben vor sich hatten, ein Grund, sich das Leben zu nehmen. Aber Pakulat hatte das Leben beinahe hinter sich. Pakulat brauchte eine fertige Welt. Am Ende seines Lebens berührte er etwas Fertiges. Sein Lebensziel. Endlich. Er tangierte es. Er hatte so großen Respekt davor, weil er es nur tangierte. Benno war respektlos. Er ging um in dem Kasten, ohne sich vorzusehen, schmiß die Türen, zerkratzte mit seinen Schuhen die Dielen. Er schlief darin ungestört Nächte durch, als ob das etwas Selbstverständliches wäre. Und sobald er erwachte, übte er wilde Klänge auf der Trompete. Wenn Pakulat zweifelte, ahnte er, daß Benno den Kasten total umbauen würde, nicht wegreißen, aber umbauen. Als ob er gar nicht fertig wäre. Als ob er nur Rohmaterial wäre für seine Phantasie. Rohmaterial, dachte Pakulat. Traurig. Und begann zu hoffen. Wenn ihm so richtig zum Kotzen traurig war, begann er zu hoffen. Ach Benno, du Räudel . . .

Pakulat bestieg eine Straßenbahn, die ihn zur Motteler Straße fahren konnte. Zu dieser Mieze. Zu dieser fünfunddreißigjährigen Frau, die es mit einem Minderjährigen trieb. Weil kein anständiger Mann sie genommen hatte. Oder weil sie keinen gekriegt hatte von den wenigen, die der Krieg übriggelassen hatte. Oder weil sie pervers war. Eine Fünfunddreißigjährige, die es mit einem Minderjährigen trieb, mußte pervers sein. Pakulat wußte Bescheid. Warum fuhr er zu ihr, wenn er Bescheid wußte? Etwa um sich vormachen zu lassen, daß auch sie anders war? Sie war so und nicht anders. Und es kam überhaupt nicht in Frage, daß Pakulat seinem Sohn gestatten würde, so ein Weib zu heiraten. Er würde mit ihm reden, so und so, und fertig. Er hatte nicht mit diesem Weib zu reden, sondern mit seinem Sohn. Und zu diesem Zwecke müßte er ihn finden. Aber wo?

Pakulat stieg aus und setzte sich auf eine der Bänke, die auf dem Platz vor der Universität standen. Auf die einzige, die leer war. Die anderen waren besetzt von Studenten, die frühstückten. Pakulat sah eine große, belebte Fläche: kurzgeschorene Köpfe, Burschenstirnen mit Ponyfransen, hochgeschlagene Mützendächer, meterlange Schals, schwarzumrandete Augen, hautenge Hosen, Stöckelschuhe, Haartürme. Und ein Knäuel Butterbrotpapier, das auf den Rasen geworfen worden war. »So«, sagte Pakulat. Er sagte nur das kleine windige Wort. Sonst hätte er mehr gesagt, allerhand hätte er dem Mädchen sonst gesagt, das Papier in städtische Anlagen warf. Aber heute sagte er nur »so«. Und griff nach dem wachstuchbezogenen Buch, das er noch immer in der Manteltasche stecken hatte. Er schämte sich ein bißchen, als er das erbrochene Schloß sah. Aber es war ihm ja nichts anderes übriggeblieben. Und eigentlich war sein Sohn selbst daran schuld. Ein Sohn verschloß sich nicht vor seinem Vater. So etwas machte ein anständiger Sohn nicht. Was da in dem Buch stand, machte ein anständiger Sohn alles nicht. Fast alles. *Venceremos* war gut. Interbrigaden war verständlich, aber das andere . . . woher hatte er nur das andere? Pakulat hatte versucht, den Sohn vor bitteren Erfahrungen zu bewahren, die er selbst hatte machen müssen. Benno sollte erkannte Fehler seines Vaters nicht wiederholen. Hätte er unter diesen Umständen nicht ein idealer Pakulat werden müssen? Was in dem Buch stand, ließ darauf schließen, daß Benno überhaupt kein Pakulat war, geschweige denn ein idealer. Er machte seine eigenen Fehler. Er war ganz anders. Er hatte sagenhafte Vorstellungen von Granaten. Ihn beschäftigten lauter unwichtige Dinge. Er lebte bloß und lebte und lebte, statt sich auf das Wesentliche zu konzentrieren. Das Wesentliche war *Venceremos*. Aber in deutsch. Warum schrieb Benno das nicht in deutsch? Warum zerhackte er Pulte? Wollte er etwa den Kasten auch zerhacken? Pakulat blätterte und las. Fremd, dachte Pakulat, alles fremd. Ampère. Spanisch. Jazz. Rugby. Vielleicht konnte Pakulat den Kasten gar nicht vererben. Wenn er ihn vererben wollte, mußte er ihn absetzen. Und das ging doch nicht. Er war doch verwachsen mit dem Kasten, irgendwie. Vielleicht starb er mit ihm. Vielleicht hatte jeder seinen Kasten und starb mit ihm. Vielleicht hatte auch Benno einen auf dem Rücken, unsichtbar, genauso unsichtbar wie der, den Pakulat trug. Vielleicht trug jeder so einen Kasten. Schrecklich, dachte Pakulat. Und blätterte. Und las. Schrecklich? Warum eigentlich schrecklich? Vielleicht war die Welt nur deshalb schön, weil sie so verwirrend vielfältig war. Reisten die Leute nicht ins Ausland, um etwas Fremdartiges zu sehen? Waren sie nicht geradezu versessen auf Auslandsreisen? Pakulat brauchte nicht zu verreisen. Benno war für ihn Ausland genug. Ein Mensch, der keinen Krieg erlebt hatte. Konnte es etwas Fremdartigeres für Pakulat geben als so einen Menschen? Komisch, dachte Pakulat. Und blätterte. Und las. Und suchte nach Anhaltspunkten, die auf einen Kasten schließen ließen. Aber er fand keinen. Pakulat konnte sich nicht vorstellen, daß jemand leben konnte ohne Kasten. Natürlich hoffte er auf so eine Welt, in der das möglich war. Er hatte sein Leben lang dafür gearbeitet. Aber er konnte sich nicht wirklich vorstellen, wie das sein würde: ohne Kasten leben. Weil er sich nicht wirklich vorstellen konnte, wie das sein würde, wenn man sich nicht mehr schützen mußte vor Fluten. Wenn man bloß lebte und lebte und lebte. Wenn es keine extremen Situationen mehr gab, die zu extremen Haltungen zwangen. Zu frenetischen. War Pakulat frenetisch? Vorläufig jedenfalls war an Ruhe noch nicht zu denken. Nur Benno schien daran zu denken. Ja, er schien irgendwie schon in dieser unwirklichen Welt zu leben, dieser grüne Junge, dieses Räudel. Er schien von Disziplin nichts und von Phantasie alles zu halten. Von der Phantasie des Einzelnen. Ampère. Obwohl er *Venceremos* schrieb. Er schrieb: wir werden –, und er dachte: wir haben. Schwach in Grammatik, dachte Pakulat. Ich muß ihn stark machen, dachte Pakulat. Zitternd vor Kälte. Übernächtigt. Er blinzelte hinauf in den Himmel, den der Krieg ihm verstümmelt hatte. Und er ging wieder durch Minuten, die er sich nicht aussuchen konnte. Immer wieder mußte er durch, die Minuten summierten sich zu Stunden, Tagen, Wochen, Monaten, zu Jahren vielleicht. Pakulat verlor noch heute Zeit an den Krieg, unwiederbringliche Zeit, Jahre vielleicht. Nicht nur sein Himmel, auch seine Tage waren verstümmelt. Obgleich er eine starke Vorstellungskraft hatte. Eine, die im Zuchthaus Kolchosen produzierte.

Kein Fliegerwetter, dachte Pakulat. Und beobachtete, wie die Studenten sich erhoben und das Universitätsgebäude enterten, lässig, und er dachte, vielleicht haben sie gar keinen Kasten. Vielleicht leben sie ohne diese Last. Vielleicht wußten sie gar nicht, was das war: ein Kasten. Weil es eigentlich völlig sinnlos war, sich mit so was abzuschleppen, heute, wo die absolute Flut drohte. Glaubte Pakulat etwa im Ernst, er würde sie überleben mit einem lächerlichen Kasten? Man müßte ihn zerhacken, dachte Pakulat, man kann erst etwas ausrichten gegen die Flut, wenn man ihn zerhackt. Alle müßten ihre Kästen zerhacken, dachte Pakulat, alle, alle.

Und blätterte und las. Er las die letzte Eintragung. *Wir spielen Schallitäten zum Tanzen, Twist und solchen Klimbim. Dann ein paar Nummern zum Engtanzen. Auf Wunsch. Die Hengste aus unserer Klasse wünschen sich immer solche Sauereien wie English-Waltz und Slowfox. Aber ich hab doch keine Mitschurin-Griebse auf den Augen. Ich beobachte doch den Langen schon die ganze Zeit. Er denkt, wenn ich die Kanne nehme und blase, bin ich weg, aber ich sehe doch jeden Mitesser auf seiner Nase. Ich seh doch, wie er den ganzen Abend schon mit seinen Ochsenaugen an Kats Pullover rumfummelt. Und wie ich also so einen fiesen Slowfox blase, um den Kulturplan vom Klubhausleiter zu erfüllen, notzüchtigt der Lange die Kat mit einer Verbeugung und will sie aufs Parkett schleifen. Ich hin und hau ihn tot.*

Pakulat entziffert den letzten Satz noch einmal, liest, liest. Aber es bleibt dabei. »Tot« steht da. Tot, denkt Pakulat. Es dauert eine Weile, bis das letzte Wort, das Benno in das Buch geschrieben hat, in sein Bewußtsein fällt. Als es passiert, trifft es ihn wie ein Hieb mit dem Schlagring. Er will aufstehen, aber es gelingt ihm nicht. Irgend etwas drückt ihn gegen die Bank. Das große blaue Auge bewegt sich nystagmusartig hin und her, aber es kann nichts erkennen. Tot. Verloren. Schluß.

Er sitzt noch eine Weile da, dann hilft ihm jemand auf. Und fragt ihn, wohin er ihn begleiten soll. Aber Pakulat will keine Begleitung. Diesen Weg will er allein gehen. Den letzten. Den zur Polizei.

Die Polizei weiß noch nichts. Pakulat sagt ihr, was er weiß. Und geht wieder. Und schleppt auf dem Rücken, was er eben noch als lächerlich und anachronistisch erkannte. Ihm ist nichts geblieben als diese Last. Die Ruhe, die sie ihm suggeriert, ist eine Lüge. Er weiß, daß es eine Lüge ist. Aber er will es nicht wissen. Er weiß schon viel zuviel.

Die Stadt trägt den Nebel auf dem Kopf. Er hat sich zusammengekrümmt und schaukelt über der Stadt wie eine vielköpfige Wolke. Sein Atem ist weder glühend noch giftig, höchstens ein bißchen gesundheitsschädigend für Leute mit schwachen Bronchien wie Pakulat, die rauchige Luft nicht vertragen können. Pakulat hustet und muß oft stehenbleiben, weil er schlecht Luft kriegt. Er schlägt den Weg zur Baustelle ein. Aber er muß wieder umkehren. Die schwere Luft zwingt ihn umzukehren. Schluß, denkt er.

»Schluß«, sagt er, als er die Haustür aufschließt. Er schlurft durch den Flur, schleppt sich von Etage zu Etage, an Wohnungstüren vorbei, von denen einige statt verzierter Rahmen und Glasfüllungen rauhe Sperrholzflächen zeigen, und sieht nach, ob die Flurfenster verriegelt sind. Als er vor seiner Wohnungstür angelangt ist, bleibt er stehen. Und schließt erst den Briefkasten auf. Zeitungen quellen aus dem Briefkasten, etliche Zeitungen fallen Pakulat vor die Füße. Und ein Zettel. Auf dem Zettel steht: *Lieber Vater, hab die Vorwürfe satt, bewerb mich in Schwedt, salud.*

III

Helios gönnte den Pferden keine Pause. Immer im gleichen Tempo, der Vakuumlichtgeschwindigkeit nahe, raste er über den Himmel. Wir mit ihm. Mein Freund blinzelte nach der Uhr, wenn er abließ von mir. Jedes Mal blinzelte er nach seiner Armbanduhr und rechnete nach, wieviel Zeit uns noch blieb.

»Noch einundsiebzig Stunden, neunundfünfzig Minuten, fünfzig Sekunden«, sagte er.

»Vierzig Sekunden«, sagte ich, »zehn hast du schon wieder mit Rechnen verloren, sinnlos.«

»Anhalten«, schrie er.

Aber Helios hörte ihn nicht.

»Noch einundsiebzig Stunden, neunundfünfzig Minuten, dreißig Sekunden.«

»Zwanzig«, sagte ich.

»Wir steigen aus«, sagte er. Ich versuchte ihn festzuhalten, aber er riß sich los und wälzte sich über den Bettrand. Doch er fiel nicht. Und er blieb auch nicht zurück. Er schwebte zwischen Himmel und Erde, er flog dahin mit der gleichen Geschwindigkeit, die die Pferde des Helios vorlegten. Und er sah sehr komisch aus, schwerelos und draußen vor der Tür.

Ich lachte.

Er ruderte wütend mit Armen und Beinen und stieß mit dem Kopf gegen die Himmelsdecke, die zwei, drei Meter über dem Bett hing wie ein fliegender Teppich und geschmückt war mit Bildern von großen und kleinen Tieren und von sagenhaften Helden auch. Ich ließ ihn ein bißchen zappeln. Dann angelte ich nach seinem rechten Bein und zog ihn wieder an Bord. Gerettet.

»Persephone, du bist albern«, sagte er.

»Vernünftig«, sagte ich.

»Kunststück. Wenn ich unsterblich wäre wie du, wäre ich auch vernünftig.«

»Wenn du unsterblich wärest, würde ich dich nicht lieben«, sagte ich.

Er sah mich an mit großen Kinderaugen, in denen Erstaunen glitzerte und Unglauben und Mißtrauen.

»Ich brauch keine Trostlügen«, sagte er.

»Ich lüge nicht.«

»Doch. Jedesmal, wenn du zurückkommst im Frühling, musterst du mich mit Röntgenblicken und prüfst, wie viele Falten ich während des Winters bekommen habe und wie viele Haare mir ausgefallen sind inzwischen.«

»Ja«, sagte ich.

»Und eines Tages werde ich eine Glatze haben, und du wirst mich nicht mehr lieben.«

»Der ganze Himmel duftet von deinem Haar«, sagte ich.

»Wenn ich eine unsterbliche Perücke hätte, würde es immer so sein.«

»Schrecklich«, sagte ich.

»Ich würde ewig jung sein wie du.«

»Schrecklich langweilig.«

»Ich versteh deine Augen, deine Arme und Beine und Brüste, und deine Münder versteh ich immer, aber selten was du sagst.«

Ich pflückte ein paar Küsse ab von seiner rechten Schulter, auf der man sich wunderbar herumflegeln kann. Er brummte nur. Undankbar. Ich zeigte ihm zur Rechtfertigung mein Gesicht, das ganz zerkratzt und aufgeliebt war von seinem unrasierten Kinn.

»Sehr schön«, sagte er. »Und was siehst du?«

»Ich sehe einen Beneidenswerten.«

»Aha.« Mehrmals. Aufreizend.

»Einen dummen Kerl sehe ich, der die Zeit anhalten möchte.«

»Unsterblich«, sagte er leise.

»Ein Gott.«

»Ja«, sagte er leise, mit geschlossenen Augen.

»Ein träger, fauler, langweiliger Gott willst du sein, du, der die Fähigkeit hat, dir Götter zu machen, sehnst dich nach so einem faden, pointenlosen Dasein, das ich satt habe, ich kann nicht sagen wie, das ich nur ertrage, weil ich neun Monate im Jahr auf der Erde bin und dich liebe und also ein bißchen bin wie du in dieser Zeit, denn lieben heißt auch, der andere sein. Du schaust schon wieder auf die Uhr, wir müssen uns bald trennen, jeder Abschied ist ein kleiner Tod, aber ohne Tod ist das Leben pointenlos. Die Menschen sind schön, weil sie Auge in Auge mit ihm leben, mutig, trotz alledem, ihr Leben ist ein einziger Kampf mit ihm, und in diesem Kampf ringen sie ihrem kleinen Leben Größe ab.«

»Du redest, als wärest du schon bei deinem Mann«, sagte er.

»Ach.«

»Du machst für sein Unternehmen Reklame.«

»Wenn ich wiederkehren kann, ja. Ich muß meine Wochen im Tartaros ableisten, ich bin die Tochter der Demeter, der Tod gehört zum Leben, ich tue meine Pflicht, ungern, denn ich bin schon ein bißchen wie du, aber ich tue sie, weil ich hoffe, daß ich wiederkehren kann, früher war ich dessen sicher, aber diesmal kann ich nur hoffen, du bist meine Hoffnung.«

Er warf mich auf sich, wie man sich eine Decke überwirft. Ich lag ziemlich hart, wie ein mittelmäßiger Fakir vielleicht. »Du mußt mehr essen«, sagte ich.

»Was siehst du?«

»Gar nichts.«

»Und jetzt?«

»Fast gar nichts.«

»Und jetzt?«

»Ich seh eine helle gekrümmte Fläche, gespalten von einer Ader, die vielleicht die Wolga ist, die steile Stirn des Planeten seh ich, hellblau, meine Mutter hat ihn einst bewahrt vor dem Untergang, obgleich Pluto ihr die Tochter entführte, sie kann den Bäumen verbieten Früchte zu tragen, sie kann den Pflanzen verbieten zu wachsen, so lange, bis das Geschlecht der Menschen ausstirbt, aber sie tut es nicht, auch wenn Zeus ihr das Liebste nimmt, eine Mutter tut das nicht, ich bin keine Mutter, ich habe keine Macht über die Erde, ich habe nur meine Liebe, die blind machen kann oder sehend.«

»Erleuchte mich ein bißchen«, sagte er.

Notturno

»Wenn die Gewohnheit eine zweite Natur ist, dann beläßt sie uns in Unkenntnis der ersten und ist frei von ihrer Grausamkeit und ihrem Zauber.«
Proust

Der Arzt bestätigte ihre Vermutungen. Als Karla die Klinik verließ, schlossen die Läden. Der Wind schleifte bunte Blätter über den Asphalt. Die Bäume reckten Galgen in den Himmel. Zwischen den Galgen klemmte blaß die Sonne.

Mittag.

Karla beeilte sich. Sie rannte über den blauen Streifen neben der Häuserfront. Der Schatten war nicht mehr gut, fahl war er, die Himmelsfarbe war verblichen. Er wurde auch nicht mehr gebraucht um diese Jahreszeit. Jetzt wurde Sonne gebraucht, viel Sonne. Aber die war wie gesagt ziemlich blaß. Man konnte ihr ohne weiteres ins Gesicht sehen.

Karla sah auf die Granitplatten, die unter ihr wegrutschten, die Platten waren vielleicht einen Meter breit und einen halben Meter lang und in der Mitte ein bißchen ausgetreten. Karla lief in der Mitte. Sie paßte auf, daß sie nicht weiter als einen Meter ausschritt. Die Fugen zwischen den Platten waren Absatzfallen. Die Fallen wurden breiter, immer breiter und heller und verschwammen langsam ineinander. Keine Spur von Blau mehr. Das Linoleum war grau geworden. Karla hatte es jede Woche zweimal gebohnert, aber es war schon mehr Grau als Blau. Und Flecken hatte es. Unter dem Spülbecken und vor dem Kühlschrank hatte es Flecken. Im Kühlschrank stand noch ein Essensrest von gestern, irgendeine Konserve und der Rest von gestern hätten gereicht, aber die Läden wurden erst in zwei Stunden wieder geöffnet, um drei war zu spät, es war überhaupt schon viel zu spät, die Kinder waren jetzt eine Stunde und zehn Minuten allein, die Kinder hatten längst im Bett zu liegen, die Betten mußten abgezogen werden, das Inlett von Julas Kopfkissen schien ein Loch zu haben, wenn sich Federn durch den Bezug bohren konnten, war das Inlett undicht, Inlett war teuer, die Kinder brauchten neue Schuhe, Sandalen zum Schuster bringen, Waschpulver einkaufen, Gardinen abnehmen, Fenster putzen, schon vier Wochen keine Fenster geputzt, Karla sprang auf eine anfahrende Straßenbahn auf.

Die Bahnen fuhren um diese Zeit alle fünfzehn Minuten. In fünfzehn Minuten konnte zu Hause viel passieren. Karla umklammerte mit den Fingern der rechten Hand die Stange, die vor dem Perronfenster angebracht war. Kaltes, blankgewetztes Metall, das sich langsam erwärmte. Die Griffe an den Küchenmöbeln begannen zu rosten. Jemand bot Karla einen Sitzplatz an. Karla lehnte ab. Karla stand, sie balancierte auf dem Holzrost. Die Knie waren vom Rock bedeckt, sie sah nur die Schienbeine und das, was die Schuhe vom Fuß freiließen, sie stand, aber sie fühlte die Stützen in den Kniekehlen. Die Bahn quälte sich durch eine Kurve. Karla fiel ein, daß sie die Sicherung nicht zurückgedreht hatte. Das Wasser hatte sie abgestellt, bevor sie gegangen war, aber an die Sicherung hatte sie nicht gedacht. Jetzt waren die Töchter schon eineinviertel Stunden allein. Karla krümmte auch die Finger der linken Hand um die Stange vor dem Perronfenster. Metall. Kälte des Metalls, die immer tiefer dringt, schneidet, reißt, aufreißt. Plätten, denkt Karla, Waschen und Plätten. Der Korb ist da, in dem die schmutzige Wäsche aufbewahrt wird, der große, rechteckige Korb. Ein Hügel wächst aus dem Korb und ist bereits so hoch, daß er gefährlich schwankt, wenn man den Korb anhebt. Allein könnte Karla ihn gar nicht mehr anheben. Der Korb ist da und der strenge Geruch nach schmutziger Wäsche und der andere, stechende auch, der einem in die Nase fährt, wenn man Waschpulverpakete ausschüttet. Und das Waschhaus ist da, der kleine Flachbau mit den vergitterten Fenstern, und die Automaten sind da und die

Heißmangel und der Meister natürlich. Der Meister sagt »lange nicht gesehen«, das sagt er immer, zu allen sagt er das, und öffnet das metallgefaßte Bullauge eines Automaten: »Bitte.« »Bitte«, sagt der Arzt, von dem sie nur den grauhaarigen Kopf sieht, zwischen Kniesilhouetten den grauhaarigen Kopf, »ich gratuliere«, sagt der Arzt, kreisrunde Decke, weiß, gekachelte Wände, Äthergeruch, Metall, das immer tiefer dringt; Sektion.

Die Sonne war sehr blaß. In dieser Stadt war sie nie grell und laut, die Ausdünstungen der Fabriken und der Lärm des Verkehrs schirmten die Stadt ab gegen die Sonne, gegen ihre Grausamkeit, gegen ihren Zauber. Man konnte ihr hier meist ins Gesicht sehen, ohne Schaden zu nehmen. Man konnte, aber wozu? Wozu, dachte Karla und blinzelte durch die klirrenden Scheiben hinter der Metallstange. Sektion. Kreisrunde Decke, weiß, gekachelte Wände, Äthergeruch, Instrumente, Blicke, Kamera, Übertragung in die Hörsäle, Klopfen, bitte, das Objekt.

Die widerwärtige Situation fiel langsam in ihr Bewußtsein. Und die ärztliche Bestätigung ihrer Vermutung. Die ganz langsam. Als ob kein Platz wäre. Der Raum war ausgestopft mit grauem Linoleum und defektem Bettzeug und Sorgen um die allein gelassenen Kinder und Essensresten und Imperativen und Seifengeruch und abgerissenen Sandalen und rostenden Möbelgriffen und anderen wichtigen Gegenständen. Die täglich wichtiger wurden. Je alltäglicher sie wurden, desto wichtiger wurden sie. Sie quollen auf unter der Gewohnheit. Karla hatte den Kopf voll. Es dauerte eine Weile, ehe sie einen neuen Gegenstand untergebracht hatte. So einen. Karla blinzelte. Es wurde ein bißchen hell im Raum. Mittag. Mittag, dachte Karla, $2\pi r$.

Sie konnte das bißchen Licht zuerst nicht lange halten. Es versackte sofort wieder im Gedränge der Gegenstände. Aber nach und nach wurden die Intervalle zwischen dem Verlöschen immer größer. Ein Kind also. Wieder ein Kind. Erst erfuhr man vom Radio, daß es brenzlich aussah, und zwei Stunden später erfuhr man vom Arzt, daß man schwanger war. Karla musterte die Konserven in der Speisekammer. Bohnen, Kirschen, Aprikosen, Gurken, Rote Bete, Brathering, Erbsen, Erbsen mit Kraut. Erbsen mit Kraut, dachte Karla. Und wohin mit einem dritten Kinderbett?

Wieder ein Kind. So war das also. Ja, so war das.

Wirklich?

Wirklich, dachte Karla, 2πr. Die Sonne war total verdreckt, aber man mußte ihr ins Gesicht sehen. Mittag also. Schon hunderttausendmal erlebt. Wirklich? Vielleicht erlebte man nur wirklich, was ins Bewußtsein fiel. 2πr fiel ins Bewußtsein. Vielleicht nur deshalb, weil es wieder mal irgendwo überall brenzlich aussah. Scheißmittag. Keine Spur von Stille. Die hing nur als Formel über der Stadt: 2πr. Keine Spur von Bläue. Der Himmel trug nur ihre Chiffre als Tätowierung auf dem Bauch, nichts als unverschuldete Unglücksfälle. Und Wind, viel Wind, der Blattleichen über den Asphalt schleifte. Und Platz schaffte, die Gegenstände waren geordnet, seit Jahren standen sie geordnet und den Raum füllend, und plötzlich ging alles drunter und drüber. Der Kopf war halb leer. Die Bäume reckten Galgen in den Himmel. Zwischen den Galgen klemmte blaß die Sonne. Karla, die nie und heute gleich gar keine Zeit hatte, sah ihr ins Gesicht. Einfach so. Lebensmittag.

Karla stieg aus. Viel Wind, ja. Aber lau. Auf der Bank an der Haltestelle schlief ein alter Mann. Kindergärtnerinnen führten ein an Wagen und Befehle und Hände gefesseltes Rudel Kinder über den Fußweg: Freiheitsdressuren. Kabrioletts hatten die Verdecks zurückgeschoben. Wie Frühling, dachte Karla, wie Frühling, ja.

Das Seifengeschäft hatte auch geschlossen. Also morgen einweichen. Also heute Fenster putzen und Schuhe zum Schuster schaffen. Aber die Kinder schliefen nicht länger als eine Stunde. Fenster putzen dauerte länger. Fenster putzen dauerte bis Abend. Und der Schuster schloß schon um sechs seinen Laden. Die Kinder richteten bei ihm nichts aus. Mit dem mußte man immer ein bißchen flirten, um von ihm die Gnade zu erwirken, in nächster Zeit ein Paar Schuhe besohlt zurückzuerhalten. In nächster Zeit war Flirten schwierig.

Als Karla die Straße erreicht hatte, in der sie wohnte, sah sie schon von weitem die Frau vor dem Haus sitzen. Die Frau saß jeden Tag auf der Bank vor dem Haus. Karla erkannte sie an der grauen Uniform. Jeden Tag saß die Frau in ihrer grauen Uniform eine Viertelstunde vor dem neuen Haus, in dem Karla wohnte.

Und Karla war im dritten Monat.

Und der Mittag war eine geschlossene ebene Kurve konstanter Krümmung.

Und die Sonne war so blaß, daß man ihr ins Gesicht sehen mußte. Wie Frühling, dachte Karla, wie Frühling, ja. Und stapfte durch einen Laubberg, den ein Mann der Städtischen Straßenreinigung eben gehäuft hatte. Und rannte vorbei an der grauuniformierten Frau.

Als Karla die Wohnungstür aufschloß, stürzten zwei Kinder aus der Küche und riefen: »Wir haben Kartoffeln gekocht.« Es war also völlig sinnlos gewesen, an die Sicherung zu denken. An den Gasherd hätte sie denken müssen. Wie Lotterie, ja.

Karla betrat die Küche, deren gleichmäßig gekrümmte Wände von Schränken verstellt waren. Die Schranktüren waren ebenfalls gleichmäßig konkav gekrümmt. Vor dem Fenster stand ein Tisch mit segmentförmiger Platte. Gasherd und Kühlschrank, rechtwinklig gebaucht, störten die Harmonie des Raumes, konnten jedoch von einem Vorhang verdeckt werden. Außer dem Topf auf dem Gasherd, zwischen dessen Rand und Deckel Wasserblasen und Dampf hervorquollen, stand kein Geschirr herum. Das Inventar spiegelte sich auf dem Linoleum, das von gleicher blaugrauer Farbe war wie die scheibenförmige Decke.

»Du freust dich gar nicht.«

»Doch«, sagte Karla.

»Und was gibt es zu den Kartoffeln?«

»Eigentlich gibt es Erbsen«, sagte Karla.

»Erbsen?« Vier Augen voll Enttäuschung, vier große blaue Augen. Und ein bißchen Wasser war auch schon drin.

»Also meinetwegen Kartoffeln«, sagte Karla.

»Und?«

Duster. Nordseite. In die Küche fiel nie ein Sonnenstrahl.

»Und was gibt es zu den Kartoffeln?«

Karla mußte sich etwas einfallen lassen, ihr war nicht gut, der Magen, ja, aber sie mußte sich etwas einfallen lassen, sie mußte sich auf einen Stuhl setzen und sich konzentrieren auf das Wichtigste, das Wichtigste waren die Kinder, die Kinder hatten Hunger, die Kinder hatten ihr eine Freude machen wollen, sie durfte die Kinder nicht enttäuschen, sie mußte energisch mit ihnen reden, daß sie am Gasherd nichts zu schaffen hätten, sie mußte tüchtig schimpfen, aber sie durfte sie nicht enttäuschen. Sie sagte: »Ich hab noch Quark.«

Quark löste nicht gerade Begeisterung aus. Eigentlich lehnten Ruth und Jula Kartoffeln und Quark überhaupt ab.

»Also gut«, sagte Jula.

»Und wenn wir aufessen ein Märchen«, sagte Ruth.

»Morgen«, sagte Karla.

»Zu Kartoffeln und Quark gehört ein Märchen«, sagte Ruth.

»Mir fällt heute keins ein«, sagte Karla und überlegte. Weil es sinnlos war zu behaupten, ihr fiele nichts ein. Einer Mutter hatte immer etwas einzufallen. Und erst recht bei Kartoffeln und Quark.

»Also gut. Wie der Dackel zu seinen kurzen Beinen kam . . .«

»Abgemacht«, sagte Ruth, »aber neu ist es nicht.«

»Na ja«, sagte Karla. Und überlegte. Einer Mutter hatte immer etwas Neues einzufallen.

Sie aßen eine Weile. Karla stand mehrmals auf und ging hinüber ins Bad. Aber sie räumte ihren Teller ab. Eine Mutter hatte immer ihren Teller abzuräumen.

Dann breiteten Ruth und Jula ihre Röcke und nahmen das veraltete Märchen vom Dackel entgegen. Karla bearbeitete es ein bißchen, indem sie darauf hinwies, daß der Dackel wahrscheinlich keine so kurzen Beine bekommen haben würde, wenn er mehr geschlafen hätte, aber ein alter Hut blieb ein alter Hut. Ruth und Jula mußten sich vor dem Einschlafen noch ein paar Schlager singen, weil das Märchen zu mies und zu kurz war. *Ich weiß, was dir fehlt, ein Mann, der dir keine Märchen erzählt,* sangen sie und: *Die Nacht ist nicht allein zum Schlafen da.*

Als die Kinder eingeschlafen waren, hatte Karla Zeit zu resignieren. Eine Stunde.

Sie verließ die Küche, die Lutz für sie projektiert und gebaut hatte, sie räumte auf, als ob Lutz zu Hause wäre, und dann verließ sie die Küche.

Im Wohnzimmer roch es nach frischem Holz: Seit voriger Woche standen die Möbel. Die Kinder waren jetzt groß und artig genug für helle Möbel. Die Wände hatten helle Tapeten, zwei weiße Lampenschirme hingen von der Decke, Sessel waren eingetroffen: Alles da und passend. Nur in der linken Ecke neben dem Fenster stand stilbrüchig ein blaues Klavier.

Karla setzte sich neben das blaue Klavier.

Mittag. Still. Blau. Leer. Ungeheure Leere plötzlich. Karla öffnete den Deckel des Klaviers, klappte das Notenbrett herunter, drückte auf eine Taste. Ein Ton, ein kleiner Ton, Mittellage, schon geschluckt vom Filz des Dämpfers.

Mittag. Laut. Gelb. Voll. Voll mit ungeheuren Lasten plötzlich. Ganz neuen, unverhofften, ganz alten, längst vergessenen, Karla drückte auf eine Obertaste. Ein spitzer Ton, hoch hinaus, Diskant, auch geschluckt vom Filz des Dämpfers.

Mittag. Geometrischer Ort für alle Punkte einer Ebene, die von einem festen Punkt M den gleichen Abstand r haben. Karla hatte zwei Kinder und bald drei, und auf der Kreislinie lagen die Punkte, die sie nicht erreichen konnte.

Berechnen, ja, so weit war sie gekommen. Karla legte die Unterarme auf die Tasten.

»Gestatten Sie, daß wir Platz nehmen?« Zwei Frauen setzten sich ans Klavier.

Die Nerven, Schwangerschaftskoller, Karla sah aus dem Fenster. Der Rasenplatz war noch da, das Klettergerüst, Julas Mantel hing auf der Leine, Karla konnte alles genau erkennen. Auch die Frau saß noch auf der Bank. Obgleich sie nicht hier wohnte. Ihrer Uniform nach zu urteilen, die allerdings sehr abgeschabt und deshalb schwer bestimmbar war, konnte sie bei der Straßenbahn beschäftigt sein, als Wagenwäscherin vielleicht. Jeden Tag nach der Arbeit kam sie. Auch als die neuen Häuser noch nicht standen, wäre sie jeden Tag gekommen, erzählte man sich. Damals hätte es natürlich hier auch noch keine Bänke gegeben. Damals hätte die Frau jeden Tag eine Viertelstunde vor der Ruine des vierstöckigen Gebäudes gestanden, auf dessen Grundmauern später dieses Haus errichtet worden war. Wie Influenza, dachte Karla, wie der Beginn von Influenza, ja.

Als sie sich umdrehte, saßen die Frauen immer noch am Klavier.

»Sie, hören Sie mal, was fällt Ihnen ein . . .«

Die eine der Frauen, ziemlich dünn, schwarzhaarig, schlug im Baß einen Akkord an. Die andere, blond, ein wenig kleiner, aber füllig, klimperte im Diskant.

»Verstimmt«, sagte die Große, »wann war der Klavierstimmer das letzte Mal da?«

»Was geht Sie das an«, sagte Karla, »wie kommen Sie überhaupt hier herein?«

»Der Klavierdeckel stand offen«, sagte die Kleine, »was sollen wir spielen?« Sie lächelte: ein rundes Gesicht, Murmelaugen mit hohen Brauenbögen, schmal aufgeworfene Lippen, Nase kaum, das Haar war am Ansatz gekräuselt wie aufgetrennte Wolle. Ein ziemlich ungereimtes Gesicht – aber Lutz hatte mal darauf Gedichte gemacht.

»Also, was sollen wir spielen«, sagte die Große. Und lächelte auch. Auch ein rundes Gesicht, Murmelaugen mit hohen Brauenbögen, schmal aufgeworfene Lippen, kaum Nase undsoweiter. Und die Haarfarbe stimmte ebenfalls nicht. Karla hatte braunes Haar. Und keine Zeit, sich so eine verzwickte Turmfrisur zu bauen wie die Große. Aber verrückt war sie nicht. Wer sich doppelt sah, war verrückt, aber sie war allein im Zimmer, sie saß neben dem blauen Klavier, und die Klavierbank war leer, total leer, ja. Mittag und fertig.

Aber wer berechnen gelernt hatte, wer einmal die eigentümliche Lust erlebt hatte, einmal genügte schon, der konnte sich nicht mehr zufrieden geben mit der Feststellung: Mittag. Für den war der Mittag nicht still. Und der Kreis, die schönste aller geometrischen Figuren?

»Verstehe, Sie wollen raus«, sagte die Große.

Raus? Das hatte Karla nie gesagt, das würde sie nie sagen.

»Klar, seit Sie verheiratet sind, machen Sie Ausbruchsversuche, seit sieben Jahren, immer vergebens, immer mußten Sie aufstecken, einsehen, zurück in die Küche, diesmal endgültig, großer Ausverkauf wegen Schließung des Geschäfts, Hoffnung umständehalber abzugeben zu herabgesetzten Preisen, aus, vorbei.«

»Wie meine Nachbarin«, sagte Karla, »Sie reden wie meine Nachbarin, ekelhaft.«

»Sie dürfen sich nicht aufregen«, sagte die Kleine, »das ist schädlich in Ihrem Zustand.« Sie sprach leise, beruhigend. Karla spürte tröstende Müdigkeit, und sie protestierte nicht länger. Geheuer oder nicht, zu ihr war jemand gekommen, dem sie ihr Unglück erzählen konnte.

»Unglück nennen Sie das? Aber das ist doch unnatürlich!«

Was denn, diese Weiber konnten Gedanken lesen? Karla zeigte ihre Nasenfalten, zwei Stück quer über dem Nasenrücken, die Lutz »einmalig« nannte, und sagte: »Ich weiß nicht, wovon Sie reden.«

»Aha«, sagten beide und zeigten auch solche Falten.

Wuchsen etwa davon wertmindernde Doubles auf dieser Welt?

Sektion also. Karla sagte: »Aha spielen Sie schön. Aber ein Notturno von Chopin wäre mir lieber.«

»Mittags ein Notturno? Und Chopin muß es sein?«

»Jawohl«, sagte Karla und wühlte ein abgearbeitetes Blatt aus dem Schrank und stellte es auf das Notenbrett.

»Bei Ihnen hört also die Musik auch im neunzehnten Jahrhundert auf«, sagte die Große und schlug einen H-Dur-Akkord an, Terzlage.

Karla wehrte sich noch immer, ihren Besuch anzuerkennen. Denn sie hatte nur noch eine Stunde und wußte noch nicht, womit sie einweichen sollte und ob in diesem Monat das Geld reichte für zwei Paar Kinderschuhe und woher sie die Apfelsinen nehmen sollte, auf die ihre Mutter nach der Operation einzig Appetit hatte. Karla hatte jetzt an Wichtigeres zu denken als an sich.

Aber der Mittag undsoweiter zwangen ihr den Besuch auf.

Über kontratiefem H, pedalverschwommen, erhebt sich eine naive Melodie, andante sostenuto . . .

»Umhimmelswillen, nicht so laut, meine Kinder schlafen.«

»Uns hört niemand«, sagte die Kleine, »Stille kann man nicht hören.« Und tatsächlich senkten sich die Tasten unter den Händen der beiden Frauen, ohne Töne anzuschlagen. Karla saß steif in ihrem Sessel.

Die Melodie, im ersten Takt melancholisch abfallend, schwingt sich im zweiten auf, dolce natürlich, Zucker. Und holt Luft und wiederholt sich, mit Triole, mit Praller, Zuckerquadrat.

Karla lauschte.

»Warum machen Sie sich was vor«, sagte die Große.

»Ich, wieso?«

»Warum schwingen Sie sich auf zu einer Mimik, als ob Sie Zucker lutschten? Ihnen geht's saudreckig, geben Sie doch zu, daß es Ihnen saudreckig geht.«

»Ein ganz natürlicher physiologischer Vorgang«, sagte die Kleine, »nicht sehr angenehm, eine Entbindung ist ja erst recht nicht angenehm. Aber das vergißt man alles, wenn man daran denkt ...«

»Sie will das Kind ja gar nicht«, sagte die Große, »sie überlegt ja die ganze Zeit, wie sie es wegbringen könnte.«

»Nein«, sagte Karla.

»Aber geben Sie doch zu, daß Sie überlegen. Eine richtige Frau überlegt nicht, eine richtige Frau empfängt.«

Karla sagte sich, daß ihre Nachbarn auch drei Kinder hatten, und daß sie eine gute Ehe führten, und daß es also gut war, drei Kinder zu haben, ja.

»Sie lügen«, sagte die Große.

»Nein«, sagte Karla, »nein, nein.«

»Sie lügen.«

»Ich hab noch nie jemanden belogen.«

»Möglich. Vielleicht belügen Sie nur sich. Die meisten belügen lieber sich als andere. Das ist einfacher: Man muß sich nicht in die Augen sehen.«

Sektion. Decke, Wände, Äther, Metall, Kniesilhouetten, Kopf, Objekt, Aufriß eines Objektes, eine richtige Frau überlegt nicht, eine richtige Frau empfängt.

»Unwürdig«, sagte Karla. »Ein unwürdiges Leben.«

»Wollen Sie damit sagen, daß Sie das Leben einer Frau für beklagenswert halten«, fragte die Kleine.

»Beklagenswert! Ich hab es satt.« Karla drückte den Zeigefinger quer gegen die Lippen. »Verzeihung. Verzeihung, ja. Aber warum spielen Sie nicht weiter? Ich will das Notturno Opus 32 Nr. 1.«

Die Melodie, im ersten Takt melancholisch abfallend, schwingt sich im zweiten wieder auf undsoweiter. Karla saß steif in ihrem Sessel und lauschte.

Ein schwarzer Kasten, Holz, Eichenholz mit roten Stoffstreifen benagelt, der Rockaufschlag des Direktors mit Abzeichen benagelt, die Worte auch, zu einer langen Kette zusammengehängte Worte, die aus einem Manuskript gezogen werden, Kettengerassel, Ende, der Direktor wirft den

Anker hinunter in den Saal, auf die vorderen Reihen, in den vorderen Reihen sitzen Dozenten und dahinter Studenten in blauen Blusen, wir auch, Lutz auch und ich auch, wir klatschen, die vorderen Reihen klatschen, alle klatschen, rhythmisch, und nun die Revolutionsetüde, alle Revolutionsfeiern der ABF haben die Revolutionsetüde, lautes Erbe ist rar, also die Revolutionsetüde, Kai betritt die Bühne, Kopf eingezogen, er geht durch die Tür, aber er zieht vorsichtshalber den Kopf ein, das Klavier steht rechts in der Ecke, das Rednerpult steht links an der Rampe, Kai steht an der Tür, mit eingezogenem Kopf, steht, steckt beide Hände in die Hosentaschen, steht, Unruhe, Gemurmel, Kai steht und sieht rechts in die Ecke und links an die Rampe, Gemurmel und Gelächter, Revolutionsfeier und Gelächter, Lutz improvisiert ein Gedicht, Lutz kann Gedichte auswendig, Stimmung zurück, Kai geht auf das Klavier zu, klappt oben auf, nimmt das obere und das untere Gehäusebrett ab, den Deckel auch, Stimmstock entblößt, Hammerwerk, Resonanzboden, der schräg mit Saiten bespannte Eisenrahmen, Kai lehnt das Holz an die Stoffbespannung und schiebt das nackte Klavier an die Rampe neben das Rednerpult. Und spielt das Notturno Opus 32 Nr. 1.

»Aha«, sagte die Große.

»Ja«, sagte Karla, »jawohl. Der Anfang war schön. Anfang ist immer schön, weil da noch alles drin ist, ja. Medizin, etwas anderes kam gar nicht in Frage, meine Eltern sagten: Überspannt. Jeder Anfang ist überspannt. Als ich die pelzige Perücke von Lutz sah, dachte ich: den. Nur wegen einer pelzigen Perücke ist natürlich überspannt, aber schön, schön verschossen, ja.«

»Sie lügen schon wieder«, sagte die Große.

»Nein.«

»Sie lügen.«

»Aber ich habe Lutz doch geliebt, ich habe ihn sehr geliebt, und ich liebe ihn noch heute.«

»Möglich. Nur Sie haben gesagt: verschossen. Verschossen ist eine andere Größe. Verschossen, das ist Kai.«

»Kai war ein Strohfeuer.«

»Möglich.«

»Kai war einen Tag und eine Nacht und einen Tag und eine Nacht und einen Tag und eine Nacht.«

»Aber in der Mittagsstunde denken Sie: Kai.«

Eine Zwischendominante bringt Unruhe in die Nachtmusik, Zwielicht, etwas Dunkelheit, dis-Moll. Dann wird die Melodie stretto zurückgeführt nach H-Dur.

Die Große war ekelhaft. War sie überhaupt groß? Was war an dieser Person groß? Ihr Zynismus vielleicht?

»Ja, ich habe das Abitur mit Lutz gemacht. Na und? Er ging an die Technische Hochschule und ich in die Küche. Na und? Ruth war ein Siebenmonatskind, zu empfindlich für die Krippe. Ruth war ein großes Erlebnis für mich, ein großes Erlebnis, jawohl. Als sie geboren wurde, schloß sich der Kreis um mich: nie mehr allein. Das ist schön. Das ist schlimm. Aber ich hielt fest an meinem Plan, Medizin, ja, studieren, jawohl, sobald meine Tochter im Kindergartenalter wäre. Langsam sah ich dann ein, daß es über meine Kondition gehen würde, mit Ruth ein so langes Studium durchzustehen. Na und? Natürlich war ich sauer. Aber wenn man Ruth hat, kann man nicht lange sauer sein. Eine Zeitfrage. Ich bereitete mich für ein Slawistikstudium vor, ich dachte: Dolmetscher, Übersetzer und so und besuchte Russisch-Kurse in der Volkshochschule. Als Ruth dann drei Jahre alt war, kam Jula undsoweiter. Ich sah ein, daß Lutz sich auf das Examen vorbereiten mußte, ich ließ die Kurse, hätten Sie auch gemacht, Sie nicht, aber Sie. Als Lutz fertig war, zogen wir in diese Stadt, bekamen auch sofort eine Wohnung, aber natürlich nicht gleich einen Kindergarten- und einen Krippenplatz. Denn ich bin weder eine alleinstehende Frau noch eine, deren Mann den Wehrdienst ableistet, und mein Mann verdient mehr als fünfhundert Mark. Ich bin eine Sonstige, ja. Die Sonstigen müssen warten.«

»Ja«, sagte die Kleine, »das ist verständlich, ja.«

»Hören Sie endlich auf mit diesem albernen Ja«, sagte

Karla, »ja, ja, zu allem ja und amen, ich kann das einfach nicht mehr hören.«

»Ja«, sagte die Kleine. »Und warum nahm Ihre Mutter die Kinder nicht?«

»Warum? Aus Prinzip nimmt sie meine Kinder nicht. Sie behält die Gören mal, wenn wir in Urlaub fahren, jetzt zum Beispiel hätte sie sie behalten, wenn sie nicht krank geworden wäre, aber sonst nicht, aus Prinzip. Und ich bettel auch nicht. Aber ich hab trotzdem neue Pläne gemacht, unverbesserlich wie ich bin, ich dachte an Lehrerin für die Unterstufe, statt Windeln zu kaufen, ja.«

»Aha«, sagte die Große.

»Raus«, sagte Karla.

Die Große ging raus. Die Kleine lächelte. Ein breites Lächeln, ungeheuer geräumig. Güte. Verzeihen. Schwäche. Lust der Schwäche. Sich hingeben, sich weggeben, sich aufgeben. Opfer. Glück des Erleidens. Unterliegen. Genuß der Ohnmacht.

Liebe ist Schutz suchen und finden. Sicherheit. Dauer. Ehe. Mutterliebe dauert. Mutterliebe zum Mann. Zärtliches Gefühl für den, von dem man ein Kind erwartet. Anfangs. Dann vergißt man ihn mehr und mehr. Dann ist es fast gleichgültig, mit wem es gezeugt wurde. Dann gehört es der Mutter. Dem Mann gehört das Vergnügen, der Frau gehört das Kind. Sorgen, verzichten, entbehren. Genuß der Selbstlosigkeit. Talent zum Altwerden. Nie allein. Instinkt. Harmonie. Glück ist Harmonie. Ruhe. $2\pi r$.

Karla fuhr auf aus dem Halbschlaf. Das Klavier war verlassen, stumm, der Besuch entschwunden. Karla war allein mit ihren Sorgen. Wen konnte sie um Rat fragen?

Lutz erholte sich seit zehn Tagen in einem Hotel am See, allein in einem Zweibettzimmer. Karla mußte den Urlaub zu Hause verbringen, weil die Mutter im Krankenhaus lag. Sie bereute jetzt, daß sie zu Lutz gesagt hatte: »Fahr allein. Warum sollen wir uns beide den Urlaub verderben. Du brauchst ihn.« Brauchte sie keinen Urlaub? Mußte sie immer verzichten, sie, nur sie?

Sie hätte nicht allein verzichten müssen. Sie hätte verlangen können, daß Lutz auch zu Hause blieb. Warum hatte sie das nicht verlangt? Ein Glück, daß die Kleine beizeiten verduftet war.

Mittag. Die Kinder schliefen. Die uniformierte Frau saß vor dem Haus. Blaue Stunde.

Und wer spielte nun auf dem blauen Klavier? Bei Karla langte es nicht. Als sie noch Verkäuferin war in dem dreckigen Gemüsegeschäft, das sich im Winter in einen Eiskeller verwandelte, vor fünfzehn Jahren etwa, da hatte es gelangt. Jetzt konnte sie sich nicht mehr hören. Jetzt war sie Aushilfsverkäuferin. In einem sauberen, im Winter geheizten Gemüsegeschäft. Jetzt setzte sie sich nur neben das blaue Klavier. Manchmal klappte sie auch den Deckel auf und sah sich die Tasten an. Oder sie hob das obere und das untere Gehäusebrett weg und betrachtete den Stimmstock und das Hammerwerk und den mit Saiten bespannten Eisenrahmen. Und roch sich satt an dem strengen Duft, den die Mechanik ausströmte und in dem Karla noch Spuren von Zigarrenaroma festzustellen glaubte. Der Großvater, Rangierer von Beruf, der das Klavier für einen seiner Söhne gekauft hatte, pflegte früher alle seine Kippen von den guten Zigarren, die er an Feiertagen rauchte, unter das Pedalgestänge zu legen. Damit keine Motten in den Filz gingen. Der Großvater war tot. Der Sohn, für den das Klavier bestimmt gewesen war und der Lehrer hätte werden sollen, war im Ersten Weltkrieg gefallen. Im Pedalgestänge lagen schon lange keine Zigarrenkippen mehr. Seit Jahren hatte niemand auf dem Instrument gespielt, Kai einen Tag und eine Nacht und einen Tag und eine Nacht und einen Tag und eine Nacht und seitdem niemand mehr. Was war ein Instrument, auf dem niemand spielte, was war dran an dem alten blauen Kasten? Nichts. Gar nichts. Aber der wunderbare strenge Duft, der durch die Gehäuseritzen strömte, man konnte es nur spüren, wenn man nahe genug an dem Instrument saß, dieser abenteuerliche, verwegene, zu rigorosen Gedanken verleitende Duft zog Karla irgendwie an. Und erst recht in dieser Stunde. Da sie die Kreislinie des Mittags drohend um sich spürte.

»Ein unwürdiges Leben«, sagte Karla.

»Ein ekelhaftes Leben«, sagte die Große und klappte den Klavierdeckel wieder auf. »Ich verstehe nicht, was Sie sich unter diesen Umständen an Chopin erhören. Schönberg würde ich verstehen . . .«

»Ich hab keine Angst.«

»Möglich, aber dann haben Sie ein Gemüt wie ein Schaukelpferd. Mich an Ihrer Stelle würde die Gefahr, in die es hineinwächst, beunruhigen.«

»Es?«

»Na, ich denke, Sie kriegen ein Kind?«

»Welche Gefahr?«

»Glauben Sie, wir würden rüsten, wenn es mit Beten zu schaffen wäre?«

»Ich will das Notturno Opus 32 Nr. 1 von Chopin«, sagte Karla.

Die Große spielte, andante sostenuto. Aber die Wirkung war dürftig.

»Mehr Pedal«, sagte Karla.

»Ich bin nicht gegen Koksen, aber Musik ist eigentlich was zum Hören.«

»Das Klavier klingt wie ein Flügel, ja.«

»Verstimmt ist es, ausgeleiert und verstimmt.«

»Aber es klingt wie ein Flügel«, sagte Karla.

Die Große, die Karla in diesem Augenblick ziemlich hager erschien, nicht viel Holz vor dem Haus und auch sonst hager, hieb mit der rechten Faust ein paar Tasten nieder. Schrille Töne, hoch, Metall, kaltes Metall, Skalpell.

»Wie ein Flügel. Noch eine Frage?«

»Noch viele Fragen. Zum Beispiel: Warum lieben Sie Wie-Vergleiche?«

»Ich bin hier nicht beim Arzt.«

»Eben. Beim Arzt können Sie lügen, so viel Sie wollen, irgendwann kommt er dahinter. Aber hier glauben Sie, unbehelligt die Welt mit Wie-Vergleichen umlügen zu können. Herbst wie Frühling, Sektion wie Influenza, ein Klavier wie ein Flügel, Kai wie Lutz . . .«

»Das habe ich nicht gesagt.«

»Noch nicht. Aber Sie wollten es sagen. Sie wenden Ihre brachliegende Phantasie auf, um sich die Welt zurechtzulügen.«

»Mein Mann wird sich freuen, wenn er erfährt, daß ich ein Baby erwarte«, sagte Karla.

»Möglich, aber Sie denken ja gar nicht an ihn. Warum haben Sie nicht den Mut sich einzugestehen, daß Sie an Kai denken. Männer sind feige in der Liebe, keine Ahnung warum, aber Frauen, mein Gott, wir würden uns nie verlieben können, wenn wir nicht geradezu blödsinnig mutig wären.« Die Große lächelte. Ein glitzerndes Lächeln, ironisch, aggressiv, Skepsis. Stolz. Aktivität. Lust der Aktivität. Jagd. Sich fallen lassen. Selbsterniedrigung. Kampf. Unerbittlich. Sieg. Niederlage wäre Gefangenschaft. Niederlage wäre der Untergang. Also nur Sieg. Um jeden Preis. Und wenn man sich selbst einen Arm abhacken muß. Frei sein. Einsam. Glück der Unabhängigkeit. Egoismus. Eitelkeit. Genuß der Souveränität.

Liebe ist eine Krankheit. Ekstase. Rausch. Ohne Ziel. Der Weg ist alles, das Ziel ist nichts. Eine Frau, die nicht geheiratet werden will. Produktivität des Hungers. Ehe ist Sattheit. Eine Frau, die nicht auf den Mann wartet, den sie liebt. Warten ist die Hölle. Passivität ist demütigend. Wenn die Ehe kerngesund wäre, brauchte man sie nicht durch Gesetz zu schützen. Wenn ich die Wahl habe: Kinder oder Beruf, wähle ich den Beruf. Nur wenn ich falle, wähle ich nicht. Große Fallgeschwindigkeit, schnelle Landung. Also den Beruf. Wer einmal die Lust des Erfindens gehabt hat, der ist ihr verfallen, zwanghaft. Die neue Formel, das bin ich: Intellekt und Trieb. Das Kind: Das ist mein Trieb. Ich will leben als Mensch. Biologischer Determinismus. Sinnlose Auflehnung. Ich bereue nicht. Reue ist unwürdig. Solange die Autos noch hupen und die Männer noch hinter mir herpfeifen, wenn ich durch die Straßen gehe, lebe ich.

Eine Frau lebt viel kürzer als ein Mann. Normalerweise dreißig Jahre. Wenn sie klug und schön ist, vierzig Jahre. Wenn sie außerordentlich klug und schön ist, fünfzig Jahre. Aus. Das Neutrum vegetiert. Eine Frau, die nicht schön ist, hat keine Chance. Kein Talent zum Altwerden. Ehrgeiz. Disharmonie. Glück der Disharmonie. Unruhe.

$$\frac{x^2}{a^2}-\frac{y^2}{b^2}-1=0$$

»Hyperbel«, sagte Karla, »Mittelpunktsgleichung.«

»Aber nicht für Sie«, sagte die Große, »für Sie ist der Kreis.«

»Wieso, ich habe beides gelernt.«

»Das ist Ihr Unglück«, sagte die Große.

Karla verließ das Wohnzimmer und ging zurück in die Küche. In der sie eben noch mit ihren Kindern gegessen hatte. An den segmentförmigen Tisch. Aber es war keine Spur geblieben. Außer ein bißchen Kartoffelgeruch keine Spur. Alles war weggeräumt. Auch der Topf. Gasherd und Kühlschrank waren von einem weißen Vorhang verdeckt. Die Fingerabdrücke, die die Kinder an den melakartbezogenen Schranktüren zurückgelassen hatten, waren abgewischt. Die matten Striche, die ihre Schuhe auf das Linoleum gezeichnet hatten, waren wegpoliert. Nichts störte die Harmonie der gleichmäßig gekrümmten Wände. Nichts bis auf das Fenster, das, obgleich ebenfalls konkav gekrümmt, dennoch einen Blick nach draußen gewährte. Draußen sah durch das Fenster ziemlich klein aus. Aber Karla konnte nicht übersehen, daß die uniformierte Frau noch immer auf der Bank saß. Die Frau saß nie länger als eine Viertelstunde. Sie kam um eins und ging Viertel zwei. Ohne auf die Uhr zu sehen. Sie brauchte keine Uhr mehr. Sie war ein Uhrwerk. Von dem niemand wußte, wie es sich aufzog. Das alle mit Grausen bewunderten. Über das selbst die Kinder, die die Frau hänselten und quälten, nicht richtig lachen konnten. Die Viertelstunde war längst um. Warum funktionierte das Uhrwerk heute nicht?

»Sie haben tatsächlich ein Gemüt wie ein Schaukelpferd«, sagte die Große.

»Spielen«, sagte Karla, »Sie sollen spielen. Wenn Sie nicht spielen, schmeiß ich Sie raus.«

»Aha«, sagte die Große. Und spielte. Opus 32 Nr. 1. Von vorn. Andante sostenuto.

Und Karla strengte sich an und lauschte.

Und nach einer Weile kam tatsächlich der Großvater ins Zimmer. Mit zwei großen Schritten. Denn der Großvater war zirka einen Meter neunundachtzig groß und auch sonst ziemlich märchenhaft. Mit einem Wort: ein Seemann. Er behauptete jeden Tag mindestens einmal, daß er ein Seemann wäre. Zum Beweis dafür führte er an, daß er nicht schwimmen könnte. Richtige Seemänner könnten nicht schwimmen, weil das sowieso keinen Zweck hätte, wenn der Kahn absaufen würde. Aber die Großmutter, die ihn geheiratet hatte, als er zwanzig Jahre und Rangierer bei der Eisenbahn war, bezweifelte natürlich seine märchenhafte Vergangenheit. Sie zweifelte an allem. Märchen nannte sie Schwindel. Der Großvater erzählte nie Märchen. Alles, was er erzählte, hatte er erlebt. Auch das Abenteuer mit dem Kraken, dessen Arme zirka zwei Meter sechsundsiebzig lang waren. Auch den Kampf mit dem Riesenhai, der zirka zehn Meter dreißig lang war.

»Erzähl noch mal die Geschichte vom Riesenhai«, sagte Karla.

»Kleinigkeit«, sagte der Großvater, »verglichen mit dem, was ich kurz darauf erlebt habe, ist die Sache mit dem Riesenhai einfach eine Kleinigkeit.« Der Großvater zog einen Sessel ans Klavier heran, mit zwei Fingern, einen Ohrensessel, legte die behaarten Hände auf die Kniegelenke, deren Positionen durch Flickflecke auf der Hose angezeigt waren, senkte langsam den Hintern in die Polster und sagte: »Eine Kleinigkeit. Mit Kleinigkeiten halte ich mich nicht gern auf. Kurz danach allerdings – ein anderer hätte die Sache vermutlich gar nicht überlebt. Obwohl dieser Hai nur halb so groß war. Aber ich hatte ja auch nur einen miesen Dolch bei mir. Eigentlich hätte ich um diese Zeit mit meinem Schiff schon in Höhe der Kapverdischen Inseln sein müssen. Aber ich war so besoffen, daß ich drei Tage und drei Nächte geschlafen habe, in Baracoa, wo Columbus gelandet ist. Unser Schiff hatte in der Bucht von Baracoa festgemacht, und ich bei einer Negerin. Drei Tage und drei Nächte kam ich aus dem Tran nicht raus, und als ich munter wurde, war mein Schiff weg.« Der Großvater pflügte sein gekräuseltes Haar, das noch immer schwarz war und jeden Sommer einmal total geschnitten wurde. Jetzt war Herbst. Jetzt mußte er schon wieder ziemlich tief pflügen. »Wie gesagt, mein Schiff war weg. Was tun? Hunger und keinen Centavo. Also: Haifischflossen. Ich runter zum Hafen, ausgezogen bis auf den Dolch und rein ins Wasser. Und als ich so tauche und mir den Unrat auf dem Grund besehe, kommt auch schon ein Biest, direkt auf mich zu. Das riesige unterständige Gebiß ist ja noch zu ertragen, aber die Augen, so was von Augen, grün, verstehst du, aber so was von grün. Tauchen strengt an. Mein Hunger wird immer schlimmer. Ich laß also die grünen Augen links liegen und nehme Kurs auf die Rückenflosse . . .«

»Aber davon wird doch kein Mensch satt«, sagte Karla.

»Satt?«

»Haifischflossen sind vielleicht eine Delikatesse, aber zum Sattessen . . .«

»Du redest wie deine Großmutter, wenn es nach der gegangen wäre, hätten wir nie ein Klavier gekauft.« Der Großvater feuerte einen schwarzen Blick ab aus seinen Mörseraugen, hinauf zur Decke, hob den Hintern langsam aus den Polstern, schob den Sessel vom Klavier zurück, mit zwei Fingern, einen Ohrensessel, und verschwand. Mit zwei großen Schritten.

»Ich hau auch gleich ab«, sagte die Große.

»Wohin?«

»Dahin, wo ich hergekommen bin.«

»Und woher sind Sie gekommen?«

»Von der Insel«, sagte die Große.

»Aha.«

»›Aha‹ sagen Sie schon sehr schön.«

»Jagen Sie etwa auch Haie mit miesen Dolchen?«

»Möglich.«

»Und Sie kommen tatsächlich von derselben Insel, auf der sich mein Großvater so besoffen hat?«

»Tatsächlich«, sagte die Große.

»Und warum bleiben Sie nicht dort?«

»Geht nicht«, sagte die Große. »Wir sind jetzt überall, automatisch. Die Insel ist jetzt überall.«

»Und ich krieg jetzt ein Kind«, sagte Karla, »ausgerechnet jetzt.«

»Eben«, sagte die Große, »deshalb sitze ich ja auch hier. Woanders würde ich mich sicher gar nicht so lange aufhalten, woanders geht man schnell zur Tagesordnung über. Aber Sie können das nicht, solche wie Sie sind die einzigen, die das nicht ohne weiteres können. Wir hoffen auf Sie.«

»Ja«, sagte Karla. Sie merkte, daß sie schon wieder ja sagte. Ja und amen. Zu allem ja und amen. Die einen hofften auf sie, die anderen forderten. Alle wollten etwas von ihr. Geben seliger denn Nehmen? Der Kreis die schönste aller geometrischen Figuren? Karla war dreißig Jahre alt. Es war Mittag. Und die Bäume reckten Galgen in den Himmel. Und zwischen den Galgen klemmte blaß die Sonne. Und Karla mußte ihr ins Gesicht sehen.

Karla hatte ihr schon so oft ins Gesicht gesehen, daß sie es nicht mehr sah. Sie hatte sich an das blasse Gesicht gewöhnt. Plötzlich sah sie es wieder. Seine Grausamkeit, seinen Zauber.

Angesichts des Todes schien der Wert des Lebens irgendwie zu steigen. Der Wert. Ja. Was war ein Leben eigentlich wert? So ein Leben.

»Spielen«, sagte Karla, »he, warum spielen Sie nicht?«

Die Große begann wieder zu spielen.

Ein schachtartiger Hof, rechteckig, gepflastert, von heißen Mauern umstellt, in den Mauern Fenster, hinter jedem Fenster eine Studentenbude, voll, bis auf eine Ausnahme alle voll, Prüfungsfleiß, Fenster geschlossen, eins steht offen, dem es gehört, der liegt unten im schachtartigen Hof und sonnt sich. Im guten Anzug. Er liegt im guten Anzug auf dem schmutzigen Pflaster. Karla wirft ihm eine Decke hinunter. Er bedankt sich und bleibt liegen. Dozenten gehen vorbei. Er grüßt und bleibt liegen. Lutz und Karla wälzen Bücher. Kai bleibt liegen in der Sonne und schläft.

Angesichts des Todes schien sich der Wert von Erinnerungen irgendwie zu ändern. Der Wert. Ja. Was war Erinnerung eigentlich wert. So eine.

»Spielen«, sagte Karla, »he, vergessen Sie nicht zu spielen.«

Eine gesprengte Ruine, Schutt, bewachsen, von ein paar Spitzhacken und Hämmern und Schaufeln angegriffen, zu wenig Schaufeln, Schubkarren fehlen ganz, die Mädchen klopfen Ziegel, die Jungen schippen, Kai sitzt auf einem Eisenträger und singt was, irgendwas, kein Mensch versteht, was er singt, kein Mensch hört auf ihn, alle klopfen und schippen, keinen interessieren seine Lieder, alle ärgern sich über ihn, alle schimpfen, alle haben Hunger, aber er singt und träumt und läßt sich die Sonne auf den schwarzen Pelz scheinen, er ist der Größte an der Fakultät: einsneunundachtzig.

Angesichts des Todes schien sich der Wert von Träumen irgendwie zu wandeln. Der Wert. Ja. Was war eigentlich ein Traum wert? So einer.

Karla hatte sich vorher nie so was gefragt. Sie hatte überhaupt wenig gefragt in den letzten sieben Jahren. Mit dreiundzwanzig hatte sie das Abitur gemacht, und dann war keine Zeit mehr zum Fragen. Dann war zu waschen und zu kochen und zu flicken und zu wischen und wieder zu waschen und wieder zu kochen und wieder zu flicken und wieder zu wischen. Und je länger sie sich so beschäftigte, desto wichtiger wurden diese Beschäftigungen. Und jetzt waren sie bereits so wichtig, daß selbst an einem Tag wie diesem Fingerabdrücke, die die Kinder auf den Küchenschranktüren hinterlassen hatten, alle anderen Ereignisse in den Hintergrund drängten. Nicht lange. Nicht länger, als bis die Fingerabdrücke mit einem Wollappen getilgt waren. Weil sie die Harmonie der gleichmäßig gekrümmten Wände störten. Harmonie kostete Schweiß. Harmonie kam teuer zu stehen. Womit wurde bezahlt?

Karla ließ die Arme über die Sessellehne hängen und streckte die Beine aus. Sie musterte ihren Bauch, dem man noch nichts ansah. Warum sollte man ihm eigentlich nichts ansehen? Warum war so ein platter Bauch schön? Wer machte diese albernen Schönheitsideale? Was hatte eine Frau davon, wenn sie für schön befunden wurde? Karlas Großmutter gebar vierzehn Kinder. Sie war dauernd in diesem Zustand. Sie lief nur so rum. Dem Großvater gefiel das. Leben hieß für ihn: eine Wohnung voll Kinder. Eine Wohnung? In zwei Räumen, die der Großvater Kajüten nannte, hatte er mit seiner Familie gehaust. Der eine Raum stand voll zweistöckiger Betten, die der Großvater selbst konstruiert und gebaut hatte. Er konnte alles bauen: Möbel, Uhren, Fässer, Schuhe, Ställe. Wenn jemand im Dorf etwas zu bauen oder zu fragen hatte, ging er zum Großvater. Wann der die Aufträge erledigte, war den Leuten allerdings schleierhaft, denn tagsüber rangierte er, und die übrige Zeit war er Nachtwächter. Bis zu dem Tag, da er für einen seiner Söhne ein altes Klavier kaufte und es blau anstrich, war es den Leuten schleierhaft. Dann wurde es ihnen klar: Er hatte den Teufel. Wer für seine Familie nichts zu beißen hatte und ein Klavier kaufte und es noch dazu blau anstrich, mußte den Teufel haben.

Karla hatte ihn nicht. Karla resignierte schon beim dritten Kind.

Die Kleine verdrängte die Große vom Klavier. Und zeigte ein Zwischenspiel, a tempo, schillernd zwischen H- und Fis-Dur. Aber nicht lange. Dann erschien mit einer Arpeggio-Verbeugung wieder die naive Melodie.

Der Anfang. Ja. Der Anfang war gut. Anfang war immer gut, alles noch drin undsoweiter, Medizin, keine Frage, Lutz, keine Frage, ein Kind, keine Frage.

Die Eltern hatten Karla natürlich Vorwürfe gemacht. Mit Eheurkunde wäre die Empfängnis Vorbereitung eines frohen Ereignisses gewesen, ohne war sie ein Fehltritt. »Ein technischer Fehler«, hatte Lutz gesagt. Und das war ein bißchen viel für den Geldschrankschlosser Schulke und seine Frau. Karla erklärte ihren Eltern, daß das Kind in den Sommerferien käme und also wie gerufen, denn das Semester begänne im Herbst. Oder wollten sie ihr etwa zumuten, noch sieben Jahre mit dem Kinderkriegen zu warten? Es würde in der Krippe aufwachsen und später im Kindergarten, und wenn Mutter Karla ihren Facharzt mache, hätte sie schon eine schulpflichtige Tochter oder einen Sohn – wunderbar. Um den Eltern entgegenzukommen, heiratete Karla schnell noch. Alles gelöst. Keine Frage.

»Sie hatten sich Illusionen gemacht«, sagte die Kleine, »heroische Illusionen.«

»Na und? Ich bezweifle, daß wir so schnell aus dem Dreck rausgekommen wären, wenn wir uns keine gemacht hätten.«

»Illusionen sind gefährlich.«

»Ja. Für Schwächlinge, ja.«

»Aber einen besonders starken Eindruck machen Sie auch nicht.«

»Kein Wunder bei dem elenden Geklimper.«

»Nicht aufregen, es ist ja alles gut. Sie haben Ihre Illusionen überwunden, Sie sind zufrieden . . .«

»Aufhören«, schrie Karla, »aufhören, sofort aufhören.«

Wahrscheinlich war es dieser Schrei gewesen, der Karlas Mutter ins Zimmer geholt hatte. Jedenfalls sah Karla, als sie sich den Schlaf aus den Augen gerieben hatte, wie die Mutter mit ihrem Krankenbett ins Zimmer rollte. Die Räder des Betts wurden durch einen kleinen Verbrennungsmotor angetrieben, der am rechten Stahlrohrbein befestigt war.

»Ich freu mich«, sagte die Mutter, indem sie den Kopf ein wenig aus den Kissen hob. »Ich freu mich für dich.«

»Ja«, sagte Karla.

»Weiß es Lutz schon?«

»Nein«, sagte Karla.

»Du mußt es ihm schreiben.«

»Ja«, sagte Karla, »schreiben, ja.« Lutz hatte schon geschrieben. Von irgendeinem Seemann, der neben ihm wohnen würde und mit einer Kubanerin verlobt sei undsoweiter. Was interessierte Karla ein Seemann?

Die Mutter wickelte die Schnur um den Anlasser und riß daran. Der Motor sprang wieder an. Die Mutter fuhr das Bett näher an das blaue Klavier heran.

»Ihr solltet es endlich verkaufen. Der alte blaue Kasten paßt wirklich nicht zu den modernen Möbeln. Er verschandelt das ganze Zimmer. Und außerdem spielst du ja gar nicht darauf. Wir haben dich zwei Jahre in die Klavierstunde geschickt, drei Mark pro Stunde, zwei Jahre jede Woche drei Mark, schade ums Geld. Und der Kasten ist auch totes Kapital. Als Klavier wirst du nicht viel für ihn kriegen, wer kauft schon so einen alten Kasten, und die Farbe, ein blaues Klavier kauft kein normaler Mensch, aber wenn du es als Antiquität losschlägst ... Manche Leute sind wie verrückt nach alten Klamotten. Sobald ich wieder gesund bin, werde ich die Sache in die Hand nehmen.«

»Nein«, sagte Karla.

»Keine Angst, ich übernehm mich schon nicht. Wenn man mich aus dem Krankenhaus entläßt, werde ich mich noch vierzehn Tage schonen, und dann geht's los.«

»Nein«, sagte Karla.

»Warum denn nicht? Das Klavier verschandelt doch das ganze Zimmer. Außerdem lernt heute kein Mensch mehr Klavierspielen. Kauf deinen Kindern ein Akkordeon, wenn du unbedingt willst, daß sie ein Instrument spielen. Ein Akkordeon nimmt nicht viel Platz weg. Lutz hat recht: Das Klavier steht euch bloß im Wege. Wenn das Baby da ist, brauchst du den Platz für den Stubenwagen.«

»Nein«, sagte Karla.

»Natürlich brauchst du ihn. Oder willst du dir das Baby auf den Buckel binden?«

»Mir? Ihm binde ich's auf den Buckel, soll er doch sehen, wie er damit fertig wird, ich kümmer mich nicht drum, ich hab mich sieben Jahre gekümmert, jetzt ist Schluß, wenn er mit dem Kind nicht arbeiten kann, muß er eben zu Hause bleiben, und wenn ihm das nicht paßt, muß er es verschenken, mich fragt ja auch niemand, was mir paßt, ich werde überhaupt nicht gefragt, mit mir wird verfahren, Liebe, ja, ich weiß, glaubst du, was sich in den Ehebetten abspielt, hat viel mit Liebe zu tun, ein Kind aus Liebe ist nicht schlimm, aus Liebe bringt man jedes Opfer, es ist dumm, sich zu opfern, aber man tut es, na ja, nicht zu retten, nur das hier war ganz einfach rücksichtslos, Sport, wenn du es genau wissen willst, Spitzensport.«

»Bist du denn verrückt geworden, bist du denn ganz und gar verrückt geworden, du Schamlose du, du Rabenmutter.«

»Verrückt geworden, ja. Du solltest dich wundern, daß ich nicht schon längst verrückt geworden bin. Hab ich vielleicht das Abitur gemacht, um zu kochen und zu waschen und zu flicken und zu wischen und wieder zu kochen und wieder zu waschen und wieder zu flicken und wieder zu wischen, bis ich eine alte Fregatte bin und eingerostet im Kopf. Wenn ihr mich dumm gehalten hättet, bitte schön, ein Tier hält es aus im Käfig, es fühlt sich nicht gerade wohl, aber es gewöhnt sich dran. Ihr habt aus mir einen Menschen gemacht, einen halben, aber immerhin, das ist mein Unglück.«

»Ihr? Aber Karla, wir sind doch nicht schuld, wir haben es doch nicht gewollt. Du bist doch gegen den Willen deiner Eltern an die ABF gegangen, hast du denn das inzwischen ganz vergessen?«

»Nein«, sagte Karla, »das werde ich euch nie vergessen.«

»Mein armes Kind.«

»Wenn es nach euch gegangen wäre, hätte ich nicht mal begreifen gelernt, was das ist: ein Leben. Ich hätte es verplempert, wie du es verplempert hast, entschuldige, ich will dich nicht beleidigen, aber du hast drei Kinder in die Welt gesetzt, Schicksal, davon ist eins gefallen, Schicksal, das andere ist drüben, Schicksal, das andere produziert Enkel, auch Schicksal. Aber plötzlich zeigt sich, daß das dritte mißraten ist, die Tochter ist mißraten, schamlos, eine Rabenmutter.«

»Du versündigst dich«, schrie die Mutter und richtete sich auf im Bett, »Umgotteswillen, du versündigst dich.«

»Aber ich verkauf das Klavier nicht.«

Die Mutter fiel zurück. Zu beiden Seiten des glatten Gesichts, das leer war wie ein ausgeräumtes Zimmer, bauschte sich je ein federpraller Kissenzipfel. Das Bett, angetrieben von dem kleinen Verbrennungsmotor, der am rechten Stahlrohrbein befestigt war, rollte aus dem Zimmer.

Was war ein Leben wert? Das. Oder das andere, das jeden Tag in einer grauen, undefinierbaren Uniform auf der Bank vor dem Haus saß, in dem Karla wohnte. Das Haus war neu. Das Haus war gut gebaut. Lutz baute gut. Die uniformierte Frau sah es natürlich. Aber ob es in ihr Bewußtsein fiel? Nur was ins Bewußtsein fiel, erlebte man wirklich. Würde diese Frau jeden Tag kommen, wenn sie das neue Haus, das auf den Fundamenten eines von einer Luftmine zerstörten stand, erleben könnte? Fragen. Karla hatte Fragen gelernt. Gelernt ist gelernt. Aber sie war aus der Übung gekommen. Vielleicht hatte sie sich selbst aus der Übung gebracht. Nur ein Stachel war geblieben. $2\pi r$ zum Beispiel. Oder die Hyperbelmittelpunktsgleichung. Ein Stachel, ja, Unruhe, ja, eine Spur nur, irgendwo, beinahe vergessen. Und plötzlich da. Spät, denn es war schon Mittag. Noch nicht zu spät, denn es war erst Mittag. Die Bäume vor den Fenstern reckten Galgen in den Himmel. Zwischen den Galgen klemmte blaß die Sonne. Eine uniformierte Frau saß vor einem Haus, das seit zwanzig Jahren nicht mehr existierte. Mittagsstille?

Der Kreis war die häßlichste aller geometrischen Figuren: ein Gefängnis.

»Aber Kind.« Die Stimme kam von oben, aus einiger Höhe. »Aber Kind, laß doch diese albernen Erinnerungen.«

»Ich bin kein Kind, und ich verlange, daß du mir wenigstens meine Erinnerungen läßt.«

»Ich denke nicht daran«, sagte Lutz, »sieh mal, Karla, versteh mich doch, es hat doch keinen Sinn . . .«

Mußte denn alles einen Sinn haben?

»Kind, ich glaube, du bist verrückt geworden.«

Verrückt geworden. Die Mutter glaubte es, Lutz glaubte es, wer noch, bitte, wer noch?

»Du bist so empfindlich heute, fehlt dir was?«

»Du, Lutz, weißt du noch, als unsere Gruppe an einem Drama in fünf Akten schrieb, weil alle Stücke, die es gab, bürgerlicher Krempel waren. Es existierte nichts, was wir uns nicht zugetraut hätten. Das Rathaus haben wir mit Spitzhacken und Schaufeln weggeräumt, die große Ruine vom Rathaus, weißt du noch? Und alle wollten studieren. Alle behaupteten, man könnte alles lernen. Ach Lutz, was war das doch für eine herrliche Zeit, damals. Nichts zu fressen, aber zufrieden. Alles war irgendwie einfacher, ja, leichter überschaubar. Und damals war noch was los im Jugendverband, Kampfstimmung, Begeisterung, wenn ich bedenke, wie wir den 7. Oktober gefeiert haben . . . Der Anfang war die glücklichste Zeit meines Lebens.«

»Man kann doch nicht bedauern, daß an die Stelle von Glauben Wissen getreten ist.«

»Warum nicht?«

»Ist Glaube mehr als Wissen? Ist das Primitive erstrebenswert? Es ist nur für den Laien leichter zu übersehen, Kind. Übrigens sind wir gar nicht so kompliziert, wie wir dir erscheinen. Mythologie der Nichtschwimmer, weißt du.«

Ein Nichtschwimmer also. Sieben Jahre Haushalt und ein bißchen Aushilfe im Konsum, und schon war man ein Nichtschwimmer. Einer, der hoffnungslos absoff, wenn er sich ins Wasser warf. Mittag und schon manövrierunfähig.

»Lächel nicht so mitleidig. Ich brauch kein Mitleid.«

»Ach, Karla, Kind, nein, du bist wirklich ein Kind.«

Ein Kind also auch noch. Ein Nichtschwimmer und ein Kind. Seitdem sie verheiratet waren, sagte er »Kind« zu ihr. Und er dachte auch »Kind«. Und sie dachte »Junge«. Und mit diesen Stereotypen lebten sie. Genauer: unter der Decke dieser Stereotype. Selbst wenn sie täglich neu sein würden – Rezepte für die Erhaltung von Eheglück rieten als sicheres Mittel: täglich neu sein –, selbst wenn ihnen das Unmögliche gelänge, es würde ihnen nichts nützen. Weil sie es nicht bemerken würden. Karla war sicher, daß sie es nicht bemerken würden. Wenn man einen Gegenstand ganz dicht vor Augen hat, sieht man ihn nicht mehr. Nur die Vorstellung von ihm, die man einmal von ihm gewonnen hat, als er noch entfernt war, bleibt. Als Stereotyp.

»Du romantisierst deine Erinnerungen«, sagte Lutz.

»Ach du mit deinem kalten Verstand. Laß mir doch den Zacken Romantik.«

Aber da war Lutz unerbittlich. Kalter Verstand wäre eine reaktionäre Redensart, eine durch und durch reaktionäre Redensart, jawohl, vererbt über Generationen, und das merke man ihr an. Sie stamme aus einer Zeit, da der Verstand unbequem gewesen wäre für die Herrschenden undsoweiter, ein Rudiment wie gesagt, das bekämpft werden müßte. Lutz bekämpfte es eine Weile. Und schloß mit der Feststellung, daß der Verstand das Beste sei, was der Mensch besäße – was ihn eigentlich erst zum Menschen mache. Man könnte den Verstand nicht genug preisen. Lutz war bei seinem Lieblingsthema, er tummelte sich hoch oben, wo es nie nach Windeln roch und tausend Kleinigkeiten.

»Fertig?«

»Wenn wir uns einig sind, ja.«

Mußte man sich denn immer einig sein? Einig, was hieß denn das überhaupt in dieser Ehe, an der ein Nichtschwimmer beteiligt war?

»Nein«, sagte Karla.

Nein? Die selbstsichere Stimme beugte sich zu ihr herunter. Nein? »Aber Kind, wenn deine Eltern von dazumal reden, regst du dich auf. Aber du kultivierst dasselbe in Grün. Und deshalb brauchst du dich nicht zu wundern, wenn du bei meinem Bruder nicht ankommst.«

»Ach, Benno – geh mir weg. Als wir so alt waren wie der, waren wir andere Kerle. Weißt du noch, wir haben jede Woche unseren Subbotnik gemacht ...«

»Ich weiß, ich weiß, aber man kann doch nicht ewig von der Vergangenheit zehren, man muß doch auch mal ...«

»Was?«

»Man muß doch endlich mal ...«

Natürlich. Das alte Lied, das er seinem Vater immer vorsang. Aber Oskar Pakulat hörte nicht zu, und er tat recht daran. In dieser Beziehung verstand Karla den Schwiegervater besser als den Mann. Eigentlich war es vor allem der unverwüstliche Pakulat gewesen, der ihr damals rausgeholfen hatte aus dem Dreck. Die Eltern hatten gesagt: Uns hat man einmal betrogen, wir glauben an nichts mehr. Die Eltern jammerten nur. Aber mit Pakulat konnte man reden. Mit Lutz konnte man auch reden, früher. Aber jetzt redete er nur noch allein. Jetzt fühlte sich Karla nur noch als Zuhörerin. Und sie sagte: »Ich laß mir die Romantik des Anfangs nicht nehmen.«

»Hoffnungslos«, sagte Lutz, »hoffnungslos vergreist wie mein Vater. Sozialismus muß bei dem schwer gehen, sonst wird er mißtrauisch. Keine Ader für eine Romantik, die in Geld meßbar ist. Karla, du wirst alt.«

»Du auch«, sagte Karla.

»Natürlich, ich lebe.«

»Was heißt das eigentlich, leben?«

»Ganz einfach: für mich heißt das: Häuser bauen, erfinden, verwerfen, sich durchboxen, blaue Flecke einstecken ...«

Ganz einfach. Sein Schreibtisch war immer aufgeräumt. Wahrscheinlich spielte die Liebe im Leben einer Frau eine viel größere Rolle als im Leben eines Mannes. Wahrscheinlich waren Männer überhaupt viel praktischer eingerichtet. Karla kannte sogar welche, die sich beliebig ver- und entlieben konnten.

»Du bist so ernst. Was ist denn los mit dir? Fehlt dir was?« Wenn Karla ernst war, fragte Lutz immer so lange an ihr herum, bis sie den Luxus ließ. Sie war der Hausclown, der Lutz die Sorgen vertrieb, die Stimmungskanone, die ihn aufmunterte, wenn er müde nach Hause kam. Wozu sonst hatte man eine Frau? Zum Ernstsein hatte Karla Zeit, wenn er nicht da war. Und wenn die Kinder schliefen. War Karla überhaupt ernst? Mit zwanzig war sie meist lustig gewesen, also war sie lustig, ganz einfach. Wahrscheinlich kannte man sich um so schlechter, je besser man sich kannte.

»Du wirst dich eben übernommen haben, Kind, ganz einfach.«

Bei ihm war immer alles ganz einfach. Schon als sie sich kennenlernten, war das so. Sie kannten sich schon eine Weile, als sie sich kennenlernten. In der Wohngruppe hatten sie zusammen am fünfaktigen Drama geschrieben, über zwanzig Personen hatten daran geschrieben, die sich mit »Jugendfreund« beziehungsweise »Jugendfreundin« anredeten. Dann hatten sie, wieder zusammen mit diesen zwanzig Personen, den Entschluß gefaßt, zur ABF zu gehen. Und dann saßen sie zusammen in einer Klasse, mathematisch-naturwissenschaftliche Fachrichtung. Lutz saß vor Karla. Sie hatte täglich sechs bis sieben Stunden sein pelziges Haar vor Augen, wenn sie nicht gerade vom Lehrer oder von der Wandtafel abgelenkt wurde, mußte sie, ob sie wollte oder nicht, seinen dunkelblonden Pelz anstarren. Der war so dick, daß man von hinten keine Ohren sehen konnte, und in der Nähe des Wirbels, der genau in der Mitte saß, dort, wo manche eine Platte kriegen, hatte er helle Strähnen. Im Nacken auch. Der Hinterkopf fiel flach ab, und die hellen Nackensträhnen spießten den Hemdkragen. Von hinten sah es aus, als ob Lutz überhaupt keinen

Hals hätte. Wenn er aufgerufen wurde und nichts wußte, klemmte er etwas Nackenfell zwischen Mittel- und Ringfinger und strich mit dem Zeigefinger über das Haarbüschel. Diese Geste war ein sicheres Zeichen dafür, daß Karla ihm vorsagen mußte. Beim Vorsagen lehnte sie sich weit über die Schreibplatte. Wenn er sich wieder fallen ließ, er setzte sich, indem er sich abrupt auf den Klappsitz fallen ließ, war manchmal für Augenblicke die dunkelblonde Perücke so dicht vor ihren Augen, daß sie nichts mehr erkennen konnte. Daß sie nur noch den Geruch spürte, den strengen, bitteren Geruch. Und den Wunsch, zuzufassen. Während einer Chemiestunde spürte sie diesen Wunsch zum erstenmal.

Zwei Monate später fand im Speisesaal der ABF eins der üblichen Tanzvergnügen statt. Lutz tanzte nicht. Er tanzte nur mit Ziel. Wenn kein Ziel da war, tanzte er nicht. Er besah sich die Mädchen: schlafen oder nicht schlafen. Keine gefiel ihm. Also nicht schlafen. Also nicht tanzen. Also Schnaps.

Karla wußte an diesem Abend natürlich noch nicht, warum er nicht tanzte. Sie dachte: Schüchtern. In den Tanzpausen sah sie gelegentlich mal zu ihm hinüber. Sonst war sie beschäftigt. Sie hatte zwei Tänzer, die sie beschäftigten. Zwei Klammertechniker. Karla nannte die Tänzer, die ihren Damen beide Hände auf den Rücken legten, den Kopf seitlich in die Frisur drückten und nach der Musik das Standbein wechselten, ohne sich auch nur im geringsten vom Fleck zu bewegen, Klammertechniker. Routiniers also, wie der Name sagte. Aggressive Routiniers. Mit denen man kämpfen mußte. Karla kämpfte gern. Mit Worten. Mit Blicken. Aggressiv. Sportlich. Tanzsport. Mehr Sport als Tanz. Aber nicht übel, nicht gefährlich. Weil man unter Waffen blieb. Beim Kämpfen blieb man logischerweise unter Waffen. Tango, Slowfox, English-Waltz, Karla trat mit ihren Tänzern in einer Ecke herum. Gelegentlich beobachtete sie Lutz aus dieser Ecke. Er hatte die Unterarme verschränkt auf die nackte Tischplatte gestemmt – Decken wurden nur zu Staatsfeiertagen aufgelegt –, er saß da und starrte vor sich hin wie in der Schule, wenn er nichts wußte. In der Schule starrte er auf den Tintennapf. Hier starrte er ins Schnapsglas. Ab und zu sah er auch mal auf. Aber er kniff nie ein Auge zu. Sein Gesicht blieb unbeweglich, und seine Augen, die ziemlich groß waren und eigentlich schön, waren ganz tief nach hinten gerutscht, es sah aus, als ob er die Brauen als Gardine vor die Augen gezogen hätte, damit niemand hineinsehen konnte. English-Waltz, Slowfox, Tango, Karlas Tänzer drängten auf eine Entscheidung. Karla stand abwechselnd mit dem einen und mit dem anderen rhythmisch in der Ecke herum und sah abwechselnd über die Schulter des einen und des anderen, wie Lutz sich besoff. Und gegen elf spürte sie, daß er ihr leid tat. Als sie das spürte, war sie schon verloren. Aber sie merkte es natürlich noch nicht. Sie merkte es erst zwei Tage später, und das war zu spät. Um elf aber fühlte sie sich noch sicher. Ihre Tänzer gingen jetzt dazu über, den Mund gelegentlich auf ihren Hals zu legen und dergleichen. Karla war sehr beschäftigt. Karla dachte: Gleichgültig. Gleichgültigkeit reizte sie, auf sich aufmerksam zu machen: Verdammt nochmal, siehst du mich denn nicht. Lutz sah sie nicht. Lutz soff Schnaps. Karla dachte: Schüchtern. Schüchternheit provozierte sie, die Waffen wegzuwerfen. Sie schüttelte ihre Tänzer ab und setzte sich zu Lutz. Einfach so. Unbewaffnet. Um ihn nicht noch mehr einzuschüchtern. Lutz lachte ein bißchen in sein Schnapsglas, das war alles.

»Tanzt du nicht?«

»Nein«, sagte er.

»Warum nicht?«

»Darum«, sagte er.

»Auch nicht mit mir?«

»Auch nicht mit dir.«

»Und wenn ich darum bitte?« Sie bat ihn. Sie, um die sich zwei Tänzer den ganzen Abend gerauft hatten, bat diesen Kerl, der sie mit unbeweglichem Gesicht ansah, ob er geruhte, die Freundlichkeit zu haben. Er geruhte nicht. Er schlug die Bitte einfach ab. Karla hatte noch niemand einen Tanz abgeschlagen. Weil sie noch nie jemanden um so etwas hatte bitten müssen. Zu bitten war sie zu stolz. Bitten hatte sie nicht nötig. Bis zu diesem Tag. Bis zu diesem Abend, gegen elf. Gegen elf sagte sie: »Den nächsten Tanz, bitte.«

»Nein«, sagte er.

Spätestens in diesem Augenblick hätte sie zu den Waffen greifen müssen. Aber sie tat nichts. Sie dachte nicht einmal daran. Sie dachte nur: Tanzen, er muß mit mir tanzen. Es war für sie eine Prestigefrage, das zu erzwingen.

»Ich bin Nichttänzer«, sagte er.

»Lügner. Ich hab dich doch schon mal schwofen sehen.«

»So?«

»Ja.«

»Wann?«

»Vor zwei Monaten, nein, Moment, am siebzehnten Mai war es, ja, am siebzehnten Mai.«

»Mit wem?«

»Mit dieser Sexbombe aus der 2 a. Ich dachte, sie will dich einatmen.«

Spätestens in diesem Augenblick hätte Karla merken müssen, daß ein Nichttänzer, der den letzten Tanz mit der Sexbombe aus der 2 a tanzte, nicht so schüchtern war, daß sie ihn bedauern mußte. Aber sie merkte nichts. Sie redete und redete. Und da er noch immer mit unbeweglichem Gesicht dasaß und sie kaum ansah, dachte sie: Er hat Angst vor mir. Und versuchte, ihm begreiflich zu machen, daß er keine zu haben brauchte. Und schließlich sagte sie: »Also gut, wenn du nicht willst, will ich auch nicht.« Und damit war sie erledigt. Damit hatte sie sich selbst erledigt. Damit hatte sie sich ihm in die Hand gegeben. Kampflos. Ohne es zu merken.

Und das merkte er natürlich. Obgleich er ziemlich besoffen war. Und er handelte weise: Er verabschiedete sich höflich und ging. Freitag abend. Kurz vor Mitternacht. Am Sonnabend fiel der Unterricht aus. Schönes Sommerwetter. Karla ging baden. Karla ging ins Kino. Gute Stimmung. Ein bißchen aufgekratzt. Zigarette. Am Sonntagnachmittag wurde Karla bewußt, daß sie sich verliebt hatte. Am Abend rief sie ihn an. Er kam. Also schlafen.

»Na und? Sie sind doch sonst nicht zimperlich«, sagte die Kleine.

»Ich bin nicht zimperlich, aber ich weiß noch, daß ich ziemlich schlecht aussah damals.«

»Na und? Man sieht immer schlecht aus danach.«

»Nein«, sagte Karla, »nein, das ist nicht wahr.«

»Sie wollen mir doch nicht einreden, daß Liebe nicht anstrengt.«

»Liebe, ja. Wissen Sie denn überhaupt, was das ist, Liebe?«

»Erlauben Sie mal, ich habe vierzehn Kinder.«

»Aha.«

»Ich hab noch nie eine Frau in Ihrem Zustand gesehen, die sich so angestellt hat.«

»Stelle ich mich an?«

»Wer ein Kind im Bauch hat und fragt, was Liebe ist, stellt sich an.«

»Ja«, sagte Karla. Und betrachtete die Tasten des blauen Klaviers. Und hob das obere und das untere Gehäusebrett weg und sah die Eingeweide des Klaviers, Stimmstock, Hammerwerk, den mit Saiten bespannten Eisenrahmen. Und ließ sich benebeln von dem strengen Duft, den die Mechanik ausströmte, von diesem abenteuerlichen, verwegenen, zu Tagträumen verleitenden Duft.

Ein kahler Raum, weiß getüncht, kalt, mit beschriebenen Papierstreifen benagelt, die Streifen einen halben Meter breit, die Buchstaben nicht viel schmaler, rote Buchstaben, roter Stoff auf dem Tisch und eine Schüssel Bratkartoffeln, zwölf Gabeln spießen nach den gebräunten Kartoffelbrocken, Lutz sagt, die Menschheit stellt sich nur Fragen, die sie beantworten kann, Kai steckt seine Gabel in die linke obere Jackettasche, elf Gabeln spießen die Schüssel leer, Kai schiebt seinen Stuhl zurück, mit zwei Fingern, Kai sitzt zurückgelehnt, die Beine übereinandergeschlagen, ein Fuß wippt, die Hände drehen eine leere Zigarettenschachtel, die Augen sind schmal, schwarze, von Lidern geschmälerte Augen, die beobachten, wie die Schüssel leer wird, aber die Gabel bleibt im Jackett, und wenn er verhungern müßte, die Gabel bleibt im Jackett, »die Menschheit stellt sich also nur Fragen, die sie beantworten kann. Aha.« Aufreizendes Aha. Mehrmals. Schroff ansteigende Stirn, hoher Nasenrücken, gebogen, asketischer, fast lippenloser Mund, Kinn zugespitzt, schwarze, von Lidern geschmälerte Kinderaugen, Zweifel. Kai bezweifelt alles, was Lutz sagt. Die Menschheit also. Aha. »Wer ist das, die Menschheit? Ich kenn sie nicht, sie hat sich bei mir noch nicht vorgestellt. Du kennst sie. Es genügt, wenn eine Vertrauensperson wie du sie kennt. Es genügt vollauf, wenn du weißt, daß sie sich Fragen stellt. Fragen also. Aha. Was ist das, eine Frage? Etwas zum Essen? Ein Schmuck für die Nase? Pornographie? Meine Damen, ich muß Sie enttäuschen, ich hab auch was übrig für gute Pornographie, aber ich muß Sie leider enttäuschen, es ist eine Antwort, eine Frage, die man beantworten kann, ist eine Antwort, die Menschheit stellt sich also Antworten, und das ist eine Sauerei, Onanie ist für meinen Geschmack eine Sauerei, meine Damen.« Die Damen tragen blaue Hemden, die Damen verbitten sich, mit »Dame« angesprochen zu werden, sie lehnen den bürgerlichen Zimt ab, sie essen aus einer Schüssel, sie trauen sich mit der Spitzhacke an das alte Rathaus ran, weg mit dem alten Krempel, her mit dem neuen Staat, der Staat sind wir. Und wir sind elf, mit Kai zwölf, aber Kai liegt schief, Lutz hat ihn in persönliche Pflege genommen, um ihn geradezurichten, seitdem liegt er noch schiefer, Lutz muß ihn dauernd entlarven, als er aufgegessen hat, schmeißt er die Gabel auf das rote Tuch und entlarvt ihn. »Du zweifelst an allem«, sagt er. Kai sieht nur das rote Tuch. Kai sagt: »Wo der Zweifel aufhört, fängt die Dummheit an.«

»Defätist.«

»Montesquieu«, sagt Kai.

Lutz kommt langsam in Schwung. Kai wippt mit dem Fuß, die Augen sind noch schmaler, zwischen den Lippen klemmt ein Streichholz, er sieht vorbei an der leeren Schüssel, er kaut ein Streichholz, zurückgelehnt, weit zurückgelehnt: ich, Kai, kein Gott, aber wer ist mehr. Wir waren mehr. Wir waren elf. Sieben Jungen und vier Mädchen, die Kai »Damen« nennt. Er redet nur zu den »Damen«, die anderen sind für ihn so gut wie nicht da. Auch wenn er sich mit Lutz streitet, wendet er sich den »Damen« zu. Ich hatte Kai in die Gruppe gebracht, weil er gut spielte, Lutz war dagegen gewesen, aber mir waren die Heimabende zu ruhig, und da hatte ich ihn einfach mal mitgebracht, und er warf auch gleich unser Programm über den Haufen, er spielte den ganzen Abend, auf dem Klavier, auf der Gitarre, auf dem Banjo, er riß sofort die Aufmerksamkeit an sich und sang und spielte den ganzen Abend, zuerst Erbe, für Erbe war Lutz auch, Erbe war genehmigt, dann französische Chansons, Französisch verstand bei uns sowieso niemand, und dann Jazz, *Nobody knows you when you are down and out* undsoweiter, dann nur noch Jazz, und als wir eine Weile wie die Verrückten getanzt hatten, sagte Lutz, Jazz wäre Kosmopolitismus, und Kosmopolitismus wäre dekadent, und Dekadenz lehnten wir ab. Wir lehnten nicht gleich ab, Lutz mußte mehrmals den Beweis führen, die Beweiskette war lückenlos, lückenlose Beweisketten waren seine Stärke, wir lehnten einstimmig ab. Kai schüttete Bier ins Klavier.

Aber er kam wieder. Er stank vor Arroganz, aber er kam wieder. Obgleich ihm Lutz dauernd nachwies, wie schief er lag, obgleich auf ihn sonst überhaupt kein Verlaß war, kam er wieder, und störte.

»Du störst«, sagte Lutz.

»Aha«, sagte Kai, mehrmals, aufreizend. Kam er nur, um zu stören?

»Zum Unterricht kommt er nur, um zu stören«, sagte der Physiklehrer. Kai las in der Physikstunde Krimis unter der

Bank, weigerte sich, einfache Fragen zu beantworten, versuchte, den Lehrer aufs Glatteis zu führen. In den schriftlichen Arbeiten konnte ihm der Physiklehrer keine Fehler nachweisen. Physik interessierte Kai. Geschichte nicht. Sonst alles mögliche, was ihn nichts anging, aber ausgerechnet Geschichte nicht. Geschichte war Schwerpunkt. Im Schwerpunkt hatte er eine schwache Vier. Wer im Schwerpunkt eine Fünf hatte, flog durchs Abitur.

»Wir haben Lernkollektive gebildet«, sagt Lutz. »Wenn du dich nicht anstrengst, fliegst du nächstes Jahr in Geschichte durch. Wir haben beschlossen, daß in unserer Klasse keiner durchfliegen darf. Das Lernkollektiv für Geschichte leitet Karla.«

»Karla gefällt mir«, sagt Kai.

»Mich interessiert nicht, ob dir meine Braut gefällt, mich interessiert, wann du endlich in Geschichte was zu tun gedenkst.«

»Nie«, sagt Kai, »aber zu Karla komm ich.«

Lutz legte sonst alle Worte von Kai auf die Goldwaage. Er wog sie, und dann verarbeitete er sie zu Beweisketten. Aber ausgerechnet jetzt nicht. Ausgerechnet jetzt interessiert ihn nicht einmal, ob diesem Kai seine Braut gefällt. Er scheint sich seiner Sache sehr sicher zu sein. Er tut gelegentlich schüchtern, aber er ist sicher. Andere machen aus der Liebe einen Zirkus mit Eifersucht und anderen Unsinnigkeiten, Lutz fragt nach dem Sinn der Sache, Eifersucht hat keinen, na also, ganz einfach. Bei Lutz ist alles ganz einfach. Karla hatte ihn angerufen, und er war gekommen, und sie hatten zusammen geschlafen, ganz einfach. Und morgen vielleicht würde Kai zu ihr kommen, weil das so beschlossen war, auch ganz einfach. Kai hat sich vorgenommen, an seiner Faulheit festzuhalten, er saß jeden Tag in der Staatsbibliothek, aber er würde vielleicht trotzdem kommen. Warum? Wo liegt da der Sinn?

»Der Sinn des Lebens ist, zu arbeiten«, sagt Lutz. »Die Faulen leben nicht.«

»Danach würden die Dummen, die am meisten arbeiten

müssen, um überhaupt etwas zustande zu bringen, am intensivsten leben. Lebst du in Mathe intensiv?«

Lutz hat in Mathe eine Zwei. Er hat nur Zweien, während Kai nur Einsen und eine Vier hat und eine miese gesellschaftliche Beurteilung natürlich, Lutz sagt: »Talent ist kein Verdienst.« Er spricht leise wie immer, den Zeigefinger vor dem Mund, der die Worte abzubremsen und ihre Phonstärke zu verringern hat, kein Leisesprechen schlechthin: prinzipielles Leisesprechen. »Talent ist kein Verdienst.«

»Aha.« Mehrmals. »Aha. Neulich hast du definiert, Talent wäre Arbeit. Bei welchem Schuster läßt dein flexibles Gehirn eigentlich arbeiten?«

»Talent verpflichtet«, sagt Lutz. Er kitzelt die Nase mit dem Zeigefinger. Dann legt er ihn wieder senkrecht auf die Lippen. Er weiß, daß die Gegenstände, über die er redet, für sich sprechen und des Lärms nicht bedürfen. Wer die Strapazen des Zuhörens nicht auf sich nimmt, hat selbst den Schaden. Wen das ständige Nasekitzeln und Im-Gesicht-Herumgreifen stört, dem geht es nicht um die Gegenstände, sondern um Effekte. Kai hat Effekte nötig. Ironie, Kraftausdrücke, Bonmots, er gibt sogar zu, daß er diese Wendungen weniger des Sinns als des Effekts wegen gebraucht, er behauptet, die Wahrheit sei selten brillant, weil sie zu oft wiederholt werden müßte. Lutz lehnt Effekte ab, prinzipiell. Lutz sagt leise: »Talent verpflichtet.«

»Zu Aufbaustunden, ich weiß. Jeder Ziegel ein Sargnagel im Schwert des Imperialismus. Aber neulich hast du gesagt, Talent ist Mystizismus, der Mensch kann alles lernen.«

»Wenn er zum Lernen Talent hat, ja.«

»Weise.«

Lutz lächelt. Geschafft. Er hat diesen überheblichen Individualisten, der natürlich kleinbürgerlicher Herkunft ist, wieder mal geschafft. Lutz schafft alle. Er ist gefürchtet an der Fakultät. Er ist stolz darauf, daß er gefürchtet ist. In Versammlungen kriegt sogar Karla manchmal ein bißchen

Angst vor ihm. Sonst ist er beinahe schüchtern oder tut wenigstens so, aber hinter einem Rednerpult wächst er. Wenn sich Kai in der Vollversammlung der Fakultät zu Wort meldet, gibt es Lacher, wenn Lutz sich meldet, lacht niemand. Bei Kai weiß man nie, was einen erwartet, bei Lutz ist man sicher. Auf Lutz kann man sich verlassen. Immer. Ausgeglichene schulische Leistung, hilfsbereit, pünktlich, treu. Lutz ist seiner Frau treu. Lutz ist ein Mann zum Heiraten.

Es riecht nach Bratkartoffeln. Es riecht nach Krawall, die anderen zehn, die noch am Tisch sitzen, kann Karla nicht mehr genau sehen, Mix vielleicht noch ein bißchen und Kussi, verschwommen, sehr verschwommen, nur Lutz und Kai sind da, ganz deutlich, in allen Einzelheiten, die Zeltplanjacke von Lutz und die schwarzen Augen von Kai und sein Haar, das wie eine Perücke auf dem Kopf sitzt, und der Bratkartoffelgeruch, ganz deutlich, ja.

»Und wenn man zur Faulheit Talent hat?«

»Zur Faulheit braucht man kein Talent zu haben«, sagt Lutz.

»Und ob«, sagt Kai und wippt mit dem Fuß, »und ob, zur Faulheit reicht Talent allein nicht mal aus. Faulheit erfordert außerdem Charakter, einen großen Charakter, meine Damen. Kleine Charaktere müssen fleißig sein, weil sie immer ein Alibi brauchen, um sich zu rechtfertigen, vor sich, vor den anderen: Ich habe heute das und das gemacht, ich habe nicht umsonst gelebt, und vergib uns unsere Schuld, Amen. Wenn das Alibi fehlt, können sie nicht pennen. Weil sie Angst haben, die Kleinen, vor dem Tod haben sie Angst, die lieben Kleinen, deshalb müssen sie jeden Tag was für ihre Unsterblichkeit tun. Unsterbliche Werke müssen die süßen Kleinen täglich schaffen. Und was hat der Verfasser eines unsterblichen Werkes von seinem unsterblichen Werk, wenn er verfault ist? Fanfare. Starke Charaktere brauchen kein Alibi, sie haben nicht nötig, sich vor irgend jemandem zu rechtfertigen, sie liegen in der Sonne, sie können sich leisten, auf Anerkennung zu pfeifen, sie ruhen in sich selbst, wir scheißen auf die Nachwelt, meine Damen, wir leben, Küßchen.« Kai war aufgestanden. Er läuft mit großen Schritten durch den Versammlungsraum, über den Onkel läuft er und haut die Absätze auf die Dielen, daß der Tisch wackelt. Lutz ist wütend, aber die anderen finden die neue Theorie von Kai ganz interessant.

Ganz interessant ist Kai natürlich zuwenig. Er ruht also nicht, bevor Lutz ihn als Reaktionär entlarvt und die anderen die Theorie akzeptieren. Dann läßt er wie immer die Theorie fallen und stellt wie immer eine neue auf. Die neue lautet in diesem Fall: »Die Kleinen philosophieren über das Leben, die Großen machen was draus. Dante hat Beatrice verloren, als er fünfundzwanzig Jahre alt war, als er neun Jahre alt war, hat er sich in sie verschossen, als er fünfundzwanzig war, starb sie, aber nicht für ihn. Er hat was gemacht aus dieser Liebe. Er hat sie unsterblich gemacht.«

»Und was hat er von seiner Unsterblichkeit, wenn er verfault ist«, fragt Lutz, »was hat dieser Dante davon?«

»Die größte denkbare Befriedigung«, sagt Kai.

»Aber du hast doch eben gesagt . . .«

»Wer Charakter hat, sagt sein Leben lang dasselbe. Wer keinen hat, lernt dazu und ändert seine Meinung. Ich gestatte mir den Luxus, keinen Charakter zu haben.«

»Charakterlose Menschen können wir nicht gebrauchen«, sagt Lutz.

»Aha.« Mehrmals. »Aha. Verstehe.«

»Und warum gehst du nicht, wenn du verstehst?«

»Weil es mir bei euch gefällt.«

»Was gefällt dir?«

»Das Experiment. Physiker sind neugierig. Physiker haben was übrig für Experimente.«

»Der Sozialismus ist kein Experiment«, sagt Karla.

»Wenn er kein Experiment wäre, würde er mich nicht interessieren«, sagt Kai, »fertige Sachen interessieren mich nicht. Du interessierst mich.«

Karla sieht Lutz an. Lutz sieht Kai an. Lutz sagt: »Du

hast ja überhaupt keine politische Konzeption, du Klugscheißer.«

»Doch«, sagt Kai, »die Welt muß von Fachleuten regiert werden: von Königen. Die Physik ist die Königin der Wissenschaft. Also muß die Welt von Physikern regiert werden. Meine Damen und Herren, wählen Sie mich, und die Welt hat Frieden.«

Pose. Die Pose des Großvaters, wenn er den selbstlosen Seeräuber spielte.

Lutz sagt: »Erstmal sehen, ob du überhaupt zum Studium zugelassen wirst.«

»Warum nicht?«

»Mit einer Vier in Geschichte?«

»Ich will nicht Geschichte studieren.«

»Mit einer Drei im Abi?«

Kai hält die Hände an den Hundofen. Lutz räumt den Tisch ab. Lutz hat recht, Kai ist nicht zu retten, ein Saint-Simonist ist nicht zu retten. Saint-Simon hatte wenigstens außer Physikern noch Mathematiker, Chemiker, Physiologen, Schriftsteller, Maler und Musiker für seine geistige Weltregierung akzeptiert, Kai akzeptiert nur Physiker, nur sich akzeptiert dieser vor Eitelkeit stinkende, ehrgeizige, unberechenbare Spinner, nur sich. Lutz hat recht, Kai ist nicht zu retten. Ein Staat, der sich auf solche Kais verließe, wäre verlassen. Lutz hat recht, Kai ist begabt, aber unzuverlässig, man darf ihn nicht zum Studium zulassen. Ein Staat braucht zuverlässige Leute.

»Wenn ich nicht zum Studium zugelassen werde, stürz ich die Regierung«, sagt Kai. »Außerdem ist die Frage nach dem Sinn des Lebens eine Scheinfrage. Leben ist weder sinnvoll noch sinnlos. Ihr könnt ihm natürlich einen Sinn geben, der Einfachheit halber, Lutz gibt ja ständig, mit vollen Händen, man trägt wieder Schmuck, aber hat so eine tolle, unverwüstliche Sache Schmuck nötig? Leben ist – fertig. Der Sinn des Lebens ist, zu leben.« Sprachs und verläßt den Versammlungsraum, mit zwei Schritten, mit zwei großen Schritten, jeder Zoll ein Graf, Graf Kai, genannt Sonnenanbeter.

Die Große saß wieder neben der Kleinen am Klavier. Karla verbat sich, auf so rohe Weise geweckt zu werden. Karla wollte endlich zum Thema kommen.

»Aha, jetzt verstehe ich, weshalb Sie so versessen sind auf Chopin«, sagte die Große, »obgleich er Ihnen eigentlich gar nicht steht.«

»Erbe kleidet immer«, sagte Karla.

»In Theorie sind Sie gut, ich mache mich schon darauf gefaßt, daß Sie uns serapionistische Prinzipien nachweisen.«

»Sowieso«, sagte Karla, »Sie existieren für mich nicht, ich unterhalte mich mit mir selbst.«

»Wenn Sie sich mit Kai unterhielten, hatten Sie gelegentlich auch den Eindruck, als ob Sie sich mit sich selbst unterhielten.«

»Woher wissen Sie das?«

»Wir wissen alles.«

Das Klavier stand nackt im Sonnenlicht des Mittags, das gebrochen durch die Scheiben fiel. Die Scheiben waren vier Wochen nicht geputzt, übermorgen sind es vier Wochen, seit ich sie das letzte Mal geputzt habe, dachte Karla. Die Scheiben waren mit Gardinen vergittert. Karla schob die Gardinen zurück. Die Bäume vor dem Fenster reckten Galgen in den Himmel. Zwischen den Galgen klemmte blaß die Sonne. Herbst. Was tat ein Sonnenanbeter im Herbst? Er fror. Kai fror fast immer. Obgleich er das nicht zugab. Obgleich er auch bei der größten Kälte nichts auf den Kopf setzte. Kai. Ja. Und »Aha« war auch von ihm. Auch? Die uniformierte Frau saß immer noch auf der Bank. Auf der Hausbank eine Frau und auf der Klavierbank zwei. Merkwürdig. Das blaue Klavier ausgezogen bis unter die Haut, bis zum Wesentlichen. Ein merkwürdiger Mittag. Dreißig Jahre präpariert für den Seziertisch. Ein merkwürdiges Leben. Was blieb? Die Kinder, ja, zuerst die Kinder. Sie hatten die letzten sieben Jahre von Karlas Leben aufgefressen, die besten Jahre, die eine Frau hat, die Kinder waren ihr besseres Ich, Gegenstand ihrer Liebe, alles.

Frauen mußten wahrscheinlich immer etwas zum Lieben haben, zuerst Männer, dann Kinder, dann Katzen, ohne Liebe gingen sie wahrscheinlich ein, diese albernen Konstruktionen. Wenn man nochmal wählen könnte, diese Konstruktion nicht, diese ganz bestimmt nicht, weiß Gott. Also die Kinder, ja. Kai hatte Kinder gerne. Er nannte sie Experimente der Natur. Und vielleicht würde er einmal so viele haben wie der Großvater. Der Großvater hatte vierzehn. Karla hatte zwei. Zwei Kinder geboren und aufgezogen: Sie hatte die Jahre nicht vertan. Was blieb noch von diesen dreißig Jahren? Begegnungen? Leben, erleben, hieß das nicht: Begegnungen haben? Seit Karla zu Hause war, kam sie selten mit Menschen zusammen. Sie war nie allein, sie hatte die Kinder, heute war es ihr gelungen, einmal eine Stunde für sich zu haben, aber sonst war sie nie allein und lernte kaum Menschen kennen. Also Erinnerungen. An das Abitur, an eine Besichtigung des Hörsaals für Pathologie, an das Zeltlager am Arendsee, an die Wohngruppe, an den 8. Mai, kein Alarm mehr, hatte der Vater gesagt, von jetzt ab brauchst du dich vor Sirenengeheul nicht mehr zu fürchten, ab sofort, ja. Von heute auf morgen, ja. Karla fürchtete sich noch heute davor. Karla spürte noch heute Angstbeklemmungen, wenn sie einen explosionsartigen Knall hörte, den von Feuerwerkskörpern beispielsweise oder den von Überschalljägern. Und es nützte nichts, wenn sie sich sagte: Tag der Republik, oder: Machscher Kegel, sie hatte in einem brennenden Keller gesessen, gegen solche Erinnerungen war Verstand machtlos, Angst blieb.

Die Angst also. Auf der Bank vor dem Haus saß eine Frau, die ihren Mann und ihre vier Kinder verloren hatte. In dem Keller, der heute das neue Haus trug, worin Karla wohnte. Der Keller war noch völlig erhalten gewesen, die Druckwelle einer Luftmine hatte die Mauern etwa einen Meter über dem Erdboden wegrasiert und den zweiundvierzig Menschen, die im Keller Schutz gesucht hatten, die Lungen zerrissen. Man erzählte sich, daß die Frau damals ihre Angehörigen nicht hätte beerdigen lassen wollen.

Sogar auf dem Friedhof hätte sie immer wieder versucht, die Särge auszupacken. Und dann hätte sie zwei Wochen lang vor der Ruine gesessen, Tag und Nacht, bis die Polizei sie weggeholt hätte. Daraufhin hätte man sie lange nicht gesehen. Aber am 8. Mai sei sie wieder da gewesen. Und seitdem jeden Tag. Jeden Tag etwa eine Viertelstunde. Wenn nicht Beängstigendes in den Zeitungen stand, eine Viertelstunde, sonst länger. Heute schon vierzig Minuten. Der Krieg blieb also. Der Krieg, ja.

Und was noch? Was blieb noch von diesen unglaublich schnell vergangenen dreißig Jahren? Sie waren nicht alle gleich schnell vergangen. Manche waren sehr schön lang gewesen, das erste Jahr an der ABF zum Beispiel. Oder die ersten Monate der ersten Schwangerschaft. Oder die ersten Wochen in der neuen Wohnung. Oder die drei Tage mit Kai. Drei Tage, ja. Es gab Tage, die waren größer als Jahre, und Jahre, die waren kleiner als Tage.

»Aha«, sagte die Große.

Aha war geblieben, ja. Die Gewohnheit hatte das billige Souvenir bereits bis zur Unkenntlichkeit abgeschliffen, aber der Mittag hatte es restauriert. Mit seiner Grausamkeit. Mit seinem Zauber. Mittagssonne. 2πr. Einige Formeln hatte Karla behalten. Diese hätte sie gerne vergessen. Aber gelernt war gelernt. Karla beneidete die Kleine, die nichts Derartiges gelernt hatte. Was man nicht weiß, macht einen nicht heiß. Karla beneidete die Große, die nur Derartiges gelernt hatte. Karla beneidete beide, aber die Kleine mehr. Denn die Große war im Grunde ebenso zerrissen wie Karla, alle intellektuellen Frauen waren irgendwie zerrissen, Karla kannte keine, die nicht litt unter den Halbheiten ihrer Existenz. Sie arbeiteten mit halber Kraft, weil sie ständig an ihre Kinder dachten, wenigstens unterbewußt, das genügte, um eine Menge Speicherplätze des Gehirns zu blockieren, und sie widmeten sich mit halber Kraft ihren Kindern, weil ein richtiger Beruf eine Berufung ist, der man sich nicht nach acht Stunden entledigen kann. Sie arbeiteten und sorgten sich und durften davon natürlich keine Falten kriegen, ein Mann durfte Falten haben und schlampig herumlaufen, von einer Frau verlangte man ein glattes Gesicht, gepflegtes Haar, schöne Garderobe. Ein glattes Gesicht ohne viel Schlaf und Kosmetik? Und die Zeit, die man für Friseur und Schneider aufbringen mußte? Eine Frau brauchte ungleich mehr Zeit für sich als ein Mann, ob sie wollte oder nicht, und sie hatte ungleich weniger. Wenn sie einen Beruf hatte. Die keinen hatten und genug Zeit für ihre Schönheit, verloren sie spätestens mit dreißig Jahren: Ihre Gesichter wurden leer, verwüstet von geistiger Langeweile. Eine Misere also, wie Karla schien, die man durch Gleichberechtigungsmaßnahmen mildern, aber nicht überwinden konnte. Die Natur ließ sich nicht überwinden. Und eine Frau, die so egoistisch war wie jeder normale Mann, war schon keine Frau mehr. Die Natur hatte diese Erde mit zwei ungleichen Sorten von Menschen bevölkert. Leider. Gottseidank. Also? Was hieß das also eigentlich: eine Frau mit Talent? Talent wozu? Talent zur Mutter? Talent zu einem Beruf? Bei einem Mann war diese Frage leicht zu beantworten. Talentiert, das hieß bei einem Mann: begabt für eine Berufung. Was war die Berufung einer Frau? Hatte sie eine? Hatte sie zwei? Konnte ein Mensch zwei Berufungen überhaupt verkraften? Fragen. Fragen. Die Menschheit stellte sich nur Fragen, die sie lösen konnte. Die konnte sie nicht lösen. Also was blieb?

Die Ehe natürlich. Bis daß der Tod euch scheidet. Ja. Der Tod. Mit neunzehn Jahren hatte Kai angefangen, über den Tod zu philosophieren. Arbeit ist Kompensation der Todesangst, hatte er gesagt, in einer FDJ-Versammlung, über Dante hatte er geredet an einem Abend, als Lernkollektive und Agitprop-Gruppen gebildet werden sollten, vielleicht erschien einem das heute gar nicht mehr ungeheuerlich, aber damals war es ungeheuerlich. Damals gab es den Tod eigentlich gar nicht, dachte Karla. Wenn ein Mensch, das hieß: ein Genosse gestorben war – ein anderer war in unseren Augen kein richtiger Mensch –, dann lebte er weiter in seinen Werken, er lebte also weiter, er lebte, ja. Der Tod war für uns irgendwie eine reaktionäre Größe. Schon das Wort war verdächtig. Aber Kai gebrauchte es natürlich. Gerade. Er war das enfant terrible der Fakultät, das unerschöpfliche negative Beispiel für Rechenschaftsberichte, ein Turngerät für Demagogen wie Lutz. Lutz gab heute ohne weiteres zu, damals ein Demagoge gewesen zu sein. Er konnte sich ausschütten vor Lachen über seine Beweisketten und Definitionen von damals und über den Spinner Kai.

Lutz also. Die Ehe. Ja. Die Ehe war gut. Nie Streit, noch kein einziges Mal in sieben Jahren – manche Frauen beneideten Karla um diese Ehe. Nie Seitensprünge, Karla war sicher, daß Lutz nie Seitensprünge machen würde, er war viel zu vernünftig für so etwas, er würde nach dem Sinn fragen und die Sache wäre erledigt, ganz einfach. Lutz war ein Mann zum Heiraten. Kai nicht. Kai war viel zu labil für so eine stabile Institution. Wer weiß wie viele Kinder dieser Kai schon hatte. Mit wer weiß wie vielen Frauen. Er war eifersüchtig auf alle Männer, dachte Karla, er liebte alle Frauen, er war begabt für die Liebe, ich hätte ihn umbringen können, ich könnte ihn umbringen.

»Aha«, sagte die Große und spielte wieder etwas Notturno Opus 32 Nr. 1.

»Aufhören, hören Sie auf, es ist vorbei, endgültig, Schluß.«

»Aha.«

»Ja«, sagte Karla, »er betrog jede mit jeder, ein schrecklicher Mensch, verkommen, wahrscheinlich ist er verkommen in einer Kneipe.«

»Wo?«

»Ich weiß nicht. Ich will es auch nicht wissen. Ich habe ihn vergessen.«

»Warum?«

»Ich habe ihn vergessen. Ich gehöre zu Lutz.«

Lutz. Ja. Lutz war gut zu ihr. Gut. Was hieß das überhaupt: gut. Zuverlässig, ehrlich, ordentlich, fleißig, war das gut?

»Es ist also doch mehr geblieben als ein billiges Souvenir«, sagte die Große.

»Mehr?«

»Eine Haltung ist mehr.«

War das Güte, wenn man einen Menschen abbrachte von seinen Möglichkeiten? Die meisten Frauen ließen sich leicht abbringen. Karla auch, nicht sehr leicht, aber auch. Waren bei ihnen die Emotionen stärker als der Wille? Ließen sie sich leichter beeinflussen als Männer? Waren sie traditionell daran gewöhnt, sich unterzuordnen? Bewies die Aufgabe der Berufspläne einer Familie zuliebe, daß Frauen, vor die Wahl gestellt, sich stets für ihre eigentliche Berufung entschieden? Ein Sieg der Natur sozusagen, Wasser auf die Mühlen der Reaktionäre. Waren Frauen wie die Kleine, die die Fähigkeit hatten, in dieser Berufung aufzugehen, nicht vielleicht doch die einzig Glücklichen? Solange die Kinder im Hause waren jedenfalls. Dann kam die große Leere. Für Karlas Mutter kam die große Leere, als die Kinder groß waren. Und Klagen kamen über die Undankbarkeit der Kinder, denen man seine besten Jahre geopfert hatte, und die nun eigene Wege gingen. Mußten Kinder ihren Eltern dafür dankbar sein, daß sie von ihnen ins Leben gesetzt und unter Mühen und Entbehrungen aufgezogen wurden? War die elterliche Mühe mit Dank oder Undank überhaupt beantwortbar? Oder war die Frage nach dem Dank für elterliche Mühe genauso eine Scheinfrage wie die nach dem Sinn des Lebens?

»Es ist sogar allerhand geblieben«, sagte die Große.

»Allerhand?«

»Zweifel ist allerhand.«

Der Zweifel also. Ja. Aber sonst hatte sie ihn vergessen. Absolut. Als sie damals auseinandergegangen waren, hatte Kai gesagt: »War es ganz umsonst, daß ich bei dir gewesen bin?«

»Und ich«, hatte Karla geantwortet, »war es ganz umsonst, daß ich bei dir gewesen bin?«

»Nein«, hatte er gesagt, »ich habe einen richtigen Menschen kennengelernt. Du bist ein richtiger Mensch. Das ist selten bei Frauen, bei so jungen wie dir vor allem.«

»Ich bin also ein richtiger Mensch. So. Was ist das?«

»Weiß nicht«, hatte Kai gesagt. »Es ist so. Ich hab es einfach im Gefühl, daß es so ist.«

»Du flunkerst.«

»Nein.«

»Doch. Sonst rechnest du alles durch, es gibt nichts, was du nicht durchrechnest, ja, also kannst du mir doch nicht einreden, daß du unfähig wärst, genau zu definieren, was du unter einem richtigen Menschen verstehst.«

»Ich will dir nichts einreden, obgleich ich das ohne weiteres könnte, ich will dir nur sagen, daß ich dich liebe. So, wie man nur einen richtigen Menschen lieben kann. Einen, der schön ist und klug. Und stolz. Stolz genug, seinen Gefühlen nachzugehen. Und stark genug, sich zu verlieren.«

Stolz genug, stark genug, mutige Frauen lebten ihren Gefühlen, feige der Konvention, ja. Ja und amen. Zu allem. Wo war der Stolz geblieben? Und die Stärke? Und der Mut? Starke Menschen jammerten nicht über das Leben. Sie machten was draus. Das Bestmögliche. Hatte es vielleicht einen Sinn, sich darüber zu beklagen, daß man eine Frau war? Oder daß der Mann wieder mal keine Rücksicht genommen hatte? Man mußte was draus machen aus diesem vertrackten Leben, das Bestmögliche. Ja. Es war nicht gut. Es war nicht schlecht. Es war weder gut noch schlecht.

Es war einfach – fertig.

»Rückzugsphilosophie«, sagte die Große.

»Im Gegenteil«, sagte Karla.

»Natürlich: Sie verstehen alles. Und alles verstehen heißt alles verzeihen. Und alles verzeihen ist charakterlos.«

»Eine Lutzsche Beweiskette.«

»Ja, die bleibt auch«, sagte die Große.

»Ich hab nie zu solchen Mitteln gegriffen.«

»Sie haben, vielleicht ohne es zu wissen.«

»Wann?«

»Eben. Eben haben Sie gesagt: Ich verstehe alles. Und alles verstehen heißt alles verzeihen. Und alles verzeihen ist charakterlos.«

Sie verstand ihn. Ja. Wenn er nach Hause kam und sagte: »Ich brauch mal eine Stunde Ruhe, den ganzen Tag Sitzungen und Besprechungen und Anrufe, ich muß erst mal zu mir kommen«, das verstand sie. Oder wenn er sagte: »Dieses Wochenende wird keins, ich muß arbeiten«, das verstand sie auch. Aber vielleicht war es tatsächlich falsch, alles zu verstehen, nachzugeben, sich anzupassen. Ihr jedenfalls gefiele Lutz nicht, wenn er gleich beim ersten Angriff zurückwiche. Sie wollte kämpfen können, um einen Menschen, den man liebte, mußte man kämpfen. Aber kämpfte Lutz mit ihr? Gab sie ihm überhaupt noch die Chance, mit ihr zu kämpfen?

Liebte sie ihn noch?

Liebe war eine Wechselwirkung. Liebte er sie noch? Konnte ein Mann eine Frau lieben, wenn er sie so behandelte?

Es war eigentlich gewesen wie immer. Ein paar Griffe, ein Kuß auf die linke Brust, immer auf dieselbe Stelle, los. Druck eines schweren Leibes, harte, rhythmische Schläge, langsam zuerst, dann immer schneller werdend, Schweiß, sinnlose Worte, der Schrei. Wie immer. Nur die Unterbrechung fehlte. Karla hatte ihm vorher gesagt, daß er unterbrechen müßte, er hatte es gehört, aber er hatte es nicht getan. Warum? Weil er sie zu sehr liebte? Weil er vor Liebe nicht wußte, was er tat? Er dachte nur an sich. Ein paar Griffe, ein Kuß auf die linke Brust, los. Seit Jahren dachte er nur an sich. Karla war seine Frau. Er nahm, was ihm zustand, ganz einfach. Eine Frau wollte erobert sein. Konnte er sie noch lieben, da er sich seit Jahren schon nicht mehr die Mühe machte, sie zu erobern? War es überhaupt möglich, mit Gewohnheit zu erobern? Das Erobertwerden war vielleicht das Wichtigste dabei, für eine Frau, ja. Alles, was dann folgte, war nichts wert, wenn die Bemühung fehlte, das zärtliche Spiel. Was an diesem Abend über sie hinweggerast war, hatte mit Zärtlichkeit nichts mehr zu tun. Das war Sport. Spitzensport.

Und nun kriege ich ein Kind, dachte Karla, davon kriegt man ein Kind, ekelhaft.

»Das vergißt man«, sagte die Kleine. »Die ersten Wochen sind immer ein bißchen schwer, die Umstellung, ja, aber dann ist es sogar fast gleichgültig, mit wem es gezeugt wurde, dann gehört es der Mutter. Dem Mann gehört das Vergnügen, der Frau gehört das Kind, so ist das.«

So war das. Ja. Bedauernswert, wer sich damit abfand, die Kleine war wirklich bedauernswert. Zehnmal lieber zerrissen sein als so ein Muttertier.

Das Sonnenlicht spielte auf dem entblößten Körper des Klaviers und auf den einseitig blaugestrichenen Gehäuseteilen, die an der Wand lehnten. Karla entdeckte auf den Gehäuseteilen dunkle Flecke, manche hatten die Form von Finger- oder Handabdrücken, noch nicht mal Staub gewischt, dachte Karla, Mittag und noch nicht mal Staub gewischt. Die Untertasten müßten mit dem Putzleder abgewischt und die Messingpedale und die Lichthalter mit Sidol geputzt werden. Und der Deckel, was ließ sich bloß machen mit dem Deckel? Da war die blaue Farbe besonders stark abgewetzt, woanders fehlte der Lack nur an den Kanten, aber am Deckel, vor allem in der Nähe des Schlosses, schimmerte überall rötliches Holz durch. Mit dem Klavier konnte man tatsächlich nicht mehr viel Staat machen. Und es stank auch ziemlich nach alten Männern, ja. Außerdem war es gar nicht kalt. Das bißchen Gänsehaut auf den Armen hatte nichts zu bedeuten, Einbildung sozusagen, wenn die Sonne schien, konnte es nicht kalt sein, wie Frühling, dachte Karla, wie Frühling, ja.

»Mich kotzt das an.«

»Kai.«

»Solche schlechten Lügen kotzen mich an.«

»Gibt es auch gute Lügen?«

»Blöde Frage. Du hast früher wunderbar lügen können,

zauberhaft, produktiv. Hast du gar keine Phantasie mehr? Mußt du sie so pervertieren, daß man glatt auf den Gedanken kommt, du hast keinen Funken mehr davon? Wir haben uns auf dem Friedhof geliebt, im Schnee, unter einem barbarisch blauen Winterhimmel, du hattest gesagt, Atlantis, und es war Atlantis, überall wo wir waren, war Atlantis, wir haben die Welt vorweggenommen auf diesem elenden Friedhof, die Entdeckung des Neutrinos, den Raumflug, den Kommunismus, alles. Und jetzt, was machst du jetzt mit deinem Talent? Die Welt umlügen, den Schmerz mit Wie-Vergleichen abmurksen, Herbst wie Frühling, solange man noch Kälte empfindet, lebt man, nicht gerade gut, aber immerhin; wenn man sich auch das verbietet, ist es aus.«

»Aber die Sonne scheint doch.«

»Blaß.«

»Aber sie scheint. Und wenn sie scheint, ist es warm.«

»Eine hübsche Beweiskette nach Art des Gatten, aber sie stimmt leider nicht. Diesmal nicht. Diesmal ist die Sonne eingeklemmt zwischen Galgen. Wenn du die Galgen umlügst zu Maibäumen, haben die Henker leichtes Spiel.«

Die Bank, auf der die seltsam uniformierte Frau noch immer saß, zusammengesunken, die zuckenden Hände um eine Tasche geklammert, stand unter kahlen, galgenästigen Bäumen. Leute gingen an ihr vorbei. Autos fuhren vorüber. Vielleicht bemerkte sie gar niemand? Vielleicht hatte nur Karla sie bemerkt. Weil sie schwanger war. Wieviele schwangere Frauen hatte die Erde in diesem Augenblick?

»Man muß was tun. Ich muß irgendwas tun.«

»Sing was.«

»Auf der Insel ist Mobilmachung, und ich soll was singen?«

»Ja«, sagte Kai.

»Was denn?«

»Eine Rumba natürlich.«

»Ich kann keine.«

»Ich helf dir«, sagte Kai. Er warf die beiden Frauen aus

dem Fenster, ohne es zu öffnen, zuerst die Kleine, und dann die Große, aber die Scheiben blieben ganz, und setzte sich ans Klavier. Und hieb das Notenblatt herunter. Und schlug ein auf die Tastatur, die Finger krallig gekrümmt, *Baila mi Rumba,* er war schon immer ein guter Dompteur gewesen. Nur manchmal mußte er schlagen, Klaviere waren nichts Besseres gewöhnt, aber meist hatte es genügt, wenn er sang.

Die Mauern verneigen sich und treten einen Schritt zurück. Die Leute auf der Straße, die ihn hören durch den meterbreiten Mauerriß, der entstanden ist, bleiben stehen und lauschen. Einige setzen sich zu der uniformierten Frau. Andere entfalten Zeitungen. Hunde richten ihre Ohrtrichter auf die geborstene Mauer. Katzen setzen sich daneben. Auf ihren geleckten Pelzen lassen sich Vögel nieder. Erfrorene Dahlien in den Vorgärten erheben sich wieder. Die Bäume richten ihre Äste und lassen der Sonne etwas mehr Spielraum. Zuletzt, als der Auflauf bereits die Straße zu verstopfen droht, zwängt sich noch ein Löwe vom nahen Zirkus durch die Menschenmassen und nimmt Platz auf dem Dach eines Autos. Und Kai spielt, wie er damals gespielt hat, laut, fanatisch, ein bißchen arrogant, *Baila mi Rumba* spielt er und singt natürlich dazu das Blaue vom Himmel herunter, auch wie damals, die anderen hatten Schutt geschippt, und er hatte gesungen, Lieder, Entwürfe, Berechnungen, Konzeptionen, Appelle, die anderen, ozeanweit entfernt, bringen Geschütze in Stellung, Kai singt auf sie eine Rumba. Die Pflanzen rührt und Tiere zähmt und viele Menschen erreicht. Aber nicht alle. Nicht alle besiegt die sanfte Gewalt der Vernunft.

»Kai.«

Er wandte sich ab vom Klavier und ging.

»Kai.«

Er winkte nicht einmal.

»Kai.«

Er verließ das Zimmer. Mit zwei großen Schritten.

Die Frauen waren wieder da. Aber Karla ließ sie nicht

auf die Klavierbank. Karla besetzte selbst diesen Platz. Die Kleine hob das Notenblatt auf vom Teppich. Karla riß es ihr aus der Hand, knüllte es zusammen und warf es vor den Ofen, betrachtete eine Weile die abgewetzten Gehäuseteile, die neben ihr an der Wand lehnten, an manchen Stellen war kein bißchen blaue Farbe mehr dran, sah sich die vergilbten, in der Mittellage konkav gespielten Untertasten an, roch an der Mechanik. Dann drückte sie mit dem Zeigefinger der rechten Hand das dreigestrichene a. Ein spitzer Ton, hoch hinaus, Diskant, geschluckt vom Dämpfer, aber das war egal.

»Wohin?«

»Zu ihm.«

»Zu wem?«

»Zu ihm, ja.«

»Aber Sie wissen doch gar nicht, ob er sich noch an Sie erinnert.«

»Doch.«

»Sie wissen ja nicht einmal, wo er wohnt.«

»Er wohnt im blauen Klavier«, sagte Karla.

»Seit wann?«

»Seit sieben Jahren.«

»Sieben Jahre ununterbrochen im blauen Klavier?«

»Ununterbrochen.«

»Und er ist nicht verhungert inzwischen?«

»Nein.«

»Sieben Jahre, mein Gott, Sie wissen ja nicht einmal mehr richtig, wie er aussieht.«

»Man weiß nie, wie ein Mensch wirklich aussieht. Weil man ihn nicht auseinandernehmen kann. Ein Mensch ist ein synthetisches Wesen, ein richtiger Mensch. Die Analyse einer Person bringt Personen hervor, je universeller die Person, desto mehr Personen, die entweder harmonisch oder disharmonisch verkettet sind. Ich kenne nur einen Kai. Oder zwei. Ja, zwei.«

»Sie reden schon wie er«, sagte die Kleine.

Karla strich sich die Schuhsohlen ab auf den Pedalen

und betrat das blaue Klavier. Sie balancierte auf dem Pedalgestänge. Der Rock schlug gegen einige Baßsaiten. Dumpfes Rasseln. Abenteuerlicher Duft, in dem Tabak geisterte und Seemannsgarn und Lieder, abenteuerlicher Flur, schmal, saitenflankiert, rechts Diskant, links Baß, Metallsaiten, schräg und dicht gespannt, zitternd, Saitenzäune, im Zenit wie Schneezäune aneinandergelehnt. Verwegener Gang, der sich schnell verjüngt und zustürzt auf einen Punkt. Auf einen Tag und eine Nacht und einen Tag und eine Nacht und einen Tag und eine Nacht. Zweiundsiebzig Stunden. Sieben Jahre alt.

Erster Tag. Morgen. Hoher blauer Himmel. Rauhreif. Schneeknirschen. Weg zur Fakultät. Rechts das Studentenheim. Links ein paar Villen. Vorgärten. Die Eisenzäune tragen Schneehauben. Eine Birke, Zweige wie Chenilledraht, Karla schlägt danach, Eisnadeln am Handschuh, die schwarzen gefütterten Lederhandschuhe, die ihr Lutz geschenkt hatte, Karla weiß nicht mehr genau, wie die Villen verputzt waren, rot wahrscheinlich, ja, rot, denn die Birke stand vor einem roten Hintergrund. Die schmale Straße ist schon leer, Karla hat sich verspätet, aber sie rennt nicht, erste Stunde Geschichte bei Rasputin, aber sie rennt nicht. Obwohl Rasputin jeden, der zu spät kam, mit nassen Schwämmen oder Kreidestücken bewarf. Aber sie denkt gar nicht an diesen albernen Dozenten – an der ABF hießen die Lehrer Dozenten und die Schüler Studenten –, sie denkt überhaupt an nichts Bestimmtes, sie produziert Worte wie immer, irgendwelche sinnlosen oder vielleicht auch sinnvollen gedachten Worte, die zum Rhythmus ihrer Schritte passen, und sie sieht sich die paar Quadratmeter Himmel an, den schmalen Streifen, den die Mauern zu beiden Seiten der Straße aus dem Himmel herausstanzen.

Und als sie nach dem Türknauf des klobigen Holzportals der Fakultät greifen will, steht Kai davor.

»Erschrocken?«

»Und wie«, sagt sie. »Kommen wir zu spät?«

»Nein«, sagt er und wirft seine Zigarette weg.

»Es ist schon zehn Minuten nach.«

»Trotzdem.«

»Aber wenn du nicht bald von der Tür weggehst, kommen wir todsicher zu spät.«

»Wetten, daß nicht?«

»Wetten, daß?«

Kai greift mit der linken Hand nach ihrer Aktentasche und mit der rechten nach ihrem Arm und führt Karla die Stufen wieder hinunter. Und führt sie durch die schmale, verschneite Straße, die Villen und die Birke und die Eisenzäune mit den Schneehauben sind jetzt links, und das Studentenheim, in dem Karla wohnt, ist rechts, aber da gehen sie nicht rein, sie gehen weiter, weiter durch den knirschenden Schnee, der immer schmutziger wird, je weiter sie in die Stadt hineinlaufen. Aber die Stadt ist gar nicht richtig da, keine Autos, keine Straßenbahnen, keine Menschen, jedenfalls kann sich Karla an nichts dergleichen erinnern, eine leere Stadt gibt es natürlich nicht, und schon gar nicht halb neun, Dienstag, den dreiundzwanzigsten Januar halb neun, aber Karla weiß nur noch, daß vor der Trinitatiskirche ein verschneiter Autobus stand, ein gelber, zweistöckiger, und daß Kai sie geküßt hat, vor dem Autobus, vor der Kirche.

»Gewonnen«, sagt Kai und zeichnet mit dem Zeigefinger ein Kreuz auf die verschneite Kühlerhaube des Autobusses.

»Gewonnen? Was?«

»Die Wette«, sagt Kai. Und küßt sie wieder, er darf das, sagt er, weil er die Wette gewonnen hat. Und dann malt er wieder ein Kreuz auf die verschneite Kühlerhaube. Und nach einer Weile, die vielleicht zehn Minuten lang war oder zehn Jahre, ist die Kühlerhaube vollgemalt, und sie gehen. Weiter. Wahrscheinlich am Bahnhof vorbei. Wahrscheinlich über den Altmarkt. Manchmal bleiben sie stehen, um sich anzusehen oder weil Kai sich eine Zigarette anzünden muß oder vielleicht auch wegen des Verkehrs, ja, wahrscheinlich wegen des Verkehrs, der ganz fehlt in Karlas Erinnerung, mit allem, was man liebt, ist man allein, aber sie weiß noch gar nicht, daß sie Kai liebt, sie weiß nur, daß vor einem Restaurant ein kleiner schwarzer Hund sitzt, so ein struppiger, der vor lauter Fell nichts sehen kann, und an den verfüttert sie ihr Frühstücksbrot, weil sie weiß, daß sie keinen Hunger haben wird auf absehbare Zeit, keinen Hunger auf Essen, ja, das weiß sie, und daß Kai, dieser lange Kerl, der mindestens so groß ist wie der Großvater, kein Mittagessen will, das weiß sie auch, und darüber wundert sie sich, aber sonst, sonst weiß sie nur den Schnee und den Himmel und die schwarzen Augen von Kai.

Kai hatte schöne schwarze Augen, ein bißchen klein, ein bißchen tiefliegend, vielleicht waren sie gar nicht schön, Kai war überhaupt nicht schön, eigentlich war er sogar häßlich, die Stirn war zu steil, und die Nase war zu groß, und die Zähne waren braun vom Tabak, ja, aber Kai konnte schön sein, wenn er sie ansah, konnte er schön sein, wenn er ihr zuhörte auch, das größte Kompliment, das er jemandem machen konnte, war: Zuhören, er konnte sehr schön sein, als er auf dem Fußboden lag, mit dem guten Anzug auf dem verdreckten Fußboden, war er sehr schön. Aber das war später. Das war vielleicht schon am zweiten Tag oder in der zweiten Nacht, die Sonne ging zweiundsiebzig Stunden nicht unter, es war immer Nacht.

»Woran denkst du?«

»An nichts«, sagt Kai.

»Du denkst gar nicht?«

»Doch. Aber an nichts Bestimmtes. Nur die unbestimmten Gedanken und Gefühle machen glücklich.«

»Bist du glücklich?«

»Ruhe, oder ich hau dir die Sonne an den Kopf«, sagt Kai und wälzt sich auf dem verdreckten Fußboden. Im guten Anzug. Nein, da hatte er den Anzug nicht mehr an. Oder noch nicht wieder. Da hatte er wahrscheinlich überhaupt nichts an, Karla hatte ein schlechtes Gedächtnis, nur wer ein schlechtes Gedächtnis hat, kann sich erinnern.

Kälte. Die Kälte läuft auf Hochtouren. Die Kälte möchte gern zwei über den Plan entlarven. Karla hat zwei Füße zu verlieren. Kai hat ein Paar Ohren zu verlieren. Das Klassenzimmer ist gut geheizt, mindestens zwanzig Grad, mindestens vierzig Grad Temperaturunterschied. Kai gibt Karla seine Handschuhe. Karla gibt Kai ihren Schal. Kai lehnt den Schal natürlich ab. Er friert nicht. Er hat weiße Flecke im Gesicht, aber er friert nicht. Er friert nie, so was kennt er gar nicht, der Sonnenanbeter. »Weltraumkälte«, sagt Kai und führt Karla durch die Innenstadt, am ersten Tag war das, ja, er führt sie durch das Industrieviertel, mit Kai kann man durch ein Industrieviertel gehen wie mit Lutz durch einen Wald, Lutz kennt alle Baumtypen oder tut wenigstens so, Kai kennt alle Fabriktypen oder tut wenigstens so.

»Hast du eigentlich auf mich gewartet?«

»Ja«, sagt Kai.

»Vorhin, meine ich.«

»Seit einem Jahr warte ich auf dich.«

»Wir kennen uns ja erst ein halbes Jahr«, sagt Karla.

»Wenn man die gleiche Wellenlänge hat, kennt man sich sofort.«

»Aber seit einem Jahr kannst du nicht warten.«

»Also gut: seit wir uns kennen. Und du wartest auch.«

»Worauf?«

»Auf diesen Tag.«

»Woher weißt du das?«

»Wenn man die gleiche Wellenlänge hat, weiß man das.«

»Und bei Interferenz?«

»Keine Ahnung von meiner erotischen Feldtheorie«, sagt Kai. Wie? Wie hat er das gesagt? Schnell? Oder langsam? Schnell. Sätze mit derartigen Behauptungen sagte er immer ganz schnell, ja, wie nebenbei. Und dann preßte er die Lippen aufeinander und fixierte seinen Gegner, Karla war in diesem Augenblick sein Gegner, mit seinen besten Freunden kämpfte er so, die schwarzen Kinderaugen starr, und wenn er merkte, daß der andere nachgab, wurde er unverschämt. Lutz gab nie nach. Kai haßte ihn, aber er achtete ihn als Gegner. Den Geschichtslehrer Rasputin dagegen verachtete er. Kai hatte Rasputin, der eigentlich Scheller hieß, mal im Ratskeller in ein Gespräch verwickelt und ihn schließlich rundheraus gefragt, warum er in der Partei sei. Daraufhin soll Rasputin, der schon etliche Schnäpse genommen hatte, sein Parteiabzeichen vom Rockaufschlag gezogen und gesagt haben, er sei parteilos, im Grunde seines Herzens sei er parteilos. Seitdem hatte sich Rasputin für Kai erledigt, und er schwänzte die Geschichtsstunden, sooft er konnte.

»Quatsch Wellenlänge«, sagte Karla, »du willst doch bloß wieder Geschichte schwänzen.«

»Auch«, sagte Kai.

»Und warum bist du gestern nicht gekommen?«

»Zum Lernkollektiv?«

»Zum Lernkollektiv.«

»Weil mir das Wort nicht gefällt.«

»Das Wort, es geht nicht um das Wort.«

»Aha.« Kai feuert mehrere schwarze Blicke ab aus seinen Mörseraugen, hinauf zum Himmel. »Aha.«

»Es geht nicht um das Wort, es geht um ...«

»Um das Wort geht es auch«, sagt Kai, »häßliche Worte kann ich nicht ausstehen.«

Lutz hätte ihn daraufhin augenblicklich entlarvt. Und Kai hätte augenblicklich Barrikaden gebaut und die hingefetzte Behauptung verteidigt bis aufs Messer. Wenn man solche Behauptungen angriff, verteidigte er sie bis aufs Messer, wenn man sie akzeptierte, ließ er sie fallen. Karla wußte das. Lutz auch, alle, die Kai ein bißchen kannten, wußten das. Aber Lutz machte keine Ausnahmen, Lutz argumentierte so: »Die Sprache ist ein Ausdruck der Gedanken. Entweder man nimmt ernst, was die Menschen sagen, immer, alle Menschen, oder man hält alles für Geschwätz.«

Kai wartet. Kai macht starre Augen.

»Warum bist du gestern nicht gekommen«, sagt Karla.

»Wenn ich will, kann ich alle Frauen haben«, sagt Kai.

»Und warum bist du nicht gekommen!«

»Alle Frauen«, sagt Kai, »ich bin nicht schön, aber ich rede sie besoffen, jede.«

»Also: Warum bist du nicht gekommen?«

Kai stellt die Aktentasche in den Schnee und lehnt sich mit dem Rücken an eine Bretterplanke, an der Plakate kleben, an ein Plakat kann sich Karla sogar noch genau erinnern, es war blau, hellblau, und geschrieben stand darauf in schwarzen Buchstaben, daß Arbeitskräfte gesucht werden, ungelernte und auch gelernte, ja, irgendeine Großbaustelle suchte Leute. Und Kai lehnt an der schneenassen Planke, die Hände auf dem Rücken, einen Fuß und den Kopf gegen die Bretter gestemmt, er lehnt so eine Weile, dann stößt er sich ab von der Planke, nimmt Karlas Aktentasche wieder auf und sagt: »Ich hatte Angst.«

»Vor wem?«

»Vor dir.«

»Du hast Angst vor mir, du? Vor mir?«

»Ja«, sagt Kai.

»Angeber.«

»Ja.«

»Kai, du flunkerst.«

»Du bist so überlegen«, sagt Kai.

Wenn er sie jetzt ansehen würde, in dieser alten Bluse, in diesem schäbigen Rock – einmal hatte sie sich eine neue Bluse gekauft, eine knallrote, die hatte sie drei Tage hintereinander angezogen, aber Lutz hatte nichts bemerkt, er hatte Karla wahrscheinlich in den drei Tagen gar nicht angesehen, man sah sich wahrscheinlich gar nicht mehr an, wenn man sich ständig sah, wenn Kai sie jetzt so sehen würde in dieser alten Bluse, die sie schon eine Woche lang anhatte, was würde er sagen, wenn er sie so sähe? Was war aus ihr geworden?

Und aus ihm, was war aus ihm geworden?

Man hatte ihn nicht zum Studium zugelassen, aber er war in der Stadt geblieben, er hatte sich sein Geld mit Klavierspielen verdient. In einer Kneipe. Vielleicht war er inzwischen verkommen in einer Kneipe?

Es war gut, daß Kai sie nicht sehen konnte. Es war gut, daß Karla ihn nicht sehen konnte.

»Kai, du rauchst zuviel.«

»Weißt du, daß die Menschen mal vier Arme und vier Beine hatten undsoweiter und dann von Zeus zerschnitten wurden, weil sie ihm zu mächtig erschienen, doch, das steht schon bei Platon. Zeus hat sie zerschnitten, mittendurch, wie man Äpfel zerschneidet, und Apollon heilte die Wunde, indem er die Haut über das zog, was wir heute Bauch nennen, wie man einen Beutel zusammenschnürt, genau so, und die Mündung des Beutels wurde der Nabel. Dann glättete er die Runzeln mit einem Werkzeug, wie es die Schuster benutzen, um über dem Leisten das Leder zu glätten, und nur wenige ließ er stehen in der Gegend des Bauches und des Nabels zur Erinnerung an den früheren Zustand. Und seitdem die Gestalt zerschnitten ist, sehnt sich jeder Teil danach, mit dem Gegenstück zusammen zu sein. Du bist mein Gegenstück.«

»Unmöglich«, sagt Karla, »ich reich dir ja nur bis zur Schulter.«

»Das kommt, weil du dir nach diesem Lutz die Beine abgelaufen hast.«

»Affe.«

»Affe.«

»Wieviele Gegenstücke von dir rennen denn rum in dieser Stadt?«

»Eins.«

»Und die Blonde gestern und die Große, mit der du dich neulich herumgeknutscht hast?«

»Ersatzteile«, sagt Kai und führt Karla aus der Stadt hinaus. Es hat wieder zu schneien begonnen. Der Horizont kommt immer näher. Bis zum Horizont reicht die ebene weiße Fläche, über die der Wind fegt. Der Himmel sinkt immer tiefer, fällt auf die Telegraphenmasten, die ausgerichtet herumstehen, fällt noch tiefer, fällt und fällt, und auf einmal haben Kai und Karla ihn um den Hals hängen.

Kais Augen sind ganz nah, sein Gesicht ist komisch verzerrt, der schmale, fast lippenlose Mund ist weit geöffnet, abenteuerlicher Geruch nach Tabak und Seemannsgarn und Liedern, Földt, Vector-Földt, irgend etwas fällt herunter, Geschirr, die Tasse vielleicht, aus der sie eben noch getrunken haben, Kai hat nur eine Tasse, Kai hat nur einen Stuhl, aber das Bett ist gut, sehr laut, aber gut, eine Nacht und einen Tag und eine Nacht und einen Tag und eine Nacht.

»Ich werde mal ein großer Wissenschaftler«, sagt Kai.

»Deck dich zu.«

»Ein ganz großer Wissenschaftler, du wirst sehen.«

»Wenn du dich nicht zudeckst, erkältest du dich.«

»Ich hab mich noch nie erkältet«, sagt Kai.

»Und die Lungenentzündung im Sommer?«

»Das war eine Infektion«, sagt Kai. Und deckt Karla zu. Mit seinen Händen. Mit seinen Armen. Mit seinen Schultern, aber das ging zu weit, das hatte schon nichts mehr mit Erinnerung zu tun, wer ein gutes Gedächtnis hatte, wiederholte, wer ein schlechtes Gedächtnis hatte, reproduzierte, ein fotografisches Gedächtnis müßte man haben, dachte Karla. Ein fotografisches Gedächtnis hätte alles aufgezeichnet, wie auf Magnetband, das abzuspielen würde drei Tage dauern. Aber es gab Tage, die waren so lang wie Jahre.

»Man hat was gegen uns.«

»Wer?«

»Merkst du nicht, daß man was gegen uns hat?«

»Nein.«

»Der Rasputin will uns einfrosten«, sagt Kai. Und er erzählt ein Märchen vom gelobten Land Sommer, in dem die Mäntel abgeschafft sind und nicht nur die Mäntel. Und er singt einen Psalm auf die Sonne. Und er sagt: »Wenn du dich nicht erkenntlich zeigst, bete ich dich nicht mehr an.« Aber die Sonne zeigt sich nicht erkenntlich. Am ersten Tag. Dann ja, aber am ersten Tag nicht. Der erste Tag ist ungeheuer lang. Zehnmal so lang vielleicht im Vergleich zu den anderen, noch länger.

Am längsten stehen sie auf dem Friedhof. Am ersten Tag, als der Wind unerträglich wird, flüchten sie hinter die Friedhofsmauer. Eine weiße Mauer, hoch, höher als Kai oder der Großvater, ganz hoch, eine wunderschöne hohe Mauer, an die man sich lehnen kann. An die man sich lehnen lassen kann. Kais Brauen und Wimpern sind bereift, der Lebensbaum, unter dem sie stehen, ist bereift, und der Wacholder daneben auch, alles außer den Grabsteinen ist bereift. Und Kais Haar ist außerdem verschneit, Karla weiß nicht, wo sie sich festhalten soll, wenn er sie küßt. Er küßt sie, bis sie so leicht ist, daß er sie festhalten muß, wenn eine Böe kommt, Überfluß. Weißer Überfluß. Atlantis.

»Atlantis«, sagt Karla.

»Atlantis«, sagt sie, als sie am Abend sein Zimmer betritt, es ist eine Bude, die nach Tabak stinkt, ein Abstellraum für alte Möbel, ein Chaos von Büchern und Möbeln und schmutzigem Geschirr und vollen Aschenbechern, die Wirtin duldet keine Damenbesuche, die Wirtin schläft, eine Rumpelkammer und Atlantis, ja. Karla will aufräumen, aber Kai duldet das nicht. Kai behauptet, Ordnung suggeriere ein Gefühl, als gäbe es nicht mehr viel zu tun. Kai singt. Kai spielt. Die Rumpelkammer hat kein Instrument. Aber er spielt. Auf dem blauen Klavier. Er spielt. Es gibt Tage, die fokussieren Leben von Jahren. Er spielt und spielt. Und die blaue Blume auf der Tapete blüht auf. Und die bereiften Bäume vor dem Fenster verneigen sich. Und der Schnee wirft sich auf die Wirtin und frostet sie ein, drei Tage. Und der Himmel schwebt herunter an einem Fallschirm. Kai und Karla raffen die Fangleinen, reißen eine Bahn aus der Fallschirmkappe und decken sich damit zu. Und stürzen, eine Nacht und einen Tag und eine Nacht und einen Tag und eine Nacht. Und als sie aufwachen, weil es nicht mehr schneit und die Wirtin aufgetaut ist, als sie auf die Drohung der Wirtin hin, sie würde den Schlosser und den Direktor der ABF holen, wenn nicht sofort geöffnet würde, langsam aufwachen, ist es überübermorgen.

»Und Ihnen hat nicht einmal das Gewissen geschlagen«, sagte die Kleine, die vor dem Klavier wartete.

»Nein«, sagte Karla.

»Sie haben nicht einmal an Ihren Verlobten gedacht?«

»Nein.«

»Und danach, waren Sie sich wenigstens danach Ihrer Schuld bewußt?«

»Danach ja. Aber jetzt nicht mehr.«

»Sie müssen ziemlich schlecht ausgesehen haben danach.«

»Im Gegenteil.«

»Sie müssen danach ziemlichen Krach mit Ihren Lehrern gehabt haben.«

»Ja.«

»Und mit Lutz.«

»Ja, mit Lutz auch.«

»Aber er hat sie trotzdem geheiratet.«

»Ja, ich habe ihn geheiratet.«

»Warum?«

»Weil ich ihn gern hatte.«

»Und Kai?«

»Kai habe ich geliebt.«

Einige Saiten vibrierten. Das Hammerwerk setzte sich in Bewegung. Jemand trat das Fortepedal.

»Können Sie nicht wenigstens warten, bis ich raus bin?«

»Nein«, sagte die Große, »die Geschichte ist zu rührend. So was verlangt Pedal.«

»Und warum haben Sie den langen Kerl nicht geheiratet«, fragte die Kleine.

»Weil sie zu feige war«, sagte die Große.

»Es gibt Tage, die erlebt man und fertig«, sagte Karla. »Die meisten sind so. Und es gibt Tage, die erlebt man immer und immer wieder und eigentlich nie zu Ende. Solche sind selten. Manche Menschen erleben keinen einzigen solchen Tag. Ich habe drei erlebt. Ziemlich spät ist mir ins Bewußtsein gefallen, daß ich drei erlebt habe, die bleiben. Mein Leben wäre nicht kurz gewesen, wenn es nur diese drei Tage gehabt hätte.«

»Bereuen Sie, daß Sie ihn nicht geheiratet haben«, fragte die Kleine.

»Nein«, sagte Karla.

»Warum nicht?«

»Weil ich eben gemerkt habe, daß ich ihn noch immer liebe.«

»Das verstehe ich nicht«, sagte die Kleine. »Wenn Sie das eben gemerkt haben und deshalb sogar wer weiß wie lange in einer alten blauen Kiste herumsitzen, müßten Sie doch gerade erst recht bereuen, daß Sie ihn nicht geheiratet haben.«

»Wenn ich ihn geheiratet hätte, könnte ich ihn jetzt nicht mehr lieben«, sagte Karla und ging zurück durch den schmalen Flur, der saitenflankiert war, links Diskant, rechts Baß, Metallsaiten, schräg und dicht gespannt, zitternd, Saitenzäune, im Zenit wie Schneezäune zusammengelehnt. Der Rock schlug gegen einige Baßsaiten. Dumpfes Rasseln. Karla balancierte über das Pedalgestänge und verließ das blaue Klavier, mit zwei großen Schritten.

Und hörte die Kinder schreien. Und das Telefon klingeln. Und verließ die blaue Stunde mitsamt den Frauen, mit den beiden, die durch das Klavier in das Zimmer eingedrungen waren, der Frau, die noch immer vor dem Haus saß, konnte Karla nicht entkommen, trat heraus aus dem Mittag, ohne sich umzusehen, war schon draußen, wo die Kinder warteten und ein Verkaufsstellenleiter. Karla sagte dem Verkaufsstellenleiter telefonisch vier Stunden zu für morgen, holte die Kinder aus dem Bett, zog sie an und ging mit ihnen in die Küche, deren gleichmäßig gekrümmte Wände von Lutz projektiert worden waren. Durch das konkav gekrümmte Fenster sah Draußen wieder klein aus. Kleine Bäume. Kleine Galgen. Kleine Sonne. Ruth half der Mutter beim Putzen der Griffe an den Schranktüren, die Rostspuren zeigten. Jula polierte mit einem Lappen das blaugraue Linoleum. Dann zog Karla den großen, rechteckigen Korb in die Küche, sortierte die schmutzige Wäsche in zwei kleinere Körbe, rechts Kochwäsche, links bunte Wäsche, nahm im Schlafzimmer Gardinen ab und begann Fenster zu putzen.

Der Regen hatte den Staub in die Maserrillen der weißgestrichenen Holzrahmen gewaschen. Der Wind hatte den Staub durch die Ritzen bis in die Schweißwasserrinne geweht. Auf den Fensterbrettern lagen bunte Blätter. Wischspuren, die das Putzleder auf den Scheiben hinterließ, zeigten die Farben des Spektrums.

IV

Wir überholten mehrere Satelliten, die vor dem Wind segelten. Wir zwickten den Mond in die Rückseite. Mein Freund spuckte ins Universum.

»Siehst du die Wolke?«

»Ich sehe Steintürme, Persephone, riesige Steintürme, wie Berge hoch, aber schöner, massenhaft solcher ebenmäßiger Berge sehe ich, die bewohnbar sind, ganze Gebirgszüge von ihnen wachsen aus dem Erdboden, wenn ich auf ihn stampfe, mit einem von meinen Füßen, Schuhgröße sechsundvierzig, das kommt davon.«

»Klar«, sagte ich.

»Und Erdölfelder sehe ich und Chemie, soweit das Auge reicht, und Kraftwerke natürlich, wohin mit der Kraft, und Giganten, Leute, Werkgiganten, Schiffsgiganten, Feldgiganten, die wir mit angeschossenen Wolken bewässern oder mit Stauseen, jeden Fluß stau ich dir an, jeden, und den Mississippi zuerst, mit riesigen Baggern gravieren wir unsere Namen in die Erde, daß dein Zeus sie nicht wiedererkennt. Mit diesen erbärmlichen Handbaggern schaufeln wir uns die Brust voll Ruhm und Hoffnung, schaufeln ein Vaterland her, ehe sie noch richtig hochkommt, die Sonne, über den Gräben im Rhinluch.«

Mein Freund stand im Bett und hatte den linken Fuß auf meinen Bauch gestellt. Mit dem rechten Handteller trug er den Himmel, wie ein Kellner ein Tablett trägt. Und er sah geradeaus. An die Pfosten unseres Bettes brandete Kälte, Eisberge schwammen vorbei rechts und links, Gletscherwasser tropfte hernieder, Schnee fiel, Menschen ersoffen in Sturmfluten, wurden von Lawinen begraben. Er sah geradeaus. An die Pfosten unseres Bettes brandete Hitze, Wüste, soweit das Auge reichte, gebleichte Knochen rechts und links, Karst, Lavaströme, die Siedlungen begruben, er sah geradeaus. Mit dem Fernrohr des Helios konnte ich ein

Dutzend Menschen in einem zehn Quadratmeter großen Zimmer erkennen, das ihnen nicht gehörte, keine Arbeit, nur Hoffnung: zu den achtzigtausend zu gehören, die täglich auf dieser Erde verhungerten. Mit dem Fernrohr des Helios konnte ich ein Dutzend Menschen in einem zehntausend Quadratkilometer großen Brachland erkennen, das ihnen nicht gehörte, keine Arbeit, nur Hoffnung: zu den achtzigtausend zu gehören, die täglich auf dieser Erde verhungerten. Ich gab meinem Freund das Fernrohr. Er sah geradeaus.

»Siehst du die Wolke?«

»Nein«, sagte er, nachdem ich mehrmals gefragt hatte.

»Dann nimm den Fuß von meinem Bauch.«

»Warum?«

»Dann nimm die Hand vom Himmel.«

»Warum denn?«

»Dann nimm die Augen aus der Galaxis.«

Er weigerte sich. Wie Helios auf dem Wagen, stand er auf unserem Bett, gewaltig.

»Du hast Plattfüße«, sagte ich.

»Weil ich die Erde geprägt habe mit meinen Schritten«, sagte er.

»Gib mir einen Kuß.«

Er gab mir einen. Einen.

»Du hast noch nichts erfunden, um die Natur wirklich zu beherrschen«, sagte ich, »das bißchen zähle ich mal nicht, bis jetzt hast du nur etwas erfunden, um die Natur zu zerstören. Also leg dich wieder hin.«

Er tat es. Er umfing mich mit Armen und Beinen, kraftlos, er küßte ein bißchen auf mir herum, er stöhnte mir ein paar Tabakwolken ins Gesicht, naja.

»Naja«, sagte ich.

»Du hast mich ganz aus der Stimmung gebracht«, sagte er.

»Flaute.«

»Ja.«

»Hab ich nicht gern«, sagte ich.

»Ich war so in Form, und plötzlich . . .«

»Versteh ich nicht«, sagte ich, »versteh ich nicht, daß du dich nur an Überfluß berauschen kannst, der satt macht. Auch der andere ist schön, der Überfluß an Arbeit, unübersehbar. Was wäre die Erde, wenn du sie erledigen könntest mit der ewigen Seligkeit.«

»Von Backbord kommt Wind auf«, sagte er.

Als er das Institut verließ, starb der Tag. Über dem jenseitigen Ufer lag ein breiter rötlicher Lichtstreifen. Die anderen fuhren mit Wagen in die Stadt. Uwe ging zur Anlegestelle, ließ sich mit dem Fährboot übersetzen und nahm die S-Bahn. Wenn er arbeiten wollte, nahm er die S-Bahn. In einem Auto fiel ihm nichts ein.

Gelbes, lackiertes Holz. Messingschrauben. In jeder Banklatte zwei Messingschrauben, angeordnet in zwei Reihen, die etwa zehn Zentimeter vor der Kante verlaufen, die Bänke auch in zwei Reihen, dem Boden des Wagenkastens aufgeschraubt, der Wagenkasten schleudert, der Schienenstoß erschüttert ihn, rhythmisch, vier kurz aufeinanderfolgende Schläge, die beiden Vorderachsen überfahren die Schienennaht: Doppelschlag, die beiden Hinterachsen überfahren die Schienennaht: Doppelschlag, tatam, tatam, proportional zur Umdrehungszahl der Räder beschleunigt sich der Rhythmus, ich fahre jetzt vielleicht achtzig, der Wind pfeift über mein gewölbtes Dach.

Uwe schloß die Augen und lehnte sich zurück. Der Wagen war zur Hälfte leer. Je weniger Menschen um ihn waren, desto mehr fühlte sich Uwe bedrängt. Er hatte gehofft, in einer überfüllten Bahn endlich allein und ungestört arbeiten zu können.

Schlechtes Licht. Zwielicht. Der Tag starb langsam. Noch immer sah man irgendwelche Gegenstände vorbeifallen, Bruchstücke von ihnen, herausgeschnitten nach Einheitsmaß, die Fenster waren groß und beinahe quadratisch, Uwe konnte einen Streifen Acker erkennen, Straßenpflaster, eine Wolke, Kiefernäste, kahlen Laubwald, ein Stück Haus, etwas Wasser, und Himmel, viel Himmel. Und sein Gesicht. Vor allen diesen Gegenstanden, deren Farben erloschen waren, stand das Spiegelbild seines Gesichts, auch schattenhaft, aber deutlicher, und es schien, als würden die Gegenstände in ihn hineinfallen und durch ihn hindurch.

Zigarette. Kein Aschenbecher. Also Nichtraucher. Der ganze Zug wahrscheinlich Nichtraucher, ohne Zigarette fiel Uwe selten etwas ein.

Aber ihm mußte etwas einfallen. Wenn man nichts Passendes fand, mußte man sich etwas Passendes einfallen lassen.

Auf der Bank neben der Tür saß eine Frau. Uwe konnte nur den Kopf von ihr sehen. Was hatte sie für Hände? Das Gesicht war nackt. Der Tag hatte alle Hüllen abgetragen, Schminke, Haltung, Schutzpanzer, unter dem Ansturm der Müdigkeit war das Gewollte gefallen, eins nach dem anderen. Geblieben war das Gesicht, das eigentliche, wahre. Nicht schön. Nicht häßlich. Faszinierend. Die Brutalität der Wahrheit war immer faszinierend. Was konnte die Frau erlebt haben an diesem Tag? Kam sie von der Arbeit? Kam sie von einem Mann? War sie schwanger? Teigiges Fleisch, fleckig, vielleicht lag es auch an dieser albernen Beleuchtung, Neonlicht machte aus jedem Kopf einen Leichenschädel, die Augen waren grau oder blau, nicht sehr groß und grau oder blau oder grün, der schlaffe sinnliche Mund klemmte zwischen zwei Falten. Eine Hausfrau war sie nicht. Hausfrauen hatten in diesem Alter leere Gesichter. Dieses Gesicht war nicht leer. Also: Was konnte das für eine Frau sein? Wie saß sie auf der Bank? Aufrecht? Zusammengesunken? Die Kopfhaltung ließ darauf schließen, daß sie leicht vornübergebeugt saß. Und ihre Beine? Sie schien eine schlanke Frau zu sein, sie hatte vielleicht schöne Beine. Wenn Frauen müde waren, saßen sie herum wie Marktweiber, breitbeinig, die Füße einwärts gestellt, schöne Frauen mit erregendem Schuhwerk saßen so rum, und die Schönheit war hin, Haltung ist alles, aber die Frau da drüben neben der Tür war auch mit Haltung nicht schön, nicht mehr jung, vierzig vielleicht, und noch nie schön gewesen, vielleicht war sie eine von den Laborantinnen des Instituts, die den ganzen Tag mikroskopierten oder irgendwelche

Lochkarten oder Lochstreifen sortierten, weißer Kittel, weißes Gewissen, casta quam nemo rogavit, guten Morgen, Herr Professor, Laborantin würde zu diesem Gesicht passen, sie fährt nach Hause, sie ist schon längst zu Hause mit ihren Gedanken, sie redet schon mit ihren Kindern, sie hat natürlich Kinder, zwei, drei, nicht mehr als drei, sie arbeitet sechs Stunden, und dann beginnt für sie das Leben, wenn der Mann nach Hause kommt, beginnt für mich das Leben, der Mann und die Kinder: Das ist mein Leben.

Der Zug hielt. Die Frau stieg aus. Niemand stieg ein. Um diese Zeit schien sich hier draußen kein Mensch mehr für die Stadt zu interessieren. Aber der Artikel mußte noch heute abend in die Redaktion. Hundertfünfzig Zeilen. Die ersten zehn waren kein Problem. Aktueller Aufhänger, Herbst, der See, die Halbinsel mit den Institutsgebäuden, ehemalige Schokoladenfabrik undsoweiter, den Anfang konnte auch ein Besoffener schreiben. Aber die Artikelserie hieß ›Produktivkraft Wissenschaft‹, man mußte ja irgendwann mal zum Thema kommen.

»Wir müssen langsam zum Thema kommen«, hatte dieser Armenier gesagt, zwischen Suppe und Hauptgericht, in bestem Deutsch, fast akzentfrei, vielleicht war er scharf auf einen Nobelpreis, die meisten von diesen Leuten waren vermutlich scharf drauf, man brauchte sie nur anzusehen, man brauchte nur zu beobachten, was sie aßen, der Armenier aß Zwieback, »es wird Zeit, daß wir langsam zum Thema kommen«, hatte er gesagt, »was man nicht schafft zwischen dreißig und vierzig, schafft man nie.«

Dumpfe Schläge, kurz aufeinanderfolgend: Zusammenprall der automatisch schließenden Türen. Uwe wurde gegen die Lehne gedrückt. Der Fahrton stieg. Das Fenster zeigte nur noch Uwes Spiegelbild. Aber bald würden die Lichter der Stadt kommen. In Städten starb der Tag erleuchtet. Wenn man beschäftigt war, merkte man bisweilen gar nicht, daß einer draufging. Aber auf dieser gottverlassenen Halbinsel vor der Stadt, wo sich die Physiker etabliert hatten, röchelte er einem die Ohren voll. Uwe hätte auf seine Frau hören und den Auftrag nicht annehmen sollen.

Das Fenster stand einen Spalt offen. Der Fahrtwind griff herein. Uwe spürte den Meeresgeruch. Der Zug näherte sich der Stadt. Rhythmisch. Der Schienenstoß drummte den Rhythmus.

Uwe blätterte im Stenogrammblock. Zwanzig Seiten hatte er heute vollgeschrieben, noch mehr, aber nichts war zu gebrauchen. Nicht nur die Ausländer, sondern auch die Mitarbeiter des Instituts, die an der Arbeitstagung teilnahmen, gaben ohne weiteres zu – mit einem gewissen Stolz sogar, sie hatten keine Ahnung von den augenblicklichen Erfordernissen der Presse –, daß sie an Problemen säßen, deren Lösung vielleicht in achtzig Jahren einmal praktische Bedeutung bekäme, daß ihre Forschungen unerhört kostspielig wären und immer kostspieliger würden undsoweiter. Sogar die Verknüpfung mit dem aktuellen Aufhänger, die sich eigentlich bei einem Bericht über die Arbeit eines kernphysikalischen Instituts geradezu anbieten müßte – Uwe hatte sie sofort im Kopf, als er von dem Auftrag hörte, obgleich die politische Situation da noch gar nicht akut war –, sogar diese simple Verknüpfung ließ sich nur gewaltsam herstellen. Ein Zeichen dafür, daß das ganze Unternehmen verfehlt war.

Uwe hätte in Urlaub fahren sollen. Entweder was zum Thema schreiben oder in Urlaub, jawohl. »Mit dreißig muß man langsam zum Thema kommen«, hatte der Armenier gesagt. Paremusjan hieß er oder Taremusjan oder Karemusjan oder so, Uwe aß die zweite Portion, und dieser Igor Dideldumjan knabberte Zwieback, weil der Ehrgeiz vermutlich seinen Magen demoliert hatte, er vertilgte zwei große Pakete von dem Zeug und redete ununterbrochen, und seine Kohlenaugen glitzerten vor Fanatismus. Uwe war auch dreißig: Er wollte sich lieber mit dem Engländer unterhalten, der rechts neben ihm saß, rechts saß der Engländer, und links saß Fürst Igor, aber der Engländer hörte auch auf den Armenier, er aß ohne aufzublicken, aber er nickte zustimmend. Uwe war dreißig. Sein Magen war völlig in Ordnung.

Die Lichter der Stadt spielten auf der Scheibe. Der Geruch des Meeres war da. Obgleich die Küste über zweihundert Kilometer entfernt war. Der Wind, der fast immer durch die Stadt zog, brachte den Geruch des Meeres mit.

»Ich habe den Meer noch nicht gesehen«, sagte Fürst Igor, »aber er gehört mir. Virtuell. Wenn ich ihn mit meinem Verstand befahre, gehört er uns. Was man richtig will, schafft man auch.« Er sagte »den Meer«, anders als maskulin konnte er sich so was Imposantes wie Meer wahrscheinlich nicht vorstellen. Uwe war zwanzig, als er das Meer zum erstenmal sah. Mit zwanzig war das Meer unendlich. Mit dreißig hatte es Ufer. Die anderen Teilnehmer der Arbeitstagung redeten übers Essen und über die Laborantinnen, die das Essen auftrugen, und über politische Varianten natürlich, Krieg ja oder nein und so, kein Mensch außer diesem Igor und einem gewissen Dr. Kai M. redete über das Meer, die anderen waren alle normal, was sie machten, schien überhaupt eine ganz normale Sache zu sein, Filme auswerten, messen, die meisten waren sicher ganz normale Meßknechte, mit denen man reden konnte. Wenn man konnte. Aber Igor ließ ja keinen zu Wort kommen. Jedenfalls hörte Uwe nichts anderes als die metallische Stimme Igors, seine rhythmisch getrimmten Satzungeheuer, er war auch dreißig, er war auch ehrgeizig, natürlich, jeder Mensch war ehrgeizig, meingott, aber sein Magen war in Ordnung, nur daß er abends schlecht einschlafen konnte, weil ich spüre, daß ich keine Zeit mehr habe, sagte Igor, mit zwanzig weiß man überhaupt nicht, was das ist: Zeit, es ist eine Kategorie, die gibt es nicht bis dreißig, mit dreißig taucht sie zum erstenmal auf, wenn du ein Mensch geworden bist, in dem Moment, wo du ein Mensch wirst, wo du nicht nur körperlich, sondern auch geistig da bist, ganz da, in diesem Augenblick, oben, auf dem Berg, siehst du zum erstenmal das Ende, du siehst dich um da oben, du hast eine gute Aussicht, und du siehst das Ende, in diesem

Moment begreifst du, was das ist: Zeit, bis dahin hast du nur darüber geredet, daß du keine Zeit hast, aber plötzlich fühlst du das Ungeheuer, das dich von nun an nie mehr verlassen wird, das dich verfolgt, besonders abends, das dich jagt, ich nehme es mit in den Schlaf, und ich stehe mit ihm auf, und Ihnen, Professor, wird es nicht anders gehen, auch wenn Sie keinen Zwieback essen, lieben Sie Rätsel? Ein Hund hat eine Pfanne an den Schwanz gebunden. Wenn der Hund läuft, schlägt die Pfanne aufs Straßenpflaster. Frage: Mit welcher Geschwindigkeit muß der Hund laufen, damit das Aufschlagen der Pfanne unhörbar wird? Alle denken nach, der Institutsdirektor, seine Mitarbeiter, die Engländer, die Westdeutschen, alle grübeln, der Engländer kaut grübelnd, ich kaue meinen Zwieback, nach einer Weile erbarme ich mich und nenne die lächerlich offensichtliche Lösung: Null.

Die Bahnhöfe waren jetzt besser erleuchtet. Der Schienenstoß drummte langsamer. Laubenkolonien. Villen. Neubausiedlungen: Ausläufer der Stadt. Uwe mußte anfangen zu schreiben, jetzt, sofort. Er hatte keine Zeit mehr.

Denn er wohnte in dieser Stadt. Nicht von Kindheit an. Aber im Sommer fünfundvierzig wurde er hierher verschlagen. Und seitdem lebte er in der Stadt. Zuerst in einem der drei westlichen Sektoren, dann im östlichen Sektor, dann wieder im Westen, und von neunundvierzig an ohne Unterbrechung bis heute im Osten. In einer Gegend, wo jedes Haus zwei bis drei Hinterhäuser hatte. Die Wohnungen in den Hinterhäusern wurden jetzt amtlich als schwer vermietbar bezeichnet. Uwe wohnte in einem Vorderhaus. Es war so verkehrsgünstig gelegen, daß er aus dem Küchenfenster auf das Dach eines vorbeifahrenden S-Bahn-Zuges hätte springen können. Die Züge überfuhren früher und hier und da auch heute noch die Grenze. Er hatte sich an diesen Zustand gewöhnt. Denn in dieser Zeit hatte jede Stadt eine Grenze, sichtbar oder unsichtbar.

Uwe fuhr ein in einen waagerechten Stollen, den der Zug in die Stadt hineintrieb. Auf dem Bahnhof Greifswalder

Straße verließ er den Förderkorb, ging die Stufen hinunter, dreckige, grell erleuchtete Stufen, warf seine Fahrkarte in den Papierkorb, schob sich vorbei an den Plakaten, mit denen die Wände der Unterführung beklebt waren, rempelte einen Besoffenen an oder wurde gerempelt, betrat das Straßenpflaster. Links vor dem belichteten Himmel ein Klumpen Schwarz, der auf einem dicken Stamm sitzt: Nachtmodell. Der Stamm von Kleinpflaster umringt. Aber der Baum ist noch nicht erstickt. Zwei Pärchen stehen unter seiner Nacht. Die Nacht ist eng in der Stadt. Wer drin einen Platz haben will, muß sich beeilen. Uwe kommt zu spät.

Uwe muß unter das Lichtgewölbe der Straße. Es wird getragen von Peitschenmasten. Unter dem Gewölbe sind Drähte gespannt. Die auf Schotter liegenden Schienenpaare glänzen silbrig. Über die hellgrauen Asphaltbahnen zu beiden Seiten rollt der Verkehr. Wenn man auf der Bordkante läuft, spürt man seinen Sog. Uwe läuft auf der Bordkante. Beruhigt: Er weiß das Gewölbe über sich. Steinplatten fallen auf ihn zu, Lichtmasten, Häuser. Osmotischer Druck. Die Straße wächst langsam in ihn hinein. Die Stadt hat ihn.

Als er die Zimmertür öffnete, quoll ihm abgestandene Luft entgegen. Die Decke war blau gestrichen: ein zuverlässiger Himmel. Im Zenit war eine Plastiksonne installiert, die man an- und ausschalten konnte nach Bedarf. Uwe schaltete sie an.

Aber sein Zimmer funktionierte nicht.

Uwe öffnete das Fenster. Wind warf sich herein. Der Wind, der fast immer durch die Stadt zog, brachte den Geruch des Meeres mit. Obgleich die Küste über zweihundert Kilometer entfernt war. Natürliche und künstliche Wasserstraßen verbanden die Stadt mit dem Meer und seinen Stürmen. Uwe stand am Fenster. Der warme Wind, den der Golfstrom herübertrug, war um ihn. Und das Rumoren des Verkehrs. Und der Lärm eines Lautsprechergefechts entlang der Grenzmauer.

Der Wind riß Papier vom Schreibtisch. Uwe schloß das Fenster, hob die Schreibmaschine herunter, schaltete das Licht wieder aus und legte sich auf den Schreibtisch. Ein paar Bogen, die der Wind nicht heruntergerissen hatte, knisterten unter seinem Rücken. Aber die Schreibmaschine war weit.

Das Zimmer hatte sich vollgepumpt mit Meerluft. Der eigenartige Geruch war geblieben.

Uwe stemmte die Fersen auf die Platte und verschränkte die Arme im Nacken. Die Dunkelheit hatte ein Loch. Durch das Fenster fiel ein quadratischer Lichtfleck auf die Decke. In der Stadt hatte die Dunkelheit immer Löcher. Uwe starrte das Loch an. Obgleich er die Schreibmaschine nicht mehr sehen wollte. Die Schreibmaschine stand auf dem Teppich. Durch das Loch fiel Licht auf die Schreibmaschine, in die ein Bogen eingespannt war.

Uwe starrte die Dunkelheit an, die riesigen schwarzen Augen der Dunkelheit, in denen man absaufen konnte wie in den Augen einer Frau. Schlafen, dachte er. Aber er wußte, daß es sinnlos war, jetzt ins Bett zu gehen. Die S-Bahn-Züge erschütterten das Haus um diese Zeit noch alle zehn Minuten. Und das Lautsprechergefecht war noch im Gang. Und die warme Luft stand im Zimmer. Und der Geruch nach durchgebrannten Kondensatoren.

Der Tag starb. Die Dunkelheit hatte ein Loch, aber er starb trotzdem. Er kratzte ab, und Uwe lag auf dem Schreibtisch. Weil er sich fürchtete, ins Bett zu gehen. Er sah die Schreibmaschine mit dem Bogen nicht, aber er wußte: Sie steht auf dem Teppich. Und das Zimmer war kahl. Die ganze Wohnung war kahl ohne Ev. Sie hatte immer noch nicht geschrieben. Wenn sie jetzt da wäre, würde Uwe ins Bett gehen. Aber einschlafen würde er auch nicht können. Nicht mal danach würde er sofort einschlafen können. Ich hätte bei der Wissenschaft bleiben sollen, dachte er, ich hau in den Sack und mach wieder Wissenschaft. Oder ich geh als Auslandskorrespondent. Oder wir schaffen uns Kinder an, einen Sohn, wenn er groß ist, wird er Wissenschaftler. Uwe hatte schon vorher gemerkt, daß mit ihm etwas nicht in Ordnung war. Irgend etwas. Er hatte Schlaftabletten genommen und fertig. Aber seitdem dieser Armenier ihm über den Weg gelaufen war, halfen auch Tabletten nicht. Natürlich sackte man ab, wenn man genug von dem Zeug genommen hatte, aber nach zwei, drei Stunden war man wieder munter. Und wenn man nochmal eine Dosis nahm, war man den ganzen nächsten Tag wie besoffen und arbeitsunfähig und verschlimmerte alles nur noch. Uwe konnte nicht mehr ruhig einen Tag sterben sehen.

Gegen elf fiel ihm wenigstens eine passende Ausrede ein. Er wälzte sich herunter vom Schreibtisch, um die Redaktion anzurufen, aber in dem Augenblick, als er den Hörer abnehmen wollte, hörte er Klopfen an der Flurtür. Klopfen? Um diese Zeit? Welcher Besoffene hatte sich denn da wieder in der Tür geirrt?

»Sie sind falsch.«

Erneutes Klopfen. Fand er im Suff die Klingel nicht?

»Wer ist da?«

»Ich.«

Eine Frauenstimme. Die Kajunken. Früh kam sie nicht aus dem Bett und abends nicht rein. Wahrscheinlich wollte sie Kaffee borgen. Um diese Zeit kriegte die alte Schlampe gelegentlich Appetit auf Kaffee.

»Wir schlafen schon.«

»Verzeihung.«

Die Kajunken sagte nicht »Verzeihung«. Die Kajunken schlich nicht so die Treppe hinauf. Uwe öffnete.

Maud stand auf der Treppe.

»Verzeihung«, sagte sie.

»Keine Ursache.«

»Wenn ich gewußt hätte, daß Sie schon schlafen . . .«

»Ich schlaf noch gar nicht.«

»Aber Ihre Frau . . .«

»Meine Frau ist verreist«, sagte Uwe, »ist was kaputt?«

Maud griff nach dem Geländer. Die Hausleute nannten

sie Maud, auch die, die sie nicht duzten, sagten Maud zu ihr. Uwe duzte sie nicht. Uwe sagte: »Was ist denn kaputt bei Ihnen?«

»Ein Rohr, vielleicht ist ein Rohr gebrochen.«

»Ein Wasserrohr?«

»Nein, Gas.«

»Glaub ich nicht.«

»Doch.«

»Riecht man was?«

»Ja.«

»In Ihrer Wohnung?«

»In der Küche«, sagte Maud. Sie stieg vor ihm die Stufen hinauf. Er sah ihre Beine und die weißen Hinterkappen ihrer Schuhe und die Absätze, hohe dünne Absätze, mit denen sie die Stufen nicht berührte.

Der Gasgeruch war schon im Flur zu spüren. »Kein Licht anschalten.« Uwe tastete sich durch den Korridor zur Küchentür. Die Küche stank. »Mein Gott, das Fenster ist ja noch zu.«

»Verzeihung«, sagte Maud.

Die Bude ein Gasometer, die Luken verrammelt, und da sagte die Dame »Verzeihung«. Dummheit gab's auf dieser Welt, so was von Dummheit ... Und solchen Leuten war man täglich in die Hand gegeben.

»Wo vermuten Sie denn den Schaden?«

»Wie?«

»Ich meine: Wo kommt denn der Gestank her?«

»Keine Ahnung.«

Keine Ahnung, natürlich. Uwe war Journalist. Uwe brauchte davon keine Ahnung zu haben. Aber sie hatte ja schließlich einen praktischen Beruf.

»Was machen Sie denn, wenn an Ihrem Zug was kaputt ist?«

»Den Schaden einkreisen«, sagte Maud. Sie schien auf dem Korridor auf- und abzulaufen. Uwe schnüffelte in der finsteren Küche herum und stieß sich blaue Flecke, und sie stocherte mit ihren Stahlabsätzen über die Dielen.

»Wann haben Sie es denn gemerkt?«
»Eben.«
»Wann, eben?«
»Na, vor ein paar Minuten, als ich aus dem Dienst kam.«
Sie kam in weißen Pumps aus dem Dienst. Was man nicht im Kopf hat, hat man an den Beinen. Ihre Beine waren noch ganz gut erhalten. Aber sonst war an der Dame nicht mehr viel dran. Wahrscheinlich hat irgendein Besuch den ganzen Abend in ihrer Wohnung rumgetrampelt.
»Wir müssen das Gaswerk anrufen«, sagte Uwe.
»Nein.«
»Natürlich müssen wir das Gaswerk anrufen. Sie scheinen gar nicht zu wissen, wie gefährlich so ein Rohrbruch ist.«
»Vielleicht ist nur der Schlauch defekt?«
»Welcher Schlauch?«
»Na, die Leitung vom Gaskocher doch.«
»Haben Sie etwa den Haupthahn noch offen?«
Sie hatte ihn noch offen. Und so was behauptete gelernt zu haben, wie man einen Schaden einkreist. Frauen lernten so was nie. Man mußte sich wundern, daß solche Fahrer die S-Bahn überhaupt auf den Schienen halten konnten.
»Wo wollen Sie hin?«
»Runter zu mir, das Gaswerk anrufen.«
»Und wenn es nur die Leitung ist?«
»Ich bin kein Fachmann, ich ruf an.«
»Es ist bestimmt nur die Leitung.«
»Woher wollen Sie das wissen?«
»Wir gehen jetzt rüber in mein Zimmer und trinken einen Schnaps, und wenn wir wieder zurückkommen, ist hier genug frische Luft drin, und wir können Licht machen und nachsehen, ob was ist mit der Leitung.« Sie griff nach seinem Arm, zog Uwe aus der Küche, schob ihn vor sich her durch den dunklen Flur, hinein in einen halbdunklen Raum. Ein Sessel, eine Couch, Bücher, Radio, Plattenspieler, Fernsehapparat. Die Couch war über und über mit Kissen belegt, die faltenlose, farblich genau aufeinander abge-

stimmte Bezüge hatten. Auf dem kleinen Tisch stand eine volle Wodkaflasche, genau in der Mitte, um sie herum waren in gleichmäßigen Abständen Gläser gestellt. Maud holte eine Flasche Likör und zwei Gläser aus dem kleinen Bücherschrank, die gleichen, die auf dem Tisch standen.

»Ist der Wodka auch zum Trinken?«

»Der Wodka?«

»Ich trink nämlich keinen Likör.«

»Auch nicht mit mir?«

Erst recht nicht mit Ihnen, müßte man sagen, wenn man ehrlich wäre, aber wer konnte sich schon leisten, ehrlich zu sein. Uwe sagte: »Ich bin so frei.«

Maud warf den Kopf zurück und schüttete den Fusel in sich hinein. Dann setzte sie sich auf die Couchkante und zerrte an ihrem Rock. Der Rock war weiß und gespannt über den Schenkeln. Durch die Spitzenbluse schimmerte dunkle Unterwäsche. Wahrscheinlich war sie zu eitel, in der Uniform nach Hause zu gehen. Alleinstehende Frauen waren borniert eitel. Vor allem in einem gewissen Alter. Kirschlikör. Uwe hatte den scharfsüßen Fusel noch immer im Mund. Die Sitzengebliebenen versuchten es mit weißen Röcken und Spitze und Kosmetik. Oder sie warfen sich auf die Politik. In Uwes Redaktion saßen eine Menge solcher Frauenzimmer. Der Fusel ätzte das Zahnfleisch. Uwe schluckte. Uwe mußte die Redaktion anrufen, zuerst das Gaswerk und dann die Redaktion.

»Haben Sie heute die Aktuelle Kamera gesehen?«

»Nein, Sie?«

»Ich auch nicht.«

»Schade.«

»Warum?«

»Ich dachte nur . . .«

Sie sah nicht so aus, als ob sie viel dachte. Sie sah überhaupt ziemlich langweilig aus. Ein Gesicht, das man sich nicht merken konnte, weil es nichts Bemerkenswertes aufwies. Uwe hätte an diesem Abend nicht mal Lust gehabt, mit einer schönen Frau Konversation zu machen, geschweige denn mit so einer. Wenn er sich schlecht fühlte, wollte er allein sein.

»Noch ein Gläschen?«

»Ich muß in die Küche.«

»Erst ein Gläschen und dann in die Küche.«

»Mein Gott, wissen Sie denn nicht, daß wir jeden Augenblick in die Luft fliegen können?«

»Wir beide?«

»Das ganze Haus.«

»Wegen einem defekten Schlauch?«

»Wegen einem defekten Schlauch nicht, aber . . .«

»Dann können Sie ruhig noch einen nehmen.«

»Wieso?«

»Wir haben noch nie zusammen gesprochen.«

»Ja.«

»Ich danke Ihnen, daß Sie gekommen sind.«

»Keine Ursache.«

»Darf ich Ihnen etwas zu essen anbieten?«

»Nein danke.«

»Rauchen Sie Gauloises?«

»Oh, woher haben Sie denn die?«

»Liegengeblieben.«

»Ich muß wirklich gehen.«

»Ich denke, Ihre Frau ist nicht da.«

»Ja, sie macht Urlaub.«

»Ich weiß.«

»Woher.«

»Ich habe die Kajunken gefragt.«

»So.«

»Ich wollte sichergehen.«

»Aha.«

»Als Sie sagten: wir schlafen schon, hab ich natürlich einen Schreck gekriegt. Ich hab gedacht, die Kajunken hat mich angeschmiert.«

»Entschuldigen Sie, aber . . .«

»Ich entschuldige alles, und ich hoffe das gleiche von Ihnen. Also?«

»Ich verstehe nicht, wovon Sie reden.«
»Das sagen alle.«
»Erlauben Sie mal.«
»Ich erlaube Ihnen alles.«
»Guten Abend.«
»Wohin?«
»Guten Abend.«
»Und meine Küche?«
»Ich seh gleich nach, und wenn noch immer Gas ausströmt, ruf ich an.«
»Aber das mit dem Gas war doch nur ein Vorwand.«
»Was?«
»Oder wären Sie etwa auch so gekommen?«
Maud lehnte sich zurück und schlug die Beine übereinander. Der übliche Trick. Billig. Eine billige Alte. Uwe gab nicht viel auf das, was die Leute erzählten. Aber in diesem Fall schienen sie recht zu haben. Sie schien tatsächlich eine Ehrenamtliche zu sein. Die Ehrenamtlichen waren am geilsten. Wahrscheinlich war sie bekannt in der Gegend. Wahrscheinlich duzten sie deshalb so viele. Aber Uwe war ja naiv. Er fiel ja auf jeden Schwindel rein. Er glaubte und fiel rein. Immer wieder. Er hatte diese Maud für eine prüde Jungfer gehalten, dieses zynische Aas für eine prüde Jungfer – er war wirklich nicht zu retten. Er war einfach lächerlich. Er stand dumm rum, statt ihr ein paar passende Worte zu sagen. Er starrte angeekelt auf das welke Fleisch.
»Wollen Sie sich nicht zu mir setzen?«
Uwe ging. Im Korridor holte sie ihn ein. Sie umklammerte ihn mit beiden Armen, sie trampelte und schlug mit dem Kopf und schrie und verkrallte ihre Hände in seinem Hemd, sie schrie und schrie, immer nur das eine Wort, er wollte sich losreißen, aber sie hielt ihn um so fester, sie schlug ihre Fingernägel in seine Arme und schrie das Wort, das eigentlich gar kein Wort mehr war, sondern ein tierischer Laut: Nein. Er versuchte ihr den Mund zuzuhalten, aber es gelang ihm nicht, weil sie biß, sie kratzte und biß und schrie, und er kämpfte mit ihr, und er mußte alle Kräfte

aufbieten, um sie zu überwältigen und in das Zimmer zurückzubringen.

Sie setzte sich, als ob nichts geschehen wäre, sie ordnete ihr Haar und lächelte sogar ein wenig, aber sobald sich Uwe zur Tür wandte, begann sie wieder zu schreien. Wollte sie ihn kompromittieren? Wollte sie sich an ihm rächen? Spekulierte sie mit diesem Theater auf sein Mitleid? Wollte sie ihn auf diese Tour rumkriegen?

»Gute Nacht.«

»Nein.«

»Seien Sie doch endlich vernünftig.«

»Ja, aber nicht gehen.«

»Sie müssen doch langsam gemerkt haben, daß Sie bei mir falsch sind.«

»Bitte nicht gehen.«

»Was wollen Sie denn noch von mir?«

Sie blinzelte. Ihre Augen waren ganz hell, groß und unerhört hell, Eisflächen, auf denen Pupillenpucks hin- und hergeschossen wurden. Uwe hatte noch nie solche hellen, bernsteinfarbenen Augen gesehen. Bei Menschen. Eine Katze, dachte er, eine alte hysterische Katze. Ob Ev auch mal solche schräg von den Nasenflügeln zu den Mundwinkeln verlaufende Kerbfalten bekam?

»Ist Ihnen nicht gut?«

Maud schüttelte den Kopf.

»Soll ich vielleicht einen Arzt rufen.«

»Nein.«

»Darf ich Ihnen eine Schlaftablette bringen?«

»Danke«, sagte Maud, »vielen Dank.« Sie zwinkerte mit den Augen und lachte. Lachte sie über ihn? Triumphierte sie, weil sie ihn zurückgeholt hatte? Spielte sie ihm etwas vor? Uwe wischte sich das Blut von seinen zerkratzten Armen. Konnte ein Mensch so echt spielen?

»Ich mache Ihnen einen Tee, meine Frau trinkt manchmal so einen Tee, wenn sie sich schlecht fühlt.«

Sie sah ihn erstaunt an. Oder auch erschrocken. Oder vielleicht auch verständnislos. Ihr Gesicht war noch immer starr, auch wenn sie lachte, war es merkwürdig starr, auch wenn sie zwinkerte. Was war los mit dieser Frau? Uwe zündete sich eine Zigarette an. Als er wieder aufblickte, sah er, daß ihre Wimperntusche auslief. Sie versuchte die schwarzen Rinnsale mit den Fingerspitzen abzudämmen, sie wischte und rieb und verteilte die Farbe übers ganze Gesicht.

Uwe sah weg. Vielleicht gehörten die Tränen auch zum Theater. Wer so raffiniert war wie diese Maud – zuerst hatte sie sich bei der Kajunken informiert, und dann hatte sie die Gasrohrgeschichte inszeniert –, wer so berechnend vorging, arbeitete mit allen Mitteln, auch mit Tränen. Sie wollte ihn weich machen. Uwe durfte sich nicht weich machen lassen. Uwe rauchte.

»Verachten Sie mich jetzt?«

»Ich?«

»Natürlich verachten Sie mich. Eine Frau, die einen Mann haben will, verachten alle.«

»Wenn er verheiratet ist ...«

»Sonst auch.«

»Vielleicht wollten Sie gar nicht ...«

»Doch, ich wollte.«

Uwe zündete sich eine neue Zigarette an.

»Aber es ist mir nicht gelungen. In meinem Alter gelingt das nicht mehr immer. Und wenn es gilt, gelingt es sowieso nicht.«

Uwe kaute den beißenden Geruch der Gauloise.

»Ich sah die Niederlage schon voraus. Aber mir blieb keine andere Wahl.«

Uwe starrte auf seine Zigarette. Er schämte sich so für die Frau, daß er am liebsten weggerannt wäre. Aber er blieb, weil er fürchtete, sie könnte wieder zu schreien beginnen.

»Das finden Sie wohl unerhört, daß eine Frau ab und zu mal einen Mann braucht?« Sie lachte.

Uwe drückte seine Zigarette aus.

»Ich konnte mir nicht anders helfen«, sagte sie und lachte.

Uwe stand auf.

»Wenn Sie nicht gekommen wären, hätte ich mir das Leben genommen.«

Als Uwe am anderen Morgen in seine Wohnung zurückging, sah die Wohnung anders aus. Und er sprach mit seinem Zimmer anders als sonst. Er sagte, ich bin ein Mensch, der keinen Vater hat, dieser SA-Mann ist nicht mein Vater, und meine Mutter hat auch nichts getaugt. Tagsüber arbeitete sie in der Spinnerei, und abends suchte sie nach einem Mann zum Heiraten, und als ihr dieser SA-Kerl die Ehe versprach, ließ sie sich nehmen. Aber dann wurde er befördert, und eine Schwarzhaarige kam für ihn nicht mehr in Frage. Und sie badete heiß und aß Chinin, aber ich kam trotzdem. Ich kam zur Großmutter, und ich blieb bei ihr, auch als sich ein Mann zum Heiraten gefunden hatte. Aber die Großmutter konnte mich eigentlich ebensowenig gebrauchen. Niemand konnte mich gebrauchen. Und ich konnte niemanden gebrauchen. Ich schlug mich allein durch. Auf dem Hinterhof, wo wir spielten. In der Schule. Als ich die Großmutter verlor, weil sie beim Alarm nicht mehr in den Keller ging. Und an der Universität half mir auch niemand, als ich drinsaß und zwei Jahre in die Produktion delegiert wurde. Und Ev hat mit sich zu tun. Jeder Mensch hat mit sich zu tun. Was besitzt man, wenn man eine Frau besitzt? Nichts. Man kann keinen Menschen besitzen. Man besitzt nur sich selbst. Auch wenn ich liebe, überschreite ich diese Grenze nicht. Auch die Liebe ist mein Werk. Ich kann mir kein Leben borgen. Man lebt nicht weiter in seinen Kindern. Man lebt nur sich. Jeder muß allein fertig werden mit seinem Leben. Menschen, die Angst davor haben, allein zu sein, haben Angst vor sich selbst. Ihnen graust vor ihrer inneren Leere. Erleben kann man nur aktiv. Je größer der Erlebnisverschleiß, desto kleiner der Mensch. Jeder muß allein dieses ungeheure Loch ausfüllen, das entstanden ist, als wir Gott begruben. Es war schwer, ihn zu töten. Aber die Kraft aufzubringen, sich an seine Stelle zu setzen, ist ungleich schwerer. Wer nicht stark genug ist, das Leck zu stopfen, dessen Kahn säuft ab. Ich bin stark genug. Ich komme zum Thema. Ich bin ein Mensch, der keinen Vater braucht, sagte Uwe.

Und das Zimmer verstand ihn. Es sah ziemlich verwahrlost aus, aber es war nicht kahl. Es war auf Ev nicht angewiesen. Es hatte einen Do-it-yourself-Anstrich: gelbe Wände, blaue Decke. Der Morgen hielt die Farben zusammen, keine Spur Blau fiel von der Decke und erkältete das Gelb und machte es kränklich. Die Wände hatten heute eine einwandfrei irdische Farbe, warm, ein bißchen beunruhigend, aber durch und durch gesund und laut wie ein in die Höhe gebrachter Trompetenton.

Uwe hob die Schreibmaschine zurück auf den Schreibtisch, er sagte, während er sich nach ihr bückte, »sie muß an ihren Platz«, und da mußte sie an ihren Platz, er sagte, »das Papier muß ich auch aufheben«, und er sammelte die verstreuten Blätter auf vom Teppich, er begleitete auch die Tätigkeit des Kaffeekochens mit den entsprechenden Worten. Dann sagte er der Redaktion, daß er nicht daran denke, sich etwas aus den Fingern zu saugen, und machte sich auf den Weg.

Der Weg war überdacht von einem klaren Morgen, Uwe spürte keine Müdigkeit, obgleich er nicht geschlafen hatte, die Straßen waren gesprengt, er ging durch eine aufgeräumte Stadt, der Verkehr bewegte sich um ihn, konzentrisch.

Uwe fraß sich spielend durch die Häuser. Dann setzte er sich in die S-Bahn und verdaute das Gemäuer: Putz, Ziegel, Mörtel, Armierung, Beton, Holz, baunaß, trockengewohnt, schwammzerfressen. Und als die Bahn in Ostkreuz hielt, hatte er die Stadt. Verdaut. Ich: die Stadt.

Der Zug ächzte unter der Last, als er wieder anfuhr. Der Schienenstoß erschütterte den Wagenkasten, rhythmisch, vier kurz aufeinanderfolgende Schläge, tatam, tatam. Maud fuhr den Zug nicht. Maud hatte Spätdienst. Uwe hätte sich gern von ihr fahren lassen. Sie konnte fahren. Sie war eine Fahrende. Er war ein Fahrender. Er: die Stadt. Die gespaltene Stadt. Er nahm sie mit auf die Halbinsel der Physiker.

Vom gegenüberliegenden Ufer sah die von einem hohen Baum, dem Turm eines stillgelegten Beschleunigers und verschiedenen Gebäuden bestandene Halbinsel ziemlich romantisch aus. Also ließ sich Uwe heute nicht übersetzen. Er betrat sie von Land. Und da merkte man gar nicht, daß sie eine Halbinsel war. Da gehörte sie zu dem etwas einfältigen Ort, dessen Bewohner sich vorzugsweise auf Fahrrädern bewegten und die Nicht-Einheimischen neugierig anstarrten. Die Physiker zählten zu den Einheimischen. Auch wenn etliche von ihnen in der Stadt wohnten. Das Institut stand unauffällig in der Ecke des Ortes. Als der inzwischen unaktuell und abrißreif gewordene Beschleuniger gebaut wurde, wäre das Institut Ortsgespräch gewesen. Seitdem Einwohnerinnen dort als Laborantinnen angestellt wären und erzählten, daß die Physiker mit Scheren arbeiteten und Filme ansähen, sei das Institut uninteressant geworden. Physiker, die keine Atombomben bauten, waren uninteressant. Weil sie keine richtigen Physiker waren.

Uwe zeigte seinen Journalistenausweis, der Pförtner nickte, wenn ein Promovierter kam, riß der Pförtner das Fenster auf und sagte »Guten Morgen, Herr Doktor«, Uwe hatte keinen Titel, wer keinen Titel hatte, mußte froh sein, wenn man ihm zunickte. Uwe nickte zurück, er: die Stadt. Er ging vorbei an dem großen Baum und an dem häßlichen kleinen Backsteingebäude, wo vor nicht allzu langer Zeit noch Pralinen hergestellt wurden und in dem jetzt der Direktor residierte. An das schokoladengotische Verwaltungshaus von Monsignore war das Refektorium angebaut, eine Baracke, es gab nicht Herrenrefektorium und Laienrefektorium, es gab nur die eine Baracke, in der alle aßen, Physiker, Mathematiker, Ingenieure, Handwerker, Sekretärinnen, Laborantinnen, Putzfrauen. Die Physiker trugen Ordenstracht. Die modisch Orthodoxen trugen die weißen Kittel lang, die anderen trugen kurze mit Seitenschlitzen.

Auch manche Laienbrüder und fast alle Laienschwestern hatten weiße Kittel.

Diejenigen Ordensbrüder, die an der Konferenz teilnahmen, legten die Tracht ab, bevor sie das Parlatorium betraten. Uwe legte die Stadt nicht ab. Er schleppte sie durch die Korridore des nach durchgeschmorten Kondensatoren riechenden Institutsgebäudes. Durch das Erdgeschoß schleppte er sie, wo das Labor, die Werkstatt, die Bibliothek und die Rechenmaschine untergebracht waren. Er trug sie hinauf in den ersten Stock, wo sich die Zellen der experimentellen Physiker befanden, jede Zelle hatte eine schwarze Tafel mit Bord für Kreide und Schwamm, einen Schreibtisch mit Schere und anderen Geräten, einen Stuhl, ein Bücherregal, einen Kleiderhaken, ein viereckiges Fenster, die untere Hälfte Milchglas, blauen Estrich, zwei Meter mal vier Meter sechsundsiebzig, und eine Tür, die sich von allen anderen grundsätzlich unterschied durch den Farbanstrich, der jeweils einmalig war wie die Fluglochmarkierungen an Bienenhäusern. Im zweiten Stock, wo sich die Stuben der Theoretiker und das Parlatorium befanden und die Wände mit Heiligenbildern bepflastert waren: Kopernikus, Galilei, Giordano Bruno, Newton, Cavendish, Coulomb, Ampère, Galois, Gauß, Minkowski, Maxwell, Planck, Einstein, wurde ihm etwas übel, und er spürte das Bedürfnis, die Häuser auszukotzen: Putz, Ziegel, Mörtel, Armierung, Beton, Holz: baunaß, trockengewohnt, schwammzerfressen. Aber er behielt alles bei sich.

Und er betrat das Parlatorium. Ein langer, schmaler Raum, vorn eine bis zur Decke reichende schwarze Tafel, dreigeteilt. Die Flügel waren mit Zahlen, Buchstaben, Kurven und einer Zeichnung, die einem Strichmännchen ohne Kopf oder einer Stabheuschrecke ähnlich sah, bekreidet. Blau. Auf dem Altarblatt stand: papperlapapp.

Die Männer saßen um einen großen rechteckigen Tisch, ausschließlich Männer, Dr. Kai M. hatte Uwe gesagt, Physik sei eine vitale Wissenschaft für vitale Männer. Eine männliche Wissenschaft also. Wir Männer, dachte Uwe und zog unauffällig einen Stuhl weg vom Tisch und setzte sich in eine Ecke.

Auf dem Tisch lagen dicke Mappen mit wolkenkratzerartigen Zeichnungen, die aus lauter kleinen Andreaskreuzen bestanden. Die Kreuze türmten sich meist im ersten Quadranten eines kartesischen Koordinatensystems auf der Abszisse. Oder sie ballten sich zwischen den Koordinaten, ohne diese zu berühren. Die Männer nannten diese von Rechenmaschinen angefertigten Zeichnungen Plots und redeten über sie offiziell in englisch oder russisch und inoffiziell in englisch, russisch, schwäbisch, sächsisch, rheinländisch, bayrisch, platt. Uwe verstand in allen Fällen nichts. Er konnte nur den Stimmen zuhören, oft vielen auf einmal, denn es gab keinen Diskussionsleiter. Wer etwas Interessantes zu sagen hatte, dem hörte man zu, wen ein Problem nicht interessierte, der ging raus und spazierte auf dem Korridor. Uwe konnte sich nur die Männer ansehen und vermuten. Er liebte dieses Spiel. Überall, wo er war, sah er sich Leute an und überlegte, welches Leben zu ihnen passen könnte. Er probierte den Leuten verschiedene Leben an, wie man Kleider anprobiert. Manchmal probierte er lange, manchmal fiel ihm überhaupt nichts Passendes ein. Aber manchmal saß es sofort. Bei diesem Armenier zum Beispiel schien es sofort zu sitzen.

Für den englischen Professor neben ihm dagegen konnte Uwe nur schwer etwas Passendes finden. Pferdegesicht, Schmachtlocke, goldgefaßte Brillanten am kleinen Finger, Rollkragenpullover, Pfeife. Ein Mann raucht Zigaretten. Ein männlicher Mann raucht Pfeife. Uwe schätzte ihn auf Anfang Vierzig. Er ist mit Abstand der älteste der Teilnehmer. Wenn der Armenier seine Zeittheorie entwickelt, reinigt er seine Pfeife. Er spricht kaum. Macht es ihm etwas aus, daß er über vierzig ist? Fühlt er sich den Jungen überlegen oder unterlegen? Ist er bescheiden, oder tut er nur so? Was für ein Leben könnte zu diesem verschlossenen Menschen passen? Es gibt Menschen, die liegen einem nicht. Dieser liegt Uwe nicht. Der Armenier ja, aber dieser Engländer nicht.

Der dürre Inder auch nicht, von dem man sagte, er sei weltbekannt. Von den lebenden Physikern weltbekannt war für Uwe nur einer: Oppenheimer. Man schrieb von ihm, er hätte intellektuellen Sex-Appeal. Konnte man über einen dieser Männer so etwas schreiben? Von Monsignore vielleicht, Uwe nannte den Institutsdirektor Monsignore, wenn er ihn dachte. Monsignore war ein schöner Mann, Uwe gab so was nicht gerne zu, aber er sah sich gezwungen zuzugeben, daß dieser Kerl, der mit fünfunddreißig und wer weiß wie lange schon Professor war, verdammt gut aussah. Große, weit auseinanderliegende Augen, hinter einer Brille zwar, aber das störte nicht, hellblondes Haar, kurz geschnitten, gescheitelt, knitterfreies Gesicht, knitterfreier Anzug aus Seide oder so, sportliche Figur, kleine Hände, Ehering. Vorgestern abend, als bis zwei debattiert worden war, zuletzt mit Kognak über die sowjetischen Raketen auf Kuba, war Monsignore der einzige gewesen, der nichts getrunken hatte. Und um zwölf war er gegangen. Er sah mehrmals auf die Uhr, und genau um zwölf verschwand er. Mit kleinen, exakten Schritten. Exakt. Diszipliniert. Sachlich. Wir Männer, dachte Uwe. Ev würde das natürlich abstreiten, aber Ev war ja auch keine richtige Frau. Eine Frau, die keine Kinder haben wollte, war keine richtige Frau. Monsignore hob kaum die Stimme, wenn er sprach. Er fuchtelte nicht mit den Armen wie dieser Dr. Kai M. Er war sparsam. Brillant sparsam, zweifellos. Aber intellektuellen Sex-Appeal? Dieser Dr. Kai M., der an dem Abend total besoffen war, hatte vielleicht etwas davon. Vielleicht. Aber sonst keiner. Außer dem Armenier keiner.

Ein heterogenes Gesicht: fanatische harte Augen, femininer Mund. Igor redete immer mit. Es fiel ihm schwer stillzusitzen. Manchmal stand er auf und lief im Parlatorium hin und her. Lauernd. Wenn jemand zu lange sprach, riß er die Aufmerksamkeit mit einem Bonmot an sich. Nur Dr. Kai M. reagierte nicht. Er malte abstrakte Muster auf Papier, wenn der Armenier redete. Er schien ihn nicht zu mögen. Uwe mochte ihn. Er war ihm sofort aufgefallen.

Auffallen um jeden Preis. Er fand ihn ziemlich unausstehlich, aber er mußte ihn immer wieder ansehen. Also: Was für ein Leben könnte zu diesem kleinen Mann passen, dessen Stimme fast immer zu hören war, russisch, englisch, deutsch? Intellektuelle Eltern wahrscheinlich, vielleicht in der Schule immer der Beste gewesen, er leidet darunter, daß er sehr klein ist, er nimmt sich ungeheuer viel vor, er kommt an die Universität, unter Gleiche, er ist jetzt einer unter Gleichen, damit wird er lange nicht fertig, er ist immer noch nicht fertig damit, wie der Zustand seines Magens beweist, er hat sich vielleicht zuviel vorgenommen, aber er kann nicht mehr zurück, er jagt dem Ziel nach, das er sich als Junge gestellt hat, er kann sich nicht wirklich freuen an Teilerfolgen, Freude ist Lösung der Spannung, bei ihm gibt es keinen Wechsel zwischen Spannung und Lösung, bei ihm gibt es nur Spannung, der Ehrgeiz frißt ihn auf, der Verkehr bewegt sich um ihn in konzentrischen Kreisen, und die Stadt, und das Meer, die Stadt gehört ihm, das Meer gehört ihm, ich: die Stadt, ich: das Meer, aber am Eingang zum Parlatorium wird ihm übel, unterwegs schon, wenn er an den kostspieligen Geräten vorbeikommt, die ungeheuer kostspielig hergestelltes Material bearbeiten, über hundert Leute beschäftigt das Institut, neun Institute arbeiten in der Kollaboration an einem Teilproblem, Tausende, deren Vertreter um diesen rechteckigen Tisch sitzen, einer allein kann nichts ausrichten, auch wenn er ein Genie wäre, auch wenn er sich einbildet, Städte fressen zu können, aber er gönnt sich keinen Urlaub, er schläft auf dem Schreibtisch, er kann nicht ruhig zusehen, wie ein Tag stirbt, der Ehrgeiz frißt mich auf.

Dr. Kai M. ging an die Tafel und redete mit den blauen Zahlen und Buchstaben und Kurven und der Zeichnung, die einem Strichmännchen ohne Kopf oder einer Stabheuschrecke ähnlich sah. Die Stabheuschrecke hieß Graph oder Feinmann-Graph oder so ähnlich. Der vor ihm sitzende Schwabe drehte sich manchmal um und versuchte Uwe etwas zu erklären. Aber Uwe verstand ihn nicht mal akustisch. Er hatte noch nie in seinem Leben mit einem Schwaben gesprochen.

Aber Monsignore und Dr. Kai M. und die anderen verstand er auch kaum, wenn sie ihm etwas erklären wollten. Er hörte ihre Stimmen merkwürdig verzerrt, als ob sie ihn durch eine gestörte Telefonleitung erreichten. Und so leise, daß die Geräusche der Stadt sie zeitweise völlig überlagerten. Nur der Armenier war gut zu verstehen. Der Armenier konnte es sogar aufnehmen mit den Lautsprechergefechten entlang der Grenzmauer. Da die Physiker sich jedoch sowohl untereinander als auch mit Uwe ausgezeichnet verständigen konnten, fragte sich Uwe, wo diese Leute lebten. In dieser Stadt jedenfalls nicht. Und auf dieser Erde auch nicht. Denn auch die Erde hatte so eine Grenze wie die Stadt. Auch zu beiden Seiten der Mauer, die die Erde teilte und das Firmament, fanden ständig solche Gefechte statt. Solche und andere. Augenblicklich vielleicht schon wieder auch andere. In der Karibischen See vielleicht zu dieser Stunde schon andere. Und die Physiker redeten von Gegenständen, die vielleicht mal in achtzig Jahren praktische Bedeutung erlangen konnten. Wo lebten diese Leute?

Uwe sah sie sich daraufhin an, der Reihe nach, er zog ihnen verschiedene Dimensionen über, es gab einige mit kühnen Nasen, denen die fünfte vielleicht paßte, aber die meisten konnte sich Uwe durchaus mit Eisbein und Bier vorstellen. Was man richtig will, schafft man auch, dachte Uwe. Ich bin ein Mensch, der keinen Vater braucht.

Uwe hatte nicht mal einen richtigen Schwiegervater. Katschmann nannte sich Lebensgefährte. Er wohnte seit drei Jahren bei Berta. Uwe ließ sich nur manchmal von ihr versorgen. Wenn Ev nicht da war.

Uwe erreichte genau das Abendessen. Süßer Dampf breitete sich über den Tisch. Katschmann wünschte abends »warm«. Allerdings nicht zu warm: Er wartete, bis Berta seine Suppe gekostet hatte.

Uwe badete seinen Gaumen in Kakaosuppe. Wenn er sie

durch die Zähne sog, lag sie geschäumt auf der Zunge. Süß. Eklig süß. Eine Spezialität dieser Stadt. Diese Stadt hatte perverse Spezialitäten. Uwe war etwas anderes gewöhnt. Er wurde geboren in einer Gegend, wo man Milchreis mit Zimtzucker und Bratwurst aß. Uwe träumte von Milchreis mit Zimtzucker und Bratwurst.

»Schmeckt es dir nicht, Uwe?«

»Doch.«

»Möchtest du noch einen Teller?«

»Nein.«

»Warum denn nicht?« Berta stand auf und schüttete ihre Suppe auf seinen Teller. Beim Essen stand sie meist. Weil sie von oben besser beobachten konnte, wie die Teller abgeräumt wurden. Die Brauen hatte sie in die geraffte Stirn gezogen. Sie beobachtete den Tisch wie einen in Gang gebrachten Spielautomaten. Und sie gewann immer. Aber sie wollte hoch gewinnen. Sie schmierte Katschmann Schnitten nach seinen Angaben, rückte Teller hin und her und erklärte, was darauf lag.

Katschmann klimperte mit dem Löffel an die Tasse. Berta brachte Zucker. Berta lobte Uwe. Je mehr gegessen wurde, desto stärker spürte sie ihre Zuneigung erwidert.

»Und du? Wann ißt du?«

»Hat jemand Appetit auf saure Pilze? Oder auf Hering in Öl?« Sie begann wieder zu erklären, was auf dem Tisch stand: schöne Butter, schönes Brot, schöne Wurst, schöner Käse, schöne Eier . . .

»Ich bin nicht blind«, sagte Katschmann.

»Aber einmal im Jahr könntest du in die Kirche gehen. Ja, ich weiß, ich weiß schon, was du sagen willst, ich muß dich aber daran erinnern, daß der Mann von der Kajunken auch gute Augen hatte und plötzlich . . . Du könntest nicht mehr fahren, wenn du wie er . . . Edgar, einmal im Jahr reißt dich nicht um.«

»Ich lehne die Religion ab«, sagte Katschmann.

»Ich auch«, sagte Berta, und setzte sich auf die Stuhlkante, »ich auch und Uwe auch und Ev auch, nicht wahr,

Uwe, willst du ein Schlackwurstbrot oder ein Käsebrot, Edgar.«

»Ein Schlackwurstbrot«, sagte Katschmann.

»Wir sind uns einig«, sagte Berta. »Eine Familie, die sich nicht in allen Fragen einig ist, ist keine Familie. Wir sind eine Familie. Wir sagen, es gibt keinen Gott. Aber wenn es doch einen gibt . . . seht ihr, es wäre wirklich gut, wenn ihr wenigstens einmal im Jahr in die Kirche gingt, für alle Fälle.«

Der Schädel Katschmanns stand über dem Tisch wie eine rote Kegelboje. Berta versuchte mit dem Salatbesteck ein Anlegemanöver auf seinem Teller. Aber es mißlang. Katschmann schob den Teller mit dem rechten Unterarm weg und hörte auf zu kauen. Und verlor Zeit. Und das ärgerte ihn vermutlich am meisten. Essen schien zu seinem ungeheuren Pensum zu gehören, das er sich täglich auferlegte. Er bewältigte es planmäßig und so gründlich, daß es ihm eine Kreislaufstörung eingebracht hatte. Die Krankheit gab ihm eine frische Gesichtsfarbe, er sah ungeheuer gesund aus und stark und schwer zu schätzen. Nur wenn er wütend war, sah er beängstigend rot aus. Seitdem Ev nicht da war und Uwe bei seiner Schwiegermutter aß, wenn sie Frühschicht hatte, sah er oft beängstigend rot aus. Und immer aus dem gleichen Grund. Seit einigen Tagen verfolgte Berta ihn nicht mehr nur mit Güte, sondern auch mit Gott. Er hatte ihr diesen Gott ausgeredet, bevor er zu ihr gezogen war. Plötzlich war der Gott wieder da. Katschmann war überzeugt, daß Berta etwas in sich hatte hineintragen lassen: eine Tendenz. Für Tendenzen hatte er einen sechsten Sinn. Er sagte: »Wir lehnen Gott ab.«

»Ja«, sagte Berta und senkte ergeben ihren Kopf, dessen dünnes, graues Haar dauergekreppt und mit vielen Klemmen und Kämmchen befestigt war.

Katschmann zog den Teller wieder zu sich heran. Berta stand wieder auf und umkreiste den Tisch. Er reichte ihr bis zur Taille. Die sie nicht mehr besaß und durch Gürtel markierte.

»Wir brauchen keinen Gott«, sagte Katschmann.

»Ja«, sagte Berta. Sie konnte nicht nein sagen. Güte war ihr Laster. So war sie zu diesem Mann gekommen. In der S-Bahn hätte sie ihn kennengelernt, erzählte sie später, als es schon zu spät war. Katschmann kam vom Dienst und Berta von der Schicht, und der Zufall setzte sie einander gegenüber. Uwe hatte Ev auch ganz zufällig kennengelernt. Weil er zur Bewährung in die Produktion delegiert worden war und dort Evs Vater kennenlernte. Von solchen Zufällen wurde das Leben bestimmt. Schrecklich, man durfte nicht daran denken. Berta hatte es besser. Für sie gab es keinen Zufall. Bis vor drei Jahren ganz sicher nicht. Und jetzt plötzlich wieder ziemlich sicher nicht. Ein Gott machte aus Zufällen Gesetze. Ein Gott brachte in jedes Chaos Ordnung. Ein Gott war praktisch. Hatte ihn Berta wieder hervorgeholt, weil er so praktisch war? Vielleicht brauchte man einen Gott, wenn man täglich tausendmal dieselben Handgriffe machen mußte. Vielleicht konnte sie ohne ihn nicht länger am Fließband sitzen? Oder sie wurde mit dem Zufall nicht fertig, der ihr Katschmann in einem S-Bahn-Zug gegenübergesetzt hatte. Katschmann mußte ihr damals umgehend sein Unglück erzählt haben: Frau gestorben, zwei Jungen zu Hause, die Jungen ohne Essen, die Wohnung ohne Pflege, Hilfe. Berta erbot sich zu helfen. Sie kochte für die Jungen, brachte Katschmanns Wohnung und seine Wäsche in Ordnung und kam jede Woche einmal ehrenamtlich als Aufwartung. Ev war empört. Ev sagte: Du machst dich kaputt. Berta versprach, Katschmann zu raten, sich eine Haushälterin zu suchen. Uwe zweifelte nicht, daß sie sich fest vornahm, mit Katschmann so zu sprechen. Sie nahm es sich bestimmt immer und immer wieder vor. Aber sie brachte es nicht über sich. Dann bekamen Ev und Uwe eine Wohnung und zogen aus, der ältere Sohn Katschmanns ging zur Armee, und der jüngere sah dem Abitur und Vaterfreuden entgegen. Berta wurde bedeutet, sie müßte einen Untermieter aufnehmen. Katschmann bot sich an. Berta wollte nicht. Aber sie konnte wieder nicht nein sagen. Katschmann gab seine Wohnung dem Jüngsten, der in aller Eile geheiratet hatte, und zog zu Berta. Seitdem wohnte er bei ihr. In Fragebögen führte er sie als Lebensgefährtin. Brauchte Berta einen Gott, weil sie Franz untreu geworden war?

Motorengedröhn fiel durch die geschlossenen Fenster. Berta zog den Hals in die Schultern. Die Stadt brachte sich in Erinnerung. Mit Geräuschen ihres Alltags, die zu definieren waren als USAF oder Royal Air Force oder Armée de l'air. Das Meer machte sich bemerkbar, die Brandung, die sich an der Mauer dieser Stadt brach.

»Wenn wir das nochmal erleben müssen . . .«

Katschmann, der eben erst wieder den kahlen Schädel über den Teller gebeugt und den Unterkiefer in gleichmäßig horizontale Bewegungen versetzt hatte, verfärbte sich erneut. »Wenn . . .«

Berta lächelte entschuldigend für Katschmann und nickte für Uwe. Ihr Silberblick wandte sich an beide. Katschmann klemmte den Gabelgriff zwischen Daumen und Zeigefinger und klopfte mit den Zinken auf die Tischdecke. »Wenn . . . was soll das heißen, wenn . . .«

Uwe wandte sich ab, aber er hörte das Klopfen. Gleichmäßiges, dumpfes Klopfen. Leise. Tischklopfen. Buschklopfen. Herzklopfen. Er wollte Katschmann die Gabel aus der Hand nehmen und Berta etwas sagen, aber er mußte denken: Darf man so davon sprechen. Darf man sich so verlieren in dieser Situation. Wenn. Sprach aus diesem Wenn nicht Unsicherheit? Hatte Berta nicht doch etwas in sich hineintragen lassen, eine Tendenz, der man entgegentreten mußte? Katschmann ließ sich nicht gehen wie Uwe und Berta. Katschmann hielt sich gerade, als säße er an einem Präsidiumstisch. Und jetzt saß er noch gerader, und seine müden Augen, die schräg in seinem Gesicht hingen, vom Gefälle der Lider seitlich herabgedrückt, blickten stramm, als er die Frage in ihre Mitte stellte. Eine Gewissensfrage? Eine Fangfrage? Er sagte: »Entschuldigt, aber wer macht denn heutzutage die Geschichte?«

»Ja«, sagte Berta, »aber manchmal habe ich doch Bammel.«

»Ein Kommunist hat nie Bammel.«

»Ja«, sagte Berta, »aber gerade wie jetzt . . .«

»Bammel schwächt«, sagte Katschmann. »Und Schwäche ist gefährlich.« Er begann wieder zu essen. Er sagte: »Wir sind unbesiegbar.«

»Ja«, sagte Berta, »aber einmal im Jahr könntet ihr gehen, für alle Fälle.«

Uwe verstand Berta. Uwe verstand Katschmann. Aber er war doch froh, als Katschmann die Wohnung verließ. Katschmann war meist unterwegs. Entweder mit der S-Bahn oder ehrenamtlich. Er hatte den gleichen Beruf wie Maud. Er war kein Fahrender. Er stand immer an ein und demselben Platz. Auch wenn er fuhr. Uwe beneidete ihn.

Aber die Wohnung gefiel ihm besser, wenn Katschmann nicht da war. Sie war größer ohne ihn. Man konnte in den Zimmern auf und ab laufen, ohne Angst haben zu müssen, sich an den Möbeln zu stoßen. Die Wohnzimmermöbel gehörten Berta: Kredenz, Sofa, Vertiko, Tisch, vier Stühle. Alle mit Ausnahme der Stühle waren mit Häkeldeckchen belegt. Berta arbeitete sie, wenn Katschmann ihr unterstrichene Stellen aus seinen Büchern vorlas. Berta erfand immer neue Muster.

Wenn Uwe bei ihr war, häkelte sie nicht. Weil sie sich da dauernd vertäte, behauptete sie. Wenn Ev bei ihr war, durfte sie nicht häkeln. Ev lehnte Deckchen ab. Uwe gefielen sie. Nicht weil sie schön waren. Sondern weil Berta sie gemacht hatte. Überall auf den häßlichen alten Möbeln, die Berta im Laufe ihres harten Lebens billig erstanden oder geschenkt bekommen hatte, lagen ihre aus Kunstseidengarn gefertigten Träume.

»Häkelst du mir was für meinen Schreibtisch?«

»Für deinen Schreibtisch?«

»Ja.«

»Aber Ev . . .«

»Für meinen, nicht für ihren.«

»Für deinen?«

»Ja.«

»Wirklich?«

»Ja.«

»Für deinen schönen Schreibtisch?«

»Ja.«

»Und was soll ich häkeln?«

»Irgend etwas«, sagte Uwe.

»Ein Flammenmuster vielleicht?«

»Ganz egal«, sagte Uwe.

»Ich überleg mir ein neues Flammenmuster«, sagte Berta und schloß die Lider über die weit vorstehenden Augäpfel. Dann streckte sie beide Arme aus, hob die Hände nach oben, hob Mittel- und Zeigefinger, spitzte den Mund, holte ihre tiefe Märchenstimme hervor und sagte, immer noch mit geschlossenen Lidern, wobei sie mit den Händen den Takt schlug: »Ich – überle – gemir – einganz – neues-Flamm – menmu – ster.«

Uwe hatte keinen Vater. Aber er hatte endlich eine Mutter. Berta war seine Mutter. Er liebte sie so, daß er sich schämte, ihr das zu sagen. Er fand sogar, daß er ihr auch äußerlich ähnlich war. Ev war ganz anders. Ev konnte auch ohne Eltern leben. Ev hätte die Kraft, so zu leben wie Maud. Maud brauchte keinen Gott. Auch an diesem Abend nicht. Auch da genügte ihr ein Mensch. Berta brauchte einen Gott, als sie so allein leben mußte wie Maud. Fast so allein. Siebenundzwanzig Jahre lang.

Vor dreißig Jahren wollte Berta den arbeitslosen Setzer Franz Kantus heiraten. Das Aufgebot soll schon gemacht gewesen sein, als Hitler das Dritte Reich ausrief. Franz mußte emigrieren. Die SA war hinter ihm her. Berta mußte sich von einem Tag zum anderen entscheiden, und das konnte sie nicht. Sie erwartete ein Kind. Sie hörte auf Franz, sie hörte auf ihre Eltern, sie wollte keinem weh tun, und dann war es zu spät. Franz hatte Uwe erzählt, daß er sich nur durch einen günstigen Zufall über die Grenze hätte retten können. Bis 1937 bekam Berta ab und zu durch Genossen ein Lebenszeichen von ihm. Dann nicht mehr.

Sie zog ihre Tochter allein auf. Sie arbeitete am Fließband. Früher. Heute. Arbeitete sie auch heute noch nur des Geldes wegen? Konnte man an einem Fließband noch aus anderen Gründen arbeiten? Vielleicht war dieser Gott gar keiner, sondern eine Art Traumgestalt. Ein Mensch kann nicht leben ohne Träume. So einer wie Berta, der seit über dreißig Jahren arbeitete wie eine Maschine und dennoch ein Mensch geblieben war. Vielleicht mußte sie sich eine Traumgestalt schaffen, weil sie keinen Menschen hatte, von dem sie träumen konnte. Franz war vielleicht ein Mensch, von dem man träumen konnte. Als er ihr nicht mehr schrieb, vermutete sie sicher, daß er eine andere Frau gefunden hatte, eine Russin vielleicht, ein junger Mann kann nicht allein leben auf die Dauer, jeder Mensch hat Stärken und Schwächen undsoweiter. Aber sie ließ sich sein Bild nicht zerstören. Vielleicht hat sie sogar aus dieser Liebe eine Religion gemacht? Jede große Liebe ist eine Art Religion. Vielleicht liebte sie ihn heute noch?

»Soll ich Garn nehmen oder Seide?«

»Wozu?«

»Na zum Deckchen für den Schreibtisch.«

»Seide«, sagte Uwe.

»Weiße oder gelbe.«

»Egal.«

»Und wenn es dir dann nicht gefällt?«

»Mir gefällt alles, was du machst.«

»Wirklich?«

»Wirklich.«

»Aber wenn es dir nicht gefällt, brauchst du es nicht zu nehmen.«

»Es gefällt mir bestimmt«, sagte Uwe.

»Ich – überle – gemir – einganz – neuesFlam – menmu – ster«, sagte Berta leise, mit geschlossenen Lidern, die Arme vorgestreckt, die Hände nach oben gebogen, Mittel- und Zeigefinger aufgerichtet, und tappte sanft um den Tisch herum, immer hinter dem ganz neuen Muster her.

Wenn sie die Fähigkeit hatte, aus dieser Liebe eine Religion zu machen, liebt sie ihn heute noch, dachte Uwe. Ich würde ihn auch lieben, wenn ich eine Frau wäre. Alle in der Druckerei haben ihn gern. Ohne ihn hätte ich den zwanzigsten Parteitag nicht verdaut. Warum lebten sie nicht zusammen? Warum lebte sie mit diesem Katschmann? Liebte sie etwa beide? Ruhte ihr weitwinkliger Blick auf beiden? Oder war Franz ihr fremd geworden, als er 1955 rehabilitiert zurückkehrte. Kann einem ein Mensch fremd werden, den man so geliebt hat? Woher wollte Uwe wissen, daß sie ihn so geliebt hat? Er wußte es. Er wußte es, weil sie ihm so ähnlich war, ach Berta, wenn ich nicht wüßte, daß es dich gibt, und daß ich zu dir gehen kann, wenn es mir dreckig geht, wer weiß, ob ich durchgehalten hätte in diesem aufreibenden Geschäft. Natürlich hast du keine Ahnung, was eine Zeitung ist, du liest sie, aber du hast keine Ahnung von dem Mechanismus einer Zeitung, dem man sich anpassen muß oder man geht unter, aber du kannst zuhören, du hast die wunderbare Fähigkeit zuzuhören, auch wenn du nichts verstehst: Du bist immer da für mich, zu jeder Zeit. Auch wenn ich dich nicht sehe, spüre ich das Dach einer Liebe über mir. Bei allen Frauen, die ich geliebt habe, habe ich dieses Dach gesucht. Ich habe es nicht gefunden. Auch bei Ev nicht. Ich brauch dich. Ich versteh dich. Ich versteh, daß du auch so ein Dach brauchst und daß du es dir wiedergeholt hast, jetzt. Jetzt brauchst du es. Jetzt brauche ich es. Katschmann ist ein Mensch, der es gut meint. Ich habe ihn zu mir genommen, weil zu viel Platz war unter meinem Dach. Der meiste war reserviert für einen Enkel. Aber ich kriege wohl keinen. Also muß ich Platz vermieten.

Katschmann kam zurück. Er warf ein Paket Broschüren auf den Tisch mitten unter die Knäuel und Decken, die Berta ausgebreitet hatte, und sagte: »Man müßte sie zehnmal lesen, um sie auszuschöpfen.«

Uwe hörte nicht auf ihn. Er beobachtete, wie Berta die

Decken löste und die Seide auf leere Zwirnrollen wickelte, den Mund gespitzt, die Augen halb geschlossen. Er dachte: Ich bin ein Mensch, der keine Mutter hatte, der Großmutter war ich auch im Wege, ich war allen im Wege, ich mußte mich allein durchschlagen, ich fror immer, auch in der Schule. Wenn ich mal einen Freund hatte, hängte ich mich so an ihn, daß er bald von mir nichts mehr wissen wollte. Ich war eifersüchtig auf alle meine Freunde. Ich sehnte mich nach jemandem, der nur für mich da war. Auch die Mädchen, die ich liebte, sollten nur für mich dasein. Ich wollte einen Menschen so besitzen, wie man eine Mutter besitzt. Ich wollte meine kalte Kindheit vergessen. Aber so was kann man nicht vergessen. So was schleppt man bis zum Schluß mit sich herum. An der Universität habe ich so gefroren, daß ich durch viele Mädchen gegangen bin. Jedesmal habe ich mich reingestürzt bis an die Grenze der Existenz. Jedesmal habe ich eine Religion draus gemacht. Ev hat mich zur Vernunft gebracht. Aber man kann nicht allein dieses ungeheure Loch ausfüllen, das entstanden ist, als wir Gott begruben. Man ist allein nicht stark genug, um das Loch zu stopfen, damit der Kahn nicht absäuft. Ich bin allein nicht stark genug. Ich komme allein nicht zum Thema. Ich bin ein Mensch, der eine Mutter braucht.

»Du hast uns noch gar nicht erzählt, was du heute erlebt hast«, sagte Berta. »War's schön, Uwe, hast du viel erlebt?«

»Freilich«, sagte Katschmann, »die Frage der Wissenschaft, gerade jetzt, wo die Machthaber, du verstehst, die Drahtzieher, meine persönliche Meinung ist, wir dürfen keine Zeit verlieren, wir müssen fieberhaft arbeiten wie diese Wissenschaftler.«

»Welche«, fragte Berta.

»Na die, über die Uwe berichtet.«

»Wo«, fragte Berta.

»In der Zeitung«, sagte Katschmann. »Man muß jetzt täglich die Zeitung studieren, ich sage, und ihr könnt mir widersprechen, man muß sie in diesen Tagen zweimal durcharbeiten, um sie einigermaßen auszuschöpfen. Und dann muß man an die Arbeit gehen, wie diese Wissenschaftler an die Arbeit gehen: Der Kampf wird ausgetragen in der Sphäre der materiellen Produktion.«

»Es handelt sich um eine Tagung«, sagte Uwe.

»Ich bin nicht gegen Tagungen«, sagte Katschmann. »Ich werde jetzt etwas sagen, und ihr könnt mich korrigieren, wer eine Produktivkraft ist, und die Wissenschaft ist eine, darüber gibt es einen Bericht, wer eine Produktivkraft ist, der hat auch das Recht zu tagen. Natürlich kann man sich streiten über den Zeitpunkt. Uwe ist ja in dieser Situation auch nicht in Urlaub gefahren. Aber prinzipiell hat er das Recht, und ich sage euch, und vielleicht werdet ihr mir zustimmen, ich sage, wir brauchen in dieser Situation mehr solche Berichte.«

»Was für Berichte«, fragte Uwe.

»Solche wie über die Tagung sowjetischer Wissenschaftler.«

»Das ist eine internationale Tagung, Edgar.«

»Hauptsache, der Bericht ist gut.«

»Ich habe ihn noch gar nicht geschrieben.«

»Dann fang sofort an. Ich sage euch, und das ist meine persönliche Meinung: Die Amerikaner wollen Kuba kassieren. Wir haben keine Zeit zu verlieren. Nimm dir ein Beispiel an den Wissenschaftlern.«

»Edgar, sie arbeiten an Problemen, die vielleicht in achtzig Jahren einmal praktisch ausgewertet werden können.«

»Was?«

»Ja.«

»Die sowjetischen auch?«

»Die sowjetischen auch.«

»Alle?«

»Alle nicht, aber die zwei, die teilnehmen, ja.«

»In dieser Situation brauchen wir jeden«, sagte Katschmann.

Berta hob die Hände wie ein Schüler, der sich melden will. »Uwe, hast du schon gehört ...«

»Natürlich«, sagte Katschmann, »wer bei der Zeitung ist . . .«

»Aber es steht nicht drin.«

»Dann ist es auch nicht wahr«, sagte Katschmann.

Berta nickte Katschmann zu und lächelte entschuldigend zu Uwe. Dann sagte sie: »Die Russen sollen in Kuba Raketen . . .«

»Hab ich auch gehört«, sagte Uwe.

»Von wem?«

»Von den Wissenschaftlern«, sagte Uwe.

»Woher kommen denn diese Herren Wissenschaftler«, fragte Katschmann.

»Verschieden«, sagte Uwe. »Außer den hiesigen und den westdeutschen . . .«

»So.«

»Ja«, sagte Uwe, »und unsere dürfen auch überall hinreisen, ich kriege keinen Paß, aber die . . .«

»Man müßte den Laden mal aufrollen«, sagte Katschmann. »Ich werde jetzt etwas sagen, und vielleicht werdet ihr mir zustimmen, ich sage euch: Man muß den Skandal mit einem Bericht an die Öffentlichkeit bringen.«

Am anderen Morgen rückte Uwe den Stuhl, der noch immer in der Ecke stand, an den großen rechteckigen Parlatoriumstisch. Er saß dem Fenster gegenüber. Er konnte den großen Baum sehen, der alles auf dieser Halbinsel überragte. Auch den Turm des stillgelegten Beschleunigers. Der Baum hatte noch grünes Laub, die meisten Laubbäume waren schon kahl, aber sein Laub hatte sich noch nicht einmal verfärbt. Manche Zweige trugen apfelgroße bläuliche Früchte. Uwe hatte solche Früchte noch nie gesehen.

Die Physiker brachen schon nach kurzer Zeit wieder auf, weil irgendwelche events noch einmal gerechnet werden mußten. Mit der Maschine natürlich. Sie gingen hinunter zur Maschine, die sie Computer nannten. Uwe ging mit.

Zwei Räume. In einem standen sechs Eisenschränke. In dem anderen stand ein Regiepult, und rechts davon ein kleineres Pult, aus dessen Mitte ruckartig ein mit Zahlen beschriebener Papierstreifen herauswuchs. Der sah nicht anders aus als die Kassenstreifen, die die Verkäuferinnen von ihren Addiermaschinen rissen, und auch das Papier war von der gleichen billigen Sorte. Und das Ausdruckgeräusch war ebenfalls ähnlich dem der Kassenmaschinen. Nur war es außerdem überlagert von einem anderen gleichbleibenden Geräusch. Das Denkgeräusch, dachte Uwe, aber es war der Krach der Entlüftungsmaschine. Der Mathematiker vom Dienst behauptete, das Computerchen brauchte immer die gleiche Temperatur und die gleiche Feuchtigkeit, und im Sommer, als es so heiß gewesen war, hätte es dauernd gestreikt und Fehler gemacht. Er sagte »Computerchen«. Als er den neuen Arbeitsauftrag entgegengenommen hatte und die Physiker wieder gegangen waren, versuchte er Uwe zu erklären, daß das Institut ganz dringend eine neue Rechenmaschine haben müßte, eine schnellere, diese machte nur 200 Rechenoperationen in der Sekunde und hätte nur 4096 Speicherplätze, die Schnellrechner machten ein bis zwei Millionen Rechenoperationen in der Sekunde, Uwe sollte sich in seinem Bericht dafür einsetzen, daß man sich bald nicht mehr mit dieser lahmen Ente herumplagen müßte und endlich den Zaster für eine neue Maschine bewilligt bekäme. »Harte Währung natürlich«, sagte der Mathematiker vom Dienst und langte nach einer von seinen Boxtrophäen, die er auf dem Fensterbrett des Steuerraums aufbewahrte, »wenn man international konkurrenzfähig sein will, darf man nicht geizig sein. Also: schreiben Sie. Schreiben Sie, daß Vater Staat für uns unbedingt zwei Millionen lockermachen muß, unbedingt, schreiben Sie: unbedingt.«

Uwe schrieb: zwei Millionen.

»Und zitieren Sie mich ruhig, damit die Leute mal merken, daß es in diesem Institut auch Mathematiker gibt.«

»Ja«, sagte Uwe und warf einen Blick in einen offenstehenden Schrank, in dem nach Angaben des Mathematikers Steckrahmen mit logischen Elementen hingen.

»Was kostet das, ein Ereignis rechnen«, fragte Uwe.

»Ein zweiarmiges etwa zwanzig bis dreißig Minuten, Geometrie- und Fit-Programm.«

»Und was kostet eine Rechenstunde?«

»Hundertsechzig Mark.« Der Mathematiker wickelte das Papier, das aus dem Streifendrucker herauswuchs, auf zu einer dicken Rolle.

»Und was kostet so eine Rolle?«

»Geld«, sagte der Mathematiker.

»Warum müssen denn die events noch einmal gerechnet werden.«

»Keine Ahnung. An der Universität waren wir Mathematiker die Könige. Die Physiker mußten froh sein, wenn wir sie grüßten. Hier sind wir ihre Handlanger. Aber nur acht Stunden.«

»Sind die Physiker länger als acht Stunden hier?«

»Umgotteswillen. Es sei denn, sie sitzen an ihrer Doktorarbeit und rechnen und programmieren Tag und Nacht, oder sie haben sich an irgend etwas festgebissen. Aber normalerweise – umgotteswillen. Sie schimpfen so schon. Sie behaupten, die Arbeit eines Physikers würde am Institut an den durchgesessenen Stühlen gemessen. Aber der Direktor duldet keine Schlamperei. Arbeitszeit von 7.35 bis 16.45. Unser Direktor ist ein guter Organisator. Kennen Sie ihn? Ich auch nicht, aber er ist gut. Das mit der Arbeitszeit würde ich an Ihrer Stelle auch unbedingt schreiben. Das ist was für Ihr Blatt. Ich würde erst das mit der Arbeitszeit erzählen, damit alle begreifen, daß hier wirklich gearbeitet wird, und dann schreiben: Das Institut braucht eine neue Rechenmaschine, unbedingt. Haben Sie sich den Tip notiert?«

»Ja«, sagte Uwe und verabschiedete sich schnell, um nicht noch mehr Tips notieren zu müssen.

Im Korridor erkundigten sich einige Physiker bei einer unerhört blonden Laborantin nach dem gastronomischen Angebot der Stadt. Andere behaupteten, sie suchten Lochkarten. Diese Physiker suchten dauernd, entweder die Wahrheit oder Lochkarten oder Kerbkarten oder Rechenstreifen oder Abenteuer. Uwe suchte das, was dahintersteckte.

Die Türen der Meßräume waren beschildert. Auf einem Schild stand »Gap«. Ein kahles Wort. In diesem Haus waren die teuersten Dinge mit kahlen Worten getarnt. Je kahler die Worte, desto teurer das, was dahinter steckte. Uwe stellte sich eine riesige Maschine vor.

Er öffnete die Tür und sah eine Kammer mit einem Tisch. Auf dem Tisch standen ein Mikroskop mit Drahtgestell für Filmrollen und ein flacher Kasten, der dem Skalenteil eines Radioveteranen ähnlich sah. Die Laborantin, die in ein Doppelokular starrte, trat eine Fußtaste, so eine, mit denen man den Motor elektrischer Nähmaschinen steuert, Uwe sah nicht, daß sich irgend etwas bewegte, er hörte nur das Motorengeräusch und ein Klicken, das die Dame mit einem Fingerhebel auszulösen schien. Während es klickte, leuchteten an den runden Skalen des Kastens rote Signale auf. Nach einer Weile las die Dame irgendwelche Werte an der Zähluhr ab, trug sie ein in eine Liste, drehte die beiden Zeiger zurück auf Null, es klang wie das Ratzen von Glücksrädern auf dem Jahrmarkt, warf die neben dem Mikroskop liegende Kerbkarte zurück in den Karteikasten und erkundigte sich, nachdem sie sich mit dem Stuhlsitz um hundertachtzig Grad gedreht hatte, nach den Wünschen des Herrn Doktor.

Uwe zeigte seinen Journalistenausweis.

»Ach so«, sagte sie, »ach so. Schreiben Sie einen Artikel über uns?«

»Ich sammle Material«, sagte Uwe.

»Wenn Sie einen Artikel über das Institut schreiben, müssen Sie unbedingt auch über den Lückenmesser schreiben.«

»Worüber?«

»Über den Gap-Messer. Wir entscheiden hier, ob es sich um die Spur eines hochenergetischen Protons oder die eines Pi-Mesons handelt. Die anderen Spuren werden beim Scannen identifiziert, an den Scanningprojektoren,

Sie wissen schon, aber die positiven Spuren, die beim Absuchen nicht eindeutig bestimmt werden konnten, identifiziere ich. Eine sehr verantwortliche Arbeit, wie Sie sehen, Sie müssen unbedingt darüber schreiben. Haben Sie schon mal reingeschaut?«

»Nein«, sagte Uwe.

»Ich habe gerade ein sehr schönes Ereignis drin. Die Spur ist wunderschön zu erkennen. Sehen Sie die Spur?«

Uwe beugte sich über das Okular. Zuerst war es dunkel. Dann wurde es allmählich grün, ein grüner Fleck, strukturiert wie geronnene Milch, darauf ein paar verschwommene schwarze Punkte.

»Sehen Sie die Spur?«

»Ich sehe nur ein paar verschwommene schwarze Punkte.«

»Nicht wahr, die Blasen sind sehr schön.«

»Welche Blasen«, fragte Uwe.

Die Laborantin stand auf. Sie war nicht groß. Aber sie wuchs. Sie hörte nicht auf zu wachsen. Uwe hatte noch nie so eine große Frau gesehen. Als sie fast bis zur Decke reichte, sagte sie: »Bei der Untersuchung der Struktur der Materie kommt der Erforschung der hochenergetischen Wechselwirkung von Elementarteilchen besondere Bedeutung zu. Hier hat man es mit reinen Wechselwirkungen zu tun, die durch Nebeneffekte am wenigsten gestört werden und daher den tiefsten Einblick in einen in der Natur wirklich vorkommenden elementaren Prozeß erlauben. Obwohl man mit künstlichen Teilchenbeschleunigern noch nicht die hohen Energien der kosmischen Strahlung erreichen kann, sind die künstlich beschleunigten oder erzeugten Teilchen denen der kosmischen Strahlung für solche Untersuchungen vorzuziehen, da bei ihnen Natur- und Anfangsenergie eindeutig bestimmt sind. Haben Sie ›eindeutig bestimmt‹?«

»Gleich«, sagte Uwe, »könnten Sie vielleicht ein bißchen langsamer . . .«

»Bitte«, sagte sie, wobei sie einen Handteller gegen die

Decke stemmte, »bitte, haben Sie jetzt ›eindeutig bestimmt‹? Gut. Schreiben Sie weiter: Da die Untersuchung der Teilchenstruktur im wesentlichen durch Streuexperimente erfolgt, ist es darüber hinaus notwendig, die Natur des gestoßenen Teilchens genau zu kennen. Daher besitzt die Wasserstoffblasenkammer, in der nur Protonen als streuende Teilchen vorhanden sind, die besten Eigenschaften als Teilchen- und Spurendetektor bei Streuexperimenten. Der Nachteil, daß neutrale Teilchen keine Spuren hinterlassen und die Umwandlungslänge der Gamma-Quanten in flüssigem Wasserstoff sehr groß ist, wird mehr als kompensiert durch die Tatsache, daß in der Wasserstoffblasenkammer Messungen mit außerordentlich hoher Genauigkeit möglich sind und auf die Existenz neutraler Teilchen daher durch die Verletzung der Impuls- und Energiebilanz aller geladenen Teilchen geschlossen werden kann. Die günstigsten Anfangsenergien der stoßenden Teilchen liegen im Intervall 3 bis 15 GeV, da hier einmal die Messungen noch hinreichend genau sind, andererseits die Erzeugung aller interessierenden, kürzlich entdeckten Teilchen oder Resonanzen kinetisch möglich ist.«

Uwe schrieb und schrieb, und die Dame diktierte und diktierte und trug dabei noch die Decke auf dem Handteller.

»Unsere Abteilung untersucht Filmaufnahmen der Wechselwirkung von positiven Pi-Mesonen mit 4 GeV Energie in Wasserstoffblasenkammern. Augenblicklich beschäftigen wir uns mit den zweiarmigen Ereignissen. Zuerst wird die Geometrie auf der Rechenmaschine gerechnet. Dann werden die Ereignisse mit Hilfe eines Wahrscheinlichkeitstests, dem sogenannten Fit-Programm, auf ihre Vollständigkeit untersucht. Dadurch können die elastischen Wechselwirkungen eindeutig von den unelastischen Wechselwirkungen getrennt werden. In den Fällen, in denen nur ein neutrales Teilchen neben den geladenen Teilchen im Endzustand vorhanden ist, können Natur und Eigenschaften dieser Teilchen bestimmt werden. Auf diese

Weise werden die Wirkungsquerschnitte für die Kanäle mit zwei geladenen Teilchen bestimmt. Darüber hinaus werden die einzelnen Reaktionskanäle im Detail untersucht, insbesondere bezüglich der Existenz der angeregten Zustände von Mesonen und Nukleonen in den verschiedenen Kanälen. Haben Sie ›Kanäle‹?«

»Gleich«, sagte Uwe.

»Noch langsamer kann ich nicht«, sagte sie, »da komm ich raus.«

»Und was kostet so ein Film?«

»Ein Meter Film kostet fünfzig Dollar.«

»Und wieviel Meter bearbeitet das Institut pro Jahr?«

»Weltstand wären zehntausend Ereignisse.«

»Und woher wissen Sie das alles?«

»Tja.«

»Wird das alles verlangt, wenn man als Laborantin hier arbeiten will?«

»Nein, aber mein Macker verlangt's. Kennen Sie ihn?«

»Woher?«

»Na, er ist doch einer von der Truppe, die tagt. Ist er Ihnen wirklich nicht aufgefallen, so ein langer, schwarzer?« Sie nahm wieder Platz und drehte sich mit dem Stuhlsitz ein bißchen hin und her. Sie war nicht mehr groß. Und sie hatte auch so schöne Sommersprossen auf der Nase wie Ev. Aber kein rotes Haar. Dafür war sie außerordentlich üppig, Uwe mußte immerzu hinsehen.

»Und er ist Ihnen nicht aufgefallen?«

»Doch«, sagte Uwe.

»Gehen Sie mal mit ihm saufen, dann erzählt er Ihnen ein paar Notizbücher voll.«

»Ich würde lieber mal mit Ihnen saufen gehen.«

»He, lassen Sie das nicht dem Langen zu Ohren kommen, der haut Sie zusammen, guten Morgen.«

»Guten Morgen«, sagte Uwe. Aber da stand er schon draußen, als er das sagte. Ganz allein stand er auf dem Korridor, der unerhört lang war und massenhaft Türen hatte und nach durchgebrannten Kondensatoren roch. Und nach

Bohnerwachs. Und nach Tabak. Und vielleicht auch nach Parfüm oder nach Haarpomade oder so. Ein ziemlich aufregender Geruch jedenfalls, im Parlatorium war er auch, überall in diesem Gebäude war er und sogar schon in Uwes Kleidern. Uwe schleppte ihn mit den Kleidern nach Hause, er hätte nicht für möglich gehalten, daß eine abstrakte Wissenschaft so sinnlich riechen konnte. Und daß ihre Zimmer immerzu gebohnert werden müssen. Wenn die Bohnermaschinen vor dem Raum, in dem die Scanning-Projektoren standen, arbeiteten, zitterte die Apparatur, und die Bilder, die auf den Tisch projiziert wurden, etwa der Länge und Breite der Blasenkammer entsprechend 81 mal 30 Zentimeter, verschwammen, jeweils drei Bilder mit drei verschiedenen Kameras aufgenommen, zwei Bilder, die besten, wurden vermessen. Als Uwe am ersten Tag in dem abgedunkelten Raum war, der nur vom Licht der Projektoren erleuchtet wurde und in dem die Luft so abgestanden war, daß Uwe nur immer daran denken mußte, so schnell wie möglich wieder da rauszukommen, hatte ihm Dr. Kai M. gezeigt, woran man erkennen konnte, daß ein Ereignis stattgefunden hatte. Er hatte einige der aus Punkten zusammengesetzten Spuren mit dem Zeigefinger verfolgt bis zu der Stelle, wo zwei oder mehrere Spuren aus ihnen entsprangen, wenn er an so eine Stelle kam, drückte er den Finger gegen die Projektionsfläche, daß der Nagel weiß wurde, und sagte: »Ein Ereignis, sehen Sie, ein Ereignis.«

»Ja«, sagte Uwe. Er sah ein Bündel parallellaufender punktierter Linien und darüber gekrümmte Linien, leicht gekrümmte und stark gekrümmte spiralförmige, die wie Trichinen aussahen und von Dr. Kai M. als Elektronenspuren bezeichnet wurden. Einige Spuren waren dünn, andere stärker, und es gab auch ein paar solche fächerförmigen Gebilde zu sehen, auf deren Ursprungspunkt Dr. Kai M. so energisch den Finger drückte, aber das war auch alles. Uwe hatte keine Lust, sich das nochmal anzusehen. Nur, auf dem Korridor konnte er auch nicht stehenbleiben. Er mußte verschwinden, bevor ihn jemand so blöd herumstehen sah. Er durfte sich nichts anmerken lassen. Sicher auftreten, dachte Uwe, wenn man nicht sicher auftreten kann, darf man nicht Journalist werden. Also. Also ein paar energische Schritte und die Hand auf die Klinke und rein. Egal wo rein. Hauptsache rein. Wieder ein abgedunkelter Raum. Wieder abgestandene Luft. Wieder punktierte Linien, diesmal auf einem Bildschirm sichtbar. Wenn die Laborantin den Schlitten des Universalmeßmikroskops bewegte, mit zwei kleinen Kurbeln, eine von der rechten und eine von der linken Hand bedient, bewegte sich das Bild auf dem Schirm. Auf dem Schirm war ein Fadenkreuz eingraviert, in dessen Schnittpunkt nacheinander einzelne Punkte der Spuren manövriert wurden. Dann legte die Laborantin den Schlitten mit zwei Handschrauben fest und drückte die Taste des links neben ihr stehenden elektronischen Kartenlochers. Und der brachte Leben in die Bude, Rhythmus, der Locher schlug sozusagen einen flotten Knüppel und außerdem Bits in Lochkarten, dem Locher gegenüber stand ein Notenständer, auf dem Kerbkarten lagen, der Notenständer war mindestens hundert Jahre alt, aber der Locher war doch das Beste, was Uwe bisher in diesem Laden erlebt hatte, mit dem konnte man jede Menge heiße Musik machen. Uwe fragte, ob es gestattet wäre, die Laborantin sagte ja, er setzte sich auf einen Tisch, wie er in der Dunkelheit erkennen konnte, er griff in irgendwelche Filmrollen, ließ den Rücken los, die Schultern fielen nach vorn, die Schultern begannen zu schaukeln, der Kopf, die Beine, die abgestandene Luft, die Haarpracht der Laborantin, die Spuren auf dem Bildschirm, und die Stadt, deren Schattenbild darüber lag. Alles swingte nach dem Rhythmus des Lochers. Alles. Auch die Stadt. Wieder die Stadt. Uwe wurde sie nicht los. Er schleppte sie immer mit sich herum. Ihr Schattenbild lag auf allem, das ihm begegnete, und machte es undeutlich. Auch das Institut und die Physiker und diese merkwürdigen Bilder, die mit großem technischen Aufwand statistisch untersucht wurden. Wohin Uwe auch immer ging, und was er auch immer sah, wirklich real war für ihn nur das eine: die Stadt. Die gespaltene Stadt. Alles, was er bisher geschrieben hatte, handelte letztlich von ihr. Weil es nichts Wichtigeres gab. In dieser Stadt spiegelte sich der Zustand der Welt. Aber die Physiker sprachen nur gelegentlich über dieses Ereignis. Sie redeten über ihre Ereignisse, die sie events nannten, englisch, russisch, schwäbisch, sächsisch, bayrisch, rheinländisch, platt. Sie erhitzten sich an Gegenständen, die vielleicht in achtzig Jahren einmal praktische Bedeutung erlangen könnten, vielleicht – andernfalls würden diese Leute die Ergebnisse ihrer Forschung, die von einander bekämpfenden Staaten finanziert wurden, nicht austauschen dürfen. Die Institute schickten sich gegenseitig regelmäßig Berichte über ihre Arbeitsergebnisse zu. Sie arbeiteten zusammen wie im tiefsten Kommunismus. Sie durften das. Warum? Nur weil ihre Arbeit wirtschaftlich und militärisch noch nicht interessant war? Vielleicht waren sie überhaupt nicht ganz ernst zu nehmen? Vielleicht waren sie so weltfremd, daß sie Narrenfreiheit hatten? Wer an einer Sache arbeitete, deren praktische Ergebnisse er mit ziemlicher Sicherheit nicht einmal erleben konnte, war weltfremd. Wenn nicht mehr. Deshalb sahen sie auch die Stadt nicht. Wahrscheinlich sahen sie Uwe auch nicht. Und sich auch nicht. Wahrscheinlich sahen sie nur, was man nicht sehen, sondern nur mathematisch beschreiben konnte. Klosterbrüder. Mönche, komische Heilige. Und von diesen komischen Heiligen hatte sich Uwe aus der Fassung bringen lassen? Er mußte so weiterschreiben wie bisher. Es gab keinen Grund, weshalb er plötzlich anders schreiben sollte. Tagelang hatte er keine brauchbare Zeile zustande gebracht. Aber das würde sich ändern. Er hatte heute Material gesammelt: Summen. Ursprünglich wollte er sich alle Meßräume ansehen. Aber jetzt fühlte er, daß es genügte. Mehr konnte vielleicht schon weniger sein. Jetzt hatte er genau das, was er brauchte. Ein Journalist suchte sich das, was er brauchte. Er ließ die vollgeschriebenen Blätter des Notizblocks vom linken Daumen schnellen. Befriedigt. Jagdfiebrig. Selbstgerecht. Rachsüchtig. Sicher. Er war sich seiner Sache endlich sicher. Er war wieder Journalist. Seine Schultern swingten nach dem Rhythmus des Lochers, und seine Beine und die abgestandene Luft und die Haarpracht der Laborantin und die Spuren auf dem Bildschirm und das Schattenbild, das darüber lag, alles swingte nach dem Rhythmus der Stadt. Der Locher war das beste Stück an diesem Laden.

Die Welt wurde vielleicht geschaffen oder auch nicht, gemacht jedenfalls wurde sie von den Journalisten. Ich: die Stadt. Na also. Katschmann war sicher zu mißtrauisch, aber er hatte einen sechsten Sinn für Tendenzen. Man durfte sich nicht einschüchtern lassen. Was man nicht schaffte zwischen dreißig und vierzig, schaffte man später. Uwe hatte Zeit. Zeit ist Geld. Hier nicht. Hier wurde nur ausgegeben. Man mußte die Sache an die Öffentlichkeit bringen.

Als Uwe heute in die Stadt einfuhr, empfing sie ihn mit Wärme, die eingeklemmt zwischen den Häusern hing. Vor einem Tanzlokal standen junge Leute an nach Freude. Der lichtblasse Himmel über der Stadt schien sich mit einem Gewitter zu tragen. Als Uwe den Mittelstreifen der Straße überquerte, spürte er anheimelnden Kellergeruch, der durch Entlüftungsroste dunstete: kühle, abgestandene Luft des unterirdischen Verkehrs. Uwe wandte sich um und ging weiter auf dem Mittelstreifen, auf den Entlüftungsrosten, auf dem Beton, den der unterirdische Verkehr gelegentlich erzittern machte. Kaum merklich. Aber Uwe spürte Kribbeln an den Fußsohlen. Ein wollüstiges Gefühl der Erleichterung überschwemmte ihn. Der lichtblasse Stadthimmel über ihm war ein gotischer Gewölbebau: Mittelschiff, Seitenschiff, Querschiff. Uwe lief langsam, mit sicheren Schritten, er hatte Zeit. Er dachte: Ich bin ein Mensch, der sich einen neuen Vater gesucht hat. Meinen leiblichen, den ich schon als Kind haßte, weil er mir seinen Namen vorenthielt, alle Kinder trugen den Namen ihres Vaters, nur ich nicht, meinen leiblichen lernte ich nach dem Krieg genau hassen, ganz genau. Und dann riß ich ihn ab von meinem Leben und wuchs allein, selbständig. Und ich suchte mir einen neuen Vater, einen, zu dem man aufblicken konnte, dem man sich verschreiben, an den man glauben konnte. Sein Angesicht war überall gegenwärtig, auf Bildern und Monumenten, in jeder Stadt, auch in dieser, man konnte von ihm singen und lesen, und manche, die ich verehrte, weil sie während der zwölf Jahre ihrer Überzeugung treu geblieben waren unter dem Galgen, nannten ihn *Väterchen*. Das erste Buch, das mich mit den Ideen der großen Revolution bekannt machte, war die *Kurze Lebensbeschreibung*. Ich exzerpierte es fast völlig und bestand wenig später die *Prüfung für das Abzeichen für gutes Wissen,* Bronze. Ich hielt Vorträge über das große Leben, das auf zweihundertfünfzig Seiten kurz beschrieben war und dessen Name nie ohne den Schmuck eines Attributs oder einer Apposition genannt wurde. Und mit achtzehn Jahren, am Geburtstag meines zweiten Vaters, trat ich ein in die Reihen derer, die ER führte. Denn ER sollte alle Heldentaten und Siege inspiriert haben, die errungen worden waren: *sa Stalina, sa rodinu*. Dann kam der 5. März. Ich saß in meiner Studentenbude und hörte immer wieder die Nachricht, die seit den Morgenstunden des 6. März, umgeben vom endlosen Zug der Trauermusik, in Abständen gesendet wurde. Vier Tage tönte der endlose Zug, und am Begräbnistag, zur Stunde der Beisetzung, heulten die Sirenen. Ich hielt Ehrenwache zu Füßen eines Denkmals, das in aller Eile herbeigeschafft worden war. Tonnen von Blumen umdrängten mich, es war, als hätte die Erde ihre sommerlichen Schatzkammern vorzeitig geöffnet, denn es war ohnehin alles aus den Fugen. Ich bin ein Mensch, der einen Vater verloren hat.

Der Mittelstreifen wurde aufgespalten von zwei Schienensträngen, die aus der Tiefe tauchten und sich erhoben zu einem Dach, das sich auf Pfeilern hielt, Magistratsschirm genannt und dem Aussehen nach ein Tausendfüßler, unter dessen Bauch man geborgen spazieren konnte.

Sturm kam auf und warf sich unter das Dach. Es hatte jetzt Zulauf von beiden Straßenseiten, Uwe lief in Gesellschaft. Böen aus den Seitenstraßen überfielen die Schutzsuchenden. Papierfetzen wurden durch die Luft gerissen. Aber oben rollte in gleichmäßigem Rhythmus der Verkehr. Uwe blieb unangefochten und bei seinem Entschluß.

Die ersten Tropfen schlugen aufs Pflaster. Schirme wurden in Stellung gebracht. Dann fiel der Regen über die Stadt her. Das Unwetter wehte Wasserfahnen unter das Dach.

Uwe floh in den nächsten Bahnhof und löste eine Fahrkarte, die von einem musealen Apparat abgedreht wurde. Der gelbe Zug ließ nicht auf sich warten. Uwe stieg ein, fuhr noch einige Minuten auf dem Rücken des Tausendfüßlers in Höhe der zweiten Etage die Häuser entlang und trocken durch den Regen. Dann tauchte der Zug in die Tiefe, woher er gekommen war, wohin er gehörte, und es gab kein Wetter mehr. Zeitlose Kellerluft, violettes Licht, regelmäßige Zu- und Abnahme der Phonzahl, entsprechend der Geschwindigkeit, ein Stangenwald zum Festhalten. Meterdicke Sicherheit vor Gewittern. Dann stieg Uwe um, in einen gelben Zug, der nie ein Gewitter gesehen hatte, die Sonne natürlich auch nicht. Er vertraute sich ihm an.

Der Zug unterfuhr die Allee, die einmal SEINEN Namen geführt hatte. Auch SEIN Denkmal trug sie nicht mehr.

Uwe brauchte bis auf weiteres an nichts mehr zu denken. Er mußte nicht auf den Weg achten. Er ließ sich befördern.

Er schrieb die ganze Nacht durch. Gegen Morgen, als die erste Bahn vorbeifuhr, Uwe wohnte schon über fünf Jahre in dem alten Haus, und er hörte nur noch die erste Bahn richtig, Rauschen, Schleifen, manchmal ein hoher Schleifton, rhythmische Schläge, leise, immer lauter werdend, ganz laut, das Haus erzitterte unter den Schlägen, die Elektrosonne an Uwes Zimmerhimmel hatte eine Resonanz, die

Schlafzimmerlampe auch, heute hörte Uwe die Resonanz der Elektrosonne, gegen Morgen also lag der Schreibtisch voll beschriebener Blätter. Und die Tasten der Schreibmaschine waren klebrig. Und die Lampe dämmte noch immer die Dunkelheit hinter die Fenster zurück. Und die Müdigkeit kam. Und der Schlaf war ganz weit weg.

Uwe sagte, »man muß ihn holen, wenn er nicht kommt, muß man ihn holen, ich lege mich jetzt ein bißchen auf den Teppich, so, ins Bett gehen lohnt sich nicht, Bett ist überhaupt schlafstörend, dort, wo man gewöhnlich etwas nicht tut, tut man es am besten, der Teppich ist genau richtig, ja.« Er sprach noch eine Weile, er hatte die Angewohnheit, seine Tätigkeit mit Worten zu begleiten, wenn er allein war, er redete und redete, aber er holte den Schlaf nicht ein. Nur ein paar Wachträume. In denen natürlich Ev herumgeisterte. In allen seinen Wachträumen geisterte Ev herum. Immer sehr klein. Immer war er einen Kopf größer als sie, obgleich sie Schuhe mit hohen Absätzen trug. Tatsächlich war sie mit solchen Schuhen beinahe so groß wie er. Und das störte ihn. Er hatte schon mal ein Paar von diesen Latschen verbrannt. Natürlich wartete er, wenn er mit Ev durch die Straßen ging, darauf, daß sich die Leute nach ihr umdrehten, die Männer vor allem. Wenn das mal aus irgendeinem Grunde nicht geschah, fehlte ihm was. Und es gefiel ihm, wenn Ev seine Freunde mit schlagfertigen Antworten verblüffte. Aber er träumte auch davon, daß sie verloren unter eben diesen Freunden stand und darauf wartete, daß er ihr zu Hilfe kam. Zum letzten Fasching ging er als Torero. Aber Fasching war nur einmal im Jahr. Nur in den Träumen konnte man sich sooft man wollte kostümieren, ein anderer sein. Vielleicht würde ihn Ev gar nicht lieben, wenn er ein anderer wäre. Vielleicht liebte sie diese Labilität an ihm, vielleicht gefiel ihr sogar, daß er ihr unterlegen war, es gab Frauen, deren größte Befriedigung darin bestand, Männer zu versklaven. War Ev so eine Frau? Vielleicht wollte er Ev überhaupt so.

Er wußte wahrscheinlich nicht, was er wollte. Maud

wußte es. Maud war eine Fahrende, die irgendwann ankam, vielleicht schon bald. Uwe kam vermutlich nie an. Auch wenn er ewig in diesem verkehrsgünstigen alten Haus wohnte, das merkwürdigerweise noch immer nicht unter den Erschütterungen der vorbeifahrenden S-Bahn-Züge zusammengebrochen war. Rauschen, Schleifen, rhythmische Schläge, leise, immer lauter werdend, ganz laut, die Fenster klirrten, die Elektrosonne hatte eine Resonanz: der zweite Zug in Richtung Stadt. Aber den hörte Uwe schon nicht mehr richtig. Und die folgenden erst recht nicht. Er hörte nur seine Stimme, die den Schlaf bereden wollte. Vergeblich.

Als es hell wurde, stand er auf, schaltete die Elektrosonne aus und sah sich die beschriebenen Blätter an. Und sah, was er schon geahnt und eigentlich sogar gewußt hatte: kein Satz zu gebrauchen. Obgleich sie sich ganz gut lasen. Schnell. Sehr schnell. Aber nach kurzer Zeit wußte man nicht mehr, was man las. Woran lag das?

Um zehn kam der Briefträger. Wieder kein Brief von Ev. Später stellte Maud, die über ihm wohnte, das Radio so laut, daß Uwe die Schlagertexte verstehen konnte. Gegen Mittag ging er in die Redaktion. Der Chef war unterwegs. Uwe sagte Plischka, daß sie einen anderen auf die Tagung schicken sollten, er wäre nicht der richtige Mann für so eine Sache.

»Wir haben keinen anderen«, sagte Plischka.

»Ich geh jedenfalls nicht mehr hin«, sagte Uwe.

»Du mußt, du hast den Auftrag.«

»Aber ich versteh nichts davon.«

»Da mußt du dich eben reinknien«, sagte Plischka. »Oder du mußt den Beruf wechseln.«

Den Beruf wechseln. Das sagte er allen unfähigen Journalisten. Außer ihm waren alle unfähig.

Uwe verließ die Redaktion und machte sich davon auf Nebenstraßen. In einer Häuserlücke plagten sich Kinder ab mit einem Drachen. Sie wollten dem Himmel Buntpapier auf den Bauch kleben. Aber der Wind schusselte hierhin und dahin, und die Kinder hatten es schwer mit ihm. Immer wieder mißlang der Start. Der Drachen schleifte über das Pflaster und verlor ein Ohr. Die Kinder mußten ihn aus dem Schmutz reißen und sich abjagen ganz und gar. Bis der Drachen das Magnetfeld der Straße überwunden hatte. Dann trug ihn der Atem der Stadt.

Die Kinder schwitzten und freuten sich. Und der Drachen zerrte und verlangte nach Schnur, unersättlich. Er wurde immer kleiner und immer schöner. Und nun erst sahen sie, daß er nicht allein war am Himmel. Aus vielen Straßen reckten sich bunte Hände, griffen nach dem letzten Sommerblau, warfen Träume aus – über den Winter hinweg.

Aber Ev hatte noch immer nicht geschrieben. Vielleicht war er wirklich unfähig.

Uwe hielt die erste beste Taxe an, die ihm in den Weg kam, und ließ sich dorthin fahren, wo die Stadt grün war, immergrün. Keine Stadt, die er kannte, war so campinglüstern. Er durchstreifte eine Weile den sonnentrockenen Kiefernwald, schaufelte Steine in die Schuhe und Zapfensplitter und Sand, falben Sand . . . Und dann zog es ihn doch zum Wasser, unwiderstehlich.

Der See spreizte sich in der matten Sonne, schlug ans Ufer, schaukelte im Schilf. Er ließ sich Boote über den Rücken laufen, windgetriebene, motorgetriebene, handgetriebene, er schmückte sich mit Möwen und Segeln und mit poliertem Mahagoni. Er hatte das Sommerblau des Himmels heruntergeholt und wiegte es in den Schlaf

Eine Stadt wie geschaffen zum Träumen.

Aber Ev hatte noch kein einziges Mal geschrieben.

Langsam schob sich eine Zille über den See, der zu seinem Nachbarn Verbindung hatte. Fuhr sie mit eigener Kraft, ließ sie sich treiben? Uwe legte sich auf den Rücken. Seine Träume senkten sich ins Wasser, mit Gedanken belastet, mit Erinnerungen, ein Lastkahn voll Grübelladung, und von Backbord kam Wind auf . . .

– als ich eine Zille war, eine junge mit wenig Tiefgang,

brauchte ich keinen Motor, denn ich hatte die Strömung, und die Strömung gehörte dem Fluß, und der Fluß gehörte IHM: Ich gehörte IHM mit meiner kleinen Fracht; und ich befuhr eine Welt, die geordnet war, systematisiert, überschaubar, voller Horizonte, eine endliche Welt, und ich war natürlich stabil, als ich eine Zille war –

Der Wind brachte Kühle, Feuchtigkeit, und Uwes Anzug wurde klamm und sicher knittrig und wahrscheinlich fleckig – aber das war egal, nach dieser Niederlage war alles egal. Uwe war technisch total unbegabt, er war es immer gewesen, und er würde es immer sein. Und wahrscheinlich würden sich schon die Kinder über ihn lustig machen, wenn er welche hätte, und es mußte ja so kommen, wenn ein Blinder über die Farbe schreiben wollte. Konnte eine Frau wie Ev einen Blinden lieben, einen Halbblinden, einen, der unsicher herumtappte und anfällig war, labil. Vielleicht war er von Natur labil, man konnte sich seinen Charakter nicht aussuchen. Es gab Menschen, die waren für Barrikaden geboren, Kantus war vielleicht so einer, und dann gab es andere. Uwe gehörte zu den anderen. Zu den Träumern. Zu den Leisen. Die lauten Träumer hatten heute Chancen, aber die leisen? Er war irgendwie falsch, er spürte das schon als Kind, er wollte schon als Kind immer ganz anders sein. Damals wollte er immer eine Bande anführen, aber es gelang ihm nur zweimal, zweimal setzte er sich durch gegen sich selbst, und er glaubte, das sei der Beginn einer neuen Etappe in seinem Leben. Es folgten noch viele neue Etappen. Fast jedes Jahr rief er für sich eine neue Etappe aus. Zum Beispiel als man ihn in die Oberschule aufnahm, als er Mitglied der Jugendorganisation wurde, als er den unberechenbaren Christus und den leiblichen Vater von seinem Leben abriß und sich einen neuen Vater suchte. Einen, zu dem man aufblicken, dem man sich verschreiben, an den man glauben konnte. Leicht. Denn er war zu sehen. Und seine Stimme war zu hören. Und seine Armee hatte Uwe von dem Alptraum seines leiblichen Vaters befreit. Und die, die Uwe zu sich genommen hatten, als er kein eigenes Bett mehr hatte und keine Großmutter, sagten: *Wir werden siegen, weil uns der große Stalin führt.* Und da verlor sich langsam die Unsicherheit, die ihn immer verfolgt hatte. Und in dem Lebenslauf, den er mit den Bewerbungspapieren für die Immatrikulation abschickte, nannte er das den Beginn der entscheidenden Etappe. Und dann kam der 5. März.

— aber ich fuhr weiter, wie zuvor vertraute ich mich der Strömung an, die ER gelenkt hatte und die sich nun selbst lenken müßte in seinem Namen, und die Stabilität war befriedigend, als ich eine Zille war, bis zu dem Tage, als die Strömung wechselte —

Das war die schwerste Erschütterung seines Lebens gewesen, von der er sich wahrscheinlich noch immer nicht erholt hatte.

Er war kurz vorher zum Assistenten für das Grundlagenstudium gekürt worden, er berief sofort eine Versammlung ein, er war dem Instrukteur Jasak dankbar, daß der sich bereit fand, die Versammlungsleitung zu übernehmen. Uwe kannte ihn seit mehr als vier Jahren, und er wußte, was er von ihm erwarten durfte.

Jasak, Sohn eines Professors, der Rassentheorie gelesen hatte und jetzt einen Lehrstuhl im Westen der Stadt besetzt hielt, hatte mit seinen Eltern gebrochen. Dennoch fühlte er sich von seiner Herkunft belastet und war bemüht — vielleicht, ohne sich dessen überhaupt bewußt zu sein —, diesen Makel durch besonderen Fleiß auszugleichen. Er war bekannt für seine Gründlichkeit und Prinzipienfestigkeit, »ruhig Blut«, sagte er, »wenn die Linie klar ist . . .«.

Uwe faßte sich und bereitete eine Rede vor: Unterstützung für Jasak.

Aber dann sollte sich herausstellen, daß Uwe ihm damit in den Rücken fiel.

Jasak sprach über den Parteitag, den die Chronologie als zwanzigsten zählte, mit der gleichen hochprozentigen Schärfe, dem gleichen unbeweglichen Gesicht wie über den vorangegangenen. Er redete über die Enthüllungen, als würden sie sich von selbst verstehen, als hätten sie sich bereits von selbst verstanden. Und mit der gleichen Selbstsicherheit und Strenge, die ihn von je auszeichneten, prangerte er jene an, die noch immer nicht einsehen wollten. Nur der Schluß seiner Rede wich eine Nuance ab vom Gewohnten: Jasak ließ den großen Lenin hochleben.

Für Uwe war die Wendung von Jasak so ungeheuerlich, daß er eine Weile brauchte, um sie zur Kenntnis zu nehmen. Aber dann schlug er um sich mit Gesten und Worten und ihm war alles egal. *Sa Stalina, sa rodinu.*

Er verteidigte das Bild des Giganten, den er sich zum zweiten Vater erwählt hatte und ohne den er, wie ihm damals schien, kein selbstbewußter Mensch geworden wäre. Er hätte Jasak in das unbewegliche Gesicht schlagen mögen, das den Anschein erweckte, als ob ihm die Wendung keinerlei innere Kämpfe gekostet hätte. Er dachte: Verrat. Und er steigerte sich später immer weiter in eine Opposition hinein, die Jasak sorgfältig in einem Buch notierte, das numerierte Seiten hatte. Und eines Tages zählte er zusammen und stellte den Antrag, Uwe zur Bewährung in die Produktion zu delegieren.

Uwe arbeitete ein Jahr als Hilfsarbeiter in einer Druckerei. In der gleichen, in der Franz Kantus an der Setzmaschine saß. In der gleichen, die die Zeitung druckte, für die Uwe heute schrieb. Franz hatte ihn zum Schreiben ermuntert. Eigentlich blieb Uwe bei der Zeitung, weil Franz dort war. Später wohnte er bei Franz. Dann lernte er Ev kennen. Franz war Evs Vater. Uwe hatte ihm alles zu verdanken.

Der Abend fiel über den See, unsommerlich zeitig, und zehrte die letzte Wärme des Oktobertages auf. Das Wasser färbte sich schwarz, in dieser Gegend schien sich die Nacht zu sammeln, bevor sie aufstieg: In Pfützen der Größe nach antreten, richt euch, stillgestanden, durchzählen . . .

– es war eine schöne Zeit, als ich eine Zille war, die Welt war endlich, und einer überschaute sie für alle, und die Schwachen fanden Schutz unter dem Dach seiner Größe, als ich eine Zille war; aber jetzt lebe ich lieber unter einem

Dach, das ich mit gerichtet habe, obgleich das schwerer ist, besonders für die Schwachen, es ist einfacher, sein Herz an einen Menschen zu hängen als an Millionen, es ist leichter, in einem Gesicht zu lesen, als in einer Wissenschaft; aber ich lebe lieber in einer Welt, die unendlich ist und unüberschaubar voll von Arbeit und Fragen und hungrig nach Talenten, obgleich es mehr Kraft kostet, selbst einen Kahn flottzumachen, als sich treiben zu lassen; ich möchte nie wieder eine Zille sein –

Der See lag nackt in der Dämmerung, entblößt von getakeltem Schmuck. Kein Boot kraulte mehr seinen Rücken. Dann verloren sich jenseits die Ufer. Und die Nacht plättete die Falten aus seiner Haut.

Schlafen. Endlich. Warten auf den Augenblick, den man nie erlebt, der sicher genauso ungewiß ist wie das Hinüberfallen in den Tod, sich fallenlassen in das Nichts, in dem die unkontrollierten Träume hausen, das Vorzimmer des Augenblicks ist blau, Uwe ist schon im Vorzimmer, ein rötlicher Fleck rotiert durch die Bläue, verfärbt sich, rotviolett, blauviolett, schwarz, gleich kommt schwarz, gleich kommt das Erlöschen, der Augenblick ist wahrscheinlich schwarz, der Augenblick, der Augenblick. Aber er kommt nicht. Wieder nicht. Seit drei Tagen nicht.

Schon bevor Maud zu ihm gekommen war. Aber Maud hatte natürlich alles noch verschlimmert. Maud stand allein. Sie hatte die Kraft dazu: eine Frau. Sie mußte die Kraft dazu haben. An jenem Abend hätte sie beinahe kapituliert, aber nicht die sind stark, denen nie der Gedanke kommt, Schluß zu machen, sondern jene, die ihn überwinden, und Maud hätte ihn überwunden, auch ohne Uwe, er bewunderte sie. Die Leute sagten zu ihr, sie sei eine Nutte, aber Uwe achtete sie seit jenem Abend mehr als alle Frauen, die er kannte. Ev ausgenommen. Ev liebte er. Aber von den übrigen, die er kannte, hätte keine die Kraft so zu leben, wie Maud lebte. Gegen ihre Natur. Und keine hätte den Mut, zu einem Mann zu sagen: »Ich kenne Sie nicht. Und das ist gut so, daß ich Sie nicht kenne, und daß Sie mich nicht kennen ist auch gut, wir können auseinandergehen ohne irgendeine Bindung, was ich von Ihnen verlange, ist für Sie eine Kleinigkeit, für mich ist es eine Chance, neu anzufangen, vielleicht krepiere ich dran, ich bin neununddreißig, in meinem Alter ist eine Entbindung riskant, aber ich habe mich entschlossen.«

Ev hatte sich mehrmals dazu entschlossen. Als sie noch studierte. Als sie beide noch studierten. Damals überredete er Ev zu warten. Er sagte zu ihr, wir haben noch viel Zeit. Wahrscheinlich hatte er sich geirrt. Wahrscheinlich hatte er einen großen Fehler gemacht. Einen unkorrigierbaren.

Und daß er sie allein in Urlaub fahren ließ, war sicher auch ein Fehler gewesen. Er hatte Vertrauen zu ihr. Aber konnte einer Frau wie Ev genügen, daß er Vertrauen zu ihr hatte? Hieß Vertrauen in diesem Fall nicht auch Gleichgültigkeit? Mußte sie seine Entscheidung nicht auch so auffassen, als ob er von ihrer weiblichen Anziehungskraft nichts mehr hielt, oder jedenfalls nicht viel, nicht genug, um einen anderen Mann auf den Gedanken zu bringen, sie für sich zu gewinnen? Konnte sie einen Menschen, der mit dreißig Jahren noch immer nicht zu sich gefunden hatte, überhaupt noch lieben? Sie hatte ihn von Anfang an anders geliebt als er sie. Ohne Religiosität. Elementar. Wenn sie auf der Straße vor ihm herging, er blieb gern einen Schritt hinter ihr, um sich ihre Beine anzusehen, ihren Gang, der auffällig war, stolz, wenn er sie angezogen vor sich sah, konnte er oft nicht glauben, daß das die gleiche Frau war, die wild um sich schlug und schrie und biß, wenn er sie hatte. Vielleicht waren in ihr zwei Leben, ein kühles, von Intellekt beherrschtes, und ein anderes, unberechenbares, das ihn gelegentlich erschreckte, das er aber wahrscheinlich überhaupt nicht kannte. Er kannte sich ja selbst nicht mal. Und auch das hatte er vor drei Tagen erst gemerkt. Vielleicht war das Institut daran schuld. Oder der Armenier. Oder Maud. Oder die Insel. Es war, als ob er neben sich säße. Wenn er einen Kaffeerausch hatte, war ihm manchmal so ähnlich. Er war aus sich herausgetreten, irgend etwas hatte ihn außer sich gebracht, möglicherweise ein Zufall, der Anlaß war sicher nebensächlich, früher oder später wäre es ohnehin dazu gekommen, früher war in solchen Fällen immer besser, er konnte nicht mehr so schreiben wie bisher, er sagte sich: Ich bin ein Mensch, der schwer zum Thema kommt, vielleicht mache ich mein ganzes Leben lang Entwürfe, bis jetzt habe ich nur Entwürfe gemacht, à la Störtebeker, à la Stalin, à la Ev, à la Franz, ich möchte so sein wie Franz, wenn er davon erfährt, gibt es Krach, er sagt immer, klammer dich nicht an Personen, halt dich an die Sache, aber für mich hat jede Sache ein Gesicht, die große hat das Gesicht von Franz, die kleine hat das Gesicht des Armeniers, seit drei Tagen verfolgen mich seine schwarzen Augen, ich kann die Tage nicht sterben sehen, und meine Nächte sind schlaflos, ich kann nicht arbeiten, denn ich bin einunddreißig Jahre, und ich bin noch immer nicht zum Thema gekommen, das Thema bin ich, aber ich weiß nicht, wer ich bin, ich habe mich noch immer nicht gefunden, in bin eine Produktion von Etappen, mein bisheriges Leben ist eine Sammlung von Lebensvarianten anderer Menschen, ich bin ein Mensch, der einen Vater verloren hat.

Als er erwachte, schlug ihm etwas ins Gesicht, er griff danach mit der Hand, aber die Schläge hörten nicht auf, er konnte auch nichts sehen, er glaubte zuerst, jemand hätte ihn blind geschlagen, die Hände waren starr, wenn er sich bewegen wollte, spürte er Widerstand, kalt, naß, Nässe fiel ihm ins Gesicht, sammelte sich und lief in Rinnsalen über die Stirn und die Schläfen abwärts und juckte, Kälte lag auf ihm und unter ihm, und er konnte noch immer nichts sehen, er begriff nur, daß es regnete, er dachte: Ich habe geschlafen, endlich, und dann sah er den Baum über sich, den großen Baum mit den bläulichen Früchten.

»Ich dachte, es wäre Katschmann.«

»Bist du enttäuscht?«

»Ich warte auf ihn«, sagte Berta.

»Hat er Dienst?«

»Bis achtzehn Uhr, jetzt ist es kurz vor elf, vielleicht ist etwas passiert?«

»Er wird schon kommen«, sagte Uwe. Eigentlich hoffte er das Gegenteil. Obgleich er ihn nicht haßte. Manchmal bewunderte er ihn sogar. Aber er hatte immer die Vorstellung von einem Insekt, wenn er an ihn dachte. Und wenn er dann nicht schleunigst vor einen Spiegel trat, fühlte er auch an sich ein äußeres Skelett. Er fürchtete sich vor ihm, wie man sich vor etwas Vertrautem fürchten kann.

»Ich hab das Deckchen noch nicht fertig«, sagte Berta, »ich hab verschiedenes vorzubereiten, ich muß mir ein Kleid nähen ...«

»Aber das eilt doch nicht ...«

»Doch«, sagte Berta, »doch, das Kleid eilt.«

Frauen waren merkwürdige Geschöpfe. Jahrelang schleppten manche ein Fähnchen, Berta schleppte es jahrzehntelang, und plötzlich kam ihnen irgend etwas in den Kopf, und es gefiel ihnen nicht mehr, und sie brauchten sofort ein anderes. Augenblicklich. Ev war auch so unberechenbar in ihrem Geschmack.

Katschmann war sicher auch nicht mit einem äußeren Skelett auf die Welt gekommen. Er hatte es sich zugelegt mit den Jahren. Das erste hieß vielleicht: Gehorsam. Gedienter Soldat, Katasterbeamter, Ostfront: Gehorsam. Dann kam wahrscheinlich der große Zusammenbruch für ihn, aber er hat offensichtlich schnell wieder etwas gefunden, an das er sich halten konnte, er war in sowjetischer Kriegsgefangenschaft, er ist vielleicht sogar an einen vom Nationalkomitee geraten, jedenfalls muß er sich unverzüglich wieder ein neues Skelett gebaut haben, er zwang sich die Wandlung schnell und rigoros ab und unterstellte sein Leben fortan uneingeschränkt und selbstlos dem neuen Prinzip. Es blieb ihm vielleicht dem Wesen nach noch lange fremd, sosehr er sich auch bemühte, er ließ sich umschulen, er wurde Elektromontageschlosser und arbeitete sich dann hoch zum Triebwagenführer, seine Energie und sein Wille waren bewundernswert, er meinte es gut, er fuhr immer dieselbe Strecke. Maud fuhr alle Strecken, Katschmann nur eine, zuverlässig, es gibt Kutscher, Fahrer und Führer, meine Züge sind immer besetzt, meine Züge fahren sich schwer und brauchen viel Strom, linke Hand auf dem Fahrschalterknopf, rechte am Führerbremsventil, vor mir das Schienenband, das der Zug in sich hineinfrißt, mit sechzig, achtzig Stundenkilometern, Brücken, steile Bahndämme, braun vom Rost des Bremsstaubes, Bahnhöfe, auch verrostet, Häuser, Signalaugen grün, gelb, rot, Kais, Silos, ein Museum, aus weißem Marmor erbaut, ein Palast aus Marmor und Gold mit Hunderten von Gemälden, die Bilder priesen den großen Sohn von Gori in Hunderten von Situationen, in einem Stil: heroisch, es schien, als hätte ein Maler sie gemalt, neben dem Palast stand das Geburtshaus, eine winzige Bauernkate, schön in ihrer Bescheidenheit, von einem tempelartigen Gemäuer umbaut und fast erdrückt, er war nur einen Tag auf Reportage in Grusinien gewesen, vor vielen Jahren, er fühlte den Schienenstoß unter seinen Füßen, man kann den Zug nur fühlen, wenn man steht, ich stehe immer, SV 2: *Fahrt frei* – Halt erwarten, ich ziehe den Klinkhebel des Führerbremsventils langsam zu mir heran, die Gewalt des Zuges bäumt sich unter meinen Füßen, mit Achtungsdonner fahre ich in den Bahnhof ein . . .

»Er ist besoffen«, sagte Berta.

»Wer?«

»Ich war eben in der Küche, ich hab gedacht, irgend etwas sei heruntergefallen, aber es war Katschmann, er torkelt in der Küche herum.«

»Hauptsache, er ist da.«

»Aber er trinkt doch nie. Nicht mal Bier darf ich auf den Tisch bringen.«

»Ich wollte dich eigentlich nur fragen, ob Ev dir geschrieben hat.«

»Nein«, sagte Berta, »ich schreib auch nicht gern Briefe. Vielleicht hat ihn jemand betrunken gemacht.«

»Ich geh jetzt«, sagte Uwe. Aber er konnte nicht gehen.

Katschmann torkelte auf ihn zu und preßte ihn mit seinem schwammigen Körper gegen die Wand. Der kegelförmige Kopf schwankte dicht vor seinem Gesicht, eine große rote schnapsstinkende Boje. Uwe stemmte die Hände gegen Katschmanns Schultern, es war, als ob er in Teig faßte.

Plötzlich wandte sich Katschmann um und sagte: »Meine Braut hat also Besuch.«

»Ich konnte nicht wissen...«

»Aber ich«, sagte Katschmann, »bin ich dir etwa nicht mehr gut genug?« Er griff nach Bertas Arm.

Berta entzog ihm den Arm.

»Hast du denn ganz vergessen, daß er dich mal sitzengelassen hat?«

Berta stand aufrecht, die Lider halb über den weit vorstehenden Augäpfeln geschlossen.

Katschmann tappte wieder auf Uwe zu, aber er verfehlte ihn, er fiel gegen die Tür, er trommelte mit den Fäusten gegen die Tür und schrie: »Sie gehört mir, Franz, sie gehört mir.«

Uwe hatte Mühe, ihn von der Tür weg auf einen Stuhl zu zerren. Erst als er saß und Uwes Arme ihn an die Lehne fesselten, erkannte Katschmann ihn. Seine grauen Augen, die schief in seinem Gesicht hingen, vom Gefälle der Lider seitlich herabgedrückt, wurden sofort klar, er versuchte nicht mehr um sich zu schlagen, er nahm die Schultern zurück und drückte das Kreuz durch, er war sofort ganz da, als er Uwe erkannte. Und er entschuldigte sich.

Und im nächsten Augenblick fragte er auch schon nach dem Artikel.

»Er ist noch nicht fertig«, sagte Uwe.

»Warum?«

»Weil er noch nicht fertig ist.«

»Das ist keine Antwort.«

»Doch.«

»Ich kann mich irren, du kannst mir widersprechen, aber ich sage dir: Das ist in dieser Situation keine Antwort.«

»Ich widerspreche dir.«

»Mit welchem Recht?«

»Aha.«

»In dieser Situation verlange ich . . .«

»Übrigens – die SU zieht ihre Raketen aus Kuba ab, laut TASS, Onkel Edgar, laut TASS.« Uwe beobachtete mit Genugtuung, wie sich die ausgeprägten Ohren Katschmanns entfärbten. Auch die besten Radarohren waren im Moment offensichtlich nicht in der Lage, ein amtliches Argument aufzufangen. Katschmann schien auf sein Gehirn angewiesen zu sein, seine Schultern fielen nach vorn, der Rücken krümmte sich, er sagte: »Ich weiß, ich begreif es nicht, niemand begreift es, weil es ein Fehler ist, ich sage, und ihr werdet mir zustimmen, es ist ein Fehler, aber aus taktischen Gründen, ihr versteht, jetzt eine Fehlerdiskussion würde alles nur noch verschlimmern.« Er zerrte eine Flasche aus seiner Jackettasche und nahm einen Schluck. Und der machte ihn wieder besoffen. Er lallte etwas von Zurückweichen und daß das nicht passiert wäre, wenn ER noch lebte. Und dann sagte er mit schnapsschwerer Zunge: »Wir sind verraten. Der Russe hat uns verraten.« Und sein Kopf fiel vornüber. Uwe stemmte sich gegen Katschmanns Schultern und richtete ihn wieder auf, er griff in das teigige Fleisch, aber Katschmann ließ sich nicht ins Bett bringen. Er kotzte sich aus im Bad. Als er wiederkam, mit nassem Schädel, sagte er: »Alles Scheiße. Aber Berta laß ich mir nicht wegnehmen. Wir heiraten.«

Als Uwe merkte, daß das keine Schnapsidee war, sondern bereits beschlossen mit Berta, ging er sofort. Um sich zu überlegen, wie er das verhindern könnte. Er mußte es verhindern, Ev war nicht da, er mußte etwas tun, damit sich Berta nicht unglücklich machte, weil sie nicht nein sagen konnte, sie nannte ihn nach wie vor Katschmann, nicht Edgar, Katschmann, aber sie konnte nicht nein sagen. Also mußte Uwe nein sagen, sie konnte sich nicht entscheiden, sie überließ immer nur anderen die Entscheidung, sie war zu gut, bis zur Charakterlosigkeit gut war sie, bis zur Selbstaufgabe, eine große Versöhnlerin vor dem Herrn, schon immer gewesen, Uwe mußte etwas unternehmen.

Er ging zu Kantus.

Kantus war natürlich noch wach. Er kam ihm in riesigen Filzpantoffeln entgegengeschlurft und sagte: »Weißt du einen Laden, der Salami hat?«

»Jetzt?«

»Natürlich jetzt. In acht Stunden kriegst du bei jedem popligen Fleischer welche. Jetzt...«

»Mitten in der Nacht?«

»Mein Appetit richtet sich nicht nach den Ladenöffnungszeiten«, sagte Kantus.

Uwe kannte diesen Appetit. Er sagte: »Ich komm gerade von einem Besoffenen.«

»Ich sauf nicht«, sagte Kantus, »ich hab nur Appetit auf Salami.«

»Mit Rotwein«, sagte Uwe.

Kantus schlug Uwe mit dem Handrücken gegen die Rippen und schob ihn in das verräucherte Zimmer, Kantus hatte eine Zweizimmerwohnung, aber er bewohnte nur dieses Zimmer, er schlief auch drin, das, in dem Uwe mal gehaust hatte, stand leer, Kantus schlief auf einer Kastenmatratze, die auf Bücherbeinen stand. Die Tischplatte lag auf einer Kiste, in der Literatur der deutschen Romantik untergebracht war, wenn er E. T. A. Hoffmann lesen wollte, mußte er den Tisch demontieren. An den Wänden von rechts nach links Geschichte der Philosophie von den Anfängen bis zur Gegenwart, Bücher über Segelfliegerei, Wirtschaftsgeschichte, deutsche und ausländische Belletristik, alphabetisch geordnet, Kunstbücher, Kochbücher, Zeitschriften, die Balkontür war mit Marxismus zugestapelt. Außerdem war das Zimmer mit zwei steifen Stühlen möbliert.

»Berta sagt auch, du säufst.«

Kantus setzte sich auf die Matratze, unter eine blaue Wolke. Er balancierte sie auf einem gewundenen Rauchstiel, der auf dem Ende seiner Zigarette hin und her schwankte. Er rollte die Zigarette vorsichtig mit den Lippen in den linken Mundwinkel. Wenn sie im linken Mundwinkel klemmte, war er zu Gesprächen aufgelegt.

»Ich komm von Berta«, sagte Uwe.

Kantus kniff das linke Auge zu, um den Rauch auszusperren.

»Berta hat viel zu tun«, sagte Uwe.

Kantus öffnete schon den Mund einen Spalt, aber er sagte nichts. Er klemmte nur die Zigarette zwischen die beiden Zähne, die er noch hatte. Und da sagte Uwe auch nichts. Bei Kantus konnte man leicht das letzte Wort haben. Aber nicht das erste. Das erste gehörte zu ihm. Er kaute es eine Weile, indem er die Zigarette mit den Lippen hin und her schob, dann spuckte er es aus, wie man Priem ausspuckt, zack, aber ohne die Zigarette dabei aus dem Mund zu nehmen, und dann konnte man reden. Aber vorher nicht. Vorher konnte Uwe ein bißchen quatschen. Aber richtig reden nicht. Kantus spuckte es nicht aus. Er kaute es nicht einmal. Uwe hatte ihm mehrere Eselsbrücken gebaut. Umsonst. Kantus mochte nicht. Was sollte man auch reden in so einem Falle. Katschmann wollte Berta heiraten. Sie hatte sich für ihn entschieden. Wahrscheinlich war Franz ihr fremd geworden, als er 1955 zurückkehrte. Und er war ihr fremd geblieben, vermutlich, weil er sich ausschwieg darüber, weshalb er seit siebenunddreißig nichts mehr von sich hatte hören lassen. Jedenfalls hatte sie damals, als Katschmann Franz zu verstehen gab, daß er auf seine Besuche keinen Wert lege, nicht widersprochen. Später, als Franz bei Ev aus und ein ging, erfuhr Berta seine Geschichte. Seitdem besuchte sie ihre Tochter öfter. Wahrscheinlich hatte Berta Franz heute nachmittag zu sich bestellt, um ihm ihren Entschluß mitzuteilen. Und Katschmann hatte in seinem Suff Uwe für Franz gehalten. Aber Franz war dagewesen. Uwe hatte es gerochen, daß er dagewesen war. Katschmann rauchte nicht. Berta hatte Franz sicher ihren Entschluß mitgeteilt, denn sie war ja gewissermaßen noch mit ihm verlobt. Seit dreißig Jahren verlobt.

Aber das war ihre Sache. Uwe mischte sich da nicht ein. Er hatte kein Recht, sich da einzumischen. Ev ja, aber er nicht. Er hatte mit sich zu tun. Er sagte: »Ich hab tolles Material für einen Artikel.«

Kantus rollte die Zigarette etwas aus dem linken Mundwinkel heraus.

»Wenn ich das Material gut verkaufe, wird der Laden vielleicht sogar zugemacht. Ich habe nichts gegen Wissenschaft, aber Luxus können wir uns in dieser angespannten Situation nicht leisten. Seit Monaten läuft eine Sparkampagne, wir rennen uns die Hacken ab nach entsprechenden Beispielen, die journalistisch was hergeben, ich seh nicht ein, warum ich in diesem Fall die Augen zudrücken soll. Erkundungsforschung muß sein, bitte, wegen mir sollen sie erkunden, soviel sie wollen, auch wenn sie gar nicht wissen, wohin das führt, aber wenn der Luxus so ins Geld geht, bin ich dagegen. Ich werde anfangen mit dem aktuellen politischen Aufhänger, ich werde Bezug nehmen auf die letzte Meldung über die Lage in der Karibischen See, und dann werde ich klipp und klar sagen, daß ich in dieser Situation gegen derartig kostspielige Forschungen bin. Wir sind ein kleines Land, uns sitzt der Feind vor der Nase, wir können uns keine Extravaganzen leisten. Stimmt's?«

»Du willst ihnen also das Wasser abgraben.«

»Ja.«

»Und was sind das für Leute?«

»Viele kühne Nasen, die Westdeutschen halten mich für einen Spion, ein englischer Professor hat gesagt, wenn die Amerikaner begännen, Kuba zusammenzuhauen, würde Rußland nicht militärisch eingreifen, weil es wegen sechseinhalb Millionen das Risiko eines Atomkrieges nicht verantworten könnte, ein Armenier, Paremusjan oder Taremusjan oder Karemusjan heißt er, ich nenne ihn Fürst Igor, behauptet, die Amerikaner wagten schon allein deshalb keine Invasion, weil sie dann in Lateinamerika völlig verspielt hätten, ein Hamburger ist überzeugt, daß es diesmal losgeht, er hat sich vorgestern furchtbar besoffen, aber am anderen Morgen hat er wieder debattiert, als sei nichts gewesen, gegen Kuba ist, glaube ich, keiner von den Leuten, aber gegen die sowjetischen Raketen auf Kuba sind die meisten Westlichen, nur, sie erhitzen sich nicht fanatisch darüber, sie können sich wahrscheinlich nur fanatisch über ihr statistisches Material erhitzen, ich glaube, sie halten sich für Mitglieder einer Familie von Auserwählten, denen als einzigen gestattet ist, eine gesellschaftliche Situation zu antizipieren, ein Schwabe hat mir erzählt, sie hätten einen am Institut, der reise zu internationalen Tagungen mit einer Papiertüte, in der sich eine Zahnbürste befände, er wüsche sich auch selten, er würde sagen, das hätte er als Physiker nicht nötig, die an der Tagung teilnehmen, sind alle gewaschen, manche sogar ziemlich elegant aufgemacht, der hiesige Direktor, ich nenne ihn Monsignore, ist ein verdammt schöner Mann, es gibt natürlich auch langweilige Gesichter, wahrscheinlich kochen alle nur mit Wasser, auch die mit den kühnen Nasen, aber es sind komische Heilige, ich fühle mich nicht wohl unter diesen Leuten.«

»Und deshalb willst du ihnen das Wasser abgraben.«

»Der Artikel erscheint in der Serie ›Produktivkraft Wissenschaft‹, aber was die in dem Institut machen, kostet nur, also muß ich dazu etwas sagen.«

»Wer zwingt dich?«

»Katschmann meint auch, daß ich dazu was sagen muß.«

»Und was meinst du?«

»Ich überlege schon drei Tage hin und her. Ich hätte den Auftrag nicht annehmen sollen.«

»Und was meint die Redaktion?«

»Der Chef meint, ich soll endlich was zu Papier bringen, worüber man reden kann. Über ungelegte Eier könnte man nicht reden. Aber ich kann nicht schreiben. Ich bring einfach nichts zustande. Auch mit dem Material nicht, das ich gesammelt habe.«

»Vielleicht taugt das Material nichts?«

»Das Material ist genau richtig«, sagte Uwe. Er breitete

es vor Kantus aus. Franz klebte die Zigarette an die Unterlippe und las.

»Na?«

»Hier ist die Luft zum Reden zu trocken. Ich schlage vor, wir gehen in eine Kneipe.«

Sie gingen. Sie suchten eine Weile. Uwe lehnte die stinkigen Eckkneipen ab, die bald Polizeistunde hatten. Franz lehnte die ventilierten Lokale mit Garderobe ab. Schließlich einigten sie sich auf eine Kellerkneipe mit Nachtbetrieb. Sie stiegen ein durch das Luk.

Eine kleine Kajüte, sparsam beleuchtet und belüftet, Musik aus der Backskiste, auf den Bodenbrettern wird getanzt, Uwe und Franz setzen sich achtern und bestellen Wodka. Eine Flasche. Franz bestellte immer eine Flasche. Berta hatte recht; er soff. Vielleicht wollte sie ihn deshalb nicht mehr? Aber warum soff er denn? Die Menschen saufen nicht grundlos. Hatte Kantus einen Grund? Achtzehn Jahre hatte er sicher einen, er sprach nicht darüber, aber wenn man achtzehn Jahre unschuldig sitzt, wenn man zehn Jahre Bäume fällt, statt Zeitungen zu setzen, endlich die eigenen Zeitungen, das war schon ein Grund. Nur, er soff ja nicht, als er kam. Er begann ja erst später damit. Vielleicht wegen Berta. Vielleicht wegen Katschmann. Vielleicht, weil ungeheure Bewährungsproben manchmal leichter zu ertragen sind als der Alltag. Warum sprach er nie über diese achtzehn verlorenen Jahre? Er war stark genug gewesen, sie durchzustehen, ungebrochen. Fehlte ihm jetzt die Kraft, sich an sie zu erinnern?

»Du willst ihnen also das Wasser abgraben«, sagte Kantus, »aber du traust dich nicht recht.«

»Ich trau mich.«

»Aber du brauchst Zuspruch.«

»Rat«, sagte Uwe.

»Über solche komplizierten Dinge kann man nur reden, wenn man von ihnen sehr viel oder gar nichts versteht.«

»Ein Journalist muß zu allem etwas sagen können.«

»Ich bin kein Journalist«, sagte Kantus, »ich bin Setzer.«

»Aber du kannst mir helfen. Du bist der einzige, der mir helfen kann. Wenn du mir damals nicht geholfen hättest...«

»Himmelherrgott, klammer dich doch nicht dauernd an Personen.«

»Tut mir leid«, sagte Uwe.

»Halt dich doch endlich an die Sache. Auch wenn das schwerer ist, weil es mehr verlangt als Antipathie oder Liebe.«

»Mach ich ja, aber für mich hat die Sache eben ein Gesicht.«

»Was für eins?«

»Deins«, sagte Uwe.

»Quatschkopf«, sagte Kantus und hieb wieder einen Wodka in sich hinein. Er warf dabei den Kopf zurück, als ob er eine Pille schluckte, ein kleiner Kopf, ein kleines Gesicht, total verrunzelt, mausgraue Augen, die Augen waren das Größte an diesem Mann, er zwickte sie immer zu, um sie seiner Figur anzupassen, die spillrig war, Uwe fragte sich, wie dieser spillrige Körper derartige Strapazen hatte durchstehen können, von seinen Feinden eins in die Fresse tut weh, aber wenn man eins von seinen Freunden kriegt. Uwe sagte: »Plischka hat mir geraten, den Beruf zu wechseln.«

»Jeder Kommunist hat blaue Flecken«, sagte Kantus, »wer keine hat, ist keiner.«

»Die Physiker haben keine«, sagte Uwe. »Siehst du den Langen dort, der rechts neben dem Eingang steht, jetzt geht er zur Theke, ja, der lange Schwarzhaarige mit dem Supermanpullover, das ist auch einer von diesen Leuten. Soll ich ihn an unseren Tisch holen?«

Kantus schob den Mund rüsselartig vor, bis über die Nase hinaus, er konnte das, weil er nur noch zwei Zähne im Oberkiefer hatte, zwei lange dünne Schneidezähne, zwischen die gerade eine Zigarette paßte, Uwe war froh über den Rüssel, er hatte eigentlich etwas anderes erwartet, Kantus war verhungert nach Menschen, er wollte immer allen möglichen Leuten vorgestellt werden, um sie auszufragen, neulich hatte er einen kambodschanischen Prinzen, der die Setzerei besichtigte, nach Kartenkunststücken ausgefragt, wenn man mit Kantus ausging, mußte man auf allerhand gefaßt sein, Kantus schien überhaupt keine Hemmungen zu haben, mit einem zerbeulten, fleckigen Anzug war er auf einem Empfang erschienen und hatte einem Minister mit dem Handrücken gegen die Rippen geschlagen, aber heute schien er müde zu sein, er sagte: »Ich hab eigentlich keine Lust, mir meinen Schnaps von komischen Heiligen versalzen zu lassen.«

»Ich auch nicht«, sagte Uwe. Er mußte natürlich verhindern, daß bei Kantus der Eindruck entstand, Uwe wollte deshalb nicht, weil er wieder Hemmungen hatte. Oder weil er Angst hatte vor diesem Pulloverriesen. Deshalb sagte er außerdem: »Die Ische von dem Schwarzen hat behauptet, er erzählt mir ganze Notizbücher voll, wenn er besoffen ist, und das scheint ja wohl der Fall zu sein, er schwankt nicht schlecht, vielleicht hören wir ihn uns doch spaßeshalber mal an, du denkst sicher, ich habe übertrieben, aber du wirst sehen . . .«

Kantus fuhr seine Augen aus, so, daß man sie mit einem Knopfholz hätte fassen können, mit dem früher Messingknöpfe von Stoff abgeklemmt wurden, wenn man sie putzen wollte, er wälzte die Augen nach rechts und nach links, als ob er sein Gesicht ausmessen wollte, und das bedeutete nichts Gutes, wenn ihm sein Gesicht zu klein wurde, hatte er immer etwas vor.

Uwe versuchte, ihn auf eine Dame aufmerksam zu machen, aber Kantus sagte prompt: »Gut, hol den Jungen an unseren Tisch.«

Und da mußte Uwe, wenn er sich nicht blamieren wollte, aufstehen, auftauchen aus der Menge, alle starrten ihn natürlich an, es gab niemanden, der ihn nicht anstarrte und sah, wie er schwitzte, er mußte über die schwankenden Bodenbretter gehen, die gerade leer waren, auch das noch, die Kneipe krängte, er machte große Schritte, das Oberleder seines linken Schuhs hatte in der Nähe des kleinen Zehs einen Riß, er hielt Dr. Kai M. eine schweißige Hand hin, Kai wußte lange nicht, was er damit anfangen sollte, lange, lange, Uwe erklärte es ihm, auch lange, Kai beugte sich zu ihm herunter, es dauerte ewig, bis Kai ihn erkannte, Gesichter von Leuten, die keine Persönlichkeiten sind, kann man sich schwer merken. Später kam Kai mit nach achtern, der Rückweg dauerte einen Augenblick.

Kai klopfte mit den Fingerknöcheln auf die Tischplatte, legte eine Trompete darauf und ließ sich auf die Bank fallen. Dann griff er nach der Wodkaflasche, die inzwischen halb leer geworden war, und trank sie hastig aus. Er stellte sie wieder vor Kantus hin, mit geschlossenen Augen, er wischte sich mit dem Handrücken die Lippen und dann das ganze Gesicht, er sagte: »Ich hätte mich nicht umdrehen sollen.«

»Sie hätten noch was in der Flasche lassen sollen«, sagte Kantus.

Es schien eine Weile zu dauern, bis die Worte Kai erreichten. Als es soweit war, sprengte er seine Augen auf, es fiel ihm schwer, sie offenzuhalten, sein Gesicht verzerrte sich vor Anstrengung, aber er riß sich heraus aus dem Suff, soffen denn heute alle, er lehnte sich zurück, schlug das linke Bein über das rechte und wippte mit dem rechten Fuß.

»Einen Viertelliter . . .«

Kais Augen, die unter der steilen Stirn versteckt waren wie unter einem Dach, glitzerten.

»In unserem Dorf hat mal einer einen Liter so hintergeschüttet.«

»Aha.« Mehrmals. Aufreizend.

»Auch ein Kerl von Ihrer Größe, Gustav hieß er, die Leute nannten ihn Gust, er konnte arbeiten für drei und saufen für zehn«, sagte Kantus und tastete den besoffenen Gast ab mit seinen mausgrauen Augen, von oben nach unten, von rechts nach links, schmückte seinen Gust mit vielen einander widersprechenden Eigenschaften aus, um Zeit zu gewinnen, er konnte erzählen und dabei an was ganz anderes denken, er sprach dann ruckweise wie eben jetzt, die Zigarette klemmte zwischen den beiden langen dünnen Zähnen, was dachte Kantus, als er sagte: »Es war heiß, wir arbeiteten auf dem Feld, ich war noch ein Kind damals, die Schnitter wetteten, wenn Gust eine Flasche Schnaps austrank, ohne vorher umzufallen, sollten die, die das bezweifelten, eine Lage Bier schmeißen, die Flasche wurde geholt, Gust trank sie aus auf einen Zug, warf sie ins Stroh, fiel um und war tot.«

»Aha, Sie sind auch so einer, der mir am liebsten den Kopf undsoweiter abreißen möchte. Aber der schwimmt, verlassen Sie sich drauf, der schwimmt, und wenn er keine Trompete hat, singt er Scat, bis er in Lesbos strandet. Dort werde ich wieder zusammengeflickt.«

Uwe stieß Kantus den Ellenbogen in die Rippen.

»Sie müssen einen Kaffee trinken«, sagte Kantus.

»Ich muß arbeiten, alles andere ist unwichtig«, sagte Kai. Er sagte es so, daß kein Zweifel darüber blieb, was alles andere war.

Kantus trommelte mit den Fingerkuppen auf die Tischplatte, er hatte merkwürdig abgeplattete Fingerkuppen, die Nägel waren gerade geschnitten, wenn ihm in der Setzerei jemand etwas brachte, das er nicht entziffern konnte, stand er extra auf von der Maschine, ging mit dem unleserlichen Text an einen Tisch und trommelte mit den Fingern, bis er es raushatte.

»In diesem Zustand wollen Sie arbeiten?«

»Es kommt nicht darauf an, ob eine Idee wahr oder falsch ist, ja ob sie überhaupt einen deutlich erkennbaren Sinn hat, sondern darauf, ob sie fruchtbare Arbeit erzeugt«, sagte Kai, langsam, mit längeren Pausen, in denen seine Kinderaugen, die gar nicht in sein Gesicht paßten, starr wurden, manchmal machte er eine Pause mitten im Wort, aber man konnte ihn gut verstehen, die Geräusche der Stadt waren in dieser Kajüte nicht zu hören.

»Mein Schwiegersohn hat mir eine Menge von Ihnen erzählt.«

Kai lachte, er öffnete den schmallippigen Mund einen Spalt und preßte Luft durch die Zähne, stoßweise, seine hochgezogenen Schultern zuckten.

»Wir müssen leider aufbrechen«, sagte Uwe.

»Ich nicht«, sagte Kantus.

»Ich auch nicht«, sagte Kai, »ich arbeite am liebsten nachts.«

Kantus rollte seine Zigarette in den linken Mundwinkel und sagte: »Versteh ich.«

»Warum?«

»Nachts kann ich mich am besten unterhalten«, sagte Kantus.

»Mit wem?«

»Mit mir«, sagte Kantus.

»Dann haben wir die gleiche Wellenlänge. Ober, einen Wodka für den Opa.«

»Stolitschnaja«, sagte Kantus.

»Oder Wyborowa?«

»Stolitschnaja, ich trinke gern was von zu Hause.«

»Sind Sie von da?«

»Naja«, sagte Kantus.

»Aus welcher Gegend?«

»Verschieden«, sagte Kantus.

»Ich hab drüben studiert, die letzten sechs Semester.«

»Wo?«

»In Moskau.«

»Erzählen Sie.«

»Was?«

»Egal. Ich war vor sieben Jahren das letztemal da. Erzählen Sie, los.«

Kai begann zu erzählen, er machte nur noch kleine Pausen, und seine Augen, die dunkel waren, sehr dunkel, hatten viele Lichter, als ob er vor einem Weihnachtsbaum stünde oder vor einem illuminierten Riesenrad. Und nach kurzer Zeit ging Kantus mit Kai durch Kitaigorod, schnell, Kai schien es eilig zu haben, und dann gingen sie zum Roten Platz, vorbei an der Basilius-Kathedrale, vor der ein

Kwaßwagen hielt, Kwaß, sagte Kantus und verdrehte die Augen, sie gingen durch die kleine Tür rechts neben dem Kremltor, links das Theater, und dann der weiße Glockenturm mit dem vergoldeten Zwiebeldach, frisch vergoldet, sagt Kai, frisch vergoldet, sagt Kantus, und Zar-Kolokol und Erzengel-Kathedrale und Mariä-Verkündigungs-Kathedrale und Uspenski-Kathedrale, ja, sagt Kai, und in der Bude vor dem großen Kremlpalast roten Winogradny, Winogradny, sagt Kantus, er hatte Uwe bereits vergessen, er blinzelte hinauf zu Kai, in seinem verrunzelten Gesicht spielten die Falten, es sah aus, als ob leichter Wind in Nadelplissee fährt. Den Wind machte Kai, Windmacher, dachte Uwe.

Kantus schwenkte beide Arme aus, große Oper, er liebte Opern, er sagte: »Jetzt eine große Schüssel Pelmeni, was?«

Kai griff nach seiner Trompete, drückte mehrmals nacheinander spielerisch die Ventile, spannte die schmalen, asketischen Lippen, preßte das Mundstück gegen sie, legte das Instrument aber wieder zurück auf den Tisch und stieß die Luft, mit der er sich vollgepumpt hatte, durch die Nase. »Ich hab keinen Hunger«, sagte Kai.

»Oder ein Faß Kwaß?«

»Ich trink heute nur Schnaps«, sagte Kai.

»Warum denn, Bratjez, warum denn?«

»Weil ich sie verloren habe.«

»Ach.«

»Ja«, sagte Kai.

Kantus legte seine Hand auf den behaarten Arm von Kai, er hatte extra den Pulloverärmel hochgeschoben, damit alle Welt seine bepelzten Arme bewundern konnte, Kantus ließ seine Hand darauf liegen, er hatte vergessen, daß er Berta verloren hatte und daß er Uwe helfen wollte.

»Dieser Hirsch Aristaios nämlich versuchte sie zu vergewaltigen«, sagte Kai, »aber sie schlägt ihn k. o. und rennt los, weil sie mir die Sache brühwarm erzählen will, um mich eifersüchtig zu machen, sie weiß, daß ich rasend eifersüchtig bin, und sie freut sich schon auf den Effekt und paßt natürlich nicht auf, wo sie hintritt, und tritt auf eine Schlange und gleich auf die richtige, irgendein giftiges Biest, das natürlich auch gleich beißt, naja. Wenn jemand an Krebs stirbt oder an Herzschlag, bitte, aber an so was. Ich nehm also mein Horn und steig hinunter in den Tartaros, um sie zurückzuholen, ich benutze den Durchlaß, der in Aornon offensteht. Und als ich unten ankomme, setz ich meine Kanne an und blase, den *Basin Street Blues* blase ich und den *Potato Head Blues* und den *West End Blues*, ich blase, was das Zeug hält, und ich kriege sie alle rum, Charon, Kerberos und die drei Totenrichter, und ich spiele auch für die Verdammten noch eine Nummer ehrenamtlich.«

Kantus rückte immer näher heran, er richtete seine Mausaugen auf Kais Pullover, als ob er ihn durchleuchten wollte, aber er sagte nichts, er trommelte nur mit den Fingerkuppen auf Kais Unterarm herum.

»Natürlich steht Pluto steif und stur«, sagte Kai, »alles swingt, er rührt nicht einen Zeh, aber mit dem *Wild Man Blues* schaffe ich auch ihn, und er erlaubt dem schönen Kind, in die Oberwelt zurückzukehren. Er stellt natürlich Bedingungen. Er sagt: Ich dürfte nicht zurückschauen, bis sie sicher im Licht der Sonne wäre. Wir machen uns also auf die Socken, sie und ich, ich vorn weg, in dem Gang ist es stockduster, ich blas *How High the Moon*, damit sie sich zurechtfindet, als ich das Sonnenlicht erreiche, drehe ich mich nach ihr um, ich Esel, ich kann nicht warten, wenn ich die Sonne sehe, warten macht mich verrückt, und bei Frauen kann ich überhaupt nicht warten. Ich hab sie also verloren, für immer, und deshalb trink ich heute nur Schnaps, verstanden?« Er wischte sich wieder in seinem schroffen Gesicht herum, mit beiden Händen, die sehr schön gewachsen waren, er stöhnte leise, seine Stirn war gespalten von einer Ader.

»Und ich hab heute vormittag noch mit ihr gesprochen«, sagte Uwe.

»Mit wem?«

»Na mit ihr, mit der Laborantin, die heute vormittag am Gap-Messer saß, das ist sie doch, nicht?«

Kai öffnete wieder den Mund einen Spalt und preßte stoßweise Luft durch die Zähne, er lachte so laut, daß das Paar, das auf den Bodenbrettern tanzte, etwas aus dem Takt kam. Der Takt wurde mit den Hüften geschlagen, der Fuß des Standbeins rutschte auf der Sohle als Drehpunkt viermal hin und her, dergestalt, daß zweimal die Zehenspitzen und zweimal die Fersen nach innen zeigten, eine Bewegung ähnlich der, die gemeinhin angewandt wird, wenn man ein Insekt zertritt, das Spielbein kickte währenddessen zweimal in die Luft, die Arme wurden benutzt, um das Gleichgewicht zu halten, wenn der Herr langsam in die Knie ging, ohne die Bewegung zu unterbrechen, und sich langsam wieder aufrichtete, lagen die gestreckten Arme ruhig in der Luft wie Balancierstangen, sobald der Herr in die Knie ging, tat die Dame das gleiche, auch die Augen halb geschlossen, der Tanz verlangte volle Konzentration. Aber sogar diese stigmatisierten Tänzer hatte das arrogante Lachen von Kai irritiert, nur Kantus ließ sich nicht irritieren, er predigte Vernunft und reagierte nach Gefühl, wer ihm sympathisch war, der konnte sich alles erlauben, dieser Kai war ihm offensichtlich sofort sympathisch, Säufer fanden einander immer sympathisch, und Kai nahm ohne zu fragen, Uwe mußte zusehen, wie er nahm und nahm.

»Woran arbeiten Sie eigentlich«, fragte Kantus.

»Ich arbeite nicht«, sagte Kai, »ich forsche.«

»Ist das ein Unterschied?«

»Ja.«

»Was für einer?«

»Der gleiche gewaltige, den ein gelangweilter Ehemann empfindet, wenn er mit einer Geliebten schläft.«

»Ach was«, sagte Kantus.

Er ließ sich schon wieder verblüffen. Er fiel auf jeden rhetorischen Trick rein. Und seine Ohren waren so rot, als ob er in der Badewanne läge.

»Warum fühlt sich ein Ehemann gelangweilt«, sagte Kai.

»Weil es an seiner Frau nichts gibt, was er nicht schon zu kennen glaubt. Aber die Menschen sind neugierig. Also verletzt er die Gebote, schafft sich eine Geliebte an und sündigt. Ich kann jeden Tag neugierig sein, ohne die Gebote zu verletzen, und werde sogar noch dafür bezahlt.«

»Hoch?«

»Gute Gedanken sind teuer.«

»So.«

»Aber wir verkaufen sie spottbillig.«

»Warum?«

»Ein kleines Land ist nicht reich.«

»Warum arbeiten Sie in diesem kleinen Land«, fragte Uwe.

»Weil ich für Ordnung bin, Wissenschaftler sind für Ordnung, der Mensch kann das Chaos nicht ertragen, er bekämpft es entweder mit Religion oder mit Wissenschaft, ich bekämpfe es mit Wissenschaft, hier, ich könnte es natürlich auch in Amerika bekämpfen, auf jeder internationalen Konferenz tauchen Leute auf, die Physiker aufkaufen, meistbietend, optimale Arbeitsbedingungen, Geld undsoweiter, für mich hat Ordnung, Klarheit, einen starken ästhetischen Reiz, ich glaube, daß hier im Vergleich zu diesem Aufkäuferland Ordnung herrscht, im Prinzip, nicht absolut, die Unendlichkeit und Unerreichbarkeit der absoluten Wahrheit sorgt dafür, daß uns das Beste erhalten bleibt: Begeisterung und Ehrfurcht.«

Kantus schlug Kai mit dem Handrücken gegen die Rippen, ein Zeichen, daß er mit ihm außerordentlich zufrieden war, Kai hatte kein Wort über die Stadt gesagt, aber Kantus war zufrieden. Kantus sagte: »Sie forschen also. Warum eigentlich?«

Warum, warum. Aber dieser Kai fand das natürlich großartig. Sie fanden sich beide großartig. Uwe ertappte sich, daß er schon wieder zu Kai hinübersah. Zu diesem häßlichen Kerl, der überhaupt nicht mit Monsignore konkurrieren konnte. Uwe bestellte eine Flasche für sich.

Kai holte ein Stück blaue Kreide aus seiner Jackettasche

und begann abstrakte Muster auf die gescheuerte Tischplatte zu malen, wobei er die Zungenspitze zwischen den Zahnreihen hin und her schob. Und dann sagte er einen langen Riemen auf. Er sagte: »Kepler schreibt in der Widmung zum *Mysterium Cosmographium*: Ja, wir fragen nicht, welchen Nutzen erhofft das Vöglein, wenn es singt, denn wir wissen, Singen ist ihm eine Lust, weil es zum Singen geschaffen ist. Ebenso dürfen wir nicht fragen, warum der menschliche Geist soviel Mühe aufwendet, um die Geheimnisse des Himmels zu erforschen. Unser Bildner hat zu den Sinnen den Geist gefügt, nicht bloß, damit sich der Mensch seinen Lebensunterhalt erwerbe – das können viele Arten von Lebewesen mit ihrer unvernünftigen Seele viel geschickter –, sondern auch dazu, daß wir vom Sein der Dinge, die wir mit den Augen betrachten, zu den Ursachen ihres Seins und Werdens vordringen, wenn auch weiter kein Nutzen damit verbunden ist. Und wie die anderen Lebewesen sowie der Leib des Menschen durch Speise und Trank erhalten werden, so wird die Seele des Menschen, die etwas vom ganzen Menschen Verschiedenes ist, durch jene Nahrung in der Erkenntnis am Leben erhalten, bereichert, gewissermaßen im Wachstum gefördert. Wer darum nach diesen Dingen kein Verlangen in sich trägt, der gleicht mehr einem Toten als einem Lebenden. Wie nun die Natur dafür sorgt, daß es den Lebewesen nie an Speise gebricht, so können wir mit gutem Grund sagen, die Mannigfaltigkeit in den Naturerscheinungen sei deswegen so groß, die im Himmelsgebäude verborgenen Schätze so reich, damit dem unendlichen Geist nie die frische Nahrung ausgehe, daß er nicht Überdruß empfinde am Alten noch zur Ruhe komme, daß ihm vielmehr stets in dieser Welt eine Werkstätte zur Übung seines Geistes offenstehe.«

Der lange Riemen imponierte Kantus natürlich, er war besoffen, aber ganz anders als Katschmann, Katschmann fiel in sich zusammen, Kantus wuchs, wenn er gegossen wurde, und die Flöhe, die er sich ins Ohr setzen ließ, wuchsen auch, ihm schien alles an diesem baumlangen Kerl zu imponieren, der behauptete, er leide an fotografischem Gedächtnis, wahrscheinlich litt er an viel mehr. Wer druckreif reden konnte, wenn ihm jemand gestorben war, der war nicht normal, vermutlich waren für ihn alle Menschen tot, wenn er seine Wissenschaft betrieb.

Uwe sagte: »Entschuldigen Sie, aber wir sind ein kleines Land. Wenn wir Geld ausgeben, müssen wir nach dem Nutzen fragen.«

Kai sagte: »Forschung auf dem Gebiet der angewandten Wissenschaft führt zu Reformen. Forschung auf dem Gebiet der reinen Wissenschaft führt zu Revolutionen. Sie möchten uns wohl gern ein bißchen das Wasser abgraben?«

Er hatte es also gemerkt. Er behandelte ihn so geringschätzig, weil er es bemerkt hatte. Wahrscheinlich hatte er sogar ein bißchen Angst vor Uwe. Und die versuchte er zu überspielen, indem er so nebenbei davon sprach. Das Ernsteste sagt man immer nebenbei. Sein Pullover war mit blauer Kreide beschmiert. Vielleicht hatte er doch blaue Flecken. Uwe machte immer alles falsch. Mit Ev, mit Kantus, mit allen. Aber das eben war richtig gewesen. Das gab diesem Kai endlich zu verstehen, daß Uwe nicht irgendeiner war, der froh sein müßte, wenn ihm der Pförtner zunickte. Was dieser Kai publizierte, lasen vielleicht ein paar Fachleute. Was Uwe schrieb, lasen Millionen. Wenn er an die Auflage seiner Zeitung dachte, fühlte er sich entweder schlechter oder besser. Diesmal fühlte er sich besser. Er schenkte Kantus einen Schnaps ein. Kantus trank ihn, ohne sich zu bedanken, er thronte unter seiner blauen Wolke, die er ständig aus seiner Zigarette speiste, und zwinkerte begeistert mit den Augen und fragte und fragte, als ob er etwas nachholen müßte, jetzt zum Beispiel fragte er: »Und womit forschen Sie?«

»Mit großem technischen Aufwand und mit Ideen.«

»Und wie entstehen Ideen?«

»Indem man mit seiner Phantasie nachdenkt. Eigentlich ist die Ahnung des großen Zusammenhangs die treibende Kraft der Forschung. Der Glaube der Pythagoräer, das Vertrauen in einen einfachen mathematischen Kern aller gesetzmäßigen Zusammenhänge in der Natur, auch der, die wir noch nicht durchschauen, ist in der modernen Naturwissenschaft ebenso lebendig.«

Kantus nickte. Uwe gab wenigstens zu, wenn er etwas nicht kapierte, er hatte Kai gleich zu Anfang, als er in das Institut kam, rundheraus gesagt, daß er keine Ahnung hätte von dem Zeug, mit dem sich diese elegante Wissenschaft beschäftigte, aber Kantus nickte.

»Ein neuer Erfahrungsbereich erscheint uns erst dann in seinem inneren Zusammenhang verstanden, wenn die ihn bestimmenden Gesetze einfach mathematisch formuliert sind. Planck sagt: Solange es eine physikalische Wissenschaft gibt, hat ihr als höchstes erstrebenswertes Ziel die Lösung der Aufgabe vorgeschwebt, alle beobachteten und noch zu beobachtenden Naturerscheinungen in ein einziges einfaches Prinzip zusammenzufassen, welches gestattet, sowohl die vergangenen als auch besonders die zukünftigen Vorgänge aus dem Gegenwärtigen zu berechnen. Es liegt in der Natur der Sache, daß dieses Ziel weder heute erreicht ist, noch jemals vollständig erreicht werden wird. Aber wohl ist es möglich, sich ihm immer mehr zu nähern. – Wir träumen alle von einer Weltformel. Heisenberg hat mal eine entworfen.«

»Ich habe mir erzählen lassen, in Ihrem Institut wird nur gemessen und gerechnet.«

»Stimmt zufällig.«

Kantus schenkte sich und Kai aus Uwes Flasche ein. Uwes Glas blieb leer. Uwe dachte: Ich bin ein Mensch, der nie zum Thema kommt.

»Aber was hat denn Phantasie in einer trockenen Wissenschaft zu suchen«, fragte Kantus.

»Neue Ideen entspringen nicht dem rechnenden Verstand, sondern der künstlerisch schaffenden Phantasie«, sagte Kai. »Wir stellen Fragen an die Natur. Den größten Aufwand an Phantasie erfordert die Formulierung solcher Fragen. Physik ist eine äußerst sinnliche Wissenschaft –

jede andere wirkliche Wissenschaft übrigens auch –, man lebt ständig am Rande des Geheimnisses und ist ganz von ihm umgeben. Manche Leute nennen uns weltfremd, weil wir der Welt am nächsten sind, Menschen, die die Fähigkeit haben, sich zu konzentrieren, werden ja gemeinhin auch als zerstreut bezeichnet. Einer allein kann heute allerdings nichts mehr ausrichten, selbst wenn er ein Genie wäre, auch innerhalb einer Forschungsrichtung zwingt die Eigenart unseres Gegenstandes zu kollektiver Arbeit, ein einzelner Forscher bliebe viele Jahre hindurch am gleichen speziellen Thema haften, schlösse er sich gegenüber einer gemeinsamen Arbeit ab. Er würde schließlich Ergebnisse erzielen, die hoffnungslos veraltet wären oder denen ein derart geringer Wert beizumesssen wäre, daß darauf besser hätte verzichtet werden können, die wissenschaftliche Persönlichkeit würde bei einem solchen Arbeitsstil verkümmern, die Technisierung der Wissenschaft und die Abstraktheit des Gegenstandes nimmt unserer Arbeit jedoch keineswegs das erregende Moment, der Kampf mit dem Unbekannten ist stets ein sinnliches Erlebnis, bei Dante waren alle Kämpfe, die er geistig ausfocht, Kämpfe mit der Pergalotta, in den Rime Petrosa ist Florenz die Pergalotta, er stürzt sich in die Politik wie in einen Liebeskampf, in der Göttlichen Komödie läßt er sich selber – paradoxerweise durch die verewigte Beatrice, die er als Tote in jünglinghaft-asketischer Überanstrengung ziemlich lange geliebt hat, bis der Gegenschlag kam – belehren: ›Nur durch die Sinne kann Verstand erfassen/was er hernach erst zur Vernunft erhebt.‹«

Große Oper. Das war was für Kantus. Uwe goß sich das Glas so voll, daß der Wodka über den ausgesplitterten Rand lief. Gläser mit ausgesplittertem Rand, ein schöner Kahn, er wurde von den Wellen hin und her geworfen, er war vielleicht gar nicht seegängig, Licht wurde auch gespart, außer der illuminierten Musikbox keine Beleuchtung, pro Mark drei Schnulzen, die Musikbackskiste war ständig in Betrieb, deshalb krängte der Kahn wahrscheinlich backbords, oder er war leck, am Nachbartisch verglichen welche ihre Vorlesungsnachschriften, bei dem Lärm Nachschriften vergleichen, in der Hitze, eine Hitze, daß sich die Balken bogen, die Wände auch, die Wände bogen sich nach innen, der Kahn war leck und niemand half Uwe, das Leck zu stopfen, die Luft wurde immer dichter, Kai und Kantus rauchten eine Zigarette nach der anderen, wenn Kai die Flamme seines Feuerzeugs an die Zigarette von Kantus hielt, peinigte die Eifersucht Uwe so stark, daß er den Wunsch verspürte, Kai das Glas an den Kopf zu werfen.

»Warum sind Sie gerade Physiker geworden«, fragte Kantus.

»Im achtzehnten oder im neunzehnten Jahrhundert zum Beispiel wurden alle begabten Leute Dichter. Heute werden alle begabten Leute Physiker.«

»Und blasen Trompete«, sagte Uwe.

»Ja«, sagte Kai.

»In einem Orchester?«

»Ja.«

»In welchem?«

»In unserer Institutsband«, sagte Kai. »Nächsten Sonnabend treten wir in der Kongreßhalle auf.«

»Womit?«

»Mit Cool, für den Hausgebrauch spielen wir auch ein bißchen Oldtime, aber sonst hauptsächlich Cool.«

»Und Sie singen natürlich auch?«

»Ja«, sagte Kai. »Am liebsten Duett, mit Persephone. Persephone ist unsere Sängerin. Aber sie hat selten Zeit. Im Sommer ist sie meist unterwegs, und im Winter sperrt ihr Mann sie ein. Wenn sie den Blues hat und loslegt, singt sie uns alle um den Verstand.«

»Sie kommen wohl aus einer Orchesterprobe«, sagte Uwe, und er fand, daß er es nicht schlecht sagte.

»Nein, vom Flugplatz«, sagte Kai.

»Ist die Tagung etwa schon beendet?«

»Nein.«

»Ach es sind nur ein paar von den Herren abgeflogen.«

»Eine Frau ist runtergefallen«, sagte Kai. »Die Wetterlage war nicht sehr günstig. Wenn man nur schwache Aufwindgebiete hat, ist es schwer, oben zu bleiben. Man muß aufpassen, daß einem nicht übel wird. Wenn ich so was merke, singe ich laut, um die Verkrampfung zu lösen, vielleicht ist ihr übel geworden, und sie hat die Nerven verloren, so was kommt vor, meinem Fluglehrer ist es auch passiert, so ein Runtergefallener ist kein schöner Anblick, ich hab mir das Mädchen gar nicht angesehen.«

Kondolenzschweigen. Der Kahn trieb leck auf dem Meer. Plötzlich fuhr Kantus auf aus seinem Rauch: »Sie sind Flieger?«

»Eigentlich habe ich gar keine Zeit zum Fliegen«, sagte Kai. »Ich bin einunddreißig, ich hab keine Zeit mehr.«

»Segelflieger?«

»Ja«, sagte Kai.

Kantus warf ihm seine schnapslahmen Arme auf die Schultern. »Wir müssen Brüderschaft trinken.«

Und sie tranken Brüderschaft unter der blauen Wolke, und Uwe sah zu, und dann mußte Kai Kantus erzählen, wie das ist, was er nur aus Büchern kannte und was sein Lebenstraum war: Fliegen. Und Kai erzählte und erzählte, man hätte mehrere Notizbücher füllen können mit seinem druckreifen Gerede. Als Uwes Flasche leer war, sagte Kai: »Die gegenwärtigen Kenntnisse über die Welt der Elementarteilchen reichen noch nicht aus, um ihre Physik mathematisch widerspruchsfrei beschreiben zu können, wahrscheinlich stehen die Experimente noch aus, die der Theorie den entscheidenden Impuls geben, oder wir denken mit falschen Axiomen.« Kai sprach immer hastiger. Seine schwarzen Augen starrten in Richtung Decke, aber durch sie hindurch, auf irgendeinen fernen sich bewegenden Punkt, wie es schien, er redete so schnell, als ob er den Punkt einholen wollte. »Es ist ganz sicher, daß wir vor einer Revolution der Physik stehen, vergleichbar der, die durch die Entdeckung des Planckschen Wirkungsquantums ausgelöst wurde und den Sturz der klassischen Physik bedeutet, die meisten Leute haben das erst fünfundvierzig Jahre später bemerkt, als die Bombe auf Hiroshima fiel.«

»Ja«, sagte Kantus, »ich wollte dich schon die ganze Zeit danach fragen. Ich habe mich bloß nicht getraut, du verstehst, du brauchst mir auch nicht zu antworten, wenn du nicht willst oder nicht kannst oder nicht darfst, was weiß ich, mein Schwiegersohn behauptet zwar, was ihr macht, hätte noch keinerlei militärische Bedeutung, aber mit mir kannst du ruhig offen reden, mir brauchst du nicht zu erklären, warum wir Bomben bauen müssen.«

Kai hieb sich die kreidige Hand an den Kopf Als er die Hand abnahm, blieb ein blauer Fleck auf der Stirn zurück. »Aber du darfst nicht denken, daß mich die Frage überrascht«, sagte Kai. »Mich hätte überrascht, wenn du sie nicht gestellt hättest. Fünfundvierzig Jahre lang haben die Menschen nicht gemerkt, daß es eine moderne Physik gibt, dann kam die Bombe, dann haben sie es begriffen, seitdem ist die Physik die Bombe, vielleicht müssen wieder fünfundvierzig Jahre vergehen, bis dieses Klischee durch ein neues ersetzt wird. Augenblicklich jedenfalls gilt es noch als chic, über dieses Klischee zu schreiben, jeder Journalist, der was auf sich hält, schreibt darüber. Natürlich haben die Ergebnisse einer Wissenschaft noch nie jemals eine solche machtpolitische Rolle gespielt wie die der Atomphysik, und manche Physiker haben deshalb einen Knacks, sie drehen sich dauernd um, ich drehe mich ja auch gelegentlich um, heute habe ich wieder diesen Fehler gemacht, es ist nachgerade modern geworden, Stücke, in denen Physiker auftreten, in Irrenhäusern spielen zu lassen, Möbius ist der genialste Physiker aller Zeiten, aber er flieht ins Irrenhaus, um die Welt vor seinen Erfindungen zu schützen, weil sie ihnen nicht gewachsen ist, sobald er die Sonne sieht, dreht er sich um und überläßt die Welt den Irrsinnigen, wer sich dauernd umdreht, verliert dauernd, wenn wir gewinnen wollen, müssen wir die Kraft aufbringen, uns nicht von den beiden Sonnen blenden zu lassen.«

»Es stimmt also, daß du an Problemen arbeitest, die vielleicht in achtzig Jahren mal praktische Bedeutung haben werden?«

»Ja«, sagte Kai.

»Und die Tagung beschäftigt sich auch damit?«

»Ja«, sagte Kai.

»Wir drucken jeden Tag Hiobsbotschaften in unser Blatt, und du . . .«

»Ja«, sagte Kai.

Kantus erhob sich und leerte sein leeres Glas im Stehen, Kai stand auch auf, Uwe blieb sitzen, Kantus sagte ihm, er müßte das schreiben, Kantus reichte Kai vielleicht bis zur vierten Rippe, Kantus war so in Schwung, daß er sogar dem Ober mit dem Handrücken gegen die Weste schlug und ihn mit Kai bekannt machte, er bestellte eine Lage für alle Gäste.

Der Kahn kreuzte auf dem Meer.

Uwe lag schon im Bett, als die erste Bahn kam, er ging von Bord gegen drei, allein, Kai und Kantus soffen weiter, und als die erste Bahn kommt, liegt er schon im Bett. Rauschen, ein hoher Schleifton, rhythmische Schläge, leise, immer lauter werdend, ganz laut, das Haus erzittert unter den Schlägen, das Bett, die Schlafzimmerlampe hat eine Resonanz. Wir haben eine Resonanz entdeckt, hatte Kai gesagt, vielleicht ist es nur ein Scanningeffekt, wenn wir so was finden, nehmen wir natürlich immer zuerst das Nächstliegende an: einen Fehler. Das Nächstliegende also. Aber da ist nichts. Nebenan ist nichts. Uwe legt seinen rechten Arm auf das leere Kopfkissen. Es ist kalt. Es kühlt die entzündete Stelle. Maud mußte Dreck unter den Fingernägeln gehabt haben. Schlafen, endlich, Warten auf den Augenblick, den man nie erlebt, der sicher genauso ungewiß ist wie das Hinüberfallen in den Tod, sich fallenlassen in das Nichts, in dem die unkontrollierten Träume hausen, das Vorzimmer des Augenblicks ist blau, Uwe ist schon im Vorzimmer, aber da riecht es nach durchgebrannten Kondensatoren. Und nach Bohnerwachs. Und nach Tabak. Und vielleicht auch nach Parfum oder nach Haarpomade oder so. Wer diesen Geruch einmal in seinen Kleidern stecken hatte, wurde ihn nicht mehr los. Auch wenn er sie auszog. Auch wenn er nackt im Bett lag. Aber Uwe liegt nicht nackt im Bett. Er ist allein. Er wartet. Ich warte. Ich warte auf dich, Ev. Ich kann nicht schlafen, weil ich auf dich warte. Leute in weißen Kitteln kann man nicht belügen. Arztkomplex. Weißer Rock. Das finden Sie wohl unerhört, daß eine Frau ab und zu mal einen Mann braucht, sagt sie. Ich konnte mir nicht anders helfen, sagt sie und lacht. Wenn Sie nicht gekommen wären, hätte ich mir das Leben genommen, sagt sie und schüttelt sich vor Lachen. Und Uwe liegt in seinem Bett. Und sie hat Dienst. Oder sie liegt in ihrem Bett. Allein. Oder auch nicht allein. Und dann ist es seine Schuld. Wer Entscheidungen trifft, kann schuldig werden. Wer sich nicht entscheidet, wird schuldig. Die Hochzeit darf nicht stattfinden. Er liegt allein im großen französischen Bett und beschließt, daß die Hochzeit nicht stattfinden darf. Und er wartet auf ruhige See. Und auf die nächste Bahn. Er wartet und wartet. Aber der See beruhigt sich nicht. Er schlägt gegen das Ufer der Halbinsel, auf der der große Baum steht. Kai schaukelt sich in seinen Ästen. Er wirft Blätter herunter und bläuliche Früchte und Zweige mit Blättern und bläulichen Früchten. Niemand hat Zeit. Niemand läuft. Alle fahren. Rauschen, ein Schleifton, rhythmische Schläge, die Bahn. In dieser Stadt sind alle Fahrende. Mehr oder weniger. Viele kommen an. Maud kommt eines Tages an. Auch ohne ihn. Kai kommt an. Uwe muß ankommen. Was man richtig will, schafft man auch. Ich schlafe ein bißchen, und dann setze ich mich an die Maschine und schreib meinen ersten Artikel. Das Haus zittert. Es ist merkwürdigerweise noch nicht zusammengebrochen, obgleich es schon wer weiß wie alt ist und vom Schwamm zerfressen. Die beiden Hinterhäuser sind nicht vom Schwamm zerfressen. Im zweiten steht eine Wohnung leer. Keiner will rein. Schwer vermietbar. Würde Ev ihn an

Maud vermieten? Sie sitzt auf der Couch, die über und über mit Kissen belegt ist, die Kissen haben faltenlose, farblich genau aufeinander abgestimmte Bezüge. Sie sagt: Ich kenne Sie nicht, und das ist gut so, daß ich Sie nicht kenne, und daß Sie mich nicht kennen ist auch gut, wir können auseinandergehen ohne irgendeine Bindung, was ich von Ihnen verlange, ist für Sie eine Kleinigkeit, für mich ist es eine Chance, neu anzufangen. Als sie das gesagt hat, hat sie ein Gesicht. Das man nicht vergessen kann. Das Uwe nie vergessen wird. Er kann nicht begreifen, wie es hatte geschehen können, daß er jahrelang dieses Gesicht übersah. Es ist gut, daß ich nicht in Urlaub gefahren bin. Kai ist zwei Jahre in Urlaub gefahren. Mit zwanzig weiß man überhaupt nicht, was das ist, Zeit, das ist eine Kategorie, die gibt es nicht bis dreißig, mit dreißig taucht sie zum erstenmal auf, wenn du ein Mensch geworden bist, in dem Moment, wo du ein Mensch wirst, wo du nicht nur körperlich, sondern auch geistig da bist, ganz da, in diesem Augenblick, oben auf dem Berg, siehst du zum erstenmal das Ende. Du siehst dich um da oben, du hast eine gute Aussicht, und du siehst das Ende. Und in diesem Augenblick begreifst du, was das ist: Zeit, bis dahin hast du nur darüber geredet, daß du keine Zeit hast, aber plötzlich fühlst du das Ungeheuer, das dich von nun an nie mehr verlassen wird, das dich verfolgt, besonders abends, ich nehme es mit in den Schlaf, und ich stehe mit ihm auf, ich muß lernen, es mit in den Schlaf zu nehmen und mit ihm aufzustehen, man muß es als gegebene Größe betrachten, sagt Kai, alle Prozesse, die in der Natur ablaufen, sind irreversible Prozesse, Wirkungen können sich höchstens mit Vakuumlichtgeschwindigkeit ausbreiten, an der Art, wie jemand mit dieser universellen Konstante fertig wird, zeigt sich der Charakter, man kann sich seinen Charakter nicht aussuchen. Katschmann will heiraten, weil er ein Dach braucht. Jetzt. Ich brauch dich, Ev. Warum heiraten Sie denn nicht einen von den Herren, fragt mich die Kajunken, als ob sie nicht wüßte, daß die Herren alle verheiratet sind.

Schlafen. Uwe ist wieder im Vorzimmer, ein rötlicher Fleck rotiert durch die Bläue, verfärbt sich, rotviolett, blauviolett, schwarz, gleich kommt schwarz, ja, es kommt, es ist eine Tafel, die bis zur Decke reicht, dreigeteilt ist sie, die Flügel sind mit abstrakten Mustern bekreidet, blaue Muster auf schwarzem Grund, auf dem Altarblatt steht: papperlapapp. Wenn ich das Meer mit meinem Verstand befahre, gehört es mir. Verheiratete Männer waren für mich tabu, sagt die Kajunken, als ob sie nicht wüßte, daß von den paar Männern meiner Generation, die wiedergekommen sind, selbst der größte Trottel eine Frau gekriegt hat, für mich gibt es nur verheiratete Männer, meine verehrten Ehefrauen, und die meisten muß ich mir sogar imaginieren, um mit ihnen überhaupt ins Bett steigen zu können, von Liebe ganz zu schweigen. Ganz helle Augen, groß und unerhört hell: Eisflächen, auf denen Pupillenpucks hin und her geschossen werden. Uwe hatte noch nie solche hellen bernsteinfarbenen Augen gesehen. Jeden Tag fahre ich Tausende von Menschen und komme selbst nicht an. Ich fahre gern. Ich habe nicht gern frei. Entweder ich verschlafe den freien Tag, oder ich fahre eine Sonderschicht. Wenn ich vom Dienst komme, setze ich mich vor die Fernsehkiste und laß mir was vorleben. Oder ich hör Radio. Oder ich hör Schallplatten. Oder ich les ein Buch. Was ich bis jetzt geschrieben habe, ist Dreck. Wenn ich geschlafen habe, setze ich mich an die Maschine und schreibe meinen ersten Artikel. Manchmal spricht mich auch einer an, wenn ich Nachtdienst habe. Manchmal fährt einer im Dienstabteil solange mit, bis ich meine Kilometer heruntergefahren habe, die Herren wenden sich der Einfachheit halber an eine Serviererin oder an eine Schaffnerin oder an unsereinen, zuerst hat mich diese Tour angeekelt, solange man noch keine nassen Füße hat, läuft man vorsichtig und sucht sich seinen Weg. Aber dann paßt man mal nicht auf, und dann hat es keinen Zweck mehr, sich in acht zu nehmen, dann läuft man ohne sich umzusehen geradewegs durch die Pfützen. Sie lacht. Wenn sie lacht, hält sie die Hand vor den Mund, als ob sie Angst hätte, ihn zu zeigen. Die Männer meiner Generation sind menschlich verkrüppelt, entweder durch Erlebnisse im Krieg oder durch Erlebnisse nach dem Krieg, sie werden mit diesem verdammten Frauenüberschuß auf andere Weise ebenso schwer fertig wie wir, die meisten sind nicht mehr fähig zu lieben, sie glauben, es ist eine Gnade, wenn sie einer Frau gestatten, sich von ihr lieben zu lassen, sogar Tattergreise halten es nicht für eine Zumutung, unsereinem anzubieten, daß sie nichts dagegen hätten, heute hat mir wieder einer so ein Angebot gemacht, vielleicht lag es daran, daß ich den Gashahn aufgedreht habe. Sie lacht, sie hält sich die Hand vor den Mund, der Kuß ist ein Symbol, sie hat einen schönen, vollen Mund. Ich bin jahrelang an ihr vorbeigegangen und habe ihn nicht bemerkt. Ich hätte ihn vielleicht nie bemerkt, wenn sie nicht den Gashahn aufgedreht hätte. Uwe wartet auf ruhige See. Das Bett schaukelt. Uwe wartet. Er muß noch einige Tage warten, bis es soweit ist, bis die einen ihre Raketen von der Insel abziehen und die anderen ihre Schiffe, ein Kompromiß, der Atomkrieg findet nicht statt, die Welt ist gerettet bis auf weiteres. Aber davon weiß Uwe jetzt noch nichts. Jetzt wartet er noch. Und beschließt, die Hochzeit zu verhindern. Und hofft, daß Maud Dienst hat. Oder allein im Bett liegt, damit er nicht schuld ist. Wer Entscheidungen trifft, kann schuldig werden. Wer sich nicht entscheidet, wird schuldig. Aber eine Ehe zu dritt kommt für mich nicht in Frage. Und wenn ein Kind kommt, wird eine Ehe zu dritt daraus. Wegen des Kindes. Ein Kind, denkt Uwe und wälzt sich in seinem Bett hin und her. Ein Kind. Mit zwanzig weiß man überhaupt nicht, was das ist, Zeit, das ist eine Kategorie, die gibt es nicht bis dreißig, mit dreißig taucht sie zum erstenmal auf, wir haben keine Zeit mehr, Ev. Eine Spur hinterlassen, eine einmalige, unverwechselbare Spur, zum Thema kommen, heute schreibe ich meinen ersten Artikel, heute beginnt für mich eine neue Etappe. Seit heute hat die Sache zwei Gesichter. Wer nicht liebt, lebt von sich getrennt. Der

Mensch erschafft sich in der Liebe und in der Arbeit. Wenn eins von beiden fehlt, verkrüppelt er, sagt sie und drückt den Fahrschlüssel bis an den Dorn. Und der Zug frißt blankgefahrene Schienen in sich hinein und frißt und frißt, SV 2: *Fahrt frei – Halt erwarten,* aber Maud läßt die Leute reden, die Leute duzen sie, weil sie sie für eine Nutte halten, und die verheirateten Frauen fragen sie, warum sie nicht heiraten will, aber sie springt ihnen nicht ins Gesicht, sie fährt und fährt, manchmal jeden Tag auf einer anderen Strecke, Katschmann fährt immer auf derselben, über Katschmann reden die Leute nicht, er ist ja auch ein Mann, ein Mann in einem gewissen Alter ist immer noch ein Mann, Frauen in einem gewissen Alter sind Witzblattfiguren, wir haben auch welche in der Redaktion sitzen, denkt Uwe und versucht sich den paradoxen Zustand zu erklären, weshalb virtueller Tod produktiv sein kann. Aber er ist zu besoffen, er hat zu tun, daß er nicht aus dem Bett fällt. Schwere See. Noch immer. Manchmal sprangen Seekranke über Bord. Vielleicht war Maud seekrank gewesen. Uwe hatte sie jedenfalls gerettet. Maud hatte gesagt, man braucht manchmal jemanden, der zuhört, man kann nicht immer mit den Wänden reden. Uwe hatte ihr zugehört. Eine ganze Nacht lang. Er hat sich nicht schuldig gemacht. Ich bin nicht schuldig. Ich habe getan, was ich konnte. Ich habe Zweige und Blätter und bläuliche Früchte aufgesammelt von dem großen Baum, der mitten auf der Halbinsel wächst. Ich stand unter dem Baum und ließ mir von Kai Zweige und Blätter und bläuliche Früchte auf den Kopf werfen.

Und die Schlange war listiger denn alle Tiere auf dem Felde, die Gott der Herr gemacht hatte, und sprach zu dem Weibe: Ja, sollte Gott gesagt haben: Ihr sollt nicht essen von allerlei Bäumen im Garten? – Da sprach das Weib zur Schlange: Wir essen von den Früchten der Bäume im Garten – Aber von den Früchten des Baumes mitten im Garten hat Gott gesagt: Esset nicht davon, rühret's auch nicht an, daß ihr nicht sterbet. – Da sprach die Schlange zum Weibe: Ihr werdet mitnichten des

Todes sterben. Sondern Gott weiß, daß welches Tages ihr davon esset, so werden eure Augen aufgetan, und ihr werdet sein wie Gott und wissen, was Gut und Böse ist. – Und das Weib schaute an, daß von dem Baum gut zu essen wäre, und daß er lieblich anzusehen und ein lustiger Baum wäre, weil er klug machte; und sie nahm von der Frucht und aß und gab ihrem Mann auch davon, und er aß. Ich wäre vielleicht gar nicht auf die Halbinsel geschickt worden, wenn die Lage nicht so brenzlig gewesen wäre. Als ich hinkam, wußte ich, was ich schreiben wollte. Mit jedem Tag, den ich dort verbrachte, wußte ich es weniger. Ich kannte die Stadt und also alles, und das half mir plötzlich nicht mehr. Bei Kai und bei Maud habe ich verlernt, alles zu wissen. Wenn ich geschlafen habe, schreibe ich meinen ersten Artikel. Damit beginnt für mich eine neue Etappe. Die entscheidende. Die Sache hat zwei Gesichter: das von Kantus und das von Kai. Ich bin ein Mensch, der nicht gepanzert ist, schon als Kind fehlte mir ein Umhang, er wuchs mir auch nicht nach mit den Jahren, ich bin offen, ungeschützt vor Zugriffen, Menschen und Gegenstände fallen in mich hinein und durch mich hindurch, ich erliege der Übermacht der Stadt, ich habe bis jetzt eigentlich nur über ihren osmotischen Druck geschrieben, wer nur über diesen Druck schreibt, hat ihm nichts entgegenzusetzen, wenn man nicht will, daß die Stadt über einen hinweggeht, muß man über sie hinweggehen, ich muß sie vergessen lernen, ohne sie zu vergessen, denn ER sorgt nicht mehr für alle, man kann nicht mehr in SEINEM Denkschatten leben, jetzt werden von jedem große Entscheidungen verlangt, jetzt beginnt die Zeit der Fachleute mit Charakter, ich darf mich nicht dauernd umdrehen, wer sich dauernd umdreht, verliert dauernd, wenn wir gewinnen wollen, müssen wir die Kraft aufbringen, uns nicht von beiden Sonnen blenden zu lassen, ich bin ein Mensch, der nicht noch einmal seinen Vater verlieren will. Ich habe mit neunzehn geheiratet, ich war drei Tage seine Frau, für die Hochzeit bekam mein Mann drei Tage Sonderurlaub, dann fuhr er an die Front, und ich habe nie wieder etwas von ihm gehört. Vor elf Jahren hat man ihn für tot und mich zur Witwe erklärt. Aber ich konnte mich damit nicht abfinden. Ich begann zu suchen. Ich suchte und suchte, jedesmal war mir kotzelend danach, an der Leere danach merkt man, daß vorher nichts war, vorher merkt man es manchmal nicht, jedesmal habe ich mir geschworen, nie wieder, aber ich konnte nicht aufhören, in allen Männern, durch die ich ging, suchte ich ihn, ich betrog ihn, weil ich ihn zu sehr geliebt habe, und ich werde mich totsuchen, wenn ich nicht aufhöre mit diesem elenden Leben, das mich zerstört und die Ehen anderer oder die Illusionen von diesen Ehen, für mich gibt es nur zwei Möglichkeiten: entweder Schluß machen oder mir eine große Aufgabe auferlegen, für andere Frauen in meiner Lage gibt es vielleicht mehr Möglichkeiten, für mich gibt es nur diese zwei, ich kann nicht verdorren bei lebendigem Leibe, vielleicht krepiere ich dran, ich bin neununddreißig, in meinem Alter ist eine Entbindung riskant, aber ich habe mich entschlossen. Ich werde verhindern, daß die Hochzeit stattfindet. Uwe beschließt es ganz und gar. Zwei Tage später wird er erfahren, daß Berta zu Franz gezogen ist. Aber jetzt hat er davon keine Ahnung. Jetzt liegt er allein im französischen Bett und beschließt. Und dann rauscht es wieder. Ein hoher Schleifton, rhythmische Schläge, leise, immer lauter werdend, ganz laut, das Haus erzittert unter den Schlägen, wenn es so erzittert, ist es ein Zug in Richtung Stadt, schwere See, Maud umklammert ihn mit beiden Armen, sie trampelt und schlägt mit dem Kopf und schreit und verkrallt ihre Hände in seinem Hemd, sie schreit und schreit, immer nur ein Wort, er will sich losreißen, aber sie hält ihn um so fester, sie schlägt ihm die Fingernägel in die Arme, und sie schreit das Wort, das eigentlich gar kein Wort mehr ist, sondern ein tierischer Laut: Nein.

V

Helios spannte seine Pferde aus, zum dritten Mal, seit wir mit ihm fuhren, und ließ sie weiden auf den Inseln der Seligen. Die Himmelsdecke wurde schwarz. Die Bilder von großen und kleinen Tieren und von sagenhaften Helden auch, mit denen der fliegende Teppich geschmückt war, leuchteten der künstlerischen Kondition ihrer jeweiligen Schöpfer entsprechend in den entsprechenden Größenklassen der Pogsonschen Helligkeitsskala. Selene, die Schwester des Helios, spielte sich am hellsten auf, obgleich ihre Gesamthelligkeit bei Vollmond nur der eines Sterns der Größe minus 12,5 entspricht.

Mein Freund warf sich hin und her im Schlaf. Wenn er auf dem Rücken lag, schnarchte er ein bißchen vor sich hin. Ich hörte zu. Die Nacht war herbstlich kühl. Und sehr groß. Und still.

Plötzlich richtete sich mein Freund auf mit den Armen, saß, kniete, stand, setzte einen Fuß vor den anderen.

»Wo willst du hin?«

Er antwortete nicht. Er hatte die Arme parallel nach vorn gestreckt, rechtwinklig zum Körper, und lief mit geschlossenen Augen im Bett auf und ab. Das Gesicht dem Mond zugewandt. Manchmal stieg er über mich hinweg.

»Komm runter«, sagte er leise.

Selene rekelte ihren pockennarbigen Leib auf der Himmelsdecke.

»Komm sofort da runter«, sagte er.

Selene sah aus wie eine Wasserleiche.

»Zieh dich an und komm runter.«

»Vielleicht bietest du diesem kalten Aas meine Dessous an«, sagte ich.

»Vielleicht spielst du mir mit diesem Mondkalb was vor«, sagte ich.

»Vielleicht beeilst du dich ein bißchen, damit meine

Nachfolgerin schon eingearbeitet ist, wenn ich morgen abhaue«, sagte ich.

Er schwieg. Ich hätte den mondsüchtigen Kerl umbringen können.

Helios lud uns ab und den Wagen und sein Gespann auf eine goldene Fähre, die Hephaistos für ihn gebaut hatte.

Er tat so, als ob er nicht bemerkte, was vorging zwischen seiner Schwester und meinem Freund. Vielleicht bemerkte er es auch tatsächlich nicht. Der Allessehende war begreiflicherweise nicht besonders aufmerksam. Selbst den Raub seines heiligen Viehs durch die Gefährten des Odysseus hatte er übersehen. Seine Mutter war die kuhäugige Theia. Als er sich bis morgen verabschiedete, sah ich mir seine Augen daraufhin an. Ich verordnete ihm in Gedanken eine Brille. Er segelte heim auf dem Strom Okeanos, der rund um die Welt fließt.

»Durch den Haupteingang bist du gekommen«, sagte mein Freund, »nicht durch den Hintereingang in Aornon, sondern durch den Haupteingang am Ufer des Stroms Okeanos, den die mit Geld versehenen Geister benutzen, bist du auf mich gekommen, und ich habe es nicht für möglich gehalten.«

Trieb Selene sich auch bei den Toten herum?

»Mit Pferden bist du gekommen«, sagte mein Freund, »mit schwarzen Pferden, plötzlich, über Nacht.«

Selene mit dem Gespann meines Mannes?

»Mit einem Wagen bist du über uns gekommen«, sagte mein Freund, »alte Weiber drauf, die Schlangenhaare haben und Hundehäupter und kohlschwarze Körper und Fledermausflügel und blutunterlaufene Augen. In den Händen tragen sie messingumwickelte Geißeln.«

Hat Pluto etwa bei Selene gelegen, während ich auf der Erde meine Pflicht tat?

»Nackt, mit einem riesigen Wagen bist du über uns hereingebrochen, weil das Tor schlecht bewacht war, der Wagen ist beladen mit einem riesigen Rumpf, klotzig, inselhaft, aber bewegt, sowohl im Ganzen als auch an der Oberfläche teilweise bewegt, tote und belebte Materie in Symbiose, vor allem Stahl und Menschen, wie es scheint, die Hohlräume sind mit Beton ausgegossen, an den Stellen, wo rohrähnliche Gebilde aus dem Rumpf herausragen, ist er, soweit man erkennen kann, mit Bleiplatten belegt, die rohrähnlichen Gebilde tragen drachenkopfartige Verdickungen an ihren Enden und bewegen sich steif, und wenn man genau hinsieht, erkennt man auch den Schatten der Wolke, die das Ungeheuer, das wir ›die Kleine‹ oder ›das Baby‹ nennen, vor kurzem noch verhüllt hat.«

Ich erhob mich und lief mit meinem Freund im Bett auf und ab, vier Schritte hin, vier Schritte zurück.

»Das Ungeheuer überrollt die Erde und walzt Städte und Felder nieder mit Feuer, die Feuerlawine treibt schreiende Menschenhaufen vor sich her, holt sie ein, begräbt sie, Berge schmelzen, das Meer beginnt zu kochen, verdampft, Pluto ruht nicht, bis die Erde ein Feuerball ist, seinem Reich einverleibt, die Erde eine Provinz des Tartaros, die Hölle auf Erden, der meistgehaßte der Götter richtet sich ein auf dem verglühten Planeten, der sich mit einer mittleren Geschwindigkeit von 29,8 Kilometern pro Sekunde in einer Ellipsenbahn, Exzentrizität 0,017, die aber nicht konstant ist, sondern mit einer Periode von 92 000 Jahren pulsiert und dabei auch den Wert Null erreicht, um die Sonne bewegt, der König der Unterwelt regiert unumschränkt und für immer, ihm zur Seite Persephone, auch für immer, denn Orpheus ist tot.«

»Noch nicht«, sagte ich.

»Doch«, sagte er, »doch, ich glaube, ich bin tot.«

»Gib mir deine Hand.«

»Mit dem Tod muß man allein fertig werden«, sagte er. »Da kann einem niemand helfen.«

»Mit diesem kannst du nicht allein fertig werden«, sagte ich.

»Persephone.«

»Ja«, sagte ich.

»Bist du da?«

»Wenn die Sonne aufgeht, wollen wir Abschied feiern«, sagte ich.

VI

Als ich erwachte, sah ich die Wolke. Der Himmel hatte eine Sonne. Helios fuhr sie mit seinem vierspännigen Wagen um die Erde. Unser Bett war auch wieder aufgeladen und fuhr mit. 299 793 Kilometer pro Sekunde. Es war sehr hell. Und sehr heiß. Ich kühlte meinen Sonnenbrand mit einigen Abschiedstränen, die ich mir leistete, weil mein Freund noch schlief. Immer noch. Wie lange noch.

Nach einer Weile ergriff ich seinen Arm und schüttelte ihn. Ich sagte: »Die Wolke ist da, die Wolke ist wieder da.« Er hörte mich nicht, und ich schüttelte ihn stärker und redete lauter, und schließlich schrie ich: »Liegst du denn auf den Ohren?«

»Wenn ich schlafe, auf den Ohren und sonst am liebsten auf dir«, sagte er.

»Jetzt ist sonst«, sagte ich.

Er zog meinen Kopf auf seine Schulter, auf der man sich wunderbar herumflegeln kann. Ich wickelte mir seinen linken Arm mehrmals um die Taille. Er beschwerte meine Beine mit seinem linken Fuß, damit sie nicht wegflogen. Ich zauste ihm das Kopffell. Er gerbte mir das Brustfell. Ich zählte seine Rippen. Er biß sich fest in meinem Haar. Ich biß mich fest an seinem Ohr. Er stöhnte leise. Ich soff ab in seinen Pupillen. Sein Mund arbeitete auf mir herum wie eine Dampframme. Ich schloß die Augen. Er reißt mich an sich und ich ihn, jäh, gewalttätig, Looping, Turn, Rückenflug, Messerflug, Trudeln, Slip, Rolle, ineinander verkrallt, und unerbittlich rollen wir über den Bettrand und fallen, fallen, schon nicht mehr wir, schon in fremder Vertrautheit untergegangen in den Wassern des Jordans und mehr als getauft und der Jordan selbst schon, über dem die Taube kreist, mit Raubvogelaugen, mit Raubvogelfängen, die sich eingraben in mein Fleisch, rhythmisch, die mich tragen über die herbstliche Erde, Sterne fliegen durch mich hindurch, Wolken, Worte, wo endet die Welt, und wo beginne ich, wo endet er, und wo beginne ich, in der fischigen Bucht von Baracoa werde ich gelandet, auf der Insel, urwaldbewachsen, überragt von einem Baum, der apfelgroße bläuliche Früchte trägt, unter diesem Baum liege ich und habe immer darunter gelegen, die ganze Zeit, ohne es zu merken, das Bett war ein Traum und der Wagen des Helios auch, seit drei Tagen liege ich auf der nackten, angstgeschundenen Erde, unter diesem Baum liege ich, betäubt von einer wilden Leidenschaft, dahindämmernd in zärtlicher Gewalttätigkeit und fast ohnmächtig schon, unter seiner Stirn liege ich, die gespalten ist von einer Ader, unter seinen erstarrten Raubvogelaugen liege ich, unter seinen schweißigen Schultern auf die Erde genagelt liege ich, gekreuzigt, aber manövrierfähig, ich steuer den Kahn über den Jordan, wo er am schmalsten ist, ich steuer ihn auf die Stromschnellen zu, wo die Zeit stehenbleibt einen Augenblick, wo die unüberwindbare Kluft zwischen dir und mir überwunden wird einen Augenblick, swingend zwischen Schmerz und Lust, einen Augenblick vor der Erschöpfung, wo ich der Schöpfer bin und Zeus ins Nichts versinkt vor meiner Unsterblichkeit, einen Augenblick, ach einen Augenblick nur, bevor ich Abschied nehme für drei Monde und hinabsteige zu meinem Mann in den Tartaros, ich, Persephone, Tochter der Demeter, ich und schon außer mir kämpfe ich mich durch die gerettete Insel, komisch verrenkt und mit dem Kopf schlagend und schreiend und wartend auf den Schrei kämpfe ich mich durch das Paradies, vor den Augen der Sonne, schamlos, Halleluja.

Die Autorin möchte nicht versäumen darauf hinzuweisen, daß sie hier und da Worte von Weisen und Dichtern und Heiligen in ihren Text eingeklebt hat aus Ernst und Spaß und Übermut. Sie bedankt sich für die Worte und bittet deren Schöpfer nötigenfalls um Vergebung.

Anhang

Rudolf Bussmann

Die Utopie schlägt den Takt

›Rumba auf einen Herbst‹ und seine Geschichte
Ein Nachwort

Es gibt Bücher, die ihren selbstverständlichen Platz im literarischen Leben haben, obwohl sie gar nicht existieren. ›Rumba auf einen Herbst‹ ist ein solches Buch. Es wird in Werkverzeichnissen ausgewiesen und in Interviews zitiert, von ihm ist in der Sekundärliteratur genauso die Rede wie in den Intermezzos von Irmtraud Morgners späterem Roman ›Leben und Abenteuer der Trobadora Beatriz‹, und doch ist es keiner Leserin, keinem Leser je zugänglich geworden; selbst der Autorin galt sein Manuskript als verschollen. Ein Stück Prosa, das sein Wesen treibt, ohne mit den Sinnen faßbar zu sein: Man meint ein spöttisches Morgner-Lachen zu hören! Nichts würde in der Tat besser zu der augenzwinkernden, vom Realen ins Phantastische hinüberspielenden Erzählweise dieser Autorin passen, hätten nicht gerade Phantasielosigkeit und Kunstverachtung das äußere Schicksal des Romans so nachhaltig geprägt. Ihn lesend, haben wir Ort und Zeit seiner Entstehung doppelt gegenwärtig, einmal als künstlerisch gestaltete Wirklichkeit, einmal indirekt, als politisch verwaltete.

Die Unterdrückung seiner Publikation im Frühjahr 1966 ist der Höhepunkt einer Auseinandersetzung, die den ganzen Entstehungsprozeß begleitete und die mit zwei Entwicklungen zusammenhing, die zeitlich parallel, in ihrem Wesen entgegengesetzt verliefen; der literarischen von Irmtraud Morgner und der ideologischen ihres Landes.

Die beiden Vorläufer von ›Rumba‹, ›Das Signal steht auf Fahrt‹ (1959) und ›Ein Haus am Rande der Stadt‹ (1962), hatten in Inhalt und Stil einigermaßen den Erwartungen entsprochen, wie sie im Bitterfelder Programm 1959 formuliert worden waren, und entsprechend waren sie von den Verwaltern des sozialistischen Realismus mit wohlwollendem Nicken zur Kenntnis genommen worden. Nach ihrer Veröffentlichung im Aufbau-Verlag war für Irmtraud Morgner jene Phase abgeschlossen, die man als die uneigentliche ihres Schaffens bezeichnen könnte. An den Roman ›Rumba‹ ging sie anders als an die Frühwerke; mit ihm machte sie den entscheidenden Schritt hin zu sich. Er war das erste Buch, in dem sie ihre eigene Person ernst nahm, das erste Buch, das sie, wie sie später im Gespräch mit Eva Kaufmann äußerte[1], schreiben *mußte*. Ein Buch, das geschrieben werden muß, verlangt nach seiner eigenen Gestalt. Beim Schreiben zeigte sich, daß der Stoff, der da zur Sprache kommen wollte, in einer traditionellen Form nicht unterzubringen war, zumindest nicht in einer literarischen. In einer musikalischen wohl. Der viersätzigen Sonate nachgebaut, sprengt ›Rumba auf einen Herbst‹ den herkömmlichen epischen Rahmen, ohne die formale Strenge aufzugeben.

Sonate und Rumba, Klassik und Karibik – die Spannweite der musikalischen Anspielungen ist frech und programmatisch. Ausgehend vom Schauplatz DDR, pendelt der Roman hin und her zwischen alttestamentlichem Mythos und freier Liebe, zwischen Atomkriegsgefahr und kunstgeschichtlichem Exkurs, angetrieben von einer Sprache, die für sich immerzu neue Rhythmen ersinnt, die immerzu auf der Suche ist nach dem unverwechselbaren, authentischen Ausdruck. Kaum war er abgeschlossen, ging die Autorin zu ihren Erstlingswerken auf Distanz. »›Rumba auf einen Herbst‹ halte ich für meinen ersten Roman«, bemerkt sie lakonisch im Begleitbrief zu einer Manuskriptsendung um 1965 und nimmt damit fast wörtlich den Satz vorweg, mit dem sie acht Jahre später ihr Buch ›Hochzeit in Konstantinopel‹ von den frühen Publikationen abgrenzt[2]. Die Ablösung vom traditionellen Erzählen hat sich in einer Arbeitsphase vollzogen, aus der keine Zeugnisse mehr vorliegen, doch deutet alles darauf hin, daß der Roman sein Gesicht erst allmählich, von einer Fassung zur nächsten, zu erkennen gab. Es findet sich dazu in den Äußerungen Irmtraud Morgners eine vielsagende Ungereimtheit. Ende August 1963, im Aufnahmeantrag an den Deutschen Schriftstellerverband[3], bezeichnete sie den Roman mit dem Titel ›Eine Rumba auf Juan‹ als abgeschlossen und fügte an: »Wird im zweiten Quartal 1964 im Aufbau-Verlag erscheinen«; offenbar lag dem Verlag zu diesem Zeitpunkt ein Manuskript vor, über das bereits verhandelt worden war. Später jedoch pflegte sie als Entstehungszeit die Jahre 1963–65 anzugeben, das heißt, sie zählte die erste Beschäftigung mit dem Stoff, die in die Zeit vor 1963 zurückgehen muß, nachträglich nicht mehr zur eigentlichen Arbeit am Roman und wies sie jener Schreibphase zu, mit der sie abgeschlossen hatte.

Von der Frühfassung hat allein das Kapitel ›Notturno‹ überlebt, das 1964 den Aufbau-Preis zugesprochen erhielt und in die Reihe ›Neue Texte‹ des Aufbau-Verlags aufgenommen wurde. Es weist alle Merkmale jener für das Frühwerk bezeichnenden Art Prosa auf, wo der einzelne oder die Gruppe eine Entwicklung »im Sinne der Losung ›Vom Ich zum Wir‹« durchläuft. »Fast alle Konflikte sind am Ende glücklich gelöst, meist dadurch, daß die Figuren – vornehmlich durch die Agitation anderer Figuren – zu höherem Bewußtsein gebracht werden.«[4] Noch fehlt der Erzählung namentlich Kai, die launenhafte Gegenfigur, welche die vor dem Klavier sitzende Karla aus ihrem stillschweigenden Einverständnis mit der festgelegten weiblichen Rolle aufstört. Kai, der seine subversive Agitation aus der Erinnerung heraus betreibt, wird in der Schlußfassung den von Eva Kaufmann beschriebenen Prozeß umkehren. Die Bewegung verläuft hier vom Wir zum Ich, der kollektive Konsens sieht sich durch das erwachende Selbstbewußtsein der jungen Frau in Frage gestellt.

Die erste Ablehnung

Das Manuskript, das Irmtraud Morgner im Verlauf des Jahres 1963 dem Aufbau-Verlag überließ, ist nur indirekt über ein erhaltenes Verlagsgutachten zu erschließen. Es trägt den definitiven Titel und besteht aus den vier späteren Teilen, der erste heißt ›St. Louis Blues‹, der letzte ›Hochzeitsmarsch‹. Die Zwischenstücke mit der Persephone-Geschichte fehlen; vermutlich zielt die Gesamtanlage noch nicht auf den Roman, lediglich von »Geschichten« ist die Rede. ›Notturno‹ dürfte identisch sein mit der in ›Neue Texte‹ abgedruckten Fassung, jedenfalls lobt das Gutachten den »unpathetischen und lapidaren Optimismus« seines Schlusses. Demgegenüber tut es sich schwer mit der Erzählung ›St. Louis Blues‹, die einen Ehebruch vorführt, ohne ihn anders zu begründen als durch die Eingebung des Augenblicks. Mit dem Rüstzeug marxistisch-leninistischen Kaderwissens ist die Spontaneität der Triebe und Gefühle nur schwer in Übereinstimmung zu bringen: Was der verliebte Lutz als existentiellen Konflikt erfährt, was der Geschichte den dramatischen Anlaß liefert, diagnostiziert das Gutachten als erzählerisches Versagen. »Hier bleibt uns die Autorin manches schuldig. Zunächst den Nachweis, daß es sich um eine Liebe handelt. Dafür läßt sich dieser Urlaubsflirt nicht verkaufen, jedenfalls nicht in dieser Gestaltung. Es sind nichts mehr als Gefühlchen, die da beschrieben werden. Die symbolische Bedeutung der Tanzszene überzeugt nicht, weil (. . .) von diesen vom Leben Besessenen, Kommunisten, wie sie die Autorin zulegt, viel mehr an emotionaler und rationaler Vorbereitung dieses sich endgültig Findens beim Tanzen erwartet werden müßte, um diesen Schluß glaubhaft zu machen.«[5]

Die Kritik stößt sich insbesondere am Perspektivenwechsel, einem epischen Verfahren, das für ›Rumba‹ maßgebend ist. Worum handelt es sich bei den zwei sich Umarmenden nun, um gute Liebhaber oder um gute Ehegatten? Die Geschichten verschränken das eine mit dem andern, sie belassen die Widersprüche, ohne sie zu glätten, und setzen – echt marxistisch – den synthetischen Prozeß des Lesens in Gang. Für das Gutachten schließt das eine das andere aus, es sucht Endgültigkeit, wo Prozesse am Werk sind, und mag einer offen belassenen Zukunft nicht trauen. »Die Lutz-Figur erhält zudem in dieser ersten Geschichte eine Positivität, die sie offensichtlich gar nicht hat und haben kann, wenn man die Karla-Geschichte richtig versteht. Seine Kleinbürgerlichkeit wird hier also kaschiert, um seine Beziehung zu Ev wirklich als Liebe anbieten zu können. Unbefriedigend schließlich bleibt der Schluß. Sicher muß die Autorin keine Lösung geben, ja es wäre der Geschichte sogar absolut abträglich, wollte man ein happy end finden, aber hier wird selbst darauf verzichtet anzudeuten, in welcher Richtung sich dieses Verhältnis weiterentwickeln wird, und das scheint doch zu wenig für eine solche Begegnung, wie sie von der Autorin angelegt ist und vom Leser verstanden werden soll.«

Der Vorwurf gilt ähnlich auch für die Geschichte ›Hochzeitsmarsch‹, die den handelnden Uwe gegen den träumenden, den früheren Kämpfer Franz Kantus gegen den jetzigen Säufer setzt, ohne daß mit einem auktorialen Werturteil Klarheit geschaffen würde. Zum Beispiel dadurch, daß den in sich gespaltenen Figuren eine positiv-bestimmende Kraft zur Seite gestellt würde. Die zum Beispiel identisch mit der Partei wäre. »War der cantus firmus für diese Generation nicht auch der Genosse, der jahrzehntelang mit der Partei gekämpft hatte, der als antifaschistischer Widerstandskämpfer dem jungen Menschen geholfen hat, die historische Wahrheit über den jüngsten Abschnitt deutscher Geschichte zu verstehen, waren es nicht die Franz Kantus *in* Deutschland, an denen sich Uwe und seinesgleichen orientiert und an deren Seite sie gekämpft haben? (...) Es stimmt auch das Zille-Bild, so schön es ist, nicht. Wie vereinbart sich die Vorstellung vom Sich-treiben-Lassen und von dem fehlenden Tiefgang mit Uwes politischem Kampf und den durch ihn und seinesgleichen erreichten Ergebnissen? War da kein Motor und keine motorische Kraft? Und schließlich bleibt noch die Frage offen, warum denn Uwe 1961 noch mit solchen Problemen zu kämpfen hat, warum er mit seiner Vergangenheit immer noch nicht fertig ist, wenn er seit fünf Jahren Franz Kantus an seiner Seite hatte, den personifizierten cantus firmus. Das muß offen bleiben, weil Franz selbst ein Schema, ein Anspruch, ein Ideal ist, aufgewertet und nahezu positiv belastet durch seine Vergangenheit, leider keine lebendige, überzeugende Gestalt – das ist uns die Autorin schuldig geblieben, obwohl wir es gerade bei Franz gewünscht hätten«.

Der Genosse als cantus firmus – wenn die Autorin den Ausdruck später aufgreift und anstelle von ›Hochzeitsmarsch‹ als Titel setzt, ist dies auch als ironischer Gruß an eine Leseerwartung zu verstehen, die Linearität und festes Bekenntnis für taugliche Mittel hält, die moderne Welt zu erklären. Es ist ein Abschiedsgruß. In ihren großen Romanen hat Irmtraud Morgner die Vielstimmigkeit zum eigentlichen Erzählprinzip erhoben und bis zur Perfektion weiterentwickelt, was oft genug zu Irritation unter Lektoren und Rezensenten geführt hat: Man mußte sich erst davon überzeugen, daß sich in der Anarchie der Widersprüche eine Aussage relativieren und zugleich vervielfachen kann. Was das Kompositionsprinzip von ›Rumba auf einen Herbst‹ betrifft, so hat es die Autorin auf die knappe Formel gebracht: »Die Ehe- und Liebesgeschichten der Hauptpersonen werden novellistisch erzählt: Es steht Aussage gegen Aussage.«[6] Eine Formel durchaus im Sinne des sozialistischen Realismus und des Bitterfelder Programms, aber nicht im Sinne ihrer offiziellen Auslegung. Das Gutachten nimmt dort, wo Aussage gegen Aussage steht, nur Oberflächlichkeit wahr, es spricht etwas ratlos von »Schematismus« und rät zur Ablehnung des Manuskripts. Zwei Jahre später wird der Vorwurf um einiges deutlicher ausfallen, deutlicher und, dem abgekühlten kulturpolitischen Klima in der DDR entsprechend, härter. In der Zwischenzeit wird Irmtraud Morgner ein Stück weiter in die Richtung gegangen sein, in die der ›Rumba‹-Stoff sie geführt hat. Die Kluft zwischen dem, was von ihr als Autorin erwartet wird, und dem, was sie schreibend gestalten will, ist dabei, größer zu werden.

Die endgültige Form des Romans . . .

Nach dem negativen Entscheid des Aufbau-Verlags unterzog Irmtraud Morgner das Manuskript einer gründlichen Überarbeitung, die durchaus nicht im Sinne der vom Gutachten gewünschten Korrekturen ausfiel. Eine der entscheidenden Änderungen ist die Einführung von Kai, dessen Widerspruchsgeist, dessen unberechenbarer Individualismus die kritisierten Züge in geradezu provokativer Weise an sich hat. Die Konzeption dieser Figur ist erzähltechnisch gesehen ein genialer Handstreich. Kai setzt mehrere Personen, die direkt nichts miteinander zu tun haben, in gegenseitigen Bezug (insbesondere Lutz und Uwe), verknüpft Vergangenes (Karlas Erinnerungen) mit Gegenwärtigem (Uwes Recherchen) und bringt durch sein bloßes Erscheinen Neigungen ans Licht, die bei den andern uneingestanden im Halbschatten ihres Bewußtseins liegen, Karlas Wünsche, Uwes Unsicherheit, Franz Kantus' unorthodoxe Neugier. Mit seiner Person im Mittelpunkt wächst sich die Wissenschaftsdiskussion von einer »Episode« (so das Aufbau-Gutachten) zu einem tragenden Thema aus – und zu mehr: Die international besetzte Runde aus Wissenschaftlern, der er angehört, stellt dem drohenden Krieg eine ernsthafte Alternative entgegen, die Konzentration des Know-how aus Ost und West auf das Projekt Zukunft. Kai, dieser impulsive, in kein Schema passende Intellektuelle, entpuppt sich als cantus firmus der Hoffnung. Von ihm führt eine Verbindung über die anderen Protagonisten hinaus in die mythologische Sphäre, die das irdische Romangeschehen in einem Bogen hinreißender Poesie überspannt. Das Wiedersehen Persephones mit ihrem Geliebten Orpheus ist hier Synonym für die Rettung der bedrohten Erde, die irdisch verspielte Orpheusgestalt Kai wird zum Prüfstein dafür, ob die Menschheit fähig ist, die ihrer Kontrolle entglittene Dynamik von Wissenschaft und Technik in den Griff zu kriegen.

Die Persephone-Rahmenhandlung, ebenfalls eine Neuerung der ›Rumba‹-Schlußfassung, verknüpft das gesellschaftliche Thema Überleben mit dem individuellen der Liebe. Die Liebesszenen auf dem Himmelswagen wiederholen und deuten die Liebesthematik der einzelnen Teile als existentielles Geschehen, wobei dieses sich an durchaus menschliche Bräuche hält und die Göttin den irdischen Gestalten auf mild-ironische Art gleichsetzt: Persephone ist wie Ev auf Urlaub – auf Urlaub von ihrem Gatten; sie liegt unter dem Baum mit den bläulichen Früchten wie Uwe; ihr Baum steht auf der Insel, deren Schicksal alle beschäftigt. Der Persephone-Mythos erlaubte der Erzählerin, die Anspielungen auf die Kuba-Krise von 1962 gegenüber der ersten Fassung zurückzunehmen und die Gefahr des Atomkriegs in das Bild von der zweiten Sonne einzubinden. Es entsteht die eigentümliche Wirkung der großen Metapher: Der Roman bezieht sich auf ein datierbares Geschehen, auf eine identifizierbare Waffe, gleichzeitig bringt er die Situation des Bedrohtseins auf einen sprachlichen Nenner, der sie über die Zeit hinweg wiedererlebbar macht, auch wenn einzelne ihrer Faktoren sich gewandelt haben. Mythos und Bild wirken in dieselbe Richtung. Sie lösen Gewohntes aus seiner logischen oder historischen Verkettung und stellen ihm Zusammenhänge zur Verfügung, in denen es sich neu bewähren, neu hervorbringen muß. Weit davon entfernt, die Aussage vernebeln oder verklausulieren zu wollen –

wie mit Blick auf die fortdauernde Zensurlage in der DDR schon vermutet wurde –, stehen Mythologisches und Phantastisches ein für die Gültigkeit der sprachlich gesetzten Welt. Irmtraud Morgner beweist im Umgang mit ihnen von Anfang an jenes sichere Gespür, das ihr gesamtes späteres Werk geprägt hat und sie in den beiden letzten Romanen ein Universum einzigartigen Zuschnitts schaffen ließ.

... und das endgültige Verbot

Im Verlauf des Jahres 1965 stellte Irmtraud Morgner das überarbeitete Manuskript dem Mitteldeutschen Verlag in Halle zu. Sowohl Lektorat als auch Verfasser des extern eingeholten Gutachtens befürworteten eine Publikation, die der Verlag im Frühjahrsprospekt auf Juni 1966 in Aussicht stellte. Daß dem Buch die Druckgenehmigung an höherer Stelle verweigert wurde, war ein Entscheid, dessen Gründe nur mit Blick auf die kulturpolitische Wende verständlich werden, die in der DDR eben eingeleitet worden war. Kulturpolitische Wende ist ungenau; im Prinzip handelte es sich um eine Führungskrise innerhalb der Sozialistischen Einheitspartei SED, die in eine Krise der Kultur umgedeutet wurde. Entstalinisierung im Osten, ein im Anschluß an den Mauerbau gestiegener wirtschaftlicher Druck aus dem Westen sowie die nicht zu Ende geführte ökonomische Reform im Innern hatten den Kurs der Partei unsicher werden lassen. Als sich die Hardliner um Erich Honecker gegen Ende 1965 durchsetzten, wurden sogleich Zeichen der Stärke gesetzt, nicht nur im Bereich Kultur, hier aber am offensichtlichsten. Betroffen war unter anderem die Beat-Bewegung, die einen Großteil der Jugendlichen erfaßt und in ihrem Lebensgefühl bestätigt hatte. Beat, Twist und Rock sahen sich auf dem 11. Plenum des ZK der SED, das im Dezember 1965 der zögernden Liberalisierung der Vorjahre ein Ende setzte, als Musikarten entlarvt, die sozusagen gesetzmäßig zu Rowdytum, Sittenzerfall und staatsfeindlicher Haltung führen mußten. Wir sind beim Thema Musik, beim Thema Jugend, beim Thema Sitte, wir sind bei den Geschichten von ›Rumba auf einen Herbst‹. Das Buch war unversehens in einen Zeitabschnitt hineingeraten, in dem eben der Beweis geführt wurde, daß niemand anders für die abartigen Neigungen der Jugendlichen, für Unzufriedenheit, Krawalle und Verbrechen geradezustehen habe als die Künstler und Kulturschaffenden, wo immer sie tätig waren, im Fernsehen und Theater, in Film und Literatur. Aufführungsverbote und Verleumdungskampagnen waren die Folge, eine Atmosphäre der Lähmung legte sich auf das literarische Leben, wie die zwei anschließend abgedruckten Briefentwürfe Irmtraud Morgners sie in bedrückender Weise schildern. Kulturfunktionäre wurden umbesetzt, Bücher im Hinblick auf ihre potentiell verderbliche Wirkung neu gelesen und beurteilt[7].

Wo und wie mag der Mechanismus, der zum Verbot von ›Rumba‹ führte, in Bewegung gesetzt worden sein? Mehr als sich in seine Nähe vorzutasten, ist angesichts der fehlenden einschlägigen Dokumente nicht möglich. Immerhin, wer einen Blick in die Dossiers des Zentralen Parteiarchivs riskiert, dem fällt die große Verunsicherung auf, die alles, was innerhalb der Jugend, der Intelligenz, der Kunst an Neuartigem auszumachen war, hinter den Kulissen auslöste. Ausdruck davon ist ein groteskes Informations- und Analysebedürfnis, das sich auf alle Bereiche des kulturellen Lebens erstreckte und selbst vor so fachspezifischen Problemen wie dem Einsatz von Stilmitteln in Film, Theater und erzählender Literatur nicht zurückschreckte. In unserem Zusammenhang ist von Interesse, daß drei künstlerische Gestaltungsmittel, die für ›Rumba‹ konstitutiv sind, in internen Papieren mehr oder weniger ausdrücklich gleichgesetzt wurden mit der auf dem 11. Plenum wiederholt verurteilten Dreierbande Skeptizismus – Nihilismus – Individualismus, die als Inbegriff und Sammelpunkt aller schädlichen Tendenzen herhalten mußten. Was das Aufbau-Gutachten Schematismus genannt hatte, das Zurücktreten des Autors hinter die widersprüchlichen Aspekte der dargestellten Wirklichkeit, bringt ein Vorbereitungspapier zu einem Begleitseminar des Plenums[8] auf die ungewöhnliche Reihe »Distanz, Beobachtungseffekt und Skeptizismus«, womit die Gefährlichkeit der ersten beiden Begriffe erwiesen war. Was den Nihilismus betrifft, so war ihm ein erzählendes Werk verfallen, sobald es den Konflikt zwischen einzelnem und Gesellschaft zur Sprache brachte, jedenfalls dann, wenn das Individuum »ohne Bindung zur sozialistischen Gesellschaft gestaltet oder gar ein unlösbarer Gegensatz zwischen Individuum und Gesellschaft konstruiert« oder auch wenn »die gesellschaftliche Entwicklung als eine Summe falscher Entscheidungen betrachtet« wird, wie ein weiteres Vorbereitungspapier[9] festhält. Ein Informationsschreiben der Abteilung Kultur[10] schließlich macht Widerstandsnester des Individualismus in innerem Monolog und Rückblendetechnik ausfindig; diese beiden Stilmittel benütze das spätbürgerliche Kunstwerk dazu, »ziellose Kritik an der in antagonistischen Widersprüchen zerrissenen Gesellschaft« zu üben. Was angehen mochte, soweit es sich um die bürgerliche Gesellschaft handelte, konnte bei der Darstellung sozialistischer Verhältnisse nur als zerstörerische Absicht gewertet werden. – Papiere wie die zitierten dienten dazu, die Meinungsbildung innerhalb von Politbüro und Kulturministerium gleichzuschalten und den Kulturfunktionären ein Begriffsinstrumentarium in die Hand zu geben, mit dem sie gegen mißliebige Kunstwerke vorgehen konnten. Die Kampagne hatte auch Unveröffentlichtes im Visier. Ein Schreiben aus dem Büro des Kulturministers vom 20. Dezember 1965[11] verlangt zusätzlich zur Einschätzung publizierter Romane »einen Bericht über weitere vorliegende problematische Manuskripte«. Daß sich unter diesen ›Rumba auf einen Herbst‹ befunden hat, ist wahrscheinlich, stand doch eben seine Druckgenehmigung an. Der ablehnende Entscheid fiel Anfang 1966 innerhalb der Hauptverwaltung Verlage und Buchhandel im Ministerium für Kultur. Die Vorwürfe, die Irmtraud

Morgner zu hören bekam, sind direkte Ableger des 11. Plenums. Nach einem entsprechenden Gespräch mit zwei Parteivertretern notierte sie in einem Briefentwurf: »Begründung der Zensur war: skeptizistisch durch und durch bis zum Nihilismus, ein Buch des enthemmten Individualismus«[12].

Das Weiterleben des Romans

Für die zuständigen Instanzen war der »Vorgang« damit abgeschlossen. Irmtraud Morgner, die den Zensurbeschluß nicht einfach auf sich sitzen ließ, strengte Aussprachen mit der Kulturabteilung im ZK der SED sowie mit der Parteileitung des Schriftstellerverbandes an, um ihren Standpunkt zu vertreten. Noch einmal bekam sie die Arroganz der Macht zu spüren: Eine Diskussion war nicht vorgesehen, ihre Bemühungen liefen ins Leere. Sie mußte um das Ausfallhonorar ebenso kämpfen wie um die Rückgabe der Rechte, an eine Veröffentlichung neuer Texte war nicht zu denken. »Im letzten Jahr nur Absagen nach monatelangen Lagerungen – ein Verbot spricht sich schnell herum«, schrieb sie im Januar 1967 an Paul Wiens[13]. Beigelegt war dem Brief der Text ›Wie meine Großmutter glaubte‹, eine der drei Großmutter-Geschichten, die als Herzstück in ihr nächstes Werk ›Hochzeit in Konstantinopel‹ eingingen. Irmtraud Morgner hatte sich der kleinen Form zugewandt, der sie mehr Chance einräumte als dem Roman – um aus ihr postwendend die romanartige Form der ›Hochzeit‹ zu komponieren. Vergeblich waren ihre Bemühungen, wieder in den Besitz von Original und Durchschlägen des ›Rumba‹-Typoskripts zu gelangen. Ein stellenweise kaum leserlicher Durchschlag mußte als Vorlage für die Zitate herhalten, die sie in andere Bücher übernahm.

Denn mit dem Verbot begann für ›Rumba‹ jenes zweite Leben, das sich innerhalb späterer Werke abspielt und ihn der Leserschaft zumindest in Auszügen zugänglich gemacht hat. Wie aus Doris Janhsens Erläuterungen hervorgeht, haben die Textverschiebungen zu vielfältigen Umdeutungen und Akzentverlagerungen geführt. Die herausgebrochenen Teile hatten sich in einen neuen organischen Zusammenhang einzuordnen, der sie weitgehend assimilierte. Einige behielten Zitatcharakter, andere verloren jede Eigenständigkeit und sind erst bei genauem Zusehen identifizierbar; einzig ›Schalmeientwist‹ hat sich als fünftes und sechstes Intermezzo in ›Trobadora Beatriz‹ praktisch integral erhalten.

Das Ganze, zu dem die Stücke gehört hatten, war bestenfalls erahnbar. Jetzt, wo es in seiner ursprünglichen Gestalt vorliegt, lassen sich die Episoden und Figuren aus jenem Beziehungsgeflecht heraus deuten, auf das hin ihre verschiedenen Facetten angelegt waren. In ihrer Gesamtheit vermitteln sie ein Stück ungebrochenes Lebensgefühl der sechziger Jahre, ein Lebensgefühl, dessen Intensität über alle zeitliche Distanz wegträgt und Gegenwart setzt. Gegenwart? Die der Leserinnen und Leser. Dazu die eines Landes, das inzwischen ein Land der Erinnerung geworden ist. Man meint ein spöttisches Morgner-Lachen zu hören: Im Moment, wo der Roman, den es nur als Zitat gab, zu existieren beginnt, ist das Land, das er meinte, Erzählung geworden. Ihn lesend, erfahren wir die Doppelbödigkeit der Literatur, die Realität aufhebt und sich an ihre Stelle setzt, in eindringlicher Ironie.

Daß der Roman über so viele Jahre weg seine Frische und Direktheit bewahrt hat, verdankt er zweifellos seiner Sprache. Im Rhythmus der Sätze, bald rasch und tänzerisch, bald langsam um sich selbst drehend, bald schrill, bald sachlich-nüchtern, pulst das Thema der Geschichten, dieses Hin- und Hergerissensein zwischen Verharren und Aufbruch, zwischen Offenheit und Abgrenzung. Es ist das Thema der Zeit. Wenig später wird es sich quer durch Europa auch außerhalb der Literatur zur Sprache bringen, in Prag und Frankfurt, Paris und Berlin. Es wird eine Frage einschließen, die jede Zeit beschäftigt, aber nicht jede so unabwendbar wie diese, die Frage nach der möglichen Utopie. Durch das Werk Irmtraud Morgners geht sie wie ein Leitmotiv, das mit den gesellschaftlichen Veränderungen in Europa Tonart und Instrumentierung wechselt. »Natürlich ist dies ein Ort des Wunderbaren«, wird die Erzählerin in ›Leben und Abenteuer der Trobadora Beatriz‹ ihren Bericht beginnen und die Utopie von Anfang an ins Geschehen einbinden; ›Amanda‹ wird ihr das Heer der Hexen zur Verfügung halten. In ›Rumba auf einen Herbst‹ kündigt sich die Utopie an, ohne noch in einer Figur auskristallisiert, ohne noch Metapher geworden zu sein, rebellisch, witzig, unüberhörbar. Mit den Überschriften setzt sie ein, wirbelt durch die Geschichten, hält vor bis zum letzten Wort. *Rumba, Blues, Twist, Halleluja* – in diesem Roman schlägt sie den Takt.

1 Das Gespräch, erschienen in ›Weimarer Beiträge‹ 1984/9, ist abgedruckt in: ›Irmtraud Morgner. Texte, Daten, Bilder‹. Hrsg. von Marlis Gerhardt, Sammlung Luchterhand 825, 1990, S. 42 ff.

2 Im Aufsatz ›Apropos Eisenbahn‹, geschrieben 1973, aufgenommen in ›Irmtraud Morgner. Texte, Daten, Bilder‹, op. cit., S. 17 ff.

3 Personalakte, Archiv des Deutschen Schriftstellerverbandes in den Archiven der Akademie der Künste Berlin.

4 Eva Kaufmann: Der Hölle die Zunge rausstrecken ... Der Weg der Erzählerin Irmtraud Morgner. In: ›Weimarer Beiträge‹ 1984/9, neu zugänglich in ›Irmtraud Morgner. Texte, Daten, Bilder‹, op. cit., S. 172 ff.

5 Archiv des Aufbau Verlags Berlin.

6 Undatierter Briefentwurf »Lieber X«, wohl Jahreswende 1965/66. Nachlaß Irmtraud Morgner.

7 Die Vorgänge um das 11. Plenum sind dokumentiert und aufgearbeitet in: ›Kahlschlag‹. Das 11. Plenum des ZK der SED 1965. Studien und Dokumente, herausgegeben von Günter Agde, Aufbau Taschenbuch Verlag 1991.

8 Institut für Geschichte der Arbeiterbewegung, Zentrales Parteiarchiv (IfGA, ZPA), IV A2/906/3.

9 IfGA, ZPA, IV A2/906/4.

10 IfGA, ZPA, IV A2/906/10.

11 IfGA, ZPA, IV A2/906/4.

12 19.3.1966 an Paul Wiens. Nachlaß Irmtraud Morgner.

13 Akademie der Künste Berlin, Abteilung Literaturarchive, Nachlaß Paul Wiens, Nr. 320.

Irmtraud Morgner
»I've got the blues so bad«

Zwei Briefentwürfe aus der Zeit von ›Rumba auf einen Herbst‹ an einen unbekannten Adressaten und an Paul Wiens (Nachlaß Irmtraud Morgner)

29. 11. 65

Lieber H.
Zwei Tage im Tran verbracht, aufgeschlagen in einer kalten, finsteren Stadt, liegengeblieben in einem verdreckten Zimmer, versackt im Träumen, Pogromstimmung in den Zeitungen, eine neue Kampagne gegen die Schriftsteller ist im Gange, auch die neuen Texte, die ich Dir gab, sind schon vom lieben Gott persönlich geächtet, Liebe in der Literatur nur, wenn sie mit den Satzungen des eben beschlossenen Ehegesetzes übereinstimmt, leider übertreibe ich nicht, leider ist es mir noch immer nicht möglich, diesen Irrsinn als Realität anzuerkennen, wenn man von Euch kommt, fällt einem das doppelt schwer, ich sehe für mein Buch nicht mehr viel Chance, ich sehe überhaupt nicht viel Chancen für mich in diesen elenden Breiten, ich beneide den Emigranten Ovid, man müßte seine Koffer packen und abhauen und in einer menschlicheren Gegend arbeitend abwarten, bis die Schlachterei vorbei ist, aber die Zäune sind zu hoch. Was für mich besteht und Gültigkeit hat und wert ist, daß man sich einsetzt ganz und gar, wird immer kleiner. In irgendeiner Ecke des Kopfes sitzt jedem der Schiller und macht ihm Appetit, Millionen zu umschlingen, aber wenn man genügend in die Fresse gekriegt hat, wacht man langsam auf. Und wehe dem, der dann nicht ein paar Stimmen in seinem Zimmer hat. Oder eine. Ich habe ein paar freundliche mitgebracht. Und eine ganz wichtige. Eine, die ist über mir wie ein Dach. Ein undichtes Dach, durch das der Regen fällt, und es müßte nicht so sein. Aber

ein Dach. Schön. Qualvoll. Und wenn der Winter nun bis April dauern sollte und also 5 Monate und ein Zimmer ist mit Träumen, blüht genug Hoffnung, um davon zu leben. Ich lebe davon. Ich schreibe Dir eine Geschichte, hol der Teufel diese Millionen, brauch sie nicht, ich schreib die Geschichte für Dich, wenn sie Dir nicht gefällt, darfst Du sie zerreißen. Mord, bitte schön, aber keine Pogrome. Morgen fang ich an zu schreiben, von dem verdammten Träumen wird man ganz verrückt, ich muß raus aus diesem Labyrinth, ich muß arbeiten, und ich glaube es geht, weil ich Dich nicht aus dem Zimmer schicken muß dabei. Im Gegenteil.

(. . .)

Ich grüße Dich sehr.

6. 1. 66

Guten Tag, lieber Paul, ich bins nur, ich nehme mir die Freiheit einzutreten bei Dir, ich habe eine Menge Dreck an meinen Stiefeln, seit Wochen wate ich durch Schlamm, ich will Dir nicht noch mehr davon in Deine Wohnung schleppen, unsere Zeitungen bringen Dir genug, ich ziehe also die Stiefel aus und laufe in Strümpfen über das Parkett und wünsche einen guten Tag und ein gutes Jahr und setz mich, ohne zu fragen. Und es ist wunderbar warm. Furchtbar warm ist es, kein schöner Anblick, einen Klumpen Eis auftauen zu sehen. Ich steig also durchs Fenster, schließe es und schaue durch die Scheiben zu Dir herein. Das ist mein Platz.

Von diesem aus bedanke ich mich für Deinen Brief: II. Fassung. Die erste Fassung liegt im Papierkorb. Ich hatte sie verbrochen, als ich aus Halle kam, wo ich mit ein paar Dichtern in das Jahr 1965[b] hinübergestiegen war. Ich kam in Berlin an, fand Deinen Brief vor und tobte mich aus auf Papier, na ja. Man kann machen, was man will, man steht in einer Tradition, aus der man nicht heraus kann, ich bin hier geboren, dies ist mein Land, ich bin daran gefesselt in Haß-Liebe, ich bin nicht das, was die Zeitungen jetzt von diesem Land abbilden, aber ich schäme mich, ich schäme mich und am meisten vor meinen Freunden im Ausland. Du fragst, was wir tun? Anna Seghers hat sich mehrfach gegen dieses Pogrom ausgesprochen, aber reden kann man viel, wer hört das schon, ihre Worte müssen in die Presse, aber die wird ihr verweigert. Christa Wolf hat auf dem Plenum dagegen gesprochen, sie hatte 30 Zwischenrufe und konnte ihre Rede fast nicht beenden; sie ist krank: Herz. Die meisten Redakteure der NDL haben gekündigt. Max Walter Schulz hatte zu Beginn der Ereignisse einen Herzinfarkt und jetzt den zweiten. An seinem Institut haben Administratoren die Macht an sich gerissen. Sarah und Rainer Kirsch, die da 3 Jahre studierten und jetzt ihr Examen machten, haben ihre Diplome nicht bekommen (außerdem wurde gegen sie ein Parteiverfahren eingeleitet): Sie haben Briefe ans ND und an Hager geschrieben, in denen sie sich gegen die Verurteilung Biermanns wandten. Zu den Kirschs also nach Halle bin ich gefahren zur Jahreswende. Wir Schreiberlinge sind keine Macht, außer den paar Künstlern, die es direkt angeht, und einige Intellektuellen kümmert diese Kampagne kaum jemanden, zumal während der Weihnachtszeit, wo die Leute damit beschäftigt sind, Geschenke zusammenzuschleppen. In diesem Land waren die Künstler nie eine Macht, man betrachtet sie stets mit Mißtrauen und Antipathie. Auf dieser Tradition fußend muß man dann nur noch in der Zeitung behaupten: Für ein Fernsehspiel, von dem keine Zeile stand, erhielt ein Künstler 40 000 Mark, und man hat die Stimmung der Leute (mit Lügen) da, wo man sie haben will. Solidarität aus anderen Bevölkerungskreisen ist also nicht zu erwarten. Ein Lektor soll sich umgebracht haben. Weiter keine besonderen Vorkommnisse. Es bleibt uns nur der Stolz und die Solidarität untereinander. Du kannst Dir also vorstellen, wie sehr ich mich über Deinen Brief gefreut habe. Ich fand ihn vor, als ich völlig deprimiert aus Halle kam. Karl Mickel war auch dort und noch ein paar vernünftige Leute und auch eine Lyrikerin, die man vom Leipziger Literaturinstitut relegiert hat (Anklagepunkt u. a.: mit Havemann geschlafen), wir tranken unheimliche Mengen Alkohol und wurden immer nüchterner: eine gespenstische Atmosphäre. Anschließend sind wir nach Leipzig gefahren und haben Georg Maurer besucht. So leben wir.

(...)

Lieber Paul, ich freu mich sehr, daß ich ein bißchen vor dem Fenster sitzen kann und hineinschauen in Deine Stube, wie man frei und lose eben so hineinschaut in andere Stuben, wir (d. h. ich und meine hiesigen Freunde im Geiste) haben alle Abstinenzerscheinungen, strecken die Arme aus nach einem Land, das sie abhackt, den Kopf sollte man uns abhacken, denn er ist zuviel: Abstinenz geht mit der Zeit auf den Kopf.

Im Schriftstellerverband finden seit Monaten keine Versammlungen statt. Keiner will die Dreckarbeit machen. Man wartet, bis wir müde sind vor Ärger und überdrüssig dieser Geschichten: Niemand kann monatelang 100° halten. Dann wird jemand vom Apparat kommen und uns eine Entschließung vorlegen. Alle werden die Versammlung nicht verlassen, einige bleiben immer sitzen (die in ihrem Beruf Sitzengebliebenen), und dann wird es heißen: einstimmig angenommen. Laßt Euch dadurch nicht beirren. Auf eine Stellungnahme von Dieter Noll allerdings müßt Ihr Euch gefaßt machen.

Im Grunde hänge ich aus den gleichen Gründen durch wie Du, lieber Paul. Wenn die geistige Repräsentanz unseres Staates so in Frage steht, mit welchem Pfund sollen wir wuchern gegenüber Westdeutschland?

Natürlich kann ich auch nicht mehr arbeiten. Natürlich habe ich bereits eine Schlacht mit Vertretern des Ministeriums für Kultur (Zensur) meines Buches wegen hinter mir. Diese Vorwürfe! Niederschmetternd. Weitere Schlachten stehen bevor. Da zwei Vertreter nicht mit mir fertig wurden, werden sie den nächsten und mehr schicken. Sechs gegen eine oder so. Aber bei mir hilft das nicht. Man zehrt sich nur auf dabei, aber das tut man ja so auch. Der Aufwand, der nötig ist, um den Druck zu vergessen – denn mit dieser Art Haß kann man nicht schreiben – ist weit größer als der Produktionsaufwand. Wenn man den Druck von uns nähme, Herrgott, wir würden nochmal soviel schaffen. So verheizen wir unsere besten Jahre. Einen soliden Beruf müßte man haben. Schreiben als Hobby, nicht als Brot. Zu saures Brot.

Deinen Gruß an Biermann hab ich leider noch nicht bestellen können. Ich kenne ihn nicht persönlich, aber auch meine Bekannten, seine Freunde wissen nicht, wo er ist. Vielleicht, hoffentlich, sitzt er in irgendeiner Bude und singt dem Himmel ein Loch in den Bauch.

(...)

Grüß mir die sauren Suppen und das kleine Restaurant vor der Stadt und das Zimmer 624 im Ambassador, grüß mir das Rumänien, das es vielleicht gar nicht gibt, ich brauche es, ich brauche den Platz vor Deinem Fenster.

»I've got the blues so bad, it's hard
to keep me from cryin«

Irmtraud

Herzliche Grüße und Wünsche
für Deine Familie.
Schreib mir.

Doris Janhsen

»Eingeklebt aus Ernst und Spaß und Übermut«

Der Bezug von ›Rumba auf einen Herbst‹ zu den späteren Romanen Irmtraud Morgners

Bislang waren die sieben Intermezzos in ›Leben und Abenteuer der Trobadora Beatriz‹ das einzige Indiz für die Existenz von ›Rumba auf einen Herbst‹. Erst jetzt, da er in Gänze vorliegt, erschließt sich der verbotene Roman als ein poetischer Fundus an Motiven, Themen, aber auch Schreibweisen, der für die gesamte poetische Entwicklung Irmtraud Morgners prägend war.

Angesichts dieser komplexen Wirkkraft vermitteln die Intermezzos – durchaus bewußt – nur einen ausschnitthaften Eindruck des Romans. Zwar werden drei der insgesamt vier ›Rumba‹-Kapitel, wenn nicht in Gänze, so doch zu Teilen, übernommen: ›Schalmeientwist 1‹ und ›Schalmeientwist 2‹ gehen vollständig und weitgehend wortgleich in das fünfte und sechste Intermezzo ein. ›Cantus firmus‹ wird, aufgesplittet und unter Streichung längerer Passagen wie etwa der Maud-Episode, für das erste, zweite, vierte und siebte Intermezzo übernommen, während Karlas Erinnerungen an die Aufbauphase der DDR, ein Erzählblock aus dem Mittelteil von ›Notturno‹, bis auf eine kurze Dialogsequenz, den Text des dritten Intermezzos ausmacht. Dennoch: Das Mit- und Gegeneinander der Geschlechter, in ›Rumba auf einen Herbst‹ wiederkehrende Metapher für den Widerstreit von Anpassung und Verweigerung politischer wie moralischer Ordnungsmuster, bleibt in den Intermezzos ausgespart. Auch die Dichte des Motivgeflechts, die sprachlichen Rhythmisierungen und imaginären Räume, die vor allem in den nicht übernommenen Sequenzen aus ›Notturno‹ und den Zwischenspielen um Persephone entfaltet werden, sind kaum noch sichtbar.

Statt dessen rückt mit den zitierten Kapiteln und Textpassagen die (zeit-)politische Dimension von ›Rumba auf einen Herbst‹ – die Auseinandersetzung mit stalinistischen Herrschafts- und Denkstrukturen und dem Ökonomismus des Bitterfelder Wegs, aber auch deren Gegenstück, die subversive Musik und das sinnliche Politikverständnis der Jugendkultur – in den Vordergrund. Damit machen die Intermezzos gerade jene Passagen von ›Rumba auf einen Herbst‹ zugänglich, die vormals vermutlich das Druckverbot begründeten.

Der zensierte Text wird ausgestellt – und zugleich in die neue literarische Fiktion eingebunden. Denn romanlogisch skizzieren die Intermezzos die Vergangenheit des Figurenensembles von ›Leben und Abenteuer der Trobadora Beatriz‹. Namen werden angepaßt. Der neue Text schreibt den alten gleichsam fort. Mehr noch: Der zitierte Text wird nicht nur ausdrücklich als Werk aus der Feder Irmtraud Morgners ausgewiesen, er geht als Abschrift in das Konvolut der ›Melusinischen Bücher‹ ein: »Erstes Intermezzo. Darin nachzulesen ist, was die schöne Melusine im Jahre 1964 aus dem Roman ›Rumba auf einen Herbst‹ von Irmtraud Morgner in ihr 7. Melusinisches Buch abschrieb« – so und ähnlich lauten die barocken Überschriften der Intermezzos. Die Autor(innen)schaft verdoppelt sich. Der Bezug zum verbotenen Text wird Teil der Fiktion. Als Abschriften der Melusine zum historischen Dokument geworden, gehen die zitierten ›Rumba‹-Kapitel in jenes Schreibprojekt ein, mit dem die legendäre Sphinx für eine dritte Ordnung jenseits tradierter Geschlechterrollen kämpft. Das vormals Verbotene und Zensierte, im historischen Abstand kulturpolitisch weitgehend akzeptiert, begründet den utopischen Entwurf – und wird in seiner strukturellen Einbindung in die Gesamtfiktion zum kritischen Korrektiv für die Gegenwart. In ihrer zeitgeschichtlichen Ausrichtung decken die Intermezzos – gleichsam in der historischen Vertikale – die Genese jener mythisierenden Verkennungsleistung auf, die die Trobadora bei ihrer

Ankunft bewegt, die DDR für das »gelobte Land« ihrer achthundertachtjährigen Träume zu halten. So hintersinnig dieses Spiel auch ist, es schützt nicht vorm Eingriff der – vermutlich äußeren – Zensur: Das Motiv der gespaltenen Stadt, in ›Cantus firmus‹ doppelsinnig auf die Zerrissenheit Uwes wie auf die politische Situation bezogen, bleibt im ersten Intermezzo ausgespart (Rumba, S. 241, 246).

Doch ›Rumba auf einen Herbst‹ schlägt sich nicht nur in den Intermezzos nieder. Etliche Versatzstücke des Romans gehen, meist kürzer, als verdeckte Zitate in ›Hochzeit in Konstantinopel‹, ›Gauklerlegende‹ oder die dreizehn Bücher von ›Leben und Abenteuer der Trobadora Beatriz‹ ein. Sie bezeugen eine Kontinuität von Figuren, Motiven und Themen. Zugleich jedoch sind sie stets einem neuen Blickwinkel ausgesetzt, der sie zunehmend in die Problematisierung des Geschlechterverhältnisses einbindet. Die »übersichtliche Konstruktion« etwa, die Lutzens Gesicht beim Definieren entblößt, zeigt schon in ›Blues‹ den Prototyp des abstrakten Denkers an. In ›Gauklerlegende‹ wortgleich auf den Spieltheoretiker Hubert übertragen, wird die Beschreibung dem Phantasiepotential des Gauklers Rade und der Traumrealität Wandas kontrastiert (Gauklerlegende*, S. 47). Erst in dieser erweiterten Bedeutung geht sie, nochmals als Zitat, in das siebte Buch von ›Leben und Abenteuer der Trobadora Beatriz‹ ein (Trobadora**, S. 206) – und wird dort zum Ausgangspunkt für die Kritik an einem männlichen Leistungs- und Erkenntnisprinzip, das der weiblichen Lebensrealität und Bedürfnisstruktur zuwiderläuft.

Auf ähnliche Weise vollzieht sich die geschlechtsspezifische Dimensionierung der Wissenschaftskritik. In Selbstzitaten, oft nur einem halben Satz, gehen Schilderungen der Institutsarbeit und wissenschaftliche Theoreme, in ›Cantus firmus‹ erstmals formuliert, in ›Hochzeit in Konstantinopel‹ und in ›Dritte Bitterfelder Frucht: Das Seil‹,

* dtv-Band 11838
** dtv-Band 11872

ein Kapitel aus dem elften Buch von ›Leben und Abenteuer der Trobadora Beatriz‹, ein. Im frühen Roman fungieren die Versatzstücke »nur« als Material für Uwes ökonomistische Kritik an wissenschaftlicher Forschung. Im neuen Kontext der späteren Romane werden sie jenem Widerspiel von sozialem Anpassungsdruck und weiblichem Überschreitungsbegehren kontrastiert, das in Beles »Vagantentum« und Vera Hills »Seiltrick« seinen metaphorischen Niederschlag findet. Nur fragmentarisch zitiert, dokumentieren sie nunmehr eine – spezifisch männliche – Form instrumenteller Vernunft, die weiblichen Formen der Bewegung widerspricht. Im quasi-rituellen Rückgriff auf frühere Motive und Formulierungen entsteht ein Textgerüst alter Gewißheiten. In immer neuen Bezugsrahmen erprobt, verschiebt es sich aber in seiner Bedeutung und bringt so jenen werkgeschichtlichen Paradigmenwechsel erst hervor, der die Instrumentalität wissenschaftlicher Erkenntnis auf ihren Bezug zu tradierten Geschlechtsmustern und deren mögliche Überschreitung befragt.

Dieses Verfahren ist nicht bloße Reaktion auf den zensierenden Eingriff, vielmehr auch konsequente Fortentwicklung der eigenen Handschrift. Denn wie ein Vergleich der drei Textfassungen von ›Notturno‹ zeigt, verdankt sich schon ›Rumba auf einen Herbst‹ einer – allerdings eher traditionellen – Form der Überarbeitung, die sich dann in zunehmender Verästelung des Zitierverfahrens fortsetzt. Die preisgekrönte Erzählung für die ›Neuen Texte 1964‹, ein früher Entwurf von ›Notturno‹, liest sich als literarische Umsetzung der damaligen frauenpolitischen Vorgaben. Konventionell erzählt, führt die Erzählung den Prozeß weiblicher »Emanzipation« als Entscheidung für den Sozialismus vor. Der Abschied Karlas von kleinbürgerlichen Haltungen vollzieht sich nach Art eines Initiationsritus. Die Beschränkung beruflicher und persönlicher Entwicklungsmöglichkeiten wird letztlich als notwendiger Beitrag zum Aufbau des Sozialismus legitimiert. Die zweite Fassung, das dritte Kapitel von ›Rumba auf einen Herbst‹, behält, in wortgleicher Wiederholung langer Passagen, die erzählerische Grundsituation der früheren Erzählung bei: Auch hier setzt sich Karla in imaginären Dialogen mit ihrer erneuten Schwangerschaft auseinander. Doch etliche Passagen, vor allem jene, die den typisierenden Charakter von Karlas politischer Entwicklung begründen, werden gestrichen. Neue Themenstränge kommen hinzu, das erzählerische Register wird um innere Monologe und motivische Querverweise erweitert, die Problemstellung verschiebt sich ins Subjektive. So entfaltet sich im dritten ›Rumba‹-Kapitel ein Szenario, das die frühere konventionelle Form und Thematik zu einer komplexen Infragestellung weiblicher Lebensmuster verdichtet.

In der Folge verzweigt sich das Zitierverfahren. Die frühe Erzählung ist in ihren Konturen kaum mehr erkennbar. Im dritten Intermezzo ist sie nur mehr als »Zitat im Zitat« präsent: Lediglich Versatzstücke aus Karlas und Lutzens Dialog über die »Romantik des Anfangs«, zuvor schon im ›Rumba‹-Kapitel zitiert, werden übernommen. Ansonsten gründet sich das dritte Intermezzo auf die Zitation der einzig konventionell erzählten Passage der ›Rumba‹-Fassung von ›Notturno‹. Mit Karlas Erinnerungen an ihre Studienzeit in den fünfziger Jahren, vor allem an den Widerstreit von politischem Dogmatismus und »ketzerischem Eigensinn«, der sich in den Scheingefechten von Kai und Lutz dokumentierte, entfaltet das dritte Intermezzo ein Panorama der Aufbruchsstimmung in den Anfangsjahren der DDR. Das Spiel mit musikalischen Assoziationen, die poetisch-imaginären Momente und die Durchquerung tradierter Weiblichkeitsmuster, in der ›Rumba‹-Fassung Mittel zur metaphorischen wie reflexiven Brechung der zeitpolitischen Ebene, bleiben, wohl in Anpassung an die anderen Intermezzos, ausgespart. Eine Rückkehr zur vornehmlich politischen und formal wenig innovativen Sphäre der Almanach-Fassung unter Preisgabe erzählerischer Vieldeutigkeit? Mitnichten. Denn die meisten der im dritten Intermezzo ausgesparten Elemente des ›Rumba‹-Kapitels gehen, zunehmend differenziert, in die »großen Themen« der Salman-Trilogie ein: Das Spiegelverhältnis von Karlas alter egos, der angepaßten »Kleinen« und der widerständigen »Großen«, schlägt sich in ›Leben und Abenteuer der Trobadora Beatriz‹ in der Paarkonstellation Laura-Beatriz nieder und verästelt sich im vielschichtigen Widerspiel von utopischem Aufbegehren und sozialer Anpassung. In ›Amanda‹ ist der Bezug zu ›Notturno‹ verblaßt: Das metonymische Verfahren hat seine eigene Dynamik entwickelt, die Selbstzitate beziehen sich vor allem auf den ersten Band der Trilogie. Und doch: Der Topos der »halbierten Frau«, schon in der ›Rumba‹-Fassung von ›Notturno‹ auf reflexiver wie mythischer Ebene – etwa in Karlas Überlegungen zur Zerrissenheit der intellektuellen Frau oder in Kais Hinweis auf den Platonschen Geschlechtermythos – angedeutet, wird in ›Amanda‹ wieder aufgegriffen und dort thematisch und formal, viel radikaler allerdings als im Ausgangstext, entfaltet.

Indiz für diese thematische Zuspitzung in der Weiterentwicklung ist – umgekehrt – sicher auch der Abschied von Motiven und Figuren. Am signifikantesten ist hier der Bruch mit der Figur der Persephone. In ›Rumba auf einen Herbst‹ in ihrer Liebesbeziehung zu Orpheus noch eine positive Hoffnungsfigur, wandelt sie sich in ›Leben und Abenteuer der Trobadora Beatriz‹ zur matriarchalen Rachegöttin. Eine Umdeutung, die radikaler kaum sein könnte – und sich doch, explizit sogar, auf das gleiche Basismaterial stützt: Die Persephone-Mythe wird, beide Male in der Zitation von Ranke-Graves' ›Griechischer Mythologie‹, als Geschichte der Figur ausgestellt (Rumba, S. 86 f.; Trobadora, S. 86 f.). Sicher hängt dieser Bruch mit der Zuspitzung der Geschlechterproblematik im späteren Roman und einer entsprechend kritischen Distanz zum Deutungsrahmen zusammen, der dem Mythos eingeschrieben ist. Vermutlich aber läßt er sich endgültig nur aus dem nie beendeten Romanprojekt zur Persephone-Figur erschließen, das, nach dem Willen der Autorin unzugänglich, im Nachlaß vorliegt. Zumindest deutet schon die Existenz eines solchen Projektes an, daß auch hier die »Durchführung« früherer Deutungsansätze die neue Figurenkonzeption erst hervorbrachte.

Die allmähliche Entwicklung von Motiven und Schreibweisen durch verschiedene Texte hindurch vollzieht sich also durchaus nicht einheitlich: Gewichtungen verlagern sich, Bedeutungen werden, teils radikal, verschoben. Das metonymische Montageverfahren späterer Texte wird in seiner Genese als ein Werkprinzip sichtbar, das bei ›Rumba auf einen Herbst‹ seinen Ausgangspunkt nimmt. Eine »Ästhetik der Behinderung«, allein geboren aus dem von der Zensur diktierten Widerspiel von Abgrenzung und Kompromiß? So verführerisch eine solche Erklärung auch sein mag, sie greift zu kurz. ›Rumba auf einen Herbst‹ ist nicht nur ein poetischer Fundus an Motiven und Themen. Im dichten Motivgerüst, dem Zitatenspiel und der teils musikalischen Sprach- und Textstruktur sind auch die formalästhetischen Verfahren späterer Romane schon angelegt. ›Hochzeit in Konstantinopel‹ und ›Gauklerlegende‹ greifen im verdeckten Zitat sowie in ihren erzähltechnischen Verfahren auf diesen Fundus zurück. Sie führen, auch in ihren verschlüsselten Anspielungen auf kulturpolitische Paradigmen, gleichsam einen »inneren Dialog« mit dem verbotenen Text und bereiten so die poetisch strukturierte Anarchie der Salman-Trilogie vor. In ihr setzt sich – und da hat die ausdrückliche Nennung von ›Rumba auf einen Herbst‹ sicher auch einen kathartischen Effekt – das re-visionäre Verfahren endgültig als poetisches Bedeutungsprinzip durch. Denn die Salman-Trilogie erhebt gerade das Dialogische und Widersprüchliche zu ihrem Grundprinzip – und etabliert es, poetologisch wie inhaltlich, als literarischen Ausdruck eines spezifisch weiblichen Denkprinzips. Der weibliche Lebens- und Erfahrungsrhythmus schreibt sich in die Texte ein: Soziale, imaginäre und utopische Erlebnisräume eröffnen sich in der Gleichzeitigkeit des Textensembles und in der Durchquerung sowohl der eigenen früheren Textlandschaft wie fremder Diskurse. Der Bezug auf die Zensur und den verbotenen Text geht in diesem offensiven Anspruch auf eine eigene, unverwechselbare Handschrift und deren Sprengkraft für tradierte weibliche Identitätsmuster auf.

Eine ausführliche Konkordanz, welche die Wiederaufnahme von ›Rumba auf einen Herbst‹ in den anderen Werken Irmtraud Morgners zusammenstellt, findet sich im Anhang der gebundenen Ausgabe.

Blues (S. 8–83)

doomsday-machine: doomsday, engl. das Jüngste Gericht. In seinem Buch ›On Thermonuclear War‹ (Princeton 1960) beschreibt Herman Kahn Ausbruch und Verlauf eines möglichen Nuklearkriegs. Der Besitzer der doomsday-machine wäre in der Lage, einen Angreifer vollständig zu vernichten, müßte aber mit seiner eigenen Vernichtung rechnen. Das Szenario schließt die Zerstörung der ganzen Erde ein.

Kruke: niederdt. eigentlich: großer Krug. Ulkiger, eigenartiger Mensch.

Es-U: Sowjet-Union.

Schalmeientwist (S. 88–149)

Raude: thüring./sächs. Schimpfwort für ein ungezogenes Kind; dazu: Räudel, Taugenichts.

RGO: Revolutionäre Gewerkschaftsopposition während der Weimarer Republik.

Flebben: Gaunersprache: Ausweispapiere.

Propusk: russ. Bezeichnung für Passierschein, Ausweispapier.

nystagmusartig: Nystagmus: Zittern des Augapfels.

sanimatsen: von russ. zanimat'sja, sich beschäftigen.

Stabü: Staatsbürgerkunde.

Stinkadores: ugs. für eine schlechte Zigarre oder für übelriechenden Käse.

Budjonny: Semjon Michajlowitsch Budjonnyj, 1883–1973, sowjetischer Marschall, u. a. Führer der Roten Reiterarmee im Bürgerkrieg.

Mitschurin: Iwan Wladimirowitsch Mitschurin, 1855–1935, russischer Pflanzenzüchter und Biologe; in den sechziger Jahren Inbegriff einer forcierten Landwirtschaftstechnologie.
Schwedt: Ort an der polnischen Grenze, als Standort eines großen Erdölverarbeitungskombinats stark industrialisiert. Dank guter Infrastruktur und höheren Löhnen attraktiv für Leute, die eine neue Existenz beginnen wollten.

Notturno (S. 154–219)

ABF: Arbeiter-und-Bauern-Fakultät in der ehemaligen DDR.
Subbotnik: nach russ. subbota, Sonnabend: freiwillige kollektive Arbeit sowjetischer Werktätiger ohne Entgelt.
serapionistische Prinzipien: »Serapionsbrüder« nannte sich eine 1921 gegründete Vereinigung sowjetischer Schriftsteller, die sich für experimentelle Literatur einsetzten und die kommunistische Tendenzdichtung ablehnten (Fedin, Soschtschenko, Kawerin, Iwanow, Schklowskij und andere).

Persephone IV (S. 220–222)

Rhinluch: von Flachmooren bedeckte Niederungen im Havelland. Zentrum ist Fehrbellin, wo 1675 der Große Kurfürst über die Schweden siegte.

Cantus firmus (S. 223–311)

casta quam nemo rogavit: lat. die Unschuld, die niemand begehrt.
sa Stalina, sa rodinu: russ. für Stalin, für die Heimat.

Kwaß: in Rußland gegorenes Getränk aus Brot und Früchten.
Pelmeni: in Rußland gefüllte Teigtaschen.
Bratjez: Diminutiv zu russ. Brat, Bruder: Brüderchen.

Editorische Notiz

Zum Typoskript

Daß es gelungen ist, das Typoskript von ›Rumba auf einen Herbst‹ aus den nachgelassenen Schriften der Autorin vollständig zu rekonstruieren, darf als Glücksfall bezeichnet werden, galt es doch als unwiederbringlich verloren. Die vorliegende Druckfassung wurde aus vier Mappen zusammengestellt, die unterschiedlich gut lesbare Durchschläge des gleichen Typoskripts enthalten, bruchstückhaft, zum Teil in Überschneidungen, aber den Roman weitgehend umfassend. An zerstreuten Fundorten kamen weitere Teile zum Vorschein, so daß der Roman nun lückenlos vorliegt, aller Wahrscheinlichkeit nach in der Fassung, die dem Mitteldeutschen Verlag Halle Ende 1965 zugegangen ist. Die Stücke, die später in andere Bücher – insbesondere in ›Leben und Abenteuer der Trobadora Beatriz‹ – übernommen wurden und für diesen Zweck gewisse Umänderungen erfahren haben, stehen in ihrer ursprünglichen Gestalt. Das gilt auch für jene Seiten aus ›Notturno‹, die sich, handschriftlich überarbeitet, im Manuskript zu ›Trobadora Beatriz‹ fanden; die von der Autorin hier nachträglich angebrachten Ergänzungen und Streichungen, soweit sie im Hinblick auf das dritte Intermezzo von ›Trobadora Beatriz‹ erfolgten, fanden für unsere Ausgabe keine Berücksichtigung, und der Namenswechsel von Kai zu Wenzel Morolf, einer Figur aus ›Trobadora Beatriz‹, wurde rückgängig gemacht. Die Geschichten haben so ihr früheres Gesicht zurückgewonnen, die Figuren tragen ihren angestammten Namen. Einzig ein Fehler wurde berichtigt, der im Typoskript stehengeblieben ist: Lutz, der in ›Blues‹ als Lutz H. auftaucht, wurde aus Gründen der Konsequenz in Lutz P. umbenannt; er ist, wie aus ›Schalmeientwist‹ hervorgeht, Pakulats Sohn. Ev dagegen, von ›Trobadora Beatriz‹ her als

Uwes Gattin Valeska Parnitzke bekannt, behielt ihr Namenskürzel B., weil Uwe in ›Rumba‹ ohne Nachnamen figuriert.

Die Plazierung der Persephone-Zwischenteile ergab sich aus handschriftlichen Anordnungen, die Teil I bis III den drei ersten Kapiteln jeweils vorangehen lassen, was die Stellung der übrigen drei Teile präjudiziert. Der erste und der letzte Persephone-Teil, beide auf der Erde spielend, umrahmen den ganzen Roman, während die Szenen auf dem Himmelswagen sich den einzelnen Kapiteln zuordnen. So erklärt sich die direkte Aufeinanderfolge der Teile V und VI am Schluß.

Vereinzelte Streichungen in jenen Teilen des Typoskripts, die keine weitere Verwendung fanden, lassen auf die Absicht einer Überarbeitung schließen, die aus welchen Gründen auch immer unterblieben ist. Kürzungsabsichten bestanden, undeutlichen Markierungen am Rand nach zu schließen, insbesondere bei den längeren Reden des Professors in ›Blues‹. – Maßgebend für diese Textausgabe sind nur die ausgeführten Streichungen.

Zur Textgestaltung

Die Rechtschreibung wurde nach den gültigen Normen vereinheitlicht, wobei wenn immer möglich der Fassung des Typoskripts der Vorzug gegeben wurde. Irmtraud Morgners Kommasetzung ist sehr zurückhaltend. Fehlende Kommas wurden deshalb nicht eingesetzt, wenn sie Tempo und Rhythmus verändert hätten, etwa dort, wo zwei Satzelemente als nahe zusammengehörend aufgefaßt sein wollen, was häufig bei unverbundenen Adjektiven der Fall ist: »die große helle Fläche des Tisches«. Offensichtliche Fehler (auch sachliche Unrichtigkeiten) sind stillschweigend korrigiert, schwankende Schreibweisen vereinheitlicht worden. Einer orthographischen Inkonsequenz zwischen dem ersten und den übrigen Teilen trägt unsere Ausgabe aber

Rechnung: In ›Blues‹ stehen die im Inneren Monolog auftretenden Dialogstücke – Lutz mit dem Betriebsleiter zum Beispiel – ohne Anführungsstriche, während diese in den andern Teilen durchgehend gesetzt sind. Im übrigen ist zu berücksichtigen, daß der Roman die Sprache seiner Zeit redet; so wurde namentlich die in der damaligen DDR übliche männliche Form bei Berufsbezeichnungen (Ev als »Architekt«) belassen.

R. B.

Rudolf Bussmann, 1947 in Olten geboren, studierte Germanistik und Romanistik in Basel und Paris und promovierte über den Dramatiker Georg Kaiser. Seit 1987 freier Schriftsteller; Mitherausgeber der Literaturzeitschrift ›Drehpunkt‹; lebt in Basel. 1991 erschien im Luchterhand Literaturverlag sein Roman ›Der Flötenspieler‹. Rudolf Bussmann ist Betreuer des Morgner-Nachlasses.

Christa Wolf

Das erzählerische Werk der heute bedeutendsten deutschsprachigen Schriftstellerin in einer besonders schönen, in rotes Leinen gebundenen Ausgabe.

Erzählerische Werke in sechs Bänden
1824 Seiten. DM 165,-. ISBN 3-630-86830-4

Der geteilte Himmel
288 Seiten. DM 30,-. ISBN 3-630-86831-2

Nachdenken über Christa T.
208 Seiten. DM 28,-. ISBN 3-630-86832-0

Kindheitsmuster
560 Seiten. DM 36,-. ISBN 3-630-86833-9

Kein Ort. Nirgends
128 Seiten. DM 25,-. ISBN 3-630-86834-7

Kassandra und Voraussetzungen einer Erzählung: Kassandra
416 Seiten. DM 33,-. ISBN 3-630-86835-5

Sommerstück
224 Seiten. DM 29,-. ISBN 3-630-86836-3

Luchterhand
LITERATURVERLAG

Christa Wolf im dtv

Foto: Isolde Ohlbaum

Der geteilte Himmel
Liebesgeschichte zur Zeit des Mauerbaus in Berlin
dtv 915

Nachdenken über Christa T.
Frauenleben im Osten Deutschlands
dtv 11834

Kassandra
Deutung der antiken mythologischen Frauengestalt in ihrer Suche nach den Ursachen von Gewalt und deren Überwindung
dtv 11870

Voraussetzungen einer Erzählung: Kassandra Frankfurter Poetik-Vorlesungen
Bericht über eine Griechenlandreise, Nachdenken über Kassandra, über weibliches Schreiben
dtv 11871

Kindheitsmuster
Auf den Spuren der Kindheit im Nationalsozialismus
dtv 11927

Kein Ort. Nirgends
Fiktive Begegnung zwischen Karoline von Günderrode und Heinrich von Kleist
dtv 11928

Was bleibt
Erzählung um die psychischen Folgen von Bespitzelung
dtv 11929

Störfall
Tschernobyl, April 1986. Eine Reaktion auf die unfaßbare Nachricht
dtv 11930

Till Eulenspiegel
»Eine Wut in sich, die er nicht los wird.« Till Eulenspiegel zur Zeit Luthers und Karls V.
dtv 11931

Im Dialog
Reden, offene Briefe, Aufsätze und Gespräche während der Wende
dtv 11932

Marie Luise Kaschnitz im dtv

Foto: Rosemarie Clausen

»Ich habe in meinem Werk versucht, den Blick des Lesers auf das Bedeutsame zu lenken, auf die wunderbaren Möglichkeiten und die tödlichen Gefahren für den Menschen und auf die bestürzende Fülle der Welt.« (Marie Luise Kaschnitz in ihrer Dankesrede zur Verleihung des Georg-Büchner-Preises 1955 in Darmstadt)

Der alte Garten
dtv 11216/dtv großdruck 25075

Mitten in einer großen Stadt liegt ein verwilderter Garten, den zwei Kinder voll Neugier und Abenteuerlust für ihre Spiele erobern. Aber die Natur wehrt sich gegen die ungestümen Eindringlinge... Ein literarisches Gleichnis für den sorglosen Umgang mit unserer Welt.

Griechische Mythen
dtv 11758

Bekannte und weniger bekannte Mythen hat Marie Luise Kaschnitz in diesen frühen, sehr persönlich gefärbten Nacherzählungen dargestellt.

Lange Schatten
dtv 11941

Einundzwanzig Geschichten, die in Frankfurt am Main und London, in Rom und am Meer und in den Albaner Bergen spielen. Erzählungen von Alltäglichem, das nicht selten eine unerklärliche Wendung nimmt...

Wohin denn ich
dtv 11947

Ein literarisches und menschliches Dokument aus einem »Zwischenreich« des Lebens: Nach Jahren der Trauer über den Verlust des Mannes findet Marie Luise Kaschnitz auf Vortragsreisen zu einem neuen Selbst- und Weltverständnis.

»Was immer sie schrieb – ob Lyrik oder Prosa, ob Erinnerungen oder Tagebücher –, es zeichnet sich durch kammermusikalische Intimität aus. Sie war eine leise Autorin. Gleichwohl ging von ihren besten Büchern eine geradezu alarmierende Wirkung aus.« (Marcel Reich-Ranicki)

Marlen Haushofer im dtv

Begegnung mit dem Fremden
Erzählungen
dtv 11205

Die Frau mit den interessanten Träumen
Erzählungen
dtv 11206

Bartls Abenteuer
Kater Bartl, Held der Katzenwelt und unumstrittener Liebling von Eltern und Kindern.
dtv 11235

Wir töten Stella und andere Erzählungen
»Marlen Haushofer schreibt über die abgeschatteten Seiten unseres Ichs, aber sie tut es ohne Anklage, Schadenfreude und Moralisierung.« (Hessische Allgemeine)
dtv 11293

Schreckliche Treue
Erzählungen
»... Sie beschreibt nicht nur Frauenschicksale im Sinne des heutigen Feminismus, sie nimmt sich auch der oft übersehenen Emanzipation der Männer an...« (Geno Hartlaub)
dtv 11294

Die Tapetentür
Eine berufstätige junge Frau lebt allein in der Großstadt. Die Distanz zur Umwelt wächst, begleitet von einem Gefühl der

Foto: Peter J. Kahrl Etscheid

Leere und Verlorenheit. Als sie sich verliebt, scheint die Flucht in ein »normales« Leben gelungen...
dtv 11361

Die Wand
Eines Morgens wacht eine Frau in einer Hütte in den Bergen auf und findet sich, allein mit ein paar Tieren, in einem Stück Natur eingeschlossen von einer unüberwindlichen gläsernen Wand, hinter der offenbar kein Leben mehr existiert.
dtv 11403

Eine Handvoll Leben
Eine Frau stellt sich ihrer Vergangenheit.
dtv 11474

Müssen Tiere draußen bleiben?
Wie es vier Jungen gelingt, einen Bernhardiner zum Internatshund und eine strenge Heimleiterin zur Tierfreundin zu machen und trotzdem das Klassenziel zu erreichen.
dtv großdruck 25082